ACTION

BAND 50

Wenn Lesen zur Mutprobe wird ...

www.Festa-Verlag.de

MATTHEW REILLY

DAS TURNIER

Aus dem Englischen von Manfred Sanders

FESTA

Die australische Originalausgabe *The Tournament*
erschien 2014 im Verlag Pan Macmillan Australia Pty. Ltd.
Copyright © 2013 by Karanadon Entertainment Pty. Ltd.
Zeichnungen der Karten: David Atkinson, Hand Made Maps Ltd.
Foto der Hagia Sophia: Juanjo González

1. Auflage Oktober 2017
Copyright © dieser Ausgabe 2017 by Festa Verlag, Leipzig
Titelbild: Dean Samed

ISBN 978-3-86552-564-2
eBook 978-3-86552-565-9

Dieses Buch ist Cate Paterson, Jane Novak
und Tracey Cheetham gewidmet.

VORBEMERKUNG DES AUTORS

Das vorliegende Buch ist ein Produkt der Fantasie. Auch wenn darin Personen und Organisationen vorkommen, die wirklich existiert haben, entspringen ihre Handlungen allein der Vorstellungskraft des Autors.

Darüber hinaus enthält der Roman Szenen gewalttätiger und sexueller Natur. Er ist daher für minderjährige Leser ungeeignet.

Als erstes internationales Schachturnier der Geschichte gilt gemeinhin das Turnier, das 1851 in London ausgetragen wurde und das der Deutsche Adolf Anderssen gewann. 16 Schachspieler aus ganz Europa kamen zusammen, um den besten Spieler der Welt zu bestimmen. (Zuvor hatte es immer nur unter großer Anteilnahme der Öffentlichkeit abgehaltene Zweikämpfe gegeben.)

Doch in der Schachwelt hält sich das hartnäckige Gerücht von einem Turnier, das lange vor dem in London stattgefunden haben soll, nämlich im 16. Jahrhundert in der Stadt Konstantinopel, die heute Istanbul heißt.

Leider existieren keinerlei Aufzeichnungen über dieses Ereignis, und solange keine dokumentierten Belege für das Turnier auftauchen, muss es wohl als dem Reich der Legende zugehörig betrachtet werden.

Aus: *A History of Chess,* Boris Ivanov
(Advantage Press, London 1972)

—— 1603 ——

PROLOG
1603

Meine Königin ist tot. Meine Freundin ist tot. Die Welt ist nicht mehr dieselbe. Sie ist ein Stück dunkler geworden.

Wie sie sich in dieser chaotischen Welt so gut zu behaupten verstand, wird mir immer ein Rätsel bleiben. In einem Leben inmitten eines Hexenkessels aus Höflingen, Bischöfen und Feldherren gelang es ihr immer, ihren Willen durchzusetzen. Oft erreichte sie das durch ihren Charme, häufig durch Gerissenheit und in seltenen Fällen durch die Hinrichtung derer, die sich ihr in den Weg stellten.

Sie hatte ein feines Gespür für ihre Wirkung nach außen. Ich habe keinen Zweifel, dass oft, wenn sie einen armen Teufel in den Tower verdammte, es ebenso sehr des Spektakels wie seiner Verbrechen wegen geschah. Herrscher müssen manchmal unerbittlich sein und Exempel statuieren.

Oft wurde betont, dass ihre außergewöhnliche geistige Regsamkeit das Ergebnis ihrer Erziehung durch den großen Schulmeister Roger Ascham gewesen sei. Da ich selbst oft Zeugin ihrer Unterweisung war, kann ich bestätigen, dass ihr Unterricht den höchsten Ansprüchen genügte.

Als Kind einer Angehörigen ihrer Dienerschaft und von ähnlichem Alter wie sie, war ich die bevorzugte Spielgefährtin der jungen Prinzessin. Später im Leben sollte ich die Stellung ihrer Kammerfrau einnehmen, aber als junges Mädchen war es mir schon dank der räumlichen Nähe gestattet, an einigen ihrer Unterrichtsstunden teilzunehmen und auf diese Weise selbst ein Maß an Bildung zu erwerben, das mir sonst verwehrt geblieben wäre.

Als Elisabeth sieben war, sprach sie fließend Französisch, leidlich Spanisch und konnte Latein und Griechisch sprechen und lesen. Als William Grindal 1544 ihre Erziehung übernahm – unter Aufsicht des großen Ascham –, hatte sie dieser Liste noch Italienisch und Deutsch hinzugefügt. Während Grindal für die alltäglichen Lektionen zuständig war, wachte Ascham immer im Hintergrund als großer Architekt ihrer Gesamtbildung. Er übernahm den Unterricht, wenn wichtige Themen auf dem Lehrplan standen: Sprachen, Mathematik und Geschichte, sowohl alte als auch neue. Als entschiedener Fürsprecher regelmäßiger körperlicher Aktivitäten lehrte er sie sogar das Bogenschießen in den Gärten von Hatfield.

Und – das sollte ich nicht unerwähnt lassen – er brachte der Jungen Prinzessin Elisabeth das Schachspielen bei.

Ich sehe sie noch vor mir als 13-Jährige, dicht über das Schachbrett gebeugt, ihr elfenhaftes Sommersprossengesicht von den wilden Locken ihres möhrenfarbenen Haars eingerahmt, den Blick in einem tödlichen Starren auf die Figuren fixiert, verbissen darauf konzentriert, den besten Zug zu finden, während Ascham ihr gegenübersaß, dem Anschein nach vollkommen desinteressiert am Verlauf der Partie, und sie beim Denken beobachtete.

Als Kind verlor Bess mehr Spiele, als sie gewann, und nicht wenige im königlichen Haushalt in Hatfield empfanden es als skandalös, dass Ascham fortwährend die Tochter des Königs besiegte, noch dazu häufig vernichtend.

Mehr als einmal warf Bess sich nach einer Schachpartie

tränenüberströmt in meine Arme. »Oh Gwinny, Gwinny! Er hat mich schon wieder geschlagen!«

»Er ist ein grausames Ungeheuer«, sagte ich dann tröstend.

»Ja, das ist er, nicht wahr?« Aber dann fasste sie sich wieder. »Eines Tages werde ich ihn schlagen. Ganz sicher werde ich das!« Und natürlich tat sie es am Ende auch.

Der große Lehrer seinerseits entschuldigte sich nie für seine brutale Spielweise, auch nicht, als Bess' Gouvernante sich in einem Brief an den König darüber beschwerte.

Von einem Abgesandten des Königs darauf angesprochen, rechtfertigte Ascham sich damit, dass man nicht lernen könne, wenn man nicht verliere. Und seine Aufgabe, so sagte er, sei es, dafür zu sorgen, dass die Prinzessin lerne. Der König akzeptierte seine Begründung, und die Niederlagen im Schach durften weitergehen. Als Erwachsene verlor Elisabeth nur selten im Schach, und auf dem weitaus gefährlicheren Schachbrett des Lebens – bei Hofe in London und auf hoher See gegen das Haus Kastilien – verlor sie nie.

Aus dem Schachspiel, so Ascham, könne man vieles lernen: seinen Gegner in Sicherheit zu wiegen, Fallen zu stellen und gestellte Fallen zu entdecken, draufgängerisch zu sein und seine Neigung zum Draufgängertum zu bändigen, naiv zu erscheinen, während man in Wahrheit wachsam sei, die Zukunft viele Züge im Voraus zu berechnen – und die Tatsache, dass Entscheidungen *immer* Konsequenzen haben.

Ascham war meiner jungen Herrin ein guter Lehrer.

Doch nun habe ich zu meiner tiefsten Erschütterung erfahren, dass Ascham seine wichtigste Lektion möglicherweise nicht in unserem kleinen Schulzimmer in Hertfortshire, sondern weit fort von England erteilte.

Denn in der letzten Woche, als ihre Gesundheit sie im Stich ließ und ans Bett fesselte, rief meine Herrin mich an ihre Seite und befahl dann allen anderen Bediensteten, ihr Schlafgemach zu verlassen.

»Gwinny«, sagte sie. »Meine liebe, teure Gwinny. Jetzt, da das Licht sich trübt und das Ende naht, gibt es etwas, das ich dir zu erzählen wünsche. Es ist eine Geschichte, die ich nun seit beinahe 60 Jahren für mich behalten habe.«

»Ja, Euer Majestät.«

»Bitte nenne mich Bess, so wie früher, als wir Kinder waren.«

»Ja, sicher. Bitte fahrt fort … Bess …« So hatte ich sie seit einem halben Jahrhundert nicht mehr genannt.

Sie öffnete die Augen und blickte an die Decke. »Viele haben sich über das Leben gewundert, das ich geführt habe, Gwinny: eine Königin, die niemals heiratete oder Erben gebar; eine Frau ohne militärische Ausbildung, die Philipps Armada zurückschlug; eine protestantische Herrscherin, die immer wieder Ignatius von Loyolas katholische Missionare hinrichten ließ und mehr als einmal die Heiratsanträge des russischen Zaren Iwan ausschlug.

Mein Werden zu einer solchen Frau – geschlechtslos und Männern gegenüber distanziert, misstrauisch gegen Höflinge und Botschafter, erbarmungslos im Umgang mit Feinden – ist das Ergebnis einer Vielzahl von Dingen, doch insbesondere eines ganz bestimmten Erlebnisses, eines Erlebnisses aus meiner Jugend, einer Reise, die ich unter absoluter Geheimhaltung unternahm. Es war ein Ereignis, von dem ich niemandem etwas zu sagen wagte, aus Furcht, der Fantasterei beschuldigt zu werden. Dieses Erlebnis ist es, von dem ich dir nun erzählen will.«

Während der nächsten zwei Tage sprach meine Königin und ich hörte zu.

Sie erzählte mir von einem Ereignis in ihrer Jugend, während des Herbstes 1546, als Hertfordshire von einem plötzlichen Ausbruch der Pest heimgesucht wurde und Roger Ascham sie für einen Zeitraum von drei Monaten aus Hatfield House fortbrachte.

Ich kann mich noch sehr lebhaft an die Zeit erinnern, und zwar aus mehreren Gründen.

Zum einen schlug die Pest 1546 besonders grausam zu. Die Flucht vor dieser gefürchteten Seuche war für königliche Nachkommen durchaus üblich – einen jungen Erben vom Ausbruchsort einer Krankheit zu entfernen, war der beste Weg, eine Unterbrechung der königlichen Blutlinie zu vermeiden –, und in jenem Jahr flohen viele Bewohner Hertfordshires aus dem Bezirk.

Zweitens war es für Elisabeth selbst eine besonders gefährliche Zeit. Obwohl ihr durch das Thronfolgegesetz von 1543 wieder der Platz in der Thronfolge zuerkannt worden war, stand sie 1546, im Alter von 13 Jahren, nur an dritter Stelle hinter ihrem jüngeren Halbbruder Edward, damals neun Jahre alt, und ihrer älteren Halbschwester Mary, damals 30. Dennoch stellte ihre bloße Existenz für die Thronansprüche beider eine Gefahr dar, und sie schwebte in der durchaus realistischen Gefahr, im Dunkel der Nacht verschleppt und einem blutigen Ende im Tower zugeführt zu werden – einem Ende, das man bequem der Pest zuschreiben konnte.

Der dritte und letzte Grund sagt vielleicht mehr über mich als über meine Herrin aus. Ich erinnere mich auch deshalb so gut an jene Zeit, weil Elisabeth, als sie in den Osten ging, sich dafür entschied, mich nicht mitzunehmen.

Stattdessen wurde sie von einem anderen jungen Mit-glied unseres Haushalts begleitet, einem lebensfrohen älteren Mädchen namens Elsie Fitzgerald, das, wie ich ein-gestehen muss, weit hübscher und weltgewandter war als ich.

Nach ihrer Abreise weinte ich tagelang. Und ich ver-brachte jenen Herbst elend und allein bei Verwandten in Sussex, sicher vor der Pest, aber schmerzlich die Gesell-schaft meiner Freundin vermissend.

Als meine Herrin ihre Erzählung beendet hatte, war ich sprachlos vor Schrecken und Entsetzen.

In den Jahren nach jenem verlorenen Herbst 1546 hatte sie immer behauptet, ihre Reise sei vollkommen ereignis-los verlaufen, nur eine langweilige Exkursion auf den Kon-tinent mit Ascham. Auch wenn sie allem Anschein nach ostwärts gereist waren, um sich irgendein Schachturnier anzusehen, hatte Elisabeth nach ihrer Rückkehr nie über Schach oder ein solches Turnier gesprochen, und ihre Freundschaft mit Elsie war nie wieder so wie zuvor.

Nachdem ich ihren Bericht gehört habe, weiß ich auch warum.

Ihre Reise war alles andere als ereignislos verlaufen.

Ascham hatte sie nicht nur tief in den Osten mitge-nommen – über die Grenzen der Christenheit hinaus ins Herz der moslemischen Länder, in die gewaltige Stadt Konstantinopel –, er hatte die zukünftige Königin auch vielen schrecklichen Gefahren ausgesetzt, während die beiden einem bemerkenswerten Ereignis beiwohnten, das nie Eingang in die Geschichtsschreibung fand.

Als sie ihre Erzählung beendet hatte, lehnte meine Königin sich in ihre Kissen zurück und schloss die Augen.

»Lange habe ich mit mir gerungen, ob ich jemandem von damals berichten soll, aber nun sind alle anderen Beteiligten tot, und ich werde es auch bald sein. Wenn es dir beliebt, Gwinny, so schreibe meine Worte nieder, damit andere erfahren mögen, wodurch eine Königin wie ich geformt wird.«

Und so mache ich dies zu meiner Aufgabe, meiner letzten Aufgabe für meine Königin: ihre genauen Worte niederzuschreiben und Euch, geneigtem Leser, die wundersamen Dinge – die schrecklichen Dinge, die entsetzlichen Dinge – zu schildern, deren Zeugin sie im Laufe jener geheimen Reise im Jahre 1546 wurde.

—— 1546 ——

I

TURM

Im modernen Schach werden die Türme häufig als Burgen oder Festungen dargestellt, welche die vier Ecken des Brettes bewachen, doch das war nicht immer so.

Tatsächlich waren die Türme ursprünglich Streitwagen – im Persischen als *ruhk* bezeichnet, was heute noch im englischen Wort für den Turm, »rook«, anklingt. Die Bauern waren Fußsoldaten, die Läufer Elefanten, die Springer berittene Soldaten, und an den Rändern des Brettes eilten die schnellen und tödlichen Streitwagen auf und ab.

Doch als die Zeiten sich wandelten und das Spiel sich von Persien nach Europa ausbreitete, spiegelten die Schachfiguren immer mehr die gesellschaftliche Hierarchie des mittelalterlichen Westeuropa wider. Und so wurde aus dem Streitwagen eine Burg. Sie war noch immer eine mächtige Figur, die in einem einzigen Zug das gesamte Brett überqueren und ganze Feldreihen beherrschen konnte, aber der ursprüngliche Grund für die Flinkheit dieser Figur war verloren gegangen.

Und doch bleibt der Turm bzw. die Burg ein exzellentes Beispiel für Schachfiguren, welche die mittelalterliche Gesellschaft widerspiegeln, denn so mancher König jener Zeit wurde nach der Stärke und Erhabenheit seiner Burgen beurteilt.

Aus: *Chess in the Middle Ages,* Tel Jackson
(W. M. Lawry & Co., London 1992)

Ich danke Gott, dass er mich mit solcherlei Fähigkeiten gesegnet hat, dass ich, müsste ich in meinem Unterkleide aus dem Land fliehen, an jedem Ort der Christenheit leben könnte.

– Königin Elisabeth I.

ENGLAND, SEPTEMBER 1546

Ich wohnte auf Hatfield House in Hertfordshire, als die Einladung am Hof in London ankam. Einen Tag später wurde sie nach Hatfield weitergeleitet, begleitet von einer charakteristisch knappen Nachricht meines Vaters an Mr. Ascham.

Die Einladung war eine staunenswerte Kuriosität.

Gedruckt war sie auf edelstem Papier, einem kräftigen Karton mit goldenen Rändern. Mit leuchtend goldener Tinte (und auf Englisch) stand darauf geschrieben:

SEINE ERHABENSTE MAJESTÄT
SULEIMAN DER PRÄCHTIGE,
KALIF DER SÖHNE UND TÖCHTER ALLAHS,
SULTAN DER LÄNDER DER OSMANEN,
HERRSCHER ÜBER DIE REICHE DER RÖMER, DER PERSER
UND DER ARABER,
HELD DER GANZEN WELT, STOLZ DER GLORREICHEN
KAABA UND DER ERLEUCHTETEN MEDINA,
DES EDLEN JERUSALEM UND
DES THRONES VON ÄGYPTEN,
HERRSCHER UND GEBIETER ÜBER ALLE LÄNDEREIEN,
SO WEIT SEIN AUGE REICHT,
ERBIETET EUCH SEINE WÄRMSTEN GRÜSSE.

ALS HOCHVEREHRTER KÖNIG VON ENGALAND
SEID IHR EINGELADEN, EUREN BESTEN SPIELER
JENES SPIELES, DAS BEKANNT IST ALS SHATRANJ, LUDOS
SCACORUM, ESCHECS, SCACCHI, SZACHY, CHESS ODER
SCHACH, ZUR TEILNAHME AN EINEM TURNIER ZU
ENTSENDEN, UM DEN MEISTER DER BEKANNTEN
WELT ZU ERMITTELN.

Ich schnaubte verächtlich. »Für einen großen Sultan und Herrscher und Gebieter über alle Ländereien, so weit sein Auge reicht, ist sein Englisch bejammernswert schlecht. Er kann nicht einmal *England* richtig schreiben.«

Mr. Ascham blickte von dem Einladungsschreiben auf. »Ist das so? Sag mir, Bess, sprichst du seine Sprache? Sprichst du Arabisch oder Türkisch-Arabisch?«

»Ihr wisst, dass ich es nicht tue.«

»Dann spricht er, so bejammernswert schlecht sein Englisch auch sein mag, doch immerhin deine Sprache, während du die seine nicht beherrschst. So wie ich es sehe, verleiht ihm das einen beträchtlichen Vorteil dir gegenüber. Denke immer erst nach, bevor du jemanden kritisierst, und kritisiere niemals jemanden ungerechtfertigterweise für seine Bemühungen bei etwas, das du noch nicht einmal versucht hast.«

Ich sah meinen Lehrer finster an, aber es war unmöglich, ihm böse zu sein, selbst wenn er mich zurechtwies. Er hatte so eine gewisse Art – wie er auftrat, wie er sprach, wie er mich belehrte: sanft, aber nachdrücklich.

Mr. Roger Ascham war damals 31, und in jenen Tagen – lange bevor er *The Schoolmaster* schrieb, das Werk, für das er nach seinem Tode zu Recht berühmt wurde – war er bereits einer der angesehensten Lehrer in Cambridge für klassisches Griechisch und Latein.

Und dennoch – wenn ich ihm eines hätte wünschen können, dann eine ansprechendere äußere Erscheinung. Er war von durchschnittlicher Statur und durchschnittlicher Größe und in einer Welt reicher, schneidiger Jünglinge mit breiten Schultern, kantigen Gesichtern und dem herrischen Auftreten geerbten Wohlstands wirkte er dadurch unweigerlich klein, weich und harmlos. Er hatte eine große, runde Nase, braune Hundeaugen und etwas zu große Ohren, die sich unter einem Wuschelkopf aus dichtem braunem Haar versteckten. Ich hörte einmal, wie jemand sagte, dass kürzlich bei einem Ball nicht eine einzige der anwesenden jungen Damen seine höfliche Einladung zum Tanz angenommen habe. Ich weinte für ihn, als ich das hörte. Wenn diese törichten Damen nur wüssten, was ihnen entging!

Doch während ich deswegen Tränen für ihn vergoss, schien es ihn selbst nicht zu kümmern. Er war mehr an der Kunst des Lernens interessiert, und dieser Leidenschaft folgte er mit einer wahrhaft verbissenen Hingabe. In der Tat legte er eine intensive Konzentration bei fast allem, was er tat, an den Tag, ob es nun die Ausübung seiner geliebten Bogenschießkunst war, die Diskussion staatlicher Angelegenheiten, das Lesen eines Buches oder mein Unterricht. Das Lernen war, soweit es Roger Ascham betraf, die edelste aller Betätigungen und obendrein eine *aktive*.

Er war, schlicht gesagt, der neugierigste Mensch, der mir je begegnet ist.

Mr. Ascham verfügte über alle möglichen Arten obskuren Wissens, von Theorien über die uralten Steinkreise auf der Ebene von Salisbury bis hin zu den neuesten wissenschaftlichen Methoden der Medizin und Mathematik. Und was er nicht wusste, bemühte er sich herauszufinden. Ob es der zu Besuch weilende Hofastronom war, der Leibarzt des Königs oder ein reisender Kesselflicker, der ein Wunderheilmittel verkaufte – Mr. Ascham stellte sie immer mit kniffligen Fragen auf die Probe, indem er etwa den Hofastronomen fragte, ob an Amerigo Vespuccis Behauptung, man könne mittels des Mondes und des Mars den Längengrad berechnen, etwas dran sei, oder den Leibarzt meines Vaters, warum bestimmte Pflanzen bestimmte Arten von Hautausschlägen hervorriefen, oder den Kesselflicker, ob er wisse, dass er ein Quacksalber sei.

So umfassend war Mr. Aschams Wissen auf einer solchen Vielzahl von Gebieten, dass es während seiner Zeit in Cambridge nicht selten vorkam, dass Professoren *anderer* Disziplinen ihn in seinen Räumen aufsuchten, um sich mit ihm über Fragen ihres eigenen Spezialgebiets auszutauschen.

Denn in einer Welt, in der die Menschen glaubten, eine höhere Weisheit in Gott oder der Bibel zu finden, verneigte sich mein geliebter Lehrer vor den Zwillingsaltären des Wissens und der Logik. »Alles«, sagte er einmal zu mir, »geschieht aus einem logischen Grund, seien es das Abwärtsfließen von Wasser, das Entstehen von Krankheiten oder die Handlungen der Menschen. Wir müssen diesen Grund nur finden. Die Aneignung von Wissen, die reine Freude daran, den Dingen auf den Grund zu gehen, ist das größte Geschenk im Leben.«

In einem auch in weiteren Kreisen bekannt gewordenen Fall, als ein Knabe aus der hiesigen Gegend, der zu schweren Anfällen mit Schaum vor dem Mund neigte, starb und der Abt des örtlichen Klosters die Teufelsbesessenheit des Jungen dafür verantwortlich machte, verlangte Mr. Ascham das Gehirn des Jungen zu sehen. Ganz recht, sein

Gehirn! Der Schädel des Toten wurde geöffnet, und tatsächlich fand Mr. Ascham einen weißen Fremdkörper von der Größe eines Apfels im Gehirn des Unglücklichen. In Anspielung auf dieses Geschehnis sagte Mr. Ascham später zu mir: »Bevor wir dem Übernatürlichen die Schuld geben, Bess, sollten wir es zunächst mit allen natürlichen Erklärungen versuchen.« Der Abt sprach danach ein Jahr lang nicht mehr mit ihm. Nicht jeder teilte Mr. Aschams Freude daran, den Dingen auf den Grund zu gehen.

Und dann, auf dem Höhepunkt seiner Universitätslaufbahn, kam er, um mich zu unterrichten, mich, ein Kind, die Dritte in der Thronfolge. Selbst mir in meinem zarten Alter war klar, dass der bemerkenswerte Mr. Roger Ascham bei Weitem überqualifiziert war, um als Lehrer für ein 13-jähriges Mädchen zu dienen, selbst wenn sie eine Prinzessin war. Ich fragte mich, warum er es tat. Was sah er in mir, das sonst niemand sah?

Jedenfalls war dieser kurze Wortwechsel zwischen uns über die Englischkenntnisse des Sultans nicht ungewöhnlich. Ich hatte unrecht und er hatte recht – wieder einmal.

Wir wandten unsere Aufmerksamkeit wieder der Einladung zu. Der Text verriet noch, dass das Turnier in einem Monat in der Hauptstadt des Sultans, der uralten Stadt Konstantinopel, stattfinden sollte.

Begleitet wurde die Einladung von einer Nachricht meines Vaters, adressiert an Mr. Ascham.

Ascham,
soweit ich weiß, war Euer Kollege Mr. Gilbert Giles der beste Schachspieler in Cambridge. Erkundigt Euch bitte, ob das noch der Fall ist, und wenn dem so ist, so schickt ihn sofort zu mir. Nichts Geringeres als der Ruf

des corpus christianum *erfordert unseren besten Mann bei diesem Turnier.*

  Heinrich, Rex

Übrigens meine Anerkennung zu Euren Bemühungen in der Angelegenheit von Cumberlands Sohn. Sie blieben nicht unbemerkt.

In jenen Tagen stand mehr als nur der Ruf der Christenheit auf dem Spiel: Der moslemische Sultan bedrohte die Christenheit auch in militärischer Hinsicht.

Seine Herrschaft erstreckte sich von Persien im Osten bis nach Algier im Südwesten und hatte kürzlich sogar die Donau überschritten. Vor acht Jahren, im Jahre 1538, hatte die Flotte des Sultans unter der Führung des brillanten Barbarossa etwas bislang Undenkbares geschafft: Sie hatte bei Preveza eine europäische Flotte besiegt – eine »christliche Allianz«, die von Papst Paul III. höchstselbst zusammengerufen worden war. Über 40 Schiffe gingen verloren, mehr als 3000 Gefangene und – nachdem man 300.000 Golddukaten Entschädigung an den osmanischen Sultan gezahlt hatte – auch ein großer Teil des europäischen Stolzes.

Und dann hatte Suleimans Armee die Stadt Buda eingenommen und stand nun vor den Toren Wiens. Suleimans nächster europäischer Nachbar, Erzherzog Ferdinand von Österreich, soll vor Wut getobt haben, als er vom Eindringen des Sultans in seine Gebiete erfuhr, aber außer dass er noch mehr Spione ausschickte, um über die Bewegungen der moslemischen Armeen informiert zu sein, konnte Ferdinand nicht viel unternehmen. Suleimans Imperium war doppelt so groß wie die ganze Christenheit zusammen, und es wurde jeden Tag größer.

Aber mindestens ebenso beeindruckend war der Sultan selbst. Es hieß, Suleiman sei ein weiser und geschickter Herrscher und spreche nicht weniger als fünf Sprachen. Er sei ein begabter Poet und ein Förderer der Künste, ein gerissener Stratege, und anders als sein erbitterter Feind Erzherzog Ferdinand und viele andere europäische Monarchen werde er aufrichtig von seinem Volk geliebt.

Mehr als einmal hatte mein Lehrer mir gesagt, dass sich, während die Königshäuser von England, Frankreich und Spanien untereinander um die Vorherrschaft stritten, ein großer drohender Schatten im Osten erhob. Wenn man nichts dagegen unternahm, mochten unsere königlichen Familien eines Tages von ihrem Gezänk aufblicken und feststellen, dass sie unversehens einem moslemischen Lehnsherrn Tribut zahlten.

Die nicht offen ausgesprochene Herausforderung in diesem vergoldeten Einladungsschreiben war der unausweichliche Wettstreit zwischen den Religionen, den dieses Turnier darstellen würde. Genau wie er es bei Preveza getan hatte, forderte Suleiman einen Kampf zwischen seinem Gott und unserem heraus, und bei Preveza hatte seiner gewonnen.

»Sir, ist dieser Mr. Giles immer noch der beste Schachspieler Englands?«, fragte ich.

»Und ob er das ist«, antwortete mein Lehrer. »Ich spiele regelmäßig gegen ihn. Er schlägt mich in neun von zehn Partien, aber gelegentlich schaffe ich es, ihm ein Schnippchen zu schlagen.«

»Das klingt genau wie unsere Bilanz.«

Mr. Ascham lächelte mich an. »Ja, aber ich habe das Gefühl, dass diese Bilanz sich schon bald umkehren wird. Giles hingegen wird immer stärker sein als ich. Aber das hier …« Er hielt die Einladung hoch. »… das hier ist etwas Bedeutsames. Giles wird begeistert sein, dem Ruf des Königs zu folgen.«

Und Mr. Giles war begeistert.

Mr. Ascham schickte ihn zu meinem Vater, der (wieder einmal charakteristisch für ihn) einen Beweis für Mr. Giles' Fähigkeiten verlangte: ein Spiel gegen meinen Vater persönlich. Natürlich verlor Mr. Giles diese Partie.

Wie jeder in England war Mr. Giles nicht gerade erpicht darauf, einen König zu besiegen, der nicht nur zwei seiner Ehefrauen hatte enthaupten lassen (von denen eine meine Mutter war), sondern auch Thomas Cromwell, weil dieser ihn mit einer von ihnen zusammengebracht hatte. Es war gar nicht so unüblich, dass Leute, die meinen Vater in anderen Spielen schlugen, als aufgespießte Köpfe über der London Bridge endeten.

Zu meiner Überraschung jedoch soll mein Vater nach dem Gewinn dieser Partie verärgert ausgerufen haben: »Spielt nicht absichtlich schwach gegen mich, Giles! Ich brauche als Repräsentanten Englands und der Überlegenheit Christi und des christlichen Glaubens bei diesem Turnier keinen Speichellecker. Ich brauche einen *Schachspieler!*«

Sie spielten noch einmal und Mr. Giles schlug meinen Vater in neun Zügen.

Von da an ging alles sehr schnell.

Ein kleiner Trupp wurde für die Reise quer durch die Christenwelt zusammengestellt, mit Wagen, Pferden und Wachleuten.

Doch gerade als Mr. Giles Hertfordshire verlassen wollte, suchte ein schrecklicher Pestausbruch die Region heim.

Mein Halbbruder Edward, der Thronerbe, wurde schleunigst in Sicherheit gebracht. Meine Schwester Mary folgte kurz darauf.

Mich betrachtete man offensichtlich als nicht so wertvoll; niemand legte einen sonderlichen Eifer an den Tag, meine Abreise aus Hatfield House zu arrangieren, daher setzte ich unverändert meine Studien mit Elsie und mit dir, meiner lieben Freundin Gwinny Stubbes, fort.

Und dann gab es eines Tages einige Unruhe im Nebenzimmer.

Wir saßen in meinem Studierzimmer und lasen Livius' Bericht über den jüdischen Massenselbstmord in Masada. Elsie, die ein paar Jahre älter war als wir, saß in der Ecke vor ihrem Spiegel und bürstete sich müßig das Haar. Oh, erinnerst du dich an sie, Gwinny? Ich erinnere mich noch gut. Mit ihren 17 Jahren war sie eine echte Schönheit, und sie hatte die gertenschlanke Figur der guten Tänzerin, die sie auch war. Mit ihrer schmalen Taille und ihrem kecken Busen, mit ihren prächtigen blonden Haaren, die wie ein Wasserfall über ihre Schultern fielen, zog sie den Blick jedes vorbeigehenden Gentlemans auf sich.

Mit dem sorglosen Selbstvertrauen, wie es vielen schönen Menschen zu eigen ist, war sie davon überzeugt, dass ihre Schönheit allein schon ausreichen würde, um ihr einen Gemahl von angemessenem Stand zu verschaffen, und hielt es daher nicht für nötig zu lernen – sie verbrachte mehr Zeit vor ihrem Spiegel als über ihren Büchern, und ich muss gestehen, dass ich in dieser Hinsicht ein bisschen neidisch auf sie war. Ich musste viele langweilige Unterrichtsstunden über mich ergehen lassen, dabei war ich von königlichem Blut. (Außerdem war ich, das sollte ich noch hinzufügen, eifersüchtig auf ihre Weiblichkeit, denn mich selbst fand ich hässlich wie eine Vogelscheuche: Ich schien nur aus knorrigen Knien und knochigen Beinen zu bestehen, mit einer Brust so flach wie die eines Knaben und einem grässlichen Schopf aus lockigem erdbeerrotem Haar, das ich hasste.) Die meiste Zeit betete ich Elsie an, bezaubert von ihrer Anmut, begeistert von ihrer Schönheit und eingeschüchtert von ihrer welterfahrenen 17-jährigen Weisheit.

Während wir also solcherart beschäftigt waren, vernahm ich die erwähnte Unruhe: Meine Gouvernante Miss Katherine Ashley erhob im Nebenzimmer ihre Stimme.

»Ihr werdet nichts dergleichen tun, Mr. Ascham!« Es musste etwas Ernstes sein; *Mr. Ascham* nannte sie ihn nur, wenn sie verärgert über ihn war.

»Aber eine solche Gelegenheit, ihre Bildung zu erweitern, wird sie nie wieder …«

»Sie ist erst *13 Jahre alt* …«

»Sie ist die hellste 13-Jährige, die ich je unterrichtet habe, und an Reife ihrem Alter weit voraus. Grindal ist meiner Meinung.«

»Sie ist ein *Kind,* Roger.«

»Das denkt der König nicht. Letzten Monat, als man ihn informierte, dass Bess ihre erste Blutung hatte, sagte König Heinrich: ›Wenn sie alt genug ist, um zu bluten, ist sie auch alt genug, um zum Wohle Englands verheiratet zu werden. Töchter müssen doch für etwas gut sein.‹« Ja, das klang nach meinem Vater.

»Ich weiß nicht«, meinte Miss Katherine. »Das Reich der Moslems ist bestimmt ein gefährlicher Ort für sie …«

Mr. Ascham senkte die Stimme, aber ich konnte ihn trotzdem noch verstehen. »*London* ist ein gefährlicher Ort für sie, Kat. Die Zeiten sind unruhig. Der König wird von Tag zu Tag kränker und launischer, und der Hof ist in seiner Loyalität zwischen Edward und Mary gespalten. Unsere Elisabeth hat den schwächsten Anspruch auf den Thron, und dennoch bedroht ihre Anwesenheit in England die Ansprüche ihrer beiden Geschwister. Ihr wisst selbst, wie oft konkurrierende Erben auf mysteriöse Weise während Seuchenausbrüchen sterben …«

Hinter dem Türrahmen, an dem ich heimlich lauschte, schnappte ich leise nach Luft.

Miss Katherine schwieg für einen langen Moment.

»Sie wird auf der Reise gut behütet werden«, fuhr Mr. Ascham fort. »Der König stellt uns sechs seiner besten Soldaten als Eskorte zur Verfügung.«

»Es ist nicht nur ihre körperliche Sicherheit, die mir Sorgen bereitet. Ihre Moral muss auch beschützt werden. Sie wird eine Anstandsdame benötigen«, sagte Miss Katherine naserümpfend. »Es ist schon skandalös genug, dass sie mit zwei unverheirateten Männern wie Euch und Mr. Giles reisen soll – aber auch noch Soldaten!«

»Nun gut, wie wäre es dann mit Euch und John?«

»Seid nicht töricht. Ich bin viel zu alt und viel zu dick, um eine solche Reise zu unternehmen.« Miss Katherine war, das muss man zugeben, eine recht stämmige Person. Sie hatte erst im letzten Jahr im fortgeschrittenen Alter von 40 Jahren den freundlichen John Ashley geheiratet (obwohl sie immer noch wollte, dass ich sie als *Miss* ansprach, weil es sie, wie sie meinte, jünger machte).

»Gut, dann …«, überlegte Mr. Ascham.

»Eine *verantwortungsbewusste* Anstandsdame, Roger, verheiratet oder zumindest verlobt. Eine Person, die ein moralisches Beispiel für Elisabeth sein kann. Nicht irgendeine dumme Metze, die in Versuchung gerät, in einem exotischen Land umherzustreunen oder sich auf der Reise dorthin mit den Soldaten einzulassen – wartet, ich weiß jemanden! Primrose Ponsonby und ihr Gemahl Llewellyn!«

Mein Lehrer stöhnte leise. »Die Ponsonbys …«

»Sie sind vorbildliche Christen«, beharrte Miss Katherine, »tragischerweise kinderlos, aber immer bereit, dem König zu Diensten zu sein. Wenn sie Euch begleiten, Roger, werden meine Sorgen zumindest zum Teil beschwichtigt sein.«

»Nun gut, dann sei es so.«

Einen Moment später betraten die beiden unser Studierzimmer.

Mr. Ascham nickte mir zu. »Was meinst du, Bess, da wir diesen Ort ohnehin verlassen müssen – hättest du Lust, auf ein Abenteuer auszuziehen?«

»Wohin, Sir?«, fragte ich, Unwissenheit heuchelnd.

»Du weißt genau, wohin, junge Lady. Du hast hinter der Tür gelauscht.« Er lächelte. »Du musst lernen, leiser nach Luft zu schnappen, wenn du eine Meisterspionin werden willst, meine Kleine. Wir fahren zum Schachturnier in Konstantinopel. Um zuzusehen, wie Mr. Giles sich schlägt.«

Mit einem strahlenden Lächeln sprang ich auf. »Was für eine prächtige Idee! Dürfen Gwinny und Elsie auch mitkommen? Bitte!«

Mr. Ascham runzelte die Stirn und warf Miss Katherine einen Seitenblick zu. »Ich fürchte, ich beuge schon zu viele Regeln, indem ich *dich* mitnehme, meine junge Prinzessin. Es wäre von deiner Anstandsdame zu viel verlangt, drei von euch zu hüten, aber zwei sollten akzeptabel sein. Du darfst eine Freundin mitnehmen.«

Ich zögerte und sah meine beiden Freundinnen an. Da warst du, Gwinny, schüchtern und brav, ein Mauerblümchen, wie es im Buche stand, und schautest mich mit stiller Hoffnung an, während Elsies gesamtes Wesen vor

Aufregung erstrahlte – ihre Augen waren weit aufgerissen, ihre Fäuste in erregter Vorfreude geballt. Sie liebte romantische Geschichten über verwegene Prinzen in funkelnden Palästen. Mit einer Reise in eine exotische Stadt fern im Osten würde ein Traum für sie in Erfüllung gehen. Ich genoss ihre ungeteilte Aufmerksamkeit, und das gefiel mir.

»Ich nehme Elsie mit!«, rief ich, und Elsie quiekte und warf begeistert ihre Arme um mich. Während sie mich beinahe erdrückte, muss ich gestehen, dass ich nicht bemerkte, wie du enttäuscht den Kopf senktest.

Wenn man jung ist, macht man Fehler. Das gehört nun einmal dazu. Und im Hinblick auf die furchtbaren Dinge, die sich in Byzanz ereigneten, war diese Wahl vielleicht ein Fehler.

Aber andererseits, wenn ich die aufrichtige und dauerhafte Freundschaft bedenke, die sich im Laufe unseres Lebens zwischen uns entwickelt hat, Gwinny – und glaube mir, Königinnen brauchen aufrichtige Freunde –, dann ist ein Teil von mir froh über diesen Fehler, denn indem ich mich für Elsie entschied, ersparte ich dir die zerrüttende Erfahrung, persönlich die Ereignisse mitzuerleben, deren Zeuge ich am Hofe des moslemischen Sultans wurde.

DIE REISE, OKTOBER 1546

Wir verließen Hertfordshire am ersten Tag des Oktober im
Jahre unseres Herrn 1546 mit einer kleinen Karawane aus
zwei Wagen und sechs berittenen Soldaten als Eskorte.

Mr. Ascham ritt voran auf seinem geliebten Ross, einer
großen Stute, die als Turnierpferd kläglich versagt hatte.
Meinem Lehrer war das egal; er hatte sie wegen ihres sanften Gemüts gekauft. Mit seinem Langbogen über der Schulter führte er unseren Trupp an. Mr. Ascham hatte ein Buch
über die Kunst des Bogenschießens geschrieben, in dem
er seiner Meinung Ausdruck verlieh, dass jeder männliche
Engländer, der das Erwachsenenalter erreicht hatte, verpflichtet werden sollte, sich regelmäßig in der Benutzung
des Langbogens zu üben. Er selbst trug, wann immer er
reiste, seinen ledernen Daumenring am rechten Daumen
und einen Armschutz am linken Unterarm, für den Fall,
dass er einmal schnell einen Pfeil abschießen musste.

In der Hauptkutsche fuhr mit Elsie und mir Mrs.
Primrose Ponsonby, die selbst in dem schaukelnden
Gefährt mit perfekter Haltung saß, den Rücken durch-
gedrückt, die Hände züchtig im Schoß gefaltet. Sie war
26 Jahre alt, verheiratet, aber kinderlos, und frommer als
eine Nonne. Die Haube ihres himmelblauen Reiseumhangs
war perfekt geplättet (die Farbe beschwor vor meinem geistigen Auge Bilder der Jungfrau Maria herauf, und ich fragte
mich, ob das wohl auch ihre Absicht war); der Puder auf

ihrem Gesicht war makellos aufgetragen; und ihre Lippen waren, wie immer, zu einem Ausdruck der Missbilligung gekräuselt. Alles erregte Anstoß bei ihr: der tiefe Ausschnitt von Elsies Mieder (ein Zeichen für die lockere Moral der heutigen Zeit), die schlammbespritzte Rüstung unserer berittenen Begleiter (Mangel an Disziplin) und natürlich die Moslems (»gottlose Heiden, die in der Hölle brennen werden«). Manchmal dachte ich, dass Mrs. Ponsonby bewusst nach Dingen *suchte,* die Anstoß erregten.

Elsie konnte sie nicht ausstehen. »Scheinheilige, prüde Kuh«, murmelte sie, wenn Mrs. Ponsonby wieder einmal verlangte, dass sie ihr Dekolleté mit einem Schal bedeckte. »Wir hätten mehr Spaß mit Papst Paul als Anstandsdame!«

Mrs. Ponsonbys Gemahl Llewellyn – ein kleiner, rotgesichtiger Mann, ebenso fromm wie seine Frau, aber nach allem, was ich sah, mehr ihr Diener als ihr Gefährte – ritt auf einem Esel neben unserer Kutsche her. Er wieselte immer diensteifrig um seine Frau herum und überschlug sich fast in seiner Hast, ihre Befehle auszuführen, die immer mit dem schrillen Ruf »Llewellyn Ponsonby!« angekündigt wurden.

Ich seufzte. Die beiden waren nicht gerade ein leuchtendes Beispiel für die Freuden und Vorteile der Ehe, und als Anstandspersonen – nun ja, ich befürchtete, dass Elsie recht hatte.

Auf dem Weg nach Dover kamen wir durch London. Dort sprachen Mr. Ascham und Mr. Giles kurz in Whitehall vor, um etwas bei meinem Vater abzuholen: einen prächtigen scharlachroten Umschlag mit vergoldeten Rändern wie auf dem Einladungsschreiben des Sultans. Dieser Umschlag war mit einem Wachssiegel verschlossen, das in der Mitte den Abdruck des Ringes meines Vaters trug. Eine private

Nachricht von König zu König. Mein Lehrer würde den Umschlag während der gesamten Dauer der Reise bei sich tragen.

Ich wusste nicht, welche Nachricht oder Nachrichten der Umschlag enthielt. Wie ich später erfuhr, wusste mein Lehrer es auch nicht.

So gern ich es auch gewollt hätte, begleitete ich meinen Lehrer nicht in den Palast von Whitehall. Nur selten sah ich meinen Vater, und nie im kalten Licht des Hofes. Er thronte irgendwo an den Rändern meiner Welt, eine gottähnliche Gestalt, auf die ich nur gelegentlich einen Blick erhaschen konnte, die ich aber nie vollständig zu Gesicht bekam.

Natürlich wurde jeden Tag über ihn gesprochen. Er wurde geliebt und gefürchtet, bewundert und gefürchtet, respektiert und gefürchtet. Es hieß allgemein, mein Vater habe mehr Menschen hinrichten lassen als jeder andere englische Monarch vor ihm. Aber er war auch bekannt für seinen scharfen, gebildeten Verstand, für sein Geschick in jeder Art von körperlicher Betätigung, für seine musikalische Begabung – und für seine Zuneigung zu jedem hübschen Ding, das einen Rock trug, selbst wenn sie mit einem anderen verheiratet war.

Sein Umgang mit mir war normalerweise sehr oberflächlich und geschäftsmäßig. Ich war ein Nebenprodukt seines Königseins, und noch dazu ein lästiges: eine Tochter. Wirklich väterlich hatte er sich mir gegenüber vielleicht drei Mal verhalten, und bei jeder dieser Gelegenheiten hatte ich ihn vergöttert. Seine jüngste Bemerkung, ich sei »alt genug, um zu bluten«, entsprach schon eher der Regel – meine Befähigung, für England zu heiraten und Kinder zu bekommen, machte mich plötzlich nützlich.

Elsie und ich warteten vor dem Palast unter den wachsamen Blicken unserer beiden Anstandspersonen, der sechs Wachen und der sieben Köpfe von erst kürzlich hingerichteten Verrätern, die aufgespießt über den Toren thronten.

Das wütende Gebrüll eines gereizten Bären erklang aus einer benachbarten Gasse, gefolgt von den Anfeuerungsrufen einer Menschenmenge. Ich warf einen Blick um die Gebäudeecke und sah das arme Tier: eine mächtige Bestie, angekettet an einen Pfahl im Boden und in ohnmächtiger Wut brüllend, während zwei große Doggen sie angriffen und ganze Büschel aus ihrem Fell herausbissen. Es gelang dem Bären, einen der Hunde mit einem mächtigen Tatzenhieb zu erwischen, woraufhin dieser mit einem gequälten Kläffen an eine Mauer geschleudert wurde und tödlich verwundet zu Boden sackte. Während der Hund starb, wurde eine neue Dogge freigelassen, die seinen Platz einnahm. Die Menge jubelte daraufhin noch lauter.

Mrs. Ponsonby war verständlicherweise angewidert. »Ich hätte gedacht, Engländer wären aus einem anderen Holz geschnitzt. Kommt, Mädchen. Wendet die Blicke ab.«

In diesem Fall war ich tatsächlich einmal einer Meinung mit ihr.

Nach unserem kurzen Halt in Whitehall reisten wir rasch nach Dover weiter und dann über den Kanal nach Calais.

Dort wechselten wir auf Mr. Aschams Anraten die Kleidung und zogen etwas weniger Farbenfrohes an als das, was wir im Süden Englands getragen hatten. Elsie und ich trugen schlichte Gewänder ohne Reifröcke (was, wie ich sagen muss, die Bewegung sehr erleichtert). Mit ihrem anmutigen Hals, ihrem blonden Haar und ihrem jugendlichen Körper schaffte Elsie es, auch in diesem groben Kittel wie ein Engel auszusehen.

Mrs. Ponsonby schürzte verärgert die Lippen, als Mr. Ascham sie zwang, einen schlichten braunen Reisemantel anzuziehen. Ihr blauer Reiseumhang, sagte er, sei nicht das Richtige für eine Reise quer durch den Kontinent – damit werde sie mit ziemlicher Sicherheit die Aufmerksamkeit von Straßenräubern erregen. Elsie konnte ihre Schadenfreude über diesen Wortwechsel kaum verhehlen.

Mr. Ascham kleidete sich für unsere Reise auf eine Weise, die, wie ich finde, eine genauere Beschreibung rechtfertigt.

In Hertfordshire trug er immer die steife, formelle Garderobe eines Mannes von Stand: Halskrause, Robe, Kniehosen und lange Strümpfe an den Füßen. Jetzt jedoch legte er eine Kleidung an, die sich grundlegend davon unterschied: eine lange braune Hose aus derbem Stoff, kniehohe Reitstiefel und ein braunes Wams aus robustem spanischem Leder. Darüber trug er einen langen schwarzen Mantel aus gefettetem, grobem Leinen, der ihm bis zu den Knöcheln reichte. Auf seinen Kopf setzte er einen weitkrempigen braunen Hut, der unempfindlich gegen Regen zu sein schien.

All das verlieh meinem geliebten Schulmeister ein weitaus raubeinigeres Aussehen als das, was ich von ihm gewohnt war. Er wirkte mehr wie ein Entdecker oder Abenteurer als wie der Lehrer eines kleinen Mädchens aus Hertfordshire.

Er sah härter und rauer aus, und vielleicht auch ein bisschen verwegen.

Durch Frankreich kamen wir zügig voran.

Auch wenn mein Vater nominell der König von Frankreich war, schien das für die Bewohner des Landes doch ein wunder Punkt zu sein, deshalb reisten wir inkognito durch die Länder der Franken, ja wir gingen sogar so weit, dass wir nicht einmal bei königlichen Verwandten übernachteten.

Stattdessen kehrten wir in Schenken und Wirtshäusern ein, für gewöhnlich übel riechende und abstoßende Spelunken, die selbst für Hunde zu schäbig waren, ganz zu schweigen von menschlichen Wesen. Ein paarmal – ja, es ist wirklich wahr! – schliefen wir sogar in unseren Wagen am Wegesrand, während unsere Soldaten im Schein eines Lagerfeuers Wache hielten.

Während mich der grausame Zeitvertreib meiner englischen Landsleute in Whitehall sehr traurig gemacht hatte, war ich schockiert von den Sitten der französischen Landbevölkerung, insbesondere von ihrem ausschweifenden Trinken und Feiern und ihrer mangelhaften Körperhygiene. Einmal sah ich, wie ein Mann in den Rinnstein urinierte und sofort anschließend mit seinen ungewaschenen Händen nach einem Hühnerbein griff, um es zu essen.

Ich erwähnte es meinem Lehrer gegenüber und fragte ihn, was der Anblick solcher Szenen wohl zu meiner königlichen Erziehung beitragen sollte.

»Bess«, sagte er. »Die meisten bei Hofe glauben wohl nicht daran, dass du jemals auf dem Thron von England sitzen wirst, aber wenn es um die Thronfolge geht, sollte man niemals auch nur den entferntesten Erben außer Acht lassen. Sollte Edward die Pocken bekommen und Mary mit ihrem Glaubenseifer den Hof gegen sich aufbringen, wärst du unversehens Königin von England, Irland und Frankreich. Und wenn das der Fall wäre, dann würde die Erziehung, die du durch mich erhältst, darüber entscheiden, ob du eine *gute* Königin von England wirst oder nicht. Diese Reise wird die müheloseste

Unterrichtslektion sein, die ich dir je erteile, denn alles, was du zu tun hast, ist zuzusehen. Zuzusehen und die Gebräuche, Aktivitäten und Vorlieben realer Menschen zu beobachten, denn es sind reale Menschen, über die ein König oder eine Königin herrscht.«

Auch wenn ich nicht ganz überzeugt war, glaubte ich es ihm.

Jeden Abend, ganz egal, wo wir übernachteten, spielten Mr. Ascham und Mr. Giles Schach. Meistens gewann Mr. Giles, aber in der Regel erst, nachdem das Spiel sich über eine geraume Zeit erstreckt hatte und nur noch ein paar Bauern und der König auf dem Brett verblieben waren. Oft ging ich zu Bett, bevor sie fertig waren.

Einmal fragte ich meinen Lehrer, warum denn Mr. Giles, wenn er doch ein so starker Schachspieler war, jeden Abend spielen müsse.

Mr. Ascham antwortete: »Es ist von besonderer Bedeutung, dass Giles seinen Verstand frisch und wach erhält. Schachspielen ist nicht anders als jeder andere Sport. Genau wie beim Lanzenstechen oder Bogenschießen muss man seine Muskeln trainieren und vorbereiten.«

»Sport? Ihr nennt Schach einen Sport?«

»Aber natürlich!« Mr. Ascham wirkte schockiert. »Es ist der erhabenste Sport von allen, denn der Spieler tritt gegen seinen Gegner unter absolut gleichen Voraussetzungen an. Körperliche Größe ist kein Vorteil im Schach. Ebenso wenig Alter oder – junge Dame – das Geschlecht. Beide Spieler verfügen über die gleichen Figuren, die sich nach denselben Regeln bewegen. Schach ist die Königin aller Sportarten.«

»Aber Sport ist doch eine körperliche Aktivität. Gehört

zur Definition von Sport nicht, dass ein Spieler sich durch seine Anstrengungen erschöpft oder zumindest ins Schwitzen gerät? Schach ist nur ein Gesellschaftsspiel, bei dem beides nicht zutrifft.«

»Ein Gesellschaftsspiel! Ein *Gesellschafts*spiel!«, rief Mr. Ascham entrüstet. Aber statt das Thema weiter mit mir zu diskutieren, nickte er nur nachdenklich. »Also gut. Akzeptieren wir deine Definition für den Augenblick, und dann lass uns anhand deiner Beobachtungen beim bevorstehenden Turnier entscheiden, ob Schach diesen Kriterien einer Sportart genügt.«

Während sie ihre abendlichen Partien spielten, plauderten Mr. Ascham und Mr. Giles miteinander – über die Ereignisse des Tages oder den Aufstieg Martin Luthers oder über andere Themen, die sie gerade interessierten.

Ich bewunderte die Ungezwungenheit, mit der sie sich unterhielten. Sie waren schlicht und einfach gute Freunde, die sich in der Gegenwart des anderen so wohlfühlten, dass sie über alles reden konnten, ob es nun gut gemeinte Ratschläge oder ernste Kritik waren. Einmal, als ich mit Mr. Ascham auf seinem Pferd ritt, fragte ich ihn, wie und wann er und Mr. Giles Freunde geworden waren.

Mein Lehrer lachte leise. »Wir waren beide hoffnungslos in dasselbe Mädchen verliebt.«

»Ihr wart Rivalen und seid jetzt die besten Freunde? Das verstehe ich nicht.«

»Sie war Debütantin und das schönste Mädchen in ganz Cambridge.« Mr. Ascham schüttelte den Kopf. »Schön, aber auch eigensinnig. Giles und ich waren Studenten, ungestüm und jung. Wir konkurrierten schamlos um ihre Zuneigung – ich mit grässlichen Liebesgedichten, er mit Blumen und Witz –, und sie akzeptierte bereitwillig unserer *beider*

Avancen, bis sie mit dem Erben eines riesigen Anwesens davonlief, der sich später als Trunkenbold und Dummkopf erwies und schließlich sein gesamtes Land an einen Geldverleiher verlor. Ich weiß nicht, was aus ihr geworden ist, aber im Verlauf unseres gemeinsamen Scheiterns wurden Giles und ich enge Freunde.«

»Und er lehrt jetzt in Cambridge?«

»Ja. Säkulare Philosophie. Wilhelm von Ockham, Thomas von Aquin, Duns Scotus und dergleichen.«

»Und er ist unverheiratet, so wie Ihr, nicht wahr?«, fragte ich und versuchte, so unschuldig wie möglich zu klingen. Das Thema interessierte Elsie besonders. Sie fand Mr. Giles recht anziehend »auf eine intellektuelle Weise«.

»In der Tat«, erwiderte Mr. Ascham, »aber im Gegensatz zu mir nicht freiwillig. Giles war einmal verheiratet – mit der Tochter seines Philosophieprofessors, einer sehr klugen und entzückenden jungen Frau namens Charlotte Page. Charlottes Vater erlaubte ihr, seinen Vorlesungen beizuwohnen, versteckt im hinteren Teil des Raumes, und so lernte sie alles, was auch die jungen Männer lernten. An Bildung konnte sie es mit jedem von ihnen aufnehmen, und Giles vergötterte sie. Sie heirateten, aber ein Jahr nach der Hochzeit erkrankte sie an der Pest und starb mit 21 Jahren. Seither hat Giles nie wieder Interesse am anderen Geschlecht gezeigt.«

Ich schaute zu Mr. Giles, der nicht weit von uns auf seinem Pferd ritt und gedankenverloren in die Landschaft blickte, und ich fragte mich, ob er wohl gerade an sie dachte. »Armer Mr. Giles.«

Mr. Ascham lächelte düster. »Ja. Aber andererseits – ist es besser, für eine kurze Weile tief und wahrhaftig zu lieben, als niemals zu lieben?«

Ich wusste es nicht. In jener Phase meines Lebens waren

Knaben oder junge Männer noch eine große Unbekannte für mich. Während ich sie nur ein Jahr zuvor noch als lästig und störend empfunden hatte, fand ich sie jetzt faszinierend. Die Vorstellung jedoch, einmal einen wirklich zu lieben, war bestenfalls eine vage Ahnung.

»Ist das der Grund, weshalb Ihr unverheiratet seid?«, fragte ich. »Wartet Ihr auf eine ähnliche allumfassende Liebe?«

»Das mag vielleicht sein«, antwortete mein Lehrer. »Aber der eigentliche Grund ist, dass ich noch einige Projekte beenden möchte, bevor ich mich irgendwo häuslich niederlasse.«

»Als da wären?«

»Nun, du zum Beispiel.«

IM REICH DER HABSBURGER

Schließlich durchquerten wir Burgund und die Rheinebene und gelangten in das Reich der Habsburger.

In einem weiten Bogen reisten wir um die Berge herum, von denen die Schweizerische Eidgenossenschaft beschützt wird, wir durchquerten dichte Wälder und eindrucksvolle Täler und erblickten die hoch aufragenden Burgen der deutschen Adligen.

Ich vermute, dass ich mit einem ständigen Ausdruck des Erstaunens auf meinem Gesicht reiste – jeder Tag unserer Reise brachte neue Eindrücke, neue Menschen, neue Kulturen.

Im Reich der Habsburger wurden auch unsere Unterkünfte besser. Durch ein labyrinthisches Netz von ehelichen Verbindungen, das nicht einmal der Hofastronom hätte berechnen können, besaß die Familie meines Vaters zahlreiche entfernte Verwandte in diesem Teil der Welt, und es war deren Gastfreundschaft, die wir genossen. (Mir blieb nicht verborgen, dass wir in Frankreich, dessen König mein Vater offiziell war, mit Heimlichkeit und Vorsicht gereist waren, während wir in den deutschen Regionen, wo mein Vater keinen derartigen Titel besaß, frei und offen unterwegs waren.)

Wir übernachteten in prächtigen Landhäusern und manchmal in Burgen oder Schlössern, die auf Hügeln thronten, und wir aßen auch wieder standesgemäß: gebratenes

Wild, feines Weizenbrot, Rotwildpastete und einige der köstlichsten Lebkuchen, die ich je probieren durfte. Unter der offenkundigen Missbilligung unserer Anstandspersonen genehmigten sich Mr. Ascham und Mr. Giles einmal einige Gläser Rheinwein, ein kräftiger deutscher Wein (und ich weiß, dass es Elsie ebenfalls gelang, schnell und heimlich ein Glas davon zu trinken).

Am nächsten Morgen klagten alle drei über stechende Kopfschmerzen. Die frommen Ponsonbys tranken nur Birnenmost und hatten keine solchen Beschwerden.

Je weiter wir jedoch nach Osten reisten, desto häufiger übernachteten wir in den Gasthäusern und Bierhallen der Bergwerksstädte in Bayern. Hier spielte Mr. Giles oft gegen starke einheimische Schachspieler, während wir anderen zusahen oder aßen.

Ich verfolgte diese Partien aufmerksam und mit großer Begeisterung, während Mrs. Ponsonby ruhig neben mir saß und strickte, äußerlich desinteressiert, aber in Wirklichkeit immer wachsam.

Elsie hingegen – und ich muss sagen, dass ihr schnell langweilig wurde – sah zwar auch manchmal zu, aber öfter noch zog sie sich in unsere Gemächer zurück oder an andere Orte, von denen ich nichts wusste. Und genauso wie Elsie sich nicht um Mrs. Ponsonby scherte, scherte diese sich auch nicht um Elsie.

»Meine Aufgabe ist es, auf dich und *nur* auf dich achtzugeben, Elisabeth«, sagte sie einmal zu mir. »Ich überlasse es Gott, unserem Herrn, die Seele dieser kleinen Schlampe zu retten.«

Auf jeden Fall genoss ich es sehr, Mr. Giles beim Schachspiel zuzusehen. Er war ein überaus einfallsreicher und gerissener Spieler.

An manchen Abenden gab er mir Unterricht im Schach. Wie viele unerfahrene Spieler setzte ich immer meine Dame ein, um große Lücken in die Reihen seiner Figuren zu sprengen, aber immer wieder schlug er unweigerlich meine blutrünstige Dame mit einem Springer, den ich nicht kommen sah. Oftmals nahm er sie, nachdem er meinem König mit dem gleichen Springer Schach geboten hatte, ein Manöver, das er als *Gabel* bezeichnete.

»Der Springer ist der größte Feind der Dame«, erklärte er mir in einem Wirtshaus, »denn obwohl die Dame die Züge aller anderen Figuren beherrscht, bleibt ihr die Zugweise des Springers verschlossen. Deshalb müsst Ihr immer, wenn Ihr Eure Dame bewegt, nach einer Springergabel Ausschau halten. Setzt sie niemals auf ein Feld, das einem gegnerischen Springer ermöglicht, gleichzeitig sie und den König anzugreifen. Das ist der häufigste Fehler, den Amateurspieler machen.«

Nachdem ich ihn viele Partien hatte spielen sehen, fiel mir auf, dass Mr. Giles vor allem zwei Arten von Eröffnungen benutzte, von denen er nur selten abwich. Als ich meinen Lehrer danach fragte, erklärte er mir, dass Mr. Giles »das Zentrum des Brettes kontrolliert« und »eine Basis für spätere Angriffe schafft«. Mir machte es mehr Spaß, Figuren zu schlagen.

Wenn er gegen mich spielte, sagte Mr. Giles oft: »Miss Bess, im Schach spielt man nie die Figuren, man spielt den Gegner. Beobachtet seine Augen, haltet Ausschau nach den Momenten, in denen er viel und rasch blinzelt oder wenn er den Atem anhält, denn das sind die Momente, in denen Euer Gegner etwas plant. Und andererseits unterdrückt Eure eigenen Gefühle, denn im Leben genauso wie im Schach können sie Eure Absichten verraten.« Als er das sagte, warf er mir einen bedeutungsvollen Blick zu. »Das gilt ganz besonders für Königinnen und Prinzessinnen.«

Er lächelte. Ich lächelte zurück. Ich mochte Mr. Giles.

Mr. Giles stellte seinen Gegnern gern teuflische Fallen, und auch das konnte ich allmählich erkennen, nachdem ich ihm oft genug beim Spielen zugesehen hatte. Dann wartete ich gespannt darauf, dass er seine Falle zuschnappen ließ (und seinem eigenen Ratschlag getreu verriet sein Gesicht niemals seine Absichten).

Seine bevorzugte Falle kam zum Einsatz, wenn sein Gegner rochierte. Wenn er das sah, positionierte Mr. Giles wie beiläufig seine Dame vor einem seiner Läufer und wartete auf seine Gelegenheit.

Und dann, gerade wenn der Gegner dachte, das Spiel trete in eine neue Phase ein, schlug Mr. Giles zu wie eine Kobra. Seine Dame schnellte diagonal quer über das Brett, bis sie, gedeckt von ihrem treuen Läufer weit hinter ihr, Nase an Nase mit dem gegnerischen König stand und Mr. Giles ruhig sagte: »Schachmatt.«

Einmal in einem Wirtshaus machte Mr. Giles genau diesen Zug und erzürnte damit seinen Gegner, einen Arbeiter eines Salzbergwerks, der sich für einen meisterhaften Spieler hielt und in seinem Heimatort angeblich ungeschlagen war. Als er sah, dass er verloren hatte, sprang der Bergmann auf, wobei er seinen Stuhl umwarf, und versetzte Mr. Giles einen heftigen Stoß vor die Brust.

Mr. Ascham, der danebenstand, bewegte sich mit überraschender Schnelligkeit und fing Mr. Giles auf, bevor dieser auf dem Boden aufschlug.

Der Bergmann ragte drohend vor den beiden auf, ein kräftiger Bursche, dessen Gesicht noch schmutzig von der Arbeit unter Tage war.

»Ihr habt betrogen!«, knurrte er.

»Ich entschuldige mich, dass ich Euch geschlagen habe, mein Herr, aber ich habe nicht betrogen«, erwiderte Mr. Giles in versöhnlichem Ton.

»Wir spielen noch einmal!«, dröhnte der Riese.

Mr. Ascham trat vor. »Ich denke, das reicht für den Abend. Vielleicht können wir Euch zu einem Krug Bier einladen, als Dank für eine gut gespielte Partie.«

»Oder vielleicht breche ich Euch beiden alle Knochen, besorge es Eurem kleinen Mädchen und kaufe mir selbst was zu trinken!«, schnaubte der Bergmann. Einige seiner Freunde lachten drohend.

»Das wird nicht geschehen«, sagte Mr. Ascham mit ruhiger Stimme.

Der bullige Bergmann erstarrte. Im ganzen Wirtshaus wurde es totenstill. Ich schaute mich um und sah, dass die Anwesenden mit großem Interesse die Konfrontation beobachteten.

Der Bergmann funkelte meinen Lehrer an. »Ich weiß, dass Ihr mit einer Eskorte reist, Fremder, aber Eure Wachen sind draußen. Ich werde Euch zu Brei geschlagen haben, bevor sie durch diese Tür hereingekommen sind.«

Und dann, mit einer schockierenden Plötzlichkeit, schlug der Bergmann mit seiner mächtigen Faust nach dem Gesicht meines Lehrers.

Mr. Ascham bewegte sich mit einer Flinkheit, die ich ihm niemals zugetraut hätte.

Er duckte sich unter dem ungestümen Schwinger des Riesen, dann sprang er wieder hoch und versetzte dem Mann einen schnellen, aber kräftigen Schlag an den Hals, direkt auf den Adamsapfel.

Der Bergmann blieb wie angewurzelt stehen. Seine

Augen wurden rot und traten vor, und er schnappte nach Luft, als würde er ersticken. Er klammerte die Hände um seinen Hals und fiel auf die Knie.

Mein Lehrer, die Ruhe selbst, stand, ohne zu blinzeln oder den Blick abzuwenden, vor ihm. Der Bergmann war seiner Gnade ausgeliefert.

»Mein Freund spielte ein faires Spiel, und er meinte es nicht böse. Ebenso wenig wie ich. Ich habe nicht den Wunsch, Euch noch weiter zu verletzen.« Mr. Ascham ließ seinen Blick durch den Schankraum wandern, ob jemand Anstalten machte, seinen japsenden Freund zu rächen. »Aber ich werde meine Reisegruppe verteidigen, wenn Ihr mich dazu zwingt.«

Er schob Mr. und Mrs. Ponsonby und mich zur Tür. Mr. Giles folgte ihm rückwärts. Auch Elsie erschien von irgendwoher – aus einer Seitentür, glaube ich; sie hatte wohl den Lärm gehört – und schloss sich unserem Rückzug an.

Mr. Ascham warf ein paar Silbermünzen auf den Boden vor dem Knienden. »Wir wünschen allen eine gute Nacht und empfehlen uns.«

Wir verließen die Bergwerksstadt sofort und schlugen an diesem Abend unser Lager in einem Wald ein gutes Stück weiter östlich auf. Aber als wir aus der Stadt ritten, sah ich die Hände meines Lehrers an seinen Zügeln.

Sie zitterten.

Am nächsten Tag, als Mr. Ascham auf seinem Pferd neben unserer Kutsche ritt, sagte ich: »Mr. Ascham, mir war nicht bewusst, dass Ihr so … nun … geschickt im Kampf seid. War das schon immer so?«

Mein Lehrer schüttelte den Kopf. »Ich bin kein großer Kämpfer, Bess. Wäre der Kampf gestern weitergegangen, hätte der Bergmann mich mit großer Wahrscheinlichkeit besinnungslos geprügelt. Aber ich habe genug getan, um uns alle sicher dort herauszubringen, und das war auch alles, was ich wollte.« Er lächelte traurig. »Bess, trotz der vielen Fortschritte der Menschheit in der Medizin, den Wissenschaften, der Architektur und den Künsten leben wir in einer brutalen Welt, in der die Gewalt noch immer der letztendliche Schiedsrichter ist.«

»Aber was ist mit England? Ist es denn nicht eine Nation der Gesetze?«, widersprach ich, genau wie mein Lehrer es mich gelehrt hatte. »Die Herrschaft des Gesetzes ist es doch, was uns zu einer zivilisierten Nation macht.«

Mr. Ascham schnaubte. »So zivilisiert sind wir gar nicht.«

»Aber ich kann durch jede Straße in Hertfordshire spazieren, ohne Angst um mein Leben haben zu müssen.«

»Das stimmt. Aber weißt du auch, warum das so ist?«

»Wegen der Herrschaft des Gesetzes.« Ich überlegte. »Weil der gemeine Engländer weiß, dass es für alle besser ist, wenn sich alle an das Gesetz halten.«

»Bess, wenn jemand auch nur ein Haar auf deinem Kopf krümmte, würde dein Vater ihm den Kopf abschlagen und über Aldgate zur Schau stellen. Deine Sicherheit wird garantiert durch die Gewalt, die dein Vater ausübt. Würdest du irgendwo im Norden auf der Straße spazieren gehen, in einer Stadt, in der man nicht wüsste, dass du die Tochter des Königs bist, dann wärst du nicht so sicher.«

»Was wollt Ihr damit sagen?«, fragte ich. »Macht ist Recht?«

»Das ist genau das, was ich sage, und das ist auch der Grund, weshalb ich als junger Mann ein paar Kampftricks, mit denen man den Gegner kampfunfähig machen kann, erlernte – so wie der, den du gestern Abend gesehen hast.

Und es ist der Grund dafür, dass ich so entschieden für die Ausbildung im Umgang mit dem Bogen eintrete. Und wenn ich so darüber nachdenke, wäre es vielleicht klug, ein paar grundlegende Verteidigungstechniken in deinen Lehrplan einzufügen.«

»Ihr wollt mir beibringen zu *kämpfen*?«

»*Mister* Ascham!«, rief Mrs. Ponsonby neben mir entrüstet. Sie hatte gelauscht, und zwar nicht besonders dezent. »Ich muss protestieren! Eine Dame, noch dazu eine Prinzessin, braucht solcherlei Fertigkeiten nicht. Ich muss Euch doch sehr bitten, diese tollkühne Idee noch einmal zu überdenken.«

»Vielen Dank für Eure Besorgnis, Mrs. Ponsonby, aber ich denke, das könnte eine recht nützliche Lektion für …«

»Ich werde wohl nach unserer Rückkehr den König informieren müssen«, fiel ihm Mrs. Ponsonby ins Wort.

»Bitte tut das«, antwortete Mr. Ascham. »Ich habe immer seine Ansichten über meine Lehrmethoden begrüßt. Aber bis dahin obliegen solche Entscheidungen mir und nicht Euch, deshalb muss ich leider Euren Einspruch zurückweisen.« Er war immer höflich zu ihr, trotz ihrer unerträglichen Aufgeblasenheit. Ich konnte mir ein Lächeln kaum verkneifen.

Mr. Ascham wandte sich wieder an mich. »Bess, vielleicht habe ich dich nicht ausreichend über das letztendliche Ziel deiner Ausbildung informiert. Ich habe die Absicht, dich zu einer *bemerkenswerten Persönlichkeit* zu machen. Wenn ich mit dir fertig bin, dann hoffe ich, dass du, müsstest du in deinem Unterkleid aus England fliehen, in der Lage wärst, an jedem Ort der Christenheit zu leben.«

Mir gefiel dieses Ausbildungsziel.

Zur Mittagszeit begann Mr. Ascham meinen neuen Unterricht in persönlicher Verteidigung mit einer Frage: »Also gut, Bess, was, glaubst du, ist die erste Strategie, die du bei einem Kampf anwenden solltest?«

Ich hob die Fäuste. »Das hier?«

»Nein. Falsch. Du solltest weglaufen. Wenn du nicht da bist, kannst du nicht getroffen werden.«

Ich furchte die Stirn. »Das klingt aber sehr feige. Und nicht sehr englisch.«

»Die Welt ist nicht sehr englisch. Ob es eine dumme Kneipenschlägerei ist oder eine Seeschlacht – eine Auseinandersetzung, die *vermieden* wird, ist für alle Beteiligten das Beste.«

»Aber gestern Abend habt Ihr die Auseinandersetzung nicht vermieden.«

»Gestern Abend hatte ich eine Verantwortung, vor der ich nicht davonlaufen konnte, nämlich deine Sicherheit. Ich musste die Konfrontation so schnell wie möglich beenden und uns dann alle von dort fortbringen.«

»Was ist, wenn ich nicht weglaufen kann?«

»Dann machst du das.« Er hielt seine rechte Hand hoch, die Handfläche nach unten und alle Finger nach vorn gestreckt – und plötzlich stieß er mit der Hand nach meinen Augen. Ich zuckte zusammen, als seine Finger sanft gegen mein Gesicht stießen und zwei davon meine Augenlider berührten.

Nicht weit von uns schnaubte Mrs. Ponsonby empört. Sie warf einen Seitenblick auf ihren Gemahl, und er wiederholte pflichtschuldig das Geräusch.

Mr. Ascham ignorierte sie.

»In Anbetracht deines Alters, Bess, werden die meisten Angreifer größer und stärker sein als du, deshalb musst du Hinterlist statt Kraft einsetzen. Strecke deine Finger so aus und stich deinem Gegner damit in die Augen. Blende ihn. Die Augen sind bei jedem Menschen verletzlich, selbst beim kräftigsten Halunken. Und nicht einmal Halunken können kämpfen, wenn sie nichts sehen. Aber achte darauf, dass deine Finger leicht gebeugt sind, damit du sie dir bei dem Stoß nicht verletzt. Und jetzt versuche es einmal.«

Ich tat es und war überrascht, wie leicht es war, meinen Lehrer mit mindestens einem Finger oder dem Daumen in die Augen zu treffen.

»Gut«, sagte er. »Was machst du, nachdem du deinem Gegner in die Augen gestochen hast?«

»Ich schlage ihm an den Hals. So wie Ihr es gemacht habt.«

»Nein. Falsch. Du läufst weg.«

»Schon *wieder*?«

»Eine Auseinandersetzung, die vermieden wird, ist für alle Beteiligten das Beste«, wiederholte er wie ein Mantra. »Du versuchst nur, ihn lange genug außer Gefecht zu setzen, dass du weglaufen kannst.«

»Aber was ist, wenn er sich nicht so einfach außer Gefecht setzen lässt?«

Daraufhin brachte mir Mr. Ascham bei, wie man jemandem gegen die Kehle schlägt, so wie er es am vorigen Abend getan hatte. »Manche Männer schlagen nach dem Unterkiefer, aber das ist dumm, denn gegen einen Knochen zu schlagen, ist, als würde man eine Mauer schlagen. Ein Schlag an die Kehle dagegen macht es deinem Angreifer unmöglich zu atmen, und wenn er nicht atmen kann, kann er nicht kämpfen. Gut – und was machst du, nachdem du ihm an den Kehlkopf geschlagen hast und er nach Luft schnappt?«

Ich grinste. »Ich laufe weg.«

Er lächelte. »Meine Prinzessin, du lernst wirklich schnell.«

Wir setzten unsere Reise fort.

DURCH DIE WALACHEI

Einige Tage später verließen wir das Reich der Habsburger und gelangten in die östliche Hälfte des Kontinents.

Die Landschaft veränderte sich augenblicklich. Verschwunden waren die rostig-goldenen Herbstblätter des Westens. Hier war alles düsterer. Die Berge waren schwarz und bedrohlich, die Bäume kahl und dürr, die Straßen sumpfig und morastig.

Auch die Sprache wechselte: Auf der westlichen Seite Europas war die Verkehrssprache unter Fremden Latein, aber im Osten war es ausnahmslos das Griechische. Über tausend Jahre lang hatten die oströmischen Kaiser auf ihrem Thron in Konstantinopel das Lateinische als eine vulgäre Sprache verachtet, die nicht »heilig« war wie das Griechische. Auch die Machtübernahme der moslemischen Sultane hatte daran nichts geändert.

Als wir uns dem Schwarzen Meer näherten, durchquerten wir ein Land, das von manchen als Romania bezeichnet wurde und von anderen als Walachei. Es war ein düsteres Land, bewohnt von Zigeunern und Bauern, die alle das geplagte Aussehen von Menschen hatten, die in dauerhafter Unterdrückung leben. Ihre Dörfer rechtfertigten kaum diese Bezeichnung; es waren eher kleine Ansammlungen ärmlicher Hütten auf beiden Seiten eines matschigen Weges.

»Wusstest du, Bessie«, flüsterte Elsie mir eines Nachts zu, als wir in unserem verhangenen Wagen am Rand eines solchen Weges lagen, »dass vor hundert Jahren die Walachei von einem Wahnsinnigen regiert wurde, der Vlad der Dritte hieß? Er beging unbeschreiblich grausame Akte der Folter und des Mordes; seine bevorzugte Hinrichtungsmethode war das Pfählen. Das Opfer wurde bei lebendigem Leibe auf einem Pfahl aufgespießt, der durch den Anus eindrang und zum Mund wieder herauskam, und dann rutschte es allmählich den Pfahl hinab und starb langsam und qualvoll.«

»Wie entsetzlich …«

»Wenn man den Geschichten glauben darf, ließ dieser Vlad ganze Dörfer pfählen. So mörderisch war seine Herrschaft, dass man schon munkelte, er trinke das Blut der Toten bei Tische. Er wurde als Vlad der Pfähler bekannt. Anscheinend war er ein eifriger Katholik …«

»Elsie«, sagte Mr. Ascham streng und steckte seinen Kopf in den Wagen. »Hör auf, Bess mit deinen dummen Lagerfeuergeschichten Angst zu machen.«

Aber mir fiel auf, dass er am nächsten Tag, als wir durch ein weiteres Dorf kamen, etwas näher an unserer Kutsche ritt als gewöhnlich.

Finster dreinblickende Zigeuner beobachteten uns, wenn unsere Karawane an ihnen vorbeizog. Manchmal folgten sie uns bis über die Grenzen ihrer Dörfer hinaus und beschatteten uns aus der Ferne.

Einmal folgte uns eine Gruppe von ihnen ganze drei Tage und Nächte. Während der Zeit stellte Mr. Ascham eine zusätzliche Wache auf, die auf meinen Wagen achtgab, während ich schlief.

In einer dieser Nächte fragte ich: »Sir, ist es wahr, dass Zigeuner Kinder entführen? Habt Ihr deshalb einen zusätzlichen Mann abgestellt, um mich zu beschützen?«

Mr. Ascham schaute hinaus in die vom Mond beschienene Landschaft. Eine unregelmäßige Reihe von Nadelbäumen ragte in den Himmel und rahmte das Tal ein.

»Leider, kleine Bess, basieren die schaurigen Gutenachtgeschichten, die wir in England über Zigeuner erzählen, tatsächlich auf wahren Begebenheiten«, antwortete er, ohne den Blick von den Hügeln zu lassen.

In der Ferne jaulte ein Wolf. Jedenfalls glaubte ich, dass es ein Wolf war. Es konnte auch ein Mensch sein.

»Und was genau machen diese Zigeuner mit den Kindern, die sie in der Nacht rauben?«, fragte ich. In den Geschichten, die man zu Hause hörte, erfuhr man nie wirklich, was aus den Kindern wurde, die entführt wurden.

Mr. Ascham drehte sich zu mir um. Ernst sagte er: »Das ist etwas, mit dem ich deinen jungen Geist in diesem Stadium deiner Entwicklung nicht belasten will.«

Ich verdrehte die Augen. »Es wird ja wohl kaum schlimmer sein als Pfählen, oder?«

»Doch, ist es«, sagte er und weigerte sich, weiter über die Angelegenheit zu sprechen.

Mr. Giles spielte weiterhin Schach, wenn sich die Gelegenheit bot, aber in der Walachei gab es weniger Dörfer und damit auch weniger Gelegenheiten. Als er eines Abends in einem kleinen Wirtshaus spielte, fiel mir ein seltsam aussehender Bursche auf, der die Partie vom hinteren Teil des Raumes aus aufmerksam verfolgte. Er war ein kleiner Mann mit dunkler persischer Haut und einer langen rattenartigen Nase.

Ich stutzte. Diesen Mann hatte ich schon einmal gesehen, im letzten Wirtshaus, vor zwei Tagen. Ich machte Mr. Ascham darauf aufmerksam.

»Gut beobachtet, Bess. Dieser Herr folgt uns nun schon seit einer Woche«, sagte mein Lehrer ruhig, ohne zu dem Rattengesichtigen hinüberzuschauen. »Er drückt sich immer im Hintergrund herum und beobachtet Giles' Spiele sehr genau. Nein, Bess, dreh dich nicht um.«

»Wer ist das?«, fragte ich flüsternd.

»Ich vermute, dass er ein Agent des Sultans ist, der Giles beobachten und darüber berichten soll. Vielleicht um seine Spielstärke abzuschätzen, bevor er beim Turnier erscheint. Oder um zu sehen, wer mit ihm reist. Wir befinden uns jetzt im Einflussbereich des Osmanischen Reiches, Bess, deshalb sollte es uns nicht überraschen, dass die Augen des Sultans über uns wachen.«

Ein anderes Mal übernachteten wir in einem großen und sehr lärmigen Wirtshaus.

Unsere Räume befanden sich im oberen Stockwerk, während das Erdgeschoss von einer Bierhalle eingenommen wurde, in der ungewaschene Einheimische Karten spielten, Pfeife rauchten und ein starkes, übel riechendes einheimisches Gebräu tranken. Mrs. Ponsonby war natürlich entsetzt und wedelte heftig und demonstrativ mit ihrem Fächer, als könnte sie das Laster aus der Luft fächeln. An einem Tisch in der Ecke spielten zwei Männer Schach um Geld.

Ich sollte erwähnen, dass Mr. Giles immer, wenn er auf unserer Reise Schach spielte, es allein um des Spielens willen tat. Manchmal wollten einheimische Spieler um Geld gegen ihn spielen, aber Mr. Giles lehnte es immer ab. Er war bereit zu spielen, aber nur um des Vergnügens willen.

Zuerst fand ich das seltsam, denn er hätte eine gute Chance gehabt, sie zu schlagen. Eines Tages fragte ich ihn danach.

»Wenn man in fremden Ländern reist, Miss Bess«, sagte er, »dann ist man im Grunde ein Gast im Haus eines anderen. Und es ist nicht höflich, das Geld seines Gastgebers zu nehmen. Ihn im Schach zu besiegen ist eine Sache, aber man spielt nicht um Geld. Niemand mag Fremde, die zu Besuch kommen, gewinnen und dann auch noch keck mit dem schwer verdienten Silber ihres Gastgebers davonspazieren. Wer so etwas macht, muss damit rechnen, dass man ihn aus der Stadt jagt oder wirft – oder trägt, um ihn in einem Armengrab zu bestatten, nachdem ihm jemand ein Messer in den Rücken gerammt hat.«

»Herrje.«

In jenem Wirtshaus in der Walachei jedoch wollte der einheimische Schachmeister *nur* um Geld spielen.

Und da es sein Schachbrett war, konnte man auch nicht gegen ihn spielen, ohne seinen Einsatz anzunehmen. Daher beschloss Mr. Giles, an dem Abend gar nicht zu spielen, aber als sich natürlich herumsprach, dass einer der gerade eingetroffenen Gäste auf dem Weg nach Konstantinopel war, um am Schachturnier teilzunehmen, forderte der lokale Meister Mr. Giles lautstark und ruppig zu einer Partie heraus.

Und so spielte Mr. Giles gegen ihn, und das gesamte Wirtshauspublikum scharte sich um den Tisch und schaute zu.

Als das Spiel begann, sah ich mich verstohlen im Schankraum um, und natürlich: Dort stand er in der hintersten Ecke, unser rattengesichtiger Schatten. Seine Augen waren auf Mr. Giles fixiert.

Es wurde eine fesselnde Partie. So rüpelhaft und vulgär der Lokalmatador auch war, war er doch ein ausgezeichneter Schachspieler, und die Partie dauerte weit länger als jede andere, die Mr. Giles während unserer Reise gespielt hatte.

Während des Spiels saß ich neben Mr. Ascham und schaute konzentriert zu. Elsie, die ganz begeistert war, endlich wieder an einem Ort zu sein, der zumindest ansatzweise zivilisiert war, flatterte aufgeregt hin und her: Abwechselnd saß sie bei uns und schaute dem Spiel zu, flirtete mit den jüngeren Männern an der Theke, die sich nicht für Schach interessierten, oder verschwand in unseren Räumen, um kurz darauf in einem anderen Kleid zurückzukehren, das ihre Brüste besser zur Geltung brachte.

Zwischendurch ging ich einmal zur Theke, um etwas zu trinken für Mr. Ascham und mich zu holen. (Mein Lehrer hatte gesagt: »Es wird ganz gut für dich sein, wenigstens einmal in deinem Leben tatsächlich für etwas zu bezahlen. Vielleicht solltest du Giles fragen, ob er auch etwas zu trinken möchte.«) Entsetzt von der Vorstellung, dass ich etwas so Unkönigliches tun sollte, wie Getränke zu bestellen, begleiteten mich Mr. und Mrs. Ponsonby.

An der Theke bestellte ich (einigermaßen stolz) unsere Getränke: Mein Lehrer wollte das örtliche Bier probieren, während Mr. Giles und Mrs. Ponsonby – um sich mit etwas weniger Starkem zu bescheiden – Birnenmost bestellten. Mr. Ponsonby bat um verdünnten Gewürzwein und ich nahm ein Glas Milch.

Der Wirt hatte einen enormen Bauch und unrasierte Wangen, aber er war ein freundlicher Zeitgenosse, der recht gut Griechisch sprach. »Auf dem Weg nach Konstantinopel zum Schachturnier, hm?«, fragte er, während er eine Flasche Bier öffnete. Hinter ihm bereitete sein Gehilfe die anderen Getränke zu.

»Ja.«

»Achtet auf den Vertreter der Walachei, ein sehr starker Spieler aus Braşov namens Dragan.«

»Er heißt Dragan?«, fragte ich. »Wie der *Drache,* die mythologische Kreatur?«

»Ja, und er speit sein eigenes besonderes Feuer. Glaub mir, Kind, wenn du Dragan aus Braşov begegnest, wirst du diese Begegnung so schnell nicht vergessen!«

»Vielen Dank. Ich werde es mir merken«, erwiderte ich artig.

»Eins noch, Kleines«, sagte der Wirt etwas leiser. »Pass auf dich auf in Byzanz. Bleib immer dicht bei deinen Begleitern. Man hört in letzter Zeit seltsame Geschichten aus der Stadt. Es heißt, das Böse treibe dort sein Unwesen, ein Geschöpf des Teufels, wie man sagt. Es schleicht in der Nacht durch die Armenviertel in der Nähe des Palastes und tötet Männer, Frauen und Kinder, indem es unzählige Male auf sie einsticht. Dann zieht es ihnen die Haut von der unteren Hälfte der Gesichter ab, bevor es wieder in die Nacht verschwindet.«

»Es zieht ihnen die Haut von den Gesichtern?«

»Um den Mund herum und am Kinn. Häutet sie wie ein Jäger, der einen Wolf abzieht, sodass das Fleisch und die Knochen frei…«

»Ich würde sagen, das reicht, Sir«, fiel ihm Mrs. Ponsonby ins Wort. »Es ist nicht nötig, einem Kind Angst zu machen.«

Aber ich war fasziniert, etwas schockiert zwar, aber dennoch fasziniert. »Warum sollte jemand so etwas tun?«

»Wer weiß«, meinte der Wirt. »Wer kann schon ahnen, was im Kopf eines Wahnsinnigen vorgeht?«

»Wie viele Menschen hat diese Kreatur schon getötet?«

»Elf bei der letzten Zählung. Die Einwohner von Konstantinopel leben in ständiger Angst. Pass auf dich auf.«

»Das werde ich bestimmt tun.«

Ich kehrte mit Mr. Ponsonby an unseren Tisch zurück, um meinem Lehrer sein Bier zu geben, während Mrs. Ponsonby einen Krug Birnenmost zu Mr. Giles an den Schachtisch brachte.

Zögernd fragte ich meinen Lehrer: »Sir, habt Ihr von der mörderischen Teufelskreatur gehört, die in Konstantinopel ihr Unwesen treibt?«

»Ich habe Gerüchte gehört, ja.«

»Beunruhigen sie Euch?« *Mich* beunruhigten sie ganz entschieden.

»Bis ich sie von jemandem, der tatsächlich in Konstantinopel lebt, bestätigt bekomme – nein. Bis dahin sind es nur Gespenstergeschichten, so wie die, die Elsie dir über den Blut trinkenden walachischen Tyrannen erzählt hat, Geschichten, um junge und leicht zu beeindruckende Menschen zu erschrecken.«

Mrs. Ponsonby gesellte sich wieder zu uns und nippte zierlich an ihrem Krug mit dem Birnenmost.

Wir sahen weiter dem Spiel zu. Nach einer Weile deutete Mr. Ascham mit dem Kopf auf Mr. Giles' Gegner. »Weißt du, Bess, ich habe gerade etwas beobachtet.«

»Was denn?«

»Egal ob am Hofe eines Königs oder in einem Wirtshaus in der Walachei – jeder will jemand sein.«

»Was meint Ihr damit?«

»Genau das, was ich gesagt habe.« Er warf mir einen Blick zu. »Manche Dinge, Bess, kann ich dir nicht beibringen. Manche Dinge musst du selbst lernen.«

Ich runzelte konsterniert die Stirn. Solche Lektionen mochte ich nicht.

In dem Moment hustete Mrs. Ponsonby keuchend. Sie

presste die Hände auf ihren Bauch und krümmte sich zusammen.

»Ist alles in Ordnung, Mrs. Ponsonby?«, fragte ich.

»Ich fühle mich plötzlich … recht unwohl«, sagte sie. Sie wurde vor meinen Augen zusehends blasser. »Wenn Ihr mich für einen Augenblick entschuldigen würdet …«

Sie eilte die Treppe hinauf zu unseren Räumen, gefolgt von ihrem besorgten Gemahl. Mr. Ascham sah mich an und deutete mit dem Kopf hinter ihr her, also rannte ich ebenfalls die Treppe hinauf. Als ich in unseren Räumen ankam, kniete sie auf dem Boden vor einem Nachttopf und übergab sich heftig, während ihr Gemahl hilflos danebenstand.

»Das muss der … Birnenmost … gewesen sein …«, stöhnte sie. »War wohl verdorben …«

So unausstehlich sie sonst auch war, kniete ich mich jetzt neben sie und half ihr, indem ich ihr das Haar aus dem Gesicht hielt, während sie ihren restlichen Mageninhalt ausspie. Dann half ich ihr mit Mr. Ponsonbys Unterstützung in ihr Nachtgewand und brachte sie zu Bett. Innerhalb von Minuten war sie eingeschlafen, während ihr devoter, aber liebevoller Gemahl ihr den Schweiß von der Stirn wischte.

Ich kehrte an Mr. Aschams Seite zurück, jetzt erfreulicherweise ohne Anstandsdame. Die Schachpartie lief immer noch. Ich schaute mich um und sah, dass Elsie wieder einmal verschwunden war.

Da ich endlich einmal frei von meinen moralischen Aufpassern war, beschloss ich, mich auf die Suche nach Elsie zu begeben. Ich wusste, dass sie nicht in unseren Räumen war, also schaute ich auf der Straße vor dem Wirtshaus nach. Sie war nicht dort. Ich sah beim Toilettenhäuschen im Hof des Wirtshauses nach, fand sie aber auch dort nicht.

Auf dem Rückweg zum Schankraum hörte ich ein Geräusch hinter der Ecke des Gebäudes.

Es war ein seltsames Grunzen, gefolgt von einem weiblichen Stöhnen.

Ich lugte um die Ecke …

… und schlug mir die Hände vor den Mund.

Dort, gleich hinter der Ecke des Gebäudes, in einer kleinen Gasse zwischen dem Wirtshaus und dem nächsten Haus, sah ich Elsie und zwei junge Männer.

Elsie lehnte vornübergebeugt auf einem Fass, ihr Kleid bis um ihre Taille hochgeschoben, während einer der jungen Männer, ein magerer Bursche von vielleicht 17 Jahren, mit heruntergelassener Hose hinter ihr stand und seine Männlichkeit energisch von hinten in sie hineinstieß.

Ich konnte Elsies Gesicht sehen. Es war unübersehbar, dass sie Vergnügen dabei empfand. Jedes Mal, wenn der junge Bursche in sie hineinstieß, gab sie einen kurzen keuchenden Lustschrei von sich. Der junge Mann seinerseits stöhnte bei jedem Stoß seiner Lenden.

Über alle Maßen schockiert, aber auch fasziniert und neugierig schaute ich zu.

Natürlich hatte ich schon davon gehört. Die anderen Mädchen in Elsies Alter redeten unablässig über den Akt der Vereinigung, über Kopulation oder darüber, dass einem ein Mann »beiwohnte«, vor allem, wenn sie sich dem heiratsfähigen Alter näherten. Wenn sie in meiner Gegenwart darüber sprachen, gaben sie sich erfahren und weltgewandt, aber wenn ich sie dabei belauschte, wie sie sich untereinander unterhielten, dann sprachen sie mit beträchtlicher Beklommenheit. Es war das große Unbekannte. Und Geschick darin zu besitzen, betrachteten sie offenbar als entscheidend dafür, einen Gemahl glücklich zu machen. Elsie nahm immer sehr rege an diesen Unterhaltungen teil.

Mit großen Augen sah ich zu, wie Elsie in eine Art Ekstase geriet, und während sie von jedem Stoß des jungen Burschen durchgeschüttelt wurde, erklangen ihre leisen Schreie immer schneller.

Dann erreichte der junge Mann nach einer Weile selbst eine Art Höhepunkt, denn mit einem Aufschrei stieß er ein letztes Mal zu. Anschließend zog er sich aus Elsie zurück. (Ich gestehe, dass ich versuchte, einen Blick auf seine Männlichkeit zu erhaschen – ich empfand mehr Neugier als irgendetwas anderes –, aber er zog seine Hosen zu schnell hoch, als dass ich etwas hätte sehen können.)

Jetzt nickte Elsie dem zweiten jungen Mann zu, der seinerseits rasch die Hosen herunterließ, hinter sie trat und, indem er den Platz des ersten Burschen einnahm, sie mit seinem aufgerichteten Organ penetrierte (das ich diesmal deutlich erkennen konnte; es war steif und lang wie ein Knüppel und umgeben von dichtem schwarzem Haar – nicht so klein, haarlos und verschrumpelt wie der Pillermann meines Halbbruders).

Und so ging es wieder von vorn los. Die Stöße waren diesmal noch kräftiger, Elsies Keuchen noch intensiver und offensichtlich lustvoller. Nach einer kurzen Weile dieses Kopulierens löste sie sich von ihm, drehte sich um und setzte sich mit dem Gesicht zu ihm auf das Fass. Dann zog sie sich das Gewand über den Kopf und warf es von sich, sodass sie jetzt nackt, wie Gott sie geschaffen hatte, in der Nachtluft saß. Sie spreizte die Beine weit und lud den jungen Mann ein, erneut in sie einzudringen, was er auch ohne Zögern tat.

Seine Penetrationen wurden schneller, und während er sie um die Hüfte fasste, schien er sie in absolute Verzückung zu versetzen. Zwischen ihren Stöhnlauten keuchte sie immer wieder: »Fester, Mann … fester …«

Daraufhin pumpte er mit noch größerer Energie, verzweifelt bemüht, ihr zu Gefallen zu sein. Ihre Brüste wackelten bei jedem Stoß und sie schloss die Augen vor Wonne.

Dann schrie der zweite Jüngling auf, als er seinen Höhepunkt erreichte. Elsie stöhnte lustvoll und ihr ganzer Körper entspannte sich, während sie sich auf dem Fass zurücklehnte.

Eilig zog der junge Mann seine Hosen wieder hoch, und die beiden Burschen verschwanden in der Gasse, aufgeregt flüsternd und offensichtlich zufrieden mit dem Geschehen.

Elsie dagegen stieß einen Seufzer tiefster Befriedigung aus, bevor sie ihr Kleid vom Boden aufhob und ohne Eile wieder anzog. Schnell eilte ich zurück ins Wirtshaus, um nicht von ihr entdeckt zu werden – ich war sehr schockiert, äußerst aufgewühlt, aber in erster Linie fasziniert vom Tun meiner älteren Freundin.

Anders als bei den Diskussionen mit den anderen Mädchen zu Hause hatte Elsie nicht die geringste Beklommenheit gezeigt. Außerdem war es bei der Szene, deren Zeugin ich gerade geworden war, überhaupt nicht darum gegangen, die beiden beteiligten Männer glücklich zu machen, ganz zu schweigen davon, sie zu heiraten. Was ich Elsie hatte tun sehen, war, wie es schien, nur aus einem einzigen Grund geschehen: Es war *von Elsie* zu ihrem eigenen Vergnügen unternommen worden. Ich wusste nicht, was ich von meiner Freundin halten sollte. Ich war sehr verwirrt.

Ich kehrte ins Wirtshaus zurück, als Mr. Giles gerade den Lokalmatador matt setzte und widerwillig die Silbermünzen des Mannes entgegennahm.

DIE OSMANISCHE
HAUPTSTADT

Aus der grimmigen Düsternis der Walachei gelangten wir in das Heimatland der osmanischen Türken. Die Landschaft wurde trockener, staubiger, und gelegentlich lag ein vereinzelter Schneehaufen neben der Straße. Der Winter war nicht mehr fern.

Ich reiste im ersten Wagen, neben Elsie sitzend, während Mrs. Ponsonby jetzt im zweiten Wagen untergebracht war, wo sie unter einer Decke lag und ihr Gemahl ihr die Hand hielt. In den zwei Tagen, seit wir jenes Wirtshaus in der Walachei verlassen hatten, hatte sich ihr Zustand nicht verbessert. Sie litt an einem schrecklichen Fieber, das sie unablässig schwitzen und unkontrolliert zittern ließ. Weder Elsie noch ich oder einer unserer Soldaten wagte es, den Gedanken auszusprechen, den wir alle teilten: dass Mrs. Ponsonbys Krankheit die Pest sein könnte.

»Was haltet Ihr von Mrs. Ponsonby?«, fragte ich Mr. Ascham. »Ist es …?«

»Es ist nicht die Pest«, sagte er nur.

»Sie meinte, es könnte verdorbener Birnenmost gewesen sein.«

»Das war es nicht. Benutze die Logik, Bess. Wäre der Most verdorben gewesen, hätte Giles dann nicht auch krank werden müssen? Er hat das Gleiche getrunken wie sie.«

Ich runzelte die Stirn. Er hatte recht.

»Aber was wäre«, fuhr mein Lehrer fort, »wenn etwas *anderes* mit ihrem Birnenmost nicht in Ordnung war?«

»Das verstehe ich nicht.«

»Die arme Frau hat den falschen Most getrunken«, sagte Mr. Ascham, den Blick entschlossen nach vorn gerichtet. »In dem Wirtshaus haben sowohl sie als auch Giles Birnenmost bestellt. Aber wahrscheinlich hat sie versehentlich ihren Krug mit dem von Giles vertauscht. Der Most war mit irgendetwas versetzt, irgendeinem Gift vielleicht, das eigentlich *ihn* krank machen sollte, nicht sie. Vergiss nicht den Mann des Sultans, der uns gefolgt ist – es wäre ihm ein Leichtes gewesen, den Gehilfen des Wirtes dafür zu bezahlen, dass er etwas in Giles' Getränk schüttete.«

Ich fuhr auf meinem Sitz herum und schaute von Mrs. Ponsonbys zitterndem Leib zu Mr. Giles, der nicht weit entfernt auf seinem Pferd ritt. »Aber … warum? Warum Mr. Giles zu diesem Turnier einladen, um ihn dann unterwegs zu vergiften?«

»Ah, der Sultan hat nicht Giles eingeladen. Er hat unseren König eingeladen, einen Spieler zu schicken. Der Sultan wusste nicht, wen Heinrich entsenden würde. Aber offensichtlich hat der Spion des Sultans Giles' Spiel beobachtet und ihn als einen so starken Spieler eingeschätzt, dass es sich lohnte, ihm Knüppel zwischen die Beine zu werfen.« Er schüttelte grimmig den Kopf. »Ich bin diesem Sultan noch nicht einmal begegnet und habe schon eine tiefe Abneigung gegen die Regeln, nach denen er spielt.«

Das Reich der osmanischen Türken war, wie ich zugeben muss, weitaus beeindruckender, als ich erwartet hatte.

Die Straßen, von denen einige bis auf die Zeit der Römer zurückgingen, waren gepflastert und sauber und in gutem

Zustand, mit nur wenigen Furchen oder Schlaglöchern. Die Häuser waren stabil und gut gebaut, und die Türken selbst waren – anders als ihre mürrischen walachischen Nachbarn – sauber und reinlich, sie trugen farbenfrohe Kleidung und waren freundlich. Viele lächelten uns zu, wenn wir auf unserem Weg zur Hauptstadt an ihnen vorbeikamen.

»Ich hatte erwartet, dass das Reich der Osmanen, nun … rückständiger sei«, sagte ich zu meinem Lehrer.

»Jede Nation glaubt, dass ihre Kultur der Gipfel der Zivilisation ist«, entgegnete Mr. Ascham, »und dass alle anderen Kulturen primitiv und barbarisch sind. Das ist ein trauriges, aber ganz natürliches Vorurteil des menschlichen Geistes. Deshalb muss man so viel reisen, wie man kann. Reisen ist die beste Form der Erziehung.«

Kurz nachdem wir in das Reich der Osmanen gelangt waren, erblickte ich zum ersten Mal ein moslemisches Gotteshaus – eine dieser seltsam kuppelförmigen Kirchen, die die Moslems *Moscheen* nennen. Ich sollte auf dieser Reise noch viele weitere sehen, und sie alle folgten dem gleichen grundlegenden Baumuster: Neben jeder ragte ein schlanker Turm auf, den man Minarett nannte, und zu den Gebetszeiten bestieg ein Sänger oder Ausrufer diesen Turm und rief von seiner Spitze die Gläubigen mit einem sehr verstörenden lang gezogenen Klagelaut zum Gebet.

Jetzt befand ich mich wahrhaftig in einem fremden Land.

Obwohl ich es niemals meinem Lehrer gegenüber zugeben hätte, muss ich gestehen, dass er recht hatte: Reisen *ist* die beste Form der Erziehung, und unsere Reise versetzte mich in große Aufregung und Begeisterung. Das Reisen im Ausland, so weit entfernt von England, hatte mir gezeigt, wie abgeschieden mein Leben zu Hause war. In den späteren Jahren meines Lebens, eines Lebens, in dem ich vielen Königen und Würdenträgern begegnete, fragte ich mich oft, ob der Unterschied zwischen großen Herrschern und schwachen vielleicht darin bestand, wie viel sie vor ihrer Krönung durch die Welt gereist waren.

Und dann eines Morgens, nach vier Wochen Reise quer durch Europa, überquerten wir eine Hügelkuppe, und der Atem stockte in meiner Brust. Ich erblickte vor mir die großartige Stadt Konstantinopel.

Es war eine überwältigende Metropole – eine wogende See aus cremefarbenen Gebäuden und weiß gestrichenen Moscheen, gesprenkelt mit hohen Bäumen und vereinzelten größeren römischen Bauten. Durchflutet vom staubigen Licht der türkischen Sonne und eingerahmt von den glitzernden goldenen Wassern des Bosporus, wirkten die blassen Gebäude der Stadt beinahe wie eine Vision des Himmels. Mein erster Blick auf Konstantinopel war ein buchstäblich atemberaubendes Erlebnis.

Der Kern der Stadt drängte sich auf einer scharf umrissenen Halbinsel, die ostwärts in das Marmarameer ragt – in das der Bosporus mündet –, und wurde geschützt von einer gewaltigen 24 Meter hohen Stadtmauer, die tausend Jahre zuvor vom römischen Kaiser Theodosius gebaut worden war.

Die mächtige Mauer – die in Wirklichkeit aus zwei Mauern bestand – verlief von Norden nach Süden und schnitt die Halbinsel vom Festland ab. An beiden Enden reichte die Abwehrmauer bis zum Rand des Wassers. In regelmäßigen Abständen führten befestigte Tore durch die Mauer, aber das Wichtigste war das riesige Portal, das man das Goldene Tor nannte, obwohl die dicken metallbeschlagenen Torflügel aus Bronze bestanden (die goldenen Originale waren schon vor langer Zeit verloren gegangen).

Weit in der Ferne, nur undeutlich zu erkennen in der diesigen Luft, die für die Länder des Ostens so charakteristisch ist, erhob sich ein Koloss von einem Gebäude, gegen das Theodosius' Mauer geradezu winzig aussah. Es hatte eine riesige Kuppel und ein gewaltig aufragendes Minarett, das bis in den Himmel reichte und gut und gern das größte Bauwerk der Stadt sein mochte.

Am Goldenen Tor trennten wir uns von unseren Wachen; ausländischen Soldaten war es verboten, die Innenstadt zu betreten. Als hochgeehrte Gäste würden wir innerhalb der Mauer von der rot gekleideten Palastwache des Sultans eskortiert werden.

Aber ein weiteres Problem ergab sich, als die Wachen der kranken Primrose Ponsonby ansichtig wurden.

Besorgt, dass sie die Pest in die Stadt bringen könnte, weigerten sie sich rundheraus, sie einzulassen. Kein Argument oder Appell konnte sie umstimmen. Am Ende entschied Mr. Ascham, dass Mrs. Ponsonby zusammen mit unseren Soldaten in einem Gasthaus in dem behelfsmäßigen Marktdorf bleiben würde, das sich vor dem gewaltigen Tor gebildet hatte. Ihr ergebener und zutiefst verzweifelter Gemahl würde bei ihr bleiben, bis sie genesen war.

Doch selbst in ihrem fiebernden Zustand fand Mrs. Ponsonby noch die Kraft, Mr. Ascham zu fragen: »Aber wer wird über Miss Elisabeth wachen?«

»Ich werde es tun«, versprach Mr. Ascham.

Ich musste mich abwenden, damit niemand das Lächeln sah, das sich ungebeten auf meinem Gesicht ausbreitete.

Innerhalb der Mauern von Byzanz würde mein Lehrer meine Anstandsdame sein.

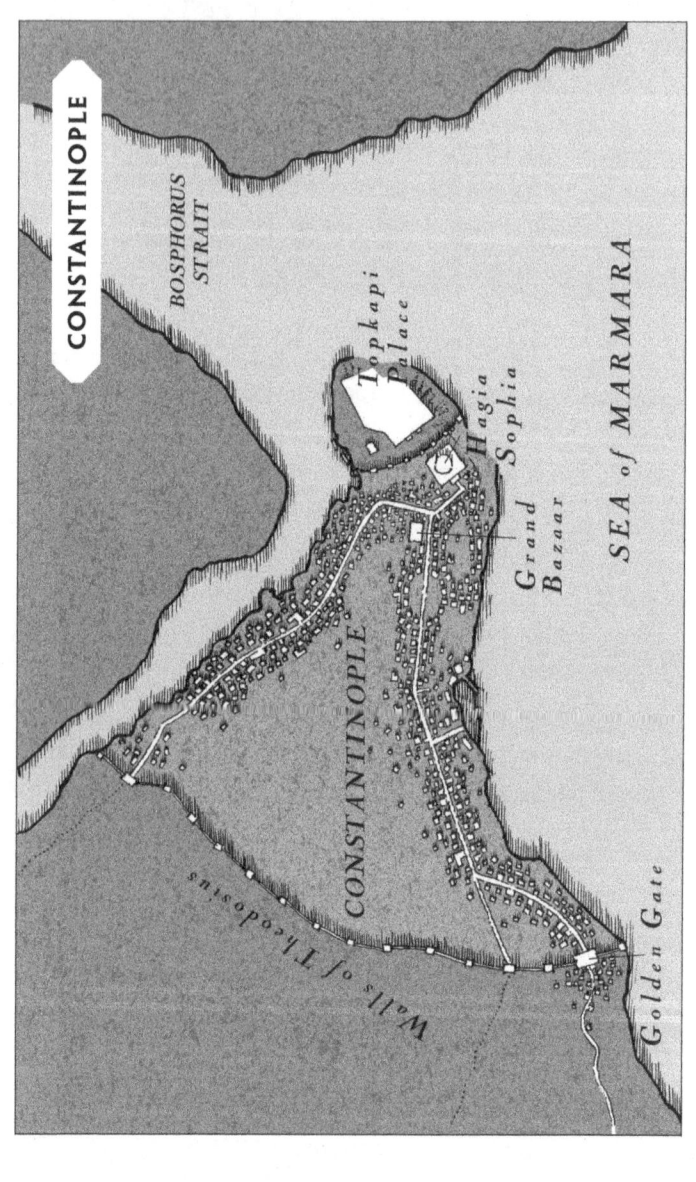

CONSTANTINOPLE

BOSPHORUS STRAIT

Topkapi Palace

Hagia Sophia

Grand Bazaar

SEA of MARMARA

CONSTANTINOPLE

Walls of Theodosius

Golden Gate

II

BAUER

Im Schach können Damen, Springer, Türme und Läufer mächtige, weitreichende Züge machen, doch dem bescheidenen Bauern bleibt das verwehrt.

Der Grund dafür ist, dass der Bauer den einfachen Fußsoldaten repräsentiert. Da er über kein Pferd oder eine andere Machtquelle verfügt, kann er sich immer nur ein einziges Feld weit bewegen (außer bei seinem ersten Zug), und dann auch nur vorwärts oder diagonal. Selbst der kraftlose König kann rückwärts ziehen.

Bauern sind schwach. Sie sind klein. Häufig opfert man sie für einen geringen oder gar keinen taktischen Vorteil.

Aber wir lieben sie. Wir lieben ihre unerschütterliche Hartnäckigkeit im Angriff, ihre bescheidenen Erwartungen im Leben und ihre unbeirrbare Treue zu ihrem König.

Ist es nicht immer wieder erstaunlich, wie oft in den letzten Phasen einer Partie der König sich ohne seine Königin, seine religiösen Berater, seine Burgen und seine berittenen Lords wiederfindet, nur verteidigt von einer Handvoll loyaler Bauern?

Vergessen, schlecht behandelt und regelmäßig für Strategien geopfert, deren Sinn und Zweck sich ihnen entzieht, gelingt es den Bauern doch immer irgendwie, am Ende da zu sein.

Aus: *Chess in the Middle Ages*, Tel Jackson
(W. M. Lawry & Co., London 1992)

*Ich war einmal gegenwärtig, als sie [Elisabeth] gleich-
zeitig drei Botschaftern antwortete, dem kaiserlichen, dem
französischen und dem schwedischen, und zwar in drei
Sprachen: italienisch dem einen, französisch dem anderen,
lateinisch dem dritten, mühelos, ohne zu zögern, klar und
deutlich und ohne im Geringsten verwirrt zu sein.*

– ROGER ASCHAM

BYZANZ

In prächtigen vergoldeten Kutschen, die für die auswärtigen Schachspieler und ihre Begleiter reserviert waren, wurden wir durch Konstantinopel befördert.

Ich muss gestehen, dass ich mich während unserer Reise durch den Kontinent der Sünde des Hochmuts und des Stolzes schuldig gemacht hatte; ungeachtet der Bemerkungen meines Lehrers über die natürlichen Vorurteile aller Menschen glaubte ich aufrichtig sagen zu können, dass England die anderen Länder Europas sowohl an Vielschichtigkeit als auch an kultureller Verfeinerung weit übertraf.

Aber als wir das Goldene Tor durchquerten und in unseren prunkvollen Kutschen durch die Straßen Konstantinopels rollten, konnte ich angesichts der Erhabenheit der osmanischen Hauptstadt nicht mehr guten Gewissens an dieser Meinung über mein Heimatland festhalten.

Kurz gesagt: Gegen Byzanz sah Englands größte Stadt, mein geliebtes London, wie ein walachisches Dorf aus.

Breite Prachtstraßen führten vorbei an geschäftigen Basaren und eleganten Marmorgebäuden. Vielbogige Aquädukte überspannten Täler, um der nach Hunderttausenden zählenden Bevölkerung Wasser zu bringen, während Badehäuser, deren Fassaden noch immer römische Farbe trugen, sich auf weite Plätze voller Quellen und Springbrunnen öffneten. Wir passierten einen Handelshafen an der Südseite der Halbinsel; dicht an dicht lagen die Schiffe, die dort be- und entladen wurden.

Auf den gepflasterten Straßen gingen die Menschen ihren Geschäften nach, feilschend, rufend, plaudernd, rauchend. Kinder spielten in den Gassen; Männer schritten in weiten Gewändern einher, offensichtlich unbewaffnet. Viele Frauen dagegen trugen Umhänge, die jeden Zoll ihres Körpers verhüllten, auch die Gesichter. Sie blickten durch Gazenetze in die Welt hinaus und gingen mit unterwürfig gesenktem Kopf ein paar Schritte hinter ihren Männern her.

Beim Betreten der Stadt hatte Mr. Ascham uns geraten, dass Elsie und ich ähnliche Kleidung anziehen sollten, Tücher, die unsere Köpfe verhüllten, und lange Gewänder, die bis über unsere Hand- und Fußgelenke reichten. Ich befolgte seinen Rat, aber nicht ohne ihn zu fragen, warum das notwendig sei.

»Einige heilige Männer der Moslems glauben, dass eine unverschleierte Frau die Lust eines Mannes erregt und ihn zu unziemlichen Handlungen provoziert«, erklärte er. »Deshalb verlangen sie, dass Frauen sich in der Öffentlichkeit verhüllen.«

»Aber das ist doch absurd! Warum soll die Frau sich anders kleiden, wenn es doch um die Triebe des Mannes geht? Warum wird denn nicht von den Männern des Islam verlangt, dass sie sich beherrschen?«

Mr. Ascham zuckte traurig mit den Achseln. »Ich habe immer wieder festgestellt, dass es selten sinnvoll ist, die religiösen Bräuche der Menschen zu hinterfragen. Was die Menschen im Namen ihrer Religion tun, ist nicht notwendigerweise religiös. Oft stecken weit niedrigere Gründe dahinter.«

In dem Moment bogen wir um eine Ecke und gelangten auf einen weitläufigen Platz, und vor uns stand das gewaltige kuppelförmige Gebäude, das ich schon aus der Ferne durch den Dunst gesehen hatte.

Es ragte über allem auf wie ein König auf seinem Thron – die große Kathedrale der heiligen Weisheit. Von den Türken als Ayasofya bezeichnet, auf Latein als Sancta Sophia und von den Europäern als Hagia Sophia, war es das Meisterstück des Isidor von Milet.

Auf einem gedrungenen quadratischen festungsartigen Unterbau erhob sich das großartige Gebäude himmelwärts in einer Abfolge immer höher reichender Kuppeln, gestützt von gigantischen Säulen und Trägern, bis über allem die größte Halbkugel von allen aufragte, die atemberaubende Hauptkuppel, die das gesamte Bauwerk beherrschte.

Diese Hauptkuppel war – wie mein Lehrer mich mit einer für ihn eher untypischen Begeisterung belehrte – nichts weniger als die größte architektonische Leistung der Welt, erst recht, da sie bereits im sechsten Jahrhundert erbaut worden war. Die Kuppel selbst maß volle 30 Meter im Durchmesser, überspannte das gewaltige Hauptschiff der Hagia in einem einzigen riesigen Sprung und erhob sich unglaubliche 60 Meter über den Boden der Basilika.

»Bis in die jüngste Vergangenheit kam keine Kathedrale der Christenheit auch nur annähernd an Größe und Genialität der Konstruktion der Hagia Sophia gleich«, schwärmte Mr. Ascham. »Es ist fast, als wäre das Wissen, das sie erbaut hat, für ein Jahrtausend in Vergessenheit geraten und erst kürzlich wiederentdeckt worden. Ursprünglich erbaute man sie als christliche Kirche, aber nach der Eroberung Konstantinopels durch die Moslems im Jahr 1453 wurde sie in eine Moschee umgewandelt. Man erkennt, dass das

Minarett neben ihr aus modernen Ziegelsteinen besteht.« Er zeigte auf den schlanken Turm, der neben dem Hauptgebäude errichtet worden war. »Aber trotz ihrer gewaltigen Größe und der genialen Konstruktionsweise stehen viele Moslems der Hagia Sophia wegen ihres christlichen Ursprungs eher gleichgültig gegenüber und weigern sich, darin zu beten.«

Ich stand dem Bauwerk alles andere als gleichgültig gegenüber. In tiefstem Staunen betrachtete ich dieses Wunderwerk, überwältigt von seiner Geschichte, Erhabenheit und Großartigkeit.

Weiter ging die Fahrt, um die Hagia Sophia herum zum Palast des Sultans, der die gesamte Spitze der Halbinsel einnahm.

Ich hatte das Gefühl, in eine fantastische, exotische Welt vorzudringen. England, mit seinen grauen Himmeln, schlammigen Straßen, sich ständig befehdenden Herzögen und umstrittenen Thronfolgen, erschien mir im Vergleich dazu hoffnungslos rückständig.

Als ich dieses Konstantinopel um mich herum betrachtete, verstand ich, weshalb mein Lehrer mich hierher mitgenommen hatte.

THE HAGIA SOPHIA

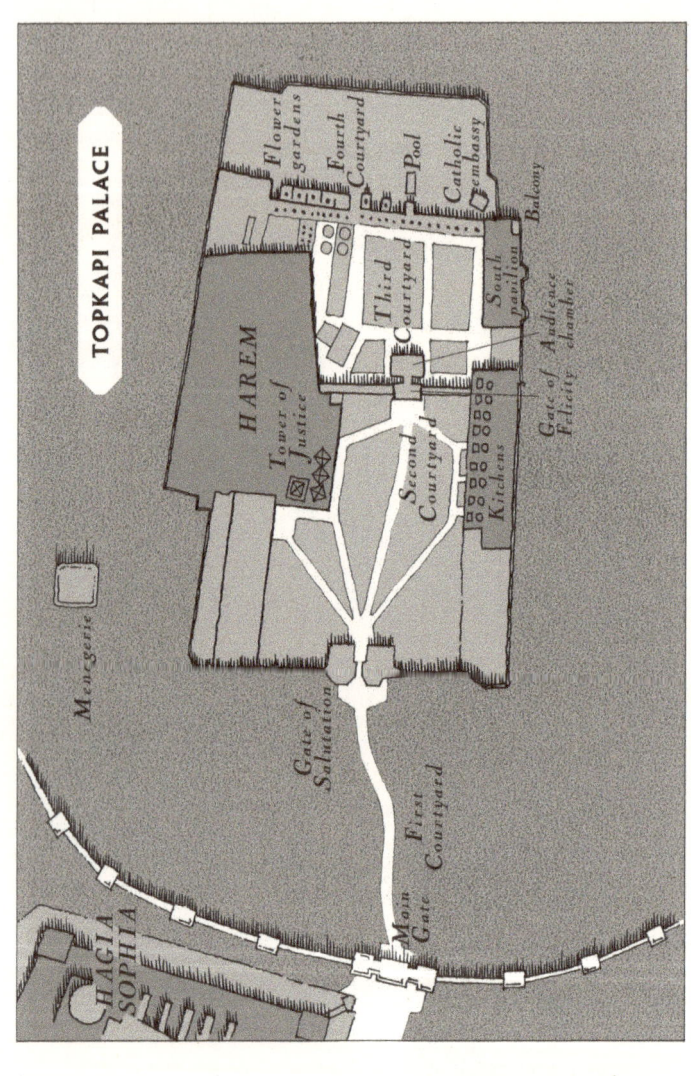

TOPKAPI PALACE

Flower gardens

Fourth Courtyard

Pool

Catholic Embassy

Balcony

Third Courtyard

HAREM

South pavilion

Tower of Justice

Gate of Audience
Felicity chamber

Second Courtyard

Kitchens

Gate of Salutation

First Courtyard

Menagerie

Main Gate

HAGIA SOPHIA

DER PALAST DES SULTANS

Nachdem wir die mächtige Hagia Sophia passiert hatten, erreichten wir den Palast des Sultans.

Errichtet auf einer hohen Landspitze, die das Marmarameer im Süden und den Bosporus im Osten überblickt, belegte er den beherrschenden und strategisch wichtigsten Punkt der Stadt. Ein eindrucksvoller Turm ragte im Inneren der hohen Steinmauern auf.

»Dieser Turm ist der Adalet Kulesi, der Turm der Gerechtigkeit«, sagte Mr. Ascham. »Die Moslems rühmen sich, ein gerechtes Volk zu sein.«

»Sind sie es?«

Mr. Ascham legte den Kopf auf die Seite. »Manche sagen, sie seien etwas *zu* eifrig in ihrem Bemühen um Gerechtigkeit. Dieben wird die Hand abgehackt. Ehebrecher werden gesteinigt. Findest *du,* dass das gerecht ist?«

Ich dachte darüber nach. »Verbrechen müssen bestraft werden, um die Ordnung aufrechtzuerhalten.«

»Das stimmt. Aber sollte eine Strafe nicht dem Verbrechen angemessen sein? Wenn wir jeden Ehebrecher in England hinrichten würden, würde die Bevölkerung auf die Hälfte schrumpfen.«

»In England hängen wir Diebe«, sagte ich. »Hier verlieren sie nur eine Hand. Eine strenge, schnelle Bestrafung sorgt für sichere Straßen.«

»Das ist sicherlich der Fall«, meinte Mr. Ascham und

sah einem jungen Mann nach, der einen Stumpf statt einer rechten Hand hatte. »Die Frage, die jede Gesellschaft sich stellen muss, lautet: Wie viel Gewalt sind die Menschen zu akzeptieren bereit im Austausch gegen die Sicherheit ihrer selbst und ihres Besitzes?«

Ich runzelte die Stirn. »Ich glaube, darauf weiß ich keine Antwort.«

Mr. Ascham lächelte. »Freut mich, das zu hören. Denn die Antwort auf diese Frage ist eine Gratwanderung für jeden König und jede Königin. Tyrannische Herrscher werden gestürzt und geköpft. Schwache Monarchen werden von gerissenen Adligen und doppelzüngigen Beratern manipuliert. Erfolgreiche Herrscher jedoch finden das Gleichgewicht, das ihrer Zeit entspricht.«

Ich deutete mit dem Kopf auf den Palast vor uns. »Und ist Eurer Meinung nach dieser Sultan Suleiman ein erfolgreicher Herrscher?«

»Die Moslems folgen den Verordnungen eines großen Propheten namens Mohammed, der ihnen den Respekt für ein höheres Gesetz einflößte. Und das ist ein Kennzeichen jeder großen Zivilisation in der Geschichte: die Erkenntnis, dass es für alle Menschen, Reiche wie Arme, vorteilhafter ist, allgemein akzeptierten Gesetzen zu gehorchen, als dem Schwert. Denn erst wenn es Gesetze gibt, kann eine Gesellschaft wirklich aufblühen; der Schutz des Gesetzes gibt der Gesellschaft Sicherheit und Stabilität, und wenn die Menschen das haben, tragen sie mit Freuden zu ihrer Gesellschaft bei. Bauern bestellen ihre Felder, Kämpfer trainieren für den Krieg, Künstler malen, Dichter schreiben Theaterstücke. Die Menschen werden zu Spezialisten in ihren Gewerben und Handwerken, und so entwickelt sich die Gesellschaft noch schneller fort. Und das alles, weil die Menschen die grundlegenden Gesetze anerkennen.«

»Was passiert mit Gesellschaften, die solche Gesetze nicht anerkennen?«

»Sie treten auf der Stelle«, sagte Mr. Ascham traurig. »Schau dir Afrika an. Dort bekämpfen sich die Eingeborenenstämme immer noch mit Speeren und Stöcken und unternehmen Raubzüge um Nahrung und Frauen. Jedes Mal, wenn ein anderer Stamm eine Schlacht gewinnt, muss die Zivilisation von Neuem beginnen, deshalb gibt es keinen Fortschritt.«

»Aber bei allem Respekt – habt Ihr mir nicht erst kürzlich gesagt, dass am Ende immer die Gewalt siegt?«, fragte ich frech.

Mein Lehrer sah mich mit einem angedeuteten Lächeln an. »Es freut mich, dass du mir zugehört hast. Und du hast recht, du hast einen Widerspruch in meiner Argumentation gefunden. Die einzige Antwort, die ich dir darauf geben kann, ist diese: Eine Gesellschaft der Gesetze ist das Beste, womit wir bisher aufwarten konnten, aber leider entscheidet sich nicht jede Gesellschaft für diesen Weg.«

Wir gelangten in den Palast des Sultans und er war wahrlich ein Weltwunder.

Wir fuhren durch ein gewaltiges und schwer bewachtes Außentor und stiegen in einem weitläufigen grasbewachsenen Hof aus, auf dem zahlreiche Bäume Schatten spendeten. Über den Hof führte ein breiter, geschwungener Weg, der uns zu einem zweiten Tor in einer kleineren, aber immer noch beeindruckenden Mauer brachte.

Dieses innere Tor wurde das Tor der Begrüßung genannt. Überragt wurde es von zwei dreieckigen Türmen, die eher europäisch als osmanisch aussahen. Die Palastwachen, die uns eskortierten, erklärten, dass das Tor erst kürzlich von ungarischen Architekten entworfen und gebaut worden sei, die der Sultan nach Konstantinopel geholt hatte. Ich fand, es sah wirklich sehr ungarisch aus: übertrieben und stutzerhaft.

Nachdem wir durch das Tor gegangen waren, wurden wir von einer offiziellen Abordnung von Ministern begrüßt, die mit roten Seidengewändern und hohen weißen Turbanen bekleidet waren. Hinter ihnen standen einige schwarze afrikanische Eunuchen.

Angeführt wurde die Abordnung vom *Sadrazam,* dem Großwesir oder obersten Minister des Sultans. Während die anderen schlichte Turbane trugen, war der Turban des *Sadrazam* mit einer wunderschönen schneeweißen Reiherfeder verziert, die aus dem Leinenstoff ragte. Er war ein außerordentlich großer und dünner Mann, und er verbeugte sich tief, als ein Herold unseren Spieler Mr. Giles vorstellte.

Der Herold sprach zuerst auf Türkisch und dann auf Griechisch, das, wie man uns mitteilte, während des Turniers als Verkehrssprache dienen würde. »Mr. Gilbert Giles! Repräsentant König Heinrichs des Achten, König von England, Irland und Frankreich!«

Der *Sadrazam* schüttelte Mr. Giles die Hand.

»Gentlemen – willkommen in der Stadt Konstantins«, sagte er auf Englisch. Meine Manieren vergessend stieß ich einen Laut der Überraschung aus, als ich ihn in meiner Muttersprache reden hörte.

Der *Sadrazam* bemerkte dies und richtete den Blick auf mich. »Hallo, junge Dame.« Er trat zu mir. »Ich bin Mustafa. Wie ist Euer Name?«

»Elisabeth, Sir«, sagte ich und verbeugte mich.

»Seid Ihr eine Liebhaberin des Schachspiels, Miss Elisabeth?«

»Ja, Sir.«

»Spielt Ihr auch?«

»Ja, Sir.«

»Ah, diese Engländer.« Er wandte sich zu seiner eigenen Gruppe um und wechselte zu einer archaischen Form der lateinischen Sprache, die ich aber gut verstehen konnte. »Ein wahrhaft bizarres Volk. Stellt euch vor: Mädchen, die Schach spielen. Ich habe gehört, dass Mädchen dort sogar zur Schule gehen. Und einmal hatten sie sogar eine regierende Königin!«

Sein Gefolge schreckte entsetzt zusammen.

»Habt Ihr denn keine Königinnen in der moslemischen Welt?«, fragte ich höflich, ebenfalls auf Latein.

Beim Klang meiner Stimme wirbelte der *Sadrazam* herum, die Augen weit aufgerissen, als er begriff, dass ich ihn perfekt verstanden hatte.

»Aber natürlich haben wir Königinnen«, sagte er auf Griechisch, als er sich von seinem Schreck erholt hatte. Seine Augen waren kalt. »Nur herrschen sie nicht. Sie sind nur Gefäße für den Samen des Sultans, Gebärmütter auf Beinen, nützlich nur für die Produktion von Erben und den Rest der Zeit störend und lästig.« Er wandte sich von mir ab, unsere Unterhaltung war beendet, und mit einem knappen Lächeln sprach er wieder Mr. Giles und Mr. Ascham an.

»Gentlemen, Ihr werdet müde sein von der langen Reise. Diese Eunuchen werden Euch in Eure Quartiere im Südpavillon begleiten. Morgen Abend wird Seine Majestät ein Bankett zu Ehren der Spieler abhalten. Es beginnt bei Sonnenuntergang. Ich wünsche Euch einen guten Tag.«

DIE STADT KONSTANTINS

Wir begaben uns in unser Quartier – drei kleine, aber gefällig eingerichtete Zimmer, die um einen geräumigen Vorraum herum angeordnet waren. Mr. Ascham und Mr. Giles bekamen jeweils einen eigenen Raum, während Elsie und ich uns ein Zimmer teilten. In dieser Nacht kam ich in den Genuss eines wundervoll tiefen Schlafes in einem bequemen Bett unter einem festen Dach.

Am folgenden Tag wagten wir uns in die Stadt hinaus.

Aus der Nähe betrachtet war das Treiben sogar noch geschäftiger, als es mir beim ersten Eindruck erschienen war.

Ein riesiger Basar, der nur der »Große Basar« genannt wurde, war der größte Marktplatz, den ich je gesehen hatte, und er befand sich unter einem einzigen gigantischen Dach. In alle Richtungen erstreckten sich die Stände, so weit mein Auge reichte. Und es herrschte ein furchtbares Durcheinander. Überall war Bewegung und Lärm; Teppichhändler standen neben Wurzelbauern, die mit Gewürzhändlern feilschten, welche Schäferjungen anbrüllten, deren Lämmer zwischen ihren Säcken umherstreiften. Wenn der Bosporus die Trennungslinie zwischen Europa und dem Orient markierte, so war dies der Ort, an dem europäischer und orientalischer Handel miteinander kollidierten.

Die Gerüche der Gewürze aromatisierten die Luft – Zimt, Kassia, Safran, Gelbwurz (das wir »indischen

Safran« nennen) –, und überall sah ich die berüchtigt scharfe orangegelbe persische Gewürzmischung, die als *Adwiya* bekannt ist.

Orientalische Seidenhändler stellten ihre Waren auf langen Tischen aus: Seidenstoffe jeder nur vorstellbaren Farbe, traumhaft glatt in der Berührung, ergötzlich für das Auge und von höchster Qualität, denn die Handwerker des Orients waren seit Urzeiten Experten in der Ernte und Verarbeitung der Seidenraupen. Elsie und ich wähnten uns im Himmel, und Elsie kaufte zwei bunte Röcke und einen durchsichtigen Seidenschleier von der Art, wie Bauchtänzerinnen sie tragen, um ihr Gesicht, aber nicht ihre Augen zu verhüllen.

Und, das sollte ich noch hinzufügen, sie half mir, ein neues Kleid für mich auszuwählen. Sie redete mir aus, ein purpurfarbenes, robenartiges Ding zu kaufen (»O nein, Bess, das geht überhaupt nicht! Du brauchst etwas, das zu deinem umwerfenden Haar passt!«), und überzeugte mich, stattdessen ein schimmerndes goldenes Kleid zu erwerben, das in der Tat gut zu meinen orangefarbenen Locken passte. (»Denk immer daran, Bess: Stimme das Kleid mit deinem Haar ab und den Schmuck mit deinen Augen. Oh, sieh dich nur an. Du wirst dir die jungen Männer kaum vom Leib halten können!«) Ich liebte solche Ausflüge mit Elsie.

Überall sah man Schilder in der einheimischen Sprache. Ich hatte mich bisher immer als recht begabt in der Aneignung fremder Sprachen betrachtet, aber die Sprache der Türken in Konstantinopel entzog sich mir vollständig. Es war nicht nur eine seltsam gutturale Sprache, sondern es wurde auch noch in einer Schrift geschrieben, die ganz und gar nicht der römischen Schrift ähnelte, an die ich aus England gewöhnt war. Es war vielmehr eine Abfolge von

Kurven, Strichen und Punkten, die überhaupt keinen Sinn zu ergeben schienen. Mein Lehrer erklärte mir, dass die Schrift arabisch sei, die damit ausgedrückte Sprache aber das Türkische, was mich nur noch mehr verwirrte.

Ich betrachtete alle Schilder des Basars mit zusammengekniffenen Augen und versuchte, irgendwelche Muster darin zu erkennen. Nach einer Weile stellte ich fest, dass eine Phrase sich offenbar bei verschiedenen Marktständen wiederholte:

سلطانك كنديسينك ده قوللاندغى كيبى

Ich fragte einen Händler, der griechisch sprach, was es bedeutete, und er sagte, es heiße übersetzt: »Wie vom Sultan persönlich benutzt«.

»Oh! Es ist eine königliche Empfehlung …«, sagte ich zu meinem Lehrer. »Genau wie zu Hause.« Wenn mein Vater die Stiefel eines bestimmten Schuhmachers trug oder befahl, dass ein bestimmtes Theaterstück in Whitehall aufgeführt werden sollte, so wurden diese Stiefel hergestellt oder das Stück aufgeführt »auf königlichen Befehl«. Dass der König ein bestimmtes Produkt verwendete, war ein wichtiges Verkaufsargument für den Hersteller oder Händler und steigerte seinen Ertrag für gewöhnlich beträchtlich.

Es gab aber auch, das sollte nicht unerwähnt bleiben, noch andere Anzeichen für die allgegenwärtige Macht des Sultans.

Zwölf verwesende Leichen hingen an einem großen Baum auf einem Platz außerhalb des Großen Basars. Ein Schild daneben (so erklärte man uns) identifizierte sie als Widerstandskämpfer aus der Stadt Buda, habsburgische

Rebellen, die sich geweigert hatten, die Herrschaft des Sultans über jene Stadt anzuerkennen. Die Leichname schaukelten träge an ihren Seilen hin und her, während Raben ihnen die Augen auspickten.

Zur Mittagszeit kehrten wir in den Palast zurück, da wir nicht zu lange fortbleiben und uns nicht übermäßig verausgaben wollten, denn am Abend hatten wir noch eine formelle Veranstaltung vor uns: das Eröffnungsbankett des Sultans.

Nach einem entspannten Nachmittag in der weitaus ruhigeren Welt des Palastes verließen wir am Abend unsere Räume, gekleidet in unsere feinste Abendgarderobe, um das Bankett zu besuchen.

Mr. Giles war nervös, Mr. Ascham war neugierig und ich war aufgeregt, mein neues goldenes Kleid tragen zu können.

Elsie jedoch war mehr als nur aufgeregt. Sie benötigte den gesamten Nachmittag, um sich herzurichten. Sie jammerte über alles: ihr Haar, ihren Puder, ihre Schuhe, ihren Busen, wieder ihr Haar, die Anordnung der Reifen unter ihrem Rock und wieder ihren Busen.

Ich fragte sie, warum sie so nervös war; sie war doch schon oft auf Banketten gewesen.

»Bessie, Bessie«, sagte sie. »Weißt du das denn nicht? Hinter ihren Schleiern sind die moslemischen Frauen die schönsten Frauen der Welt, und heute Abend, innerhalb der Grenzen des Palastes, ist es den Palastfrauen vom Sultan gestattet worden, sich so zu kleiden, wie es ihnen beliebt, um seinen geschätzten Gästen ihre Schönheit zu zeigen. Sie werden unverhüllt zu sehen sein, genau wie wir, die wir die Damenwelt Englands repräsentieren. Die moslemischen Frauen sind dafür berühmt, sich bei geschlossenen

Gesellschaften wie dieser heute Abend, besonders ausgefallen zu kleiden, ihre Gesichter mit größter Kunstfertigkeit zu bemalen und den wundersamsten exotischen Schmuck anzulegen. In solcher Gesellschaft und als Vertreterin von Mutter England muss ich doch so gut aussehen wie nie zuvor!«

Ich war nicht ganz davon überzeugt, dass sie bei ihrem Wunsch, so gut wie möglich auszusehen, nur das Interesse Englands im Sinn hatte. Mittlerweile wusste ich genug, um zu begreifen, dass ihre Bemühungen vielleicht ebenso sehr ihre Chancen erhöhen sollten, einen europäischen Prinzen zu umgarnen – oder, nach dem, was ich während unserer Reise in jener Seitengasse beobachtet hatte, irgendeinen anderen Herrn –, aber am Ende ließ ich mich, wie immer, von ihrer Begeisterung mitreißen und half ihr, sich vorzubereiten.

Als wir unsere Räume verließen, sah sie wahrhaft strahlend aus: Sie trug ein himmelblaues Kleid mit einer sehr schmalen Taille, einem weißen Spitzensaum und, natürlich, einem tief ausgeschnittenen Dekolleté. Ihre hinreißende blonde Haarpracht hatte sie hochgesteckt, um ihren schlanken Hals zu betonen. Ein paar frech entschlüpfte Locken – sorgfältig arrangiert – flossen zu ihrem Dekolleté hinab, wie um den Weg zu weisen. Ein Silberanhänger und ein passendes Armband an ihrem linken Arm vervollständigten das blendende Ensemble. Elsie war eine Göttin.

Das Bankett des Sultans sollte im sogenannten Dritten Hof stattfinden, aber um dorthin zu gelangen, mussten alle Gäste durch den Engpass der kaiserlichen Audienzkammer. Dort sollten sie dem Sultan formell vorgestellt werden, bevor sie zum eigentlichen Fest weitergingen.

Als unsere Gruppe am Eingang der Audienzkammer ankam, wartete dort bereits eine kurze Schlange von Gästen vor dem Torbogen, Männer und Frauen unterschiedlichster Nationalitäten, die jeweils die für ihre Heimat übliche Kleidung trugen: Italiener mit ihren gerüschten Manschetten, Kastilier in den steifkragigen spanischen Jacken, Österreicher in ihren breitschultrigen Hermelinmänteln und natürlich Kirchenmänner aus Rom in ihren wallenden Roben.

Mir fiel auf, dass die führende Person jeder Delegation einen roten Umschlag trug, so wie der, den Mr. Ascham von meinem Vater erhalten hatte. Darüber hinaus bemerkte ich auch, dass jede Delegation ein Geschenk für den Sultan mitgebracht hatte – jede Gruppe führte eine große Kiste voller Schätze mit sich. Zusätzlich hatten sie alle noch etwas für ihre Kultur Typisches dabei: Felle, Gemälde und in einem Fall ein glitzerndes Schwert mit einem mit Rubinen besetzten Heft. Jede Delegation hatte ein Geschenk. Jede – bis auf unsere.

Unsere Abordnung, so stellte ich bestürzt fest, hatte gar nichts für den Sultan mitgebracht.

Keine Kiste, kein prunkvoller Tand, nur der rote Umschlag. Ich war mir nicht sicher, ob das ein Zeichen für den Geiz meines Vaters war oder für seine Unwissenheit, das Protokoll betreffend – oder nur seine berüchtigte Unduldsamkeit sinnlosen leeren Gesten gegenüber.

Wir nahmen unseren Platz in der Warteschlange hinter einer Gruppe ein, die das Wappen von Ferdinand, dem Erzherzog von Österreich, trug. Mr. Giles ging zu ihnen und sprach mit dem österreichischen Spieler, einem jungen Mann mit kantigem Gesicht, der Maximilian von Wien hieß, während ich erfreut ein Mädchen von vielleicht

17 Jahren inmitten der Delegation erblickte, die ein hübsches weißes Kleid mit einer kirschroten Schärpe trug.

Ich nahm Elsie bei der Hand und trat zu ihr. »Hallo«, sagte ich in meinem besten Deutsch. »Mein Name ist Bess und das ist meine Freundin Elsie. Wir kommen aus England. Wie heißt du, und bist du auch so aufgeregt, auf diesem Schachturnier zu sein?«

Das Mädchen beugte schüchtern den Kopf. »Ich heiße Helena, aber ich werde nichts von dem Turnier sehen. Ich werde sofort in den Teil des Palastes gehen, den man den Harem nennt und in dem die Frau, die Kinder und die Konkubinen des Sultans leben. Ich bin Erzherzog Ferdinands Geschenk an den Sultan.«

Entsetzt und wie vom Donner gerührt blinzelte ich sie an. Dieses 17-jährige Mädchen war ein *Geschenk,* eine Gabe von keinem größeren Wert als ein Schwert oder ein paar Pelze.

Aber Elsie war nicht im Geringsten verstört. »Du wirst eine Konkubine des Sultans? Wie aufregend für dich! Die Gefährtin eines Königs …!«

Entrüstet kehrte ich zu meinem Lehrer zurück. »Habt Ihr gewusst, dass das Mädchen dort drüben ein Geschenk von Erzherzog Ferdinand an den Sultan ist?«

Mr. Ascham seufzte. »So abstoßend wir den Brauch des Verschenkens von Sklaven auch finden mögen – in diesem Teil der Welt ist er traurigerweise noch üblich. Ich muss jedoch sagen, dass ich überrascht bin, dass der Erzherzog von Österreich überhaupt einen *Spieler* zum Turnier des Sultans schickt, ganz zu schweigen von solch einem Geschenk; eine jungfräuliche Konkubine gilt als das Wertvollste und Ehrerbietigste, was man verschenken kann. Ich bin deshalb überrascht, weil der Sultan und der Erzherzog seit Langem erbitterte Feinde sind. In den letzten 20 Jahren hat Suleiman Ferdinand einen großen Teil Ungarns abgenommen, ihm einen beträchtlichen jährlichen Tribut auferlegt und zwei Mal Ferdinands geliebtes Wien belagert. Wer weiß, vielleicht ist das ein Zeichen für ein friedlicheres Verhältnis in der Zukunft.«

Etwas später erblickte Mr. Ascham eine Gruppe von Kardinälen und Priestern, die sich der Warteschlange anschlossen. Er stieß Mr. Giles mit dem Ellbogen an und lenkte dessen Aufmerksamkeit auf einen großen grauhaarigen Priester, der eine lange schwarze Soutane trug, ein schmuckloses Barett und ein großes hölzernes Kruzifix um den Hals.

»Sieh nur, Giles. Das ist Ignatius von Loyola.«

Mr. Giles nickte. »Ich hatte mich schon gefragt, ob er kommen würde.«

»Wer ist das?«, fragte ich.

»Nur einer der berühmtesten Lehrer der Welt«, antwortete mein Lehrer. »Ignatius von Loyola ist ein jesuitischer Priester aus Spanien und ein entschiedener Verfechter der Macht des Wissens.«

»Und außerdem ein berühmter Liebhaber des Schachspiels«, fügte Mr. Giles hinzu. »Dieser junge Mönch dort neben ihm ist Bruder Raúl von Sevilla, Spaniens bester Schachspieler. Sowohl Ignatius als auch Raúl sind glühende Verehrer der *Repetición*.«

»Ah, aber ist Bruder Raúl hier, um Spanien zu vertreten oder den Kirchenstaat?«, fragte Mr. Ascham.

»Eine sehr gute Frage, Roger, und laut Maximilian von Wien die Ursache für viel Klatsch und Skandal. Maximilian hat mir eben erzählt, dass Bruder Raúl als Vertreter des Kirchenstaates hier ist. Dem Rat Ignatius' folgend ist die Kirche den Spaniern zuvorgekommen und hat Bruder Raúl in seiner Funktion als jesuitischer Mönch als *ihren* Spieler beansprucht. Ein recht dreistes Manöver – den Namen Gottes gegen den des Kaisers des Heiligen Römischen Reiches anzurufen. Das hat zur Folge, dass König Karl hier von einem zwar fähigen, aber weniger starken Spieler namens Pablo Montoya repräsentiert wird.«

»Diese Jesuiten kleiden sich sehr schlicht«, bemerkte ich, »für eine Audienz mit einem König.« Ihre knöchellangen schwarzen Soutanen waren aus einfachem, grobem Stoff. In meinen Augen sahen sie wie Bettler aus.

»Jesuiten haben keinen Besitz«, erklärte Mr. Ascham, »nicht einmal die Kleidung, die sie am Leib tragen, gehört ihnen. Sie sind gottesfürchtige Diener der Kirche, die Fußsoldaten Christi. Aber sie kämpfen ihren Heiligen Krieg durch Erziehung und Bekehrung, indem sie Missionare in die entlegensten Winkel der Welt entsenden. Die Jesuiten sind eine merkwürdige Organisation, denn sie schätzen die Wissenschaften und das Lernen sehr hoch, während die Kirche selbst solche Dinge verwirft; und doch sind die Jesuiten die Speerspitze des päpstlichen Kampfes gegen Luther und die protestantische Bewegung.«

»Und meinen Vater.«

»Und deinen Vater. Merke dir diesen Mann, Bess, denn solltest du jemals eine protestantische Königin werden, wirst du mit Loyolas Missionaren um die Seelen deiner Untertanen kämpfen müssen.«

Ich deutete mit dem Kopf auf den Kardinal, der die Delegation des Kirchenstaates anführte. »Ihre Kardinäle haben nicht solche Bedenken, was Reichtum angeht.« Anders als Ignatius und der Schachspieler trug der Kardinal, der die Gruppe anführte, eine scharlachrote Robe aus feinster Seide und zahlreiche Goldketten.

»Ah ja«, meinte mein Lehrer mit spürbarer Abneigung. »Kardinal Farnese.«

Kardinal Farnese war überaus fett, und die schlaffe Haut an seinem Hals bildete mehrere Kinne – er war unübersehbar ein Mann, der oft und gut aß. Er hatte glänzend schwarze Haare mit grauen Spitzen über den Ohren, und seine römische Nase hielt er stolz erhoben. Und er hielt seine Hände auf eine ungewöhnliche, fast weibliche Art: die dicken Finger – verziert mit vielen glitzernden Ringen – in einer beinahe abwehrenden Haltung erhoben, als würde ihm die Berührung des Unrats dieser Welt Schmerzen bereiten.

»Was das Verhältnis der römisch-katholischen Kirche zu den materiellen Dingen angeht«, fuhr Mr. Ascham fort, »ist Ignatius eher die Ausnahme als die Regel. Die Kirche und die meisten ihrer hochrangigen Geistlichen genießen die Privilegien ihres Reichtums und ihrer Macht. Das ist auch ein Teil des Problems, das Luther mit ihnen hat. Und Männer wie Kardinal Farnese tragen nicht gerade dazu bei, dieses Bild zu verbessern – er ist der Bruder des Papstes, sein engster Berater und, wie viele glauben, sein wahrscheinlicher Nachfolger. Papst Paul begünstigt seine Familie; seine Enkelsöhne hat er zu Kardinälen gemacht, noch vor ihrem 17. Geburtstag.« Mein Lehrer runzelte die Stirn. »Aber es ist schon merkwürdig, dass Kardinal Farnese hier ist und die Delegation des Kirchenstaates anführt.«

»Warum meint Ihr das?«

»Weil Kardinal Farnese normalerweise besonders harsch in seinen antimoslemischen Äußerungen ist. Er verachtet den islamischen Glauben und scheut sich nicht, das auch zu sagen. Im letzten Jahr hat er praktisch zu einem neuen Kreuzzug nach Jerusalem aufgerufen. Einmal hat er eine polygame moslemische Ehe mit einem Affen verglichen, der sich einen Harem von Äffinnen hält. Die Moslems ihrerseits hassen ihn wegen seiner Ansichten; der höchste Geistliche hier in Konstantinopel, der Imam Ali, hat öffentlich eine Fatwa gegen Farnese ausgerufen – das ist im Prinzip ein Todesurteil, das jeder Moslem vollstrecken kann –, aber bisher haben die anderen Geistlichen einem so extremen Vorgehen noch nicht zugestimmt. Farnese zu diesem Turnier zu entsenden, ist ein sehr provokanter Akt seitens der Kirche. Damit fordert sie den Imam beinahe zu einer Reaktion heraus.«

»Ist das so …«, begann ich, wurde dann aber völlig unerwartet vom lauten Gebrüll eines Tieres unterbrochen.

Ich drehte mich um und sah eine neue Delegation über den Hof auf die Audienzkammer zukommen: eine Gruppe stämmiger rotgesichtiger Männer mit fellbesetzten Hüten, hinter ihnen ein Wagen, auf dem sich ein Käfig mit dicken schwarzen Gitterstäben befand. Und in diesem Käfig hockte zusammengekauert, damit er hineinpasste, ein riesiger schwarzer Bär.

An der Spitze der Abordnung ging ein nicht sehr großer junger Mann von vielleicht 16 Jahren.

Er schritt unbekümmert an der ganzen Warteschlange entlang und wollte mich zur Seite schieben, aber ich stemmte meine Füße in den Boden.

Mit einem Schnauben blieb der Bursche stehen. Er trug mehrere Goldketten um den Hals, eine grüne Pelzjacke und einen Hut, der mit schwarzem Zobel besetzt war, dem teuersten Pelz in Europa. Aber er war klein, während ich recht groß für mein Alter war, deshalb überragte ich ihn mit seinen wütenden kleinen Augen um einen halben Kopf.

»Lass uns vorbei, Mädchen«, sagte er auf Griechisch. »Ich bin hier, um den Sultan zu sehen und ihm das erstaunlichste Geschenk zu bringen, das er am heutigen Tag erhalten wird, einen russischen Bären, um ihn seiner berühmten Tiersammlung hinzuzufügen.«

»Dann wirst du in der Schlange warten wie jeder hier«, erwiderte ich steif. »Geh an deinen Platz in der Warteschlange, und nimm deinen Bären mit.«

»Weißt du, wer ich bin?«, donnerte er.

»Sollte ich?«

»Ich bin Iwan, Großfürst des Fürstentums Moskowien, was bedeutet, dass ich nicht in irgendwelchen *Schlangen* warte, und ganz gewiss nicht hinter jemandem wie dir.«

»*Groß*fürst? Kleiner Junge, jeder hier ist irgendwie königlich oder repräsentiert einen König. Und Moskowien ist nicht gerade ein führendes Königreich der Welt.«

»Es wird es sein, wenn ich fertig bin«, sagte er.

Das war nun wirklich genug für mein Jungmädchengemüt. Wie so manch anderes junges Mädchen, das sich mit einem flegelhaften jungen Bengel konfrontiert sieht, nahm ich eine Haltung äußerster Hochnäsigkeit an.

»Oh, was für große Pläne. Und wo du doch jetzt schon so ein penetranter Bursche bist, so helfe Gott dem Rest von Europa, wenn du erst erwachsen bist und Armeen anführst. Iwan war dein Name? Ich werde dich Iwan, das *enfant terrible,* nennen – oder vielleicht kurz: Iwan der Schreckliche. Stell dich hinten an, Iwan.«

Das Gesicht des Jungen lief knallrot an, und eine Erwiderung kochte in ihm auf, als es hinter uns in der Warteschlange einige Bewegung gab.

Eine größere Gruppe war angekommen, und wie das Rote Meer für Moses teilte sich die Warteschlange für sie.

Ein Flüstern und Murmeln lief durch die Menge der Wartenden, und ich hörte Stimmen sagen: »Es ist Buonarroti ... Signor Buonarroti persönlich ... Es heißt, der Sultan habe zwei Schachspiele bei ihm in Auftrag gegeben, nur für dieses Turnier ...«

Ich spähte die Warteschlange entlang und sah, dass die Gruppe, die unbekümmert an der Reihe vorbeiging, in feine italienische Gewänder gekleidet war. Zwei Kardinäle führten die Gruppe an, aber die zentrale Gestalt, die alle anstarrten, war ein älterer Herr mit einem breiten Gesicht, traurigen Augen, einem langen weißen Bart und einer Stupsnase. Seine beiden Diener trugen zwei flache Holzkästen, die aus feinster Eiche geschnitzt und mit goldenen Verschlüssen beschlagen waren.

Das war zu viel für den jungen Iwan. »Wer ist dieser Kerl, dass er sich einfach an den anderen vorbeidrängelt?«, rief er, plötzlich ein eifriger Verfechter geordneter Warteschlangen.

»Psst, Euer Hoheit«, flüsterte sein oberster Berater. »Das ist der große Künstler Signor Michelangelo di Lodovico Buonarroti Simoni. Er hat die Schachspiele angefertigt, mit denen das Turnier ausgetragen wird, und liefert sie persönlich aus.«

Bei der Erwähnung dieses Namens ruckte der Kopf meines Lehrers hoch, und seine Blicke fanden den alten bärtigen Italiener.

»Michelangelo ...«, sagte er.

»Wer ist Michelan...«, begann ich.

Mr. Ascham schaute immer noch dem Neuankömmling hinterher, deshalb antwortete Mr. Giles an seiner Stelle.

»Ein Genie von Weltruf«, sagte er. »Ein Künstler, Maler, Bildhauer, Architekt. Manche behaupten, er sei brillanter als selbst Leonardo. Einmal nahm Mr. Ascham mich mit, um seine *Pietà* in Rom zu sehen – die Tränen standen mir in den Augen. Es heißt, er habe gerade ein Gemälde an der Decke der Kapelle des Papstes in Rom fertiggestellt, das nirgendwo auf der Welt seinesgleichen findet.«

Die Warteschlange teilte sich ehrerbietig vor Michelangelos Gruppe, die direkt in die Audienzkammer des Sultans schritt, angeführt vom Meister selbst.

Augenblicke später vernahm man Ausrufe des Entzückens aus der Kammer.

Ich sah meinen Lehrer an und er erwiderte meinen Blick.

»Dieses Ereignis«, sagte er, »ist wahrhaft bedeutsam.«

DER SULTAN

Schließlich waren wir an der Reihe, die Audienzkammer zu betreten.

»Bleib hinter mir«, sagte Mr. Ascham, »und überlass Giles das Reden. Und wenn möglich verkneife dir diesmal bitte jedes erschrockene Luftschnappen.«

Ich nickte eifrig und wir traten ein.

Ein goldener Raum erwartete uns – Goldfäden im Teppich, Goldbrokat an den Wänden, jede der mächtigen Säulen war golden bemalt, und auf einem goldenen Podest exakt in der Mitte der Kammer stand ein prächtiger goldener Thron, beschattet von einem goldenen Baldachin.

Und auf diesem Thron, bekleidet mit einer blendenden goldenen Robe mit hohem Kragen und besetzt mit Rubinen, saß Suleiman der Prächtige, der Gesetzgeber, Kalif und allerhöchste Sultan des Osmanischen Reiches. Man sagte, dass der Sultan für gewöhnlich seinen eigenen Beratern nur als ein Schatten hinter einem Sichtschirm erschien, aber am heutigen Tag war das eindeutig nicht seine Absicht. Heute, vor aller Welt, erschien er in all seiner Respekt einflößenden Pracht.

In Herrscherpose saß er da, die Beine auseinander, die Fäuste auf den Armlehnen, und schaute gebieterisch auf uns herab, während ein Herold erst auf Türkisch und dann auf Griechisch verkündete:

»Sire, aus England als Vertreter der hochverehrten Majestät jenes Landes, König Heinrichs des Achten – Mr. Gilbert Giles und Begleitung.«

Die Männer verbeugten sich. Elsie und ich knicksten.

Mit einer kaum merklichen Bewegung seines Handgelenks gebot der Sultan uns aufzustehen.

Er hatte ein unglaublich strenges Gesicht: abwärtsgebogene Augenbrauen, hohe, ausgeprägte Wangenknochen, eine scharfe Hakennase und einen dichten schwarzen Schnurrbart, der seinen Mund wie ein umgedrehtes U einrahmte. In seinen dunklen Augen funkelte Intelligenz. Auf dem Kopf trug er einen weißen Turban mit einer juwelenbesetzten Brosche. Der hohe Kragen seiner goldenen Robe glitzerte im Licht der Öllampen: Goldfäden verliefen durch den Stoff wie ineinander verschlungene Schlangen.

Flankiert wurde der Sultan von einem Dutzend Männern, wie man sie an königlichen Höfen auf der ganzen Welt fand: Minister, Berater, Geistliche, dazu eine Handvoll angesehener europäischer Botschafter, die in Konstantinopel residierten (einer von ihnen ein silbermähniger Kardinal in der scharlachroten Robe des Heiligen Stuhls, der hiesige Botschafter von Papst Paul III.). Der *Sadrazam* stand zur Rechten des Sultans, neben ihm ein moslemischer Mullah mit einem langen Bart, der den schlichten schwarzen Turban der Schiitensekte trug – der Imam Ali, jener hochrangige Geistliche, der, wie man mir erzählt hatte, den angereisten katholischen Kardinal so verachtete.

Und unter all diesen Männern befand sich eine Frau.

Die Königin.

Seltsamerweise sah sie gar nicht persisch aus, sondern hatte die blasse Porzellanhaut einer Europäerin. Das war die berühmte *Hürrem*-Sultan oder, wie man sie in Europa kannte, Roxelana. Ihr Aufstieg vom Sklavenmädchen zur ersten Frau des Sultans war der Stoff von Legenden, ein wahr gewordenes Märchen. Sie stammte ursprünglich aus Ruthenien, war aber als junges Mädchen von tatarischen Banditen geraubt und in den Harem des Sultans verkauft worden. Dank ihrer Schönheit, Listigkeit und gefährlichen Intelligenz teilte sie jetzt das Bett und flüsterte in das Ohr eines der mächtigsten Männer der Welt.

Bei der Erwähnung von Mr. Giles' Namen erschien auf dem ernsten Gesicht des Sultans ein erfreutes Lächeln.

»Ah, das ist also der berühmte Mr. Giles!«, sagte er auf Griechisch. »Ich habe von Euch gehört. Ein ausgezeichneter Schachspieler von der Universität in Cambridge. Es ist mir eine Freude, Euch auf meinem Turnier willkommen zu heißen.«

»Die Ehre ist ganz auf meiner Seite, Euer Majestät«, erwiderte Mr. Giles.

Während er das sagte, erkannte ich plötzlich einen der Männer, die sich um den Sultan versammelt hatten, wieder. Ich erstarrte und hätte fast wieder laut nach Luft geschnappt, schaffte es diesmal aber gerade noch, mein Erstaunen zu unterdrücken.

Es war der rattengesichtige Kerl, der uns in der Walachei von einem Wirtshaus zum anderen gefolgt war. Ich sah, wie er etwas ins Ohr des *Sadrazam* flüsterte, bevor er wieder mit dem Hintergrund verschmolz. Mr. Ascham hatte recht gehabt: Unser Schatten war ein Agent des Sultans.

Mir war klar, dass jemand im Auftrage des Sultans – vielleicht sogar jemand in dieser Kammer – versucht hatte, Mr. Giles auf seinem Weg nach Konstantinopel zu vergiften, und hier begrüßte der Sultan ihn nun aufs

Herzlichste zu seinem Turnier. Meine Gedanken wurden jedoch unterbrochen, als der Herold laut und förmlich ausrief: »Mr. Giles! Bestätigt Ihr, dass Ihr gekommen seid, um am Turnier des Sultans teilzunehmen?«

»Das tue ich«, antwortete Mr. Giles ebenso förmlich.

»Und Ihr bestätigt, dass Ihr aus freien Stücken und aus eigenem Willen hierhergekommen seid?«

»Ich bestätige es.«

»Und Ihr seid gekommen mit einer Antwort auf die Forderung des Sultans?«

»Ich habe sie hier.« Mr. Giles trat vor und überreichte dem Großwesir den geheimnisvollen roten Umschlag.

Während diese Formalitäten abgewickelt wurden, ließ der Sultan seinen Blick über den Rest unserer Gruppe schweifen – über mich und Elsie (obwohl ich glaube, dass er bei ihr ein zweites Mal hinschaute), bevor er bei Mr. Ascham verharrte.

»Ihr, Sir«, sagte er. »Man informierte mich, dass Ihr Mr. Roger Ascham seid, der berühmte englische Schulmeister.«

Mr. Ascham verbeugte sich tief. »Der bin ich, Euer Majestät. Und ich fühle mich zutiefst geehrt, dass Ihr von mir gehört habt.«

»Ein Sultan muss viele Dinge wissen«, erwiderte der Sultan, und plötzlich fuhr sein Blick herum und bohrte sich in meine Augen.

»Denn wenn Ihr Ascham seid, dann muss diese junge Dame mit den bezaubernden roten Locken euer Schützling Elisabeth sein, die zweite Tochter Heinrichs, geboren von Anne Boleyn, der zweiten Frau des Königs und Ursache des unschönen Zerwürfnisses Heinrichs mit der römisch-katholischen Kirche.« Der Sultan warf einem der anwesenden Kardinäle einen spöttischen Blick zu. »Ein Zerwürfnis, möchte ich hinzufügen, das ich mit beträchtlicher Erheiterung verfolgt habe.«

Er wandte sich wieder an mich. »Aber seither wurde diese junge Dame durch einen Halbbruder, den Heinrichs dritte Frau gebar, auf einen späteren Platz in der Thronfolge verwiesen. Willkommen in meinem Reich, Prinzessin Elisabeth.«

Ich machte einen Knicks.

»Es ist mir eine große Ehre und Freude, hier sein zu dürfen, Euer Majestät«, sagte ich auf Griechisch, während ich noch meine Überraschung darüber zu verbergen versuchte, dass der Sultan so viel über mich wusste.

Und so war ich doppelt erschrocken, als er mich auf Deutsch ansprach – in einer Sprache, die wohl nur wenige andere in dem Raum, die religiösen Männer eingeschlossen, beherrschten.

»Ich habe meine Spione überall, junge Bess«, sagte er, indem er die Kurzform meines Namens benutzte, die nur die Menschen, die ich in Hatfield um mich hatte, kannten und verwendeten. »Es ist ein notwendiges Übel für einen großen König. Solltet Ihr jemals über England herrschen, so empfehle ich Euch, dass Ihr Euch die Dienste eines tüchtigen Meisters der Spione sichert. Genaues Wissen über den Zustand der Welt ist der größte Schatz, den ein Herrscher besitzen kann.« Er wechselte wieder zur griechischen Sprache und sagte mit einem öligen Lächeln: »Ich hoffe, Ihr genießt das Schachturnier.«

Mit einem Nicken entließ er uns und die Audienz war beendet.

Sprachlos wurde ich von meinem Lehrer aus dem goldenen Raum geschoben.

DAS ERÖFFNUNGSBANKETT

Wir verließen die Audienzkammer des Sultans – und ich muss gestehen, die Audienz hatte mich ein bisschen aus der Fassung gebracht – und traten in den Dritten Hof des Palastes. Dieser Hof wies mehrere weite, rechteckige Rasenflächen auf und wurde begrenzt vom Tor der Glückseligkeit – das zum Zweiten Hof führte –, dem Südpavillon, in dem sich unser Quartier befand, einem Bogengang mit Gitterwänden, der zum Vierten (und letzten) Hof führte, sowie auf der letzten Seite dem Harem, dem Privatflügel des Sultans.

Für das Eröffnungsbankett des heutigen Abends war der Dritte Hof in ein Fantasieland des Lichts verwandelt worden.

Tausend Laternen, die an quer über den Hof gespannten Seilen hingen, tauchten den Platz in einen strahlenden gelben Glanz und verwandelten die Nacht in den Tag. 20 Festtafeln standen in perfekt ausgerichteten Reihen unter dem offenen türkischen Himmel. Jedes Besteck- und Geschirrteil war aus Silber. Tischkärtchen markierten jeden Platz mit dem Namen des jeweiligen Gastes in seiner Landessprache.

Das Festmahl, das folgte, war mit keinem zu vergleichen, an dem ich je teilgenommen hatte. Es war opulent, extravagant und überwältigend: Käse aus Lissabon, Oliven aus Florenz, Weine aus Frankreich und Spanien,

Trauben aus Arkadien, aber auch Delikatessen moslemischen Ursprungs: die köstlichsten Gewürze aus Marokko, dem Industal und Ägypten, dazu Feigen und andere schmackhafte Früchte, deren Namen ich nicht kannte, die aber, wie man mir sagte, von den Beduinenarabern kamen, die in den kargen Wüsten südlich von Konstantinopel lebten.

Hundert Gäste wurden von ebenso vielen Dienern betreut, die zwischen den Tischen und der riesigen Küche, deren Eingang sich in der Südwestecke des Hofes befand, hin und her eilten. Musiker spielten, Zauberkünstler traten auf und es gab sogar eine Bühne, auf der große muskelbepackte Ringer – deren Körper vom Öl glänzten – in Schaukämpfen gegeneinander antraten. Viele der Frauen, die am Festmahl teilnahmen, unter ihnen auch Elsie, sahen diesen Ringern mit ausgeprägtem Interesse zu. Der größte der Ringer, ein einheimischer Kämpfer namens Darius, hatte wahrhaft enorme Muskeln, ein sehr ansprechendes olivfarbenes Gesicht und langes, glattes schwarzes Haar, das bis zu seinen Schultern herabhing. Die meisten Frauen, Elsie eingeschlossen, beobachteten ihn mit schmachtenden Blicken.

Und als das Bankett voranschritt, verschwand Elsie wieder einmal in der Menge und ließ mich mehr oder weniger allein zurück, denn Mr. Ascham und Mr. Giles trieben Konversation mit ihren Tischnachbarn.

Also betrachtete ich von unserem (recht abgelegenen) Tisch aus die versammelten Gäste: Schachspieler aus aller Welt, begleitet von Botschaftern und Würdenträgern und in einigen Fällen ihren königlichen Schutzherren selbst. Es waren nicht viele Kinder anwesend; nur eine Handvoll, die, wie ich vermutete, von königlichem Geblüt waren wie Iwan aus Moskowien und ich selbst.

Ich beobachtete Michelangelo, während er an seinem Tisch Hof hielt. Es verging kein Moment, in dem nicht jemand an der Seite des berühmten Künstlers erschien, um ihm seinen Respekt zu zollen. Und so war es für mich eine große Überraschung, als Michelangelo, kurz bevor der Hauptgang serviert wurde, plötzlich aufstand, dem letzten Bittsteller abwinkte, sich im hell erleuchteten Hof umschaute, unseren Tisch erblickte und mit raschen Schritten zu uns herüberkam.

Er trat an unseren abgelegenen Tisch, lächelte mir freundlich zu und setzte sich dann, zu meiner noch größeren Überraschung, neben meinen Lehrer und sagte salopp: »Roger, wie schön, dich endlich einmal wiederzusehen.«

»Ganz meinerseits, Michel«, antwortete mein Lehrer leichthin. »Du hast neuerdings viele Bewunderer.«

»Ich weiß, ich weiß«, stöhnte der große Mann. »Ruhm, kann ich dir sagen, wird weit überschätzt. Ich verbringe so viel Zeit damit, mir die Lobreden dieser Leute anzuhören, dass ich kaum noch dazu komme, die Werke zu schaffen, die sie lieben. Ach, hätte ich doch die herrliche Anonymität meiner Jugend zurück!«

»Das ist der Fluch des Genies«, sagte Mr. Ascham. »Und du warst schon immer ein Genie. Man hat dir den Auftrag gegeben, das Schachspiel anzufertigen, das bei diesem Turnier verwendet werden soll?«

»Zwei Spiele. Und der Sultan zahlt großzügig. Großzügiger als der Papst – und auch prompter.«

»Bist du zufrieden mit deinem Werk?«

»O Roger, du weißt, dass ich nie mit einem meiner Werke ganz zufrieden bin. Immer noch seufze ich, wenn ich mir die Hände meines *David* ansehe. Und ich wünschte, ich hätte mehr Zeit für das *Tondo Doni* gehabt. Die Schachspiele jedoch sind akzeptabel geraten.«

Mein Lehrer lachte. »Akzeptabel für dich bedeutet überwältigend für den Rest von uns, Michel. Ich kann es kaum
erwarten, sie zu sehen.«

Der große Künstler beugte sich näher zu meinem Lehrer.
»Ich habe von dieser Sache mit dem Sohn des Earl of
Cumberland in Cambridge gehört. Eine sehr widerwärtige
Angelegenheit, soweit man hört, aber es heißt auch, dass du
dich dabei selbst übertroffen hast.«

Mr. Ascham warf einen kurzen Blick auf mich, als überlegte er, ob es ratsam sei, dass ich etwas von der Sache
erfuhr. »Was auch immer sein Vater für einen gesellschaftlichen Stand hat – der Junge war eindeutig gestört, und
selbst gewöhnliche Prostituierte verdienen Gerechtigkeit.«

»Du bist dabei, dir einen Ruf zu schaffen.« Michelangelo
grinste. »Ich erinnere mich noch, wie du damals in Rom
den Fall der Altarkelche, die aus der Kirche Santa Maria di
Loreto gestohlen wurden, gelöst hast. Du hast bewiesen,
dass der Priester der Kirche nicht etwa das Opfer des Verbrechens war, sondern die Kelche selbst verkauft hat, um
seine Spielschulden zu bezahlen. Noch lange, nachdem du
Rom verlassen hattest, sprach man über den Skandal.«

Mr. Ascham zuckte mit den Achseln. »Als alle Fakten
geklärt waren, war die Schlussfolgerung unvermeidlich.
Etwas war getan worden, und es war aus einem Grund
getan worden. Reine Logik.«

»Die niemand außer dir gesehen hat.«

»Alle Verbrechen werden aus einem bestimmten Grund
begangen«, sagte mein Lehrer entschieden. »Ich habe
lediglich den Grund dieses speziellen Verbrechens aufge-
deckt …«

»Ach, gib's doch zu, Roger, du konntest nur nicht dieses
ungeklärte Rätsel ertragen«, sagte Michelangelo sanft und

mit einem leichten Grinsen. »Du hast es doch *genossen,* die Sache aufzurollen, und du hast es als eine intellektuelle Übung betrachtet, als eine Hommage an Averroës.«

»Ich glaube, Averroës wäre stolz auf mich gewesen. Ebenso wie Aristoteles.«

Michelangelo lachte. »Roger Ascham! Du hast dich kein bisschen verändert! Ich fürchte, deine Neugier wird eines Tages dein Tod sein. Es tut so gut, dich wiederzusehen.« Und dann wandte der große Künstler seinen Blick mir zu. »Und wer ist diese bezaubernde junge Dame?«

»Das ist Elisabeth. Meine beste Schülerin.«

»Rogers beste Schülerin?« Michelangelos alte Augen glänzten. »Aus dem Munde Roger Aschams ist das kein kleines Kompliment. Ein ›guter‹ Schüler ist seiner Einschätzung nach einer, der höchstwahrscheinlich den Lauf der Geschichte verändern wird. Ich werde Euch im Auge behalten müssen.«

Errötend neigte ich den Kopf.

Michelangelo warf einen Seitenblick auf meinen Lehrer. »Eine königliche Schülerin, Roger?«

Mein Lehrer nickte mit den Augen.

»O Roger! Du bist wahrlich ein einzigartiger Erzieher! Nur du würdest auf die Idee kommen, eine königliche Erbin zum Zwecke ihrer Erziehung halb um die Welt zu schleppen! Wie großartig!«

Mein Lehrer stellte Mr. Giles vor, dann fragte er Michelangelo: »Wo wohnst du, während du hier bist?«

»Ich habe die besondere Erlaubnis erhalten, im Privatbereich des Sultans, dem Harem, zu logieren. Dort ist es wohltuend friedlich. Seit ich vor einer Woche im Palast angekommen bin – ich habe die Reise mit der Delegation des Kirchenstaates unternommen –, werde ich *ununterbrochen* vom römischen Botschafter belästigt, einem Mann, der wahrscheinlich Italiens selbstherrlichster und unerträglichster ... o nein, da kommt er.«

»Il Magnifico! Hier seid Ihr!«

Mr. Ascham und Michelangelo drehten sich um.

Ein römischer Kardinal stand in all seiner Pracht vor uns: rote Robe, Stab, Goldketten, reich verzierte Mitra. Er hatte eine wallende Mähne silbrig schimmernder Haare, perfekt frisiert, und ich erkannte in ihm den Kardinal, der mit dem Sultan in der Audienzkammer gewesen war, einen der privilegierten ausländischen Botschafter. Hinter ihm ragte wie ein Schatten ein großer Diener mit ausdruckslosem Gesicht auf, wohl eine Art Leibwache.

Der Kardinal hielt Michelangelo seinen Ring ins Gesicht. Ich sah deutlich, wie der große Künstler einen Moment zögerte, bevor er sich pflichtschuldig vorbeugte und den Ring küsste.

»Kardinal Cardoza«, sagte Michelangelo tonlos. »Wie ... schön ... Euch wiederzusehen.« Er gestikulierte in unsere Richtung. »Kardinal, dies sind Mr. Roger Ascham aus England und seine Begleiter: Mr. Gilbert Giles, der englische Teilnehmer des Turniers, und Mr. Aschams Schülerin Elisabeth. Kardinal Cardoza ist der Botschafter des Heiligen Stuhls am Hofe des Sultans.«

Der Kardinal war ein älterer Mann von etwa 60 Jahren mit blassblauen Augen und silbrigen Brauen, die zu seinem wallenden Haar passten. Er war recht groß und kräftig gebaut, aber nicht fett, mit breitem Brustkorb, ein Mann, der in jüngeren Jahren möglicherweise ein guter Sportler gewesen war.

In der einen Hand hielt er seinen Hirtenstab, in der anderen einen recht ungewöhnlichen Gegenstand: Er sah aus wie der Schweif eines Pferdes, ein kleines peitschenartiges Ding aus verschiedenfarbigen Haaren, mit dem der Kardinal jedes Insekt verscheuchte, das es wagte, in seine Nähe zu kommen.

Trotz Michelangelos höflicher Vorstellung ignorierte uns Kardinal Cardoza völlig. Er schien mir die Sorte Mensch zu sein, die immer unbeirrbar auf die wichtigste Person in einem Raum zusteuerte und sich an sie hängte wie ein Blutegel. Ich hatte viele solcher Menschen zu Hause in der Umgebung meines Vaters gesehen.

Der Kardinal sagte zu Michelangelo: »Ich sprach gerade mit Kardinal Farnese. Er sagt, dass Seine Heiligkeit *hocherfreut* ist, dass Ihr seine Einladung angenommen habt, den Posten des Baumeisters seiner großen Basilika zu übernehmen.«

»Euer Eminenz ist zu freundlich«, erwiderte Michelangelo. »Ich bin ein alter Mann. Ich hatte eigentlich gedacht, dass für mich die Zeit der Errichtung großer Bauwerke vorüber sei.«

»Aber nicht doch! Der Papst ist Sangallos Launen überdrüssig geworden, und Ihr habt ohnehin *unendlich* viel mehr Erfahrung und Talent. Ihr müsst wissen, dass ich seit unserer gemeinsamen Zeit in Ostia mit Seiner Heiligkeit auf vertrautem Fuße stehe. Ich kenne ihn sehr gut. In der Tat könnte ich Euch – in einer etwas privateren Umgebung – über einige seiner persönlichen Vorlieben informieren, sodass Ihr ihn mit Euren Entwürfen noch mehr erfreuen könntet.«

»Ihr seid zu freundlich.«

»Es ist nicht der Rede wert.«

»Ich bin sicher, ich werde Euch später noch sehen«, sagte Michelangelo.

Kardinal Cardoza lächelte. »Genießt das Mahl. Ich habe schon an zu vielen Banketten wie diesem teilgenommen, deshalb werde ich eine private Mahlzeit in meinen Gemächern einnehmen. Magnifico.« Er rauschte davon, dicht gefolgt von seinem Diener.

Michelangelo sah ihm nach, dann drehte er sich zu meinem Lehrer um. »Hüte dich vor diesem Mann, Roger. Ein durchtriebener Bursche, aalglatt. Es heißt, Königin Roxelana könne ihn nicht ausstehen und verlasse unverzüglich den Raum, wenn er zu einer Audienz beim Sultan vorspricht. Und ich weiß aus verlässlicher Quelle, dass die Bürger von Ostia froh waren, seinen Rücken zu sehen; es gab Gerüchte von … Unschicklichkeiten … mit einigen der Knaben des Bezirks.«

Mein Lehrer sah zu, wie Kardinal Cardoza den Hof überquerte und zu seinem Tisch ging, wo sich ihm der römische Kardinal Farnese anschloss, woraufhin die beiden gemeinsam das Fest verließen.

»Was ist mit dem anderen Kardinal«, fragte Mr. Ascham, »dem Bruder des Papstes, Kardinal Farnese? Ich war sehr überrascht, ihn hier zu sehen, wenn man seine Äußerungen über den moslemischen Glauben bedenkt.«

Der Künstler seufzte. »Gott schenke mir Geduld! Ich musste den ganzen Weg von Rom mit ihm in einer Kutsche fahren. Kardinal Farnese ist ein Schwein, dessen Schnauze tief in vielen Trögen steckt. Außerdem ist er ein Narr, der mehr aus Unwissenheit als aus Absicht beleidigt. Erzherzog Ferdinand von Österreich verachtet Farnese, seit er entdeckt hat, dass Farnese ihm Ablässe zum Zehnfachen dessen verkauft hat, was der polnische König Sigismund bezahlte. Die Jesuiten schämen sich seiner. Der Imam hat seine moslemischen Anhänger angewiesen, ihn zu ignorieren, trotzdem haben während unseres Weges durch die Stadt junge moslemische Männer vier Mal die Sohlen ihrer Sandalen hochgehalten, als Farnese vorbeifuhr.«

»Entschuldigt, Sir, aber das verstehe ich nicht«, unterbrach ich ihn höflich. »Was bedeutet diese Geste?«

Mein Lehrer antwortete darauf. »Bei Arabern und Moslems gilt es als äußerst beleidigend, mit der Sohle seines Schuhs auf jemanden zu zeigen. Diese jungen Moslems haben gegen Kardinal Farneses Ansichten protestiert.« Mr. Ascham wandte sich wieder Michelangelo zu. »Was die Frage aufwirft: Weshalb schickt Papst Paul den Kardinal hierher?«

»Ich vermute«, erwiderte Michelangelo, »dass der Pontifex provozieren will, er will dem Sultan bei diesem großen internationalen Ereignis einen Stachel ins Fleisch bohren. Der Sultan würde niemals zulassen, dass einem aus Rom angereisten Kardinal, selbst einem derart Anstoß erregenden wie Farnese, während des Turniers etwas zustößt. Das wäre eine Schande vor der ganzen Welt, die der Sultan mit der Veranstaltung doch beeindrucken will.«

»Ich wusste nicht, dass der Papst sich zu so kleinlichen Ränkespielen herablässt.«

Michelangelo schüttelte den Kopf. »Ich habe mein ganzes Leben lang Werke zum Ruhm unseres Herrn und Seiner Kirche geschaffen. Ich wünschte nur manchmal, der Herr würde besseres Personal in seine Dienste nehmen.«

Als er sich anschickte, unseren Tisch zu verlassen, bat Michelangelo uns, ihn in die Palastküche zu begleiten, wo er dem Assistenten des Chefkochs, einem gewissen Brunello von Borgia, einen Besuch abstatten wollte.

»Brunello war der beste Koch in ganz Florenz«, erklärte Michelangelo uns, als wir zum Küchenbereich in der Ecke des Hofes gingen. Zehn riesige Schornsteine erhoben sich darüber, unter denen jeweils ein gigantischer Ofen brannte. »Der Sultan hat ihn extra für diesen Anlass nach Konstantinopel geholt. Er ist jetzt seit drei Monaten hier und bringt den einheimischen Köchen die Zubereitung von Gerichten bei, die den europäischen Gästen munden. Ich würde sehr gern die Küche sehen. Wie ich hörte, ist sie größer als jede, die es in Italien gibt.«

Der große Künstler marschierte mit ausgreifenden Schritten vor uns her.

»Wie kommt es, dass Ihr so eng vertraut seid mit Michelangelo?«, flüsterte ich meinem Lehrer zu, während wir ihm nacheilten.

Mr. Ascham warf mir einen Seitenblick zu. »Das überrascht dich?«

»Ein bisschen, ja.«

»Ich muss gestehen, dass es mir ein gewisses Vergnügen bereitet, dich zu überraschen. Vor einigen Jahren las Michelangelo eine Abhandlung, die ich als Student über Erziehung schrieb, und lud mich nach Rom ein, um ihn zu treffen. Natürlich nahm ich die Einladung mit Freuden an. Am Ende unterrichtete ich seinen geliebten Großneffen sechs Monate lang, und während der Zeit wurden wir gute Freunde. Ich sah ihm dabei zu, wie er am *Jüngsten Gericht* malte – einer der größten Augenblicke meines Lebens.«

Ich hatte nie darüber nachgedacht, dass mein Lehrer ja auch schon ein Leben gehabt hatte, bevor er anfing, mich zu unterrichten, ganz zu schweigen von exotischen Reisen und Bekanntschaften mit berühmten Künstlern.

Aber da war noch etwas. »Was geschah denn mit dem Sohn des Earl of Cumberland in Cambridge? Mein Vater hat das schon in seiner Nachricht an Euch erwähnt.«

Mr. Aschams Gesicht verfinsterte sich. »Es war eine überaus unangenehme Affäre um den Sohn eines einflussreichen Mannes und seine ... widerwärtigen ... Neigungen. Es ist keine Geschichte für junge Ohren.«

»Hatte es etwas mit Leidenschaft zu tun?«, fragte ich mit einer Stimme, die reif und erfahren klingen sollte. »Mit Unzucht gar?«

Mein Lehrer warf mir einen langen Blick zu, bevor er antwortete. »Es hatte tatsächlich etwas mit den Trieben des jungen Mannes zu tun. Er ließ Prostituierte aus anderen Städten kommen und ... machte Sachen ... mit ihnen, bevor er die armen Frauen tötete. Es ist nicht nötig, dass du die ganze schmutzige Geschichte erfährst. Ich wurde als unparteiischer Richter zu der Angelegenheit herangezogen, aber dank meiner, nun, übereifrigen Neugier entdeckte ich mehr, als irgendjemand wissen wollte. Und jetzt wollen wir uns bitte wieder mit angenehmeren Dingen befassen und diesen wunderbaren Abend genießen.«

Während er das sagte, durchschritten wir ein großes Tor in der Ecke des Hofes und betraten die Küche.

Ich erblickte ein emsiges Irrenhaus hektischer Aktivitäten: hin und her eilende Sklavinnen, schreiende Köche, lodernde Feuer, rauchende Öfen, reich bestückte Drehspieße, gackernde Hühner, quakende Enten, dumpf aufprallende Hackbeile und das köstlichste Gemisch an Düften, das ich je in meinem kurzen Leben gerochen hatte.

Über den ganzen Lärm hinweg brüllte der Chefkoch, ein fetter Moslem in einer blutverschmierten Schürze und mit einem riesigen Turban.

Nicht weit von ihm stand an einem langen blockartigen Tisch, über eine eigene kleine Armee türkischer Köche befehlend, ein stämmiger bärtiger Mann von italienischem Aussehen, der ein kleines Kruzifix um den Hals trug: Brunello von Borgia.

»Warum hielt der Sultan es für notwendig, einen europäischen Koch nach Konstantinopel zu holen?« Mir hatte die einheimische Kost sehr gut geschmeckt. »Wenn man reist, sollte man dann nicht die unvertrauten einheimischen Gerichte probieren, die einem angeboten werden?«

»Ja, da stimme ich dir zu, das sollte man, aber die Mägen alter Männer sind nicht mehr so empfänglich für neues Essen wie die junger Menschen«, antwortete Mr. Ascham mit einem sanften Lächeln. »Es ist gar nicht so ungewöhnlich, dass Besucher dieser Länder furchtbar krank werden, nachdem sie die einheimischen Gewürze und Gerichte gegessen haben. Es ist sehr weise vom Sultan, seinen geschätzten Gästen eine Alternative anzubieten.«

Brunello erblickte Michelangelo inmitten des Durcheinanders, und schnell wischte er sich die Hände an seiner Schürze ab und eilte zu uns herüber.

Eine Frau, die ebenso breit wie hoch war, schloss sich ihm an, außerdem ein schlaksiger Junge von etwa 15 Jahren.

»Signore Buonarroti!« Brunello verbeugte sich. »Willkommen in meiner Küche. Es ist mir eine Ehre.«

»Brunello«, erwiderte Michelangelo die Begrüßung, »die Ehre ist ganz auf meiner Seite. Ihr seid auf Eure Art auch ein Künstler. Der einzige Unterschied zwischen uns ist, dass Eure Kunst buchstäblich vom Publikum verschlungen wird und deshalb traurigerweise nichts zur späteren Erbauung verbleibt. Die Freude liegt im Augenblick.«

»Ihr seid zu freundlich«, sagte Brunello. »Signore: meine Frau Marianna und mein Sohn Pietro.«

Michelangelo verbeugte sich vor Brunellos Familie.

Ich muss sagen, die Art und Weise, wie der große Künstler mit Personen eines niedrigeren gesellschaftlichen Ranges umging, machte einen tiefen Eindruck auf mich. Es hätte durchaus seinem Stand entsprochen, jeden – vom Koch bis zum Kardinal – mit Geringschätzung oder unverhohlener Herablassung zu behandeln. Aber er tat es nicht. Ganz im Gegenteil: Er behandelte den mageren Sohn des Küchenmeisters mit der gleichen sanften Höflichkeit, die er auch jedem anderen entgegenbrachte.

Mein Vater hingegen behandelte jeden ihm Untergebenen – von seiner Gemahlin bis hin zum Adligen, dessen Gemahlin er in sein Schlafgemach entführte – mit offener Verachtung. Vermutlich dachte mein Vater, ein solches Verhalten würde seinen Stand unterstreichen, aber nachdem ich Michelangelos höflichen Anstand allen Menschen gegenüber erlebt hatte, begriff ich, dass die wahrhaft Mächtigen es nicht nötig haben, ständig ihre Macht zur Schau zu stellen.

Michelangelo schüttelte dem Jungen die Hand. Pietro senkte kleinlaut den Kopf, und ich fragte mich, ob er so schüchtern war oder nur überwältigt von Ehrfurcht vor dem großen Mann. Ich konnte es nicht erkennen.

Anschließend machte Michelangelo meinen Lehrer mit Brunello bekannt, und die beiden unterhielten sich freundlich, aber kurz.

Während sie sprachen, bemerkte ich, dass Brunellos Frau einen Rosenkranz um den Hals trug. An das Kruzifix des Rosenkranzes war ein kleines schwarzes Band in einer Schleife gebunden.

»Gibt es viele Christen in Konstantinopel?«, fragte ich sie höflich auf Italienisch.

Als sie antwortete, klang ihre Stimme flach und un-
interessiert. »Dank ihrer langen Geschichte gibt es in der
Stadt ebenso viele Juden und Christen wie Moslems.«

»Und was sagt der moslemische Sultan über die rivali-
sierenden Religionen, die in seiner Hauptstadt ausgeübt
werden?« Ich fand, dass das eine sehr kluge und erwachsene Frage war, aber ihre Antwort kam immer noch ohne
jedes Interesse.

»Es scheint ihn nicht zu kümmern«, sagte sie ausdruckslos.

Ich wurde weiteren Bemühungen, mich mit ihr zu unterhalten, enthoben, als Brunello sich entschuldigte und sagte,
dass der Hauptgang gleich serviert werden solle. Zu dem
Anlass sollten auch die Teilnehmer des Turniers vorgestellt
werden, deshalb verabschiedeten wir uns aus der Küche
und kehrten an unseren Tisch im Hof zurück.

DIE SPIELER

Wir erreichten unseren Tisch, als Elsie gerade von der anderen Seite des Hofes zurückkehrte. Sie zog ein junges persisches Mädchen an der Hand hinter sich her.

Das Mädchen war eine orientalische Schönheit. Sie mochte etwa 16 Jahre alt sein und hatte eine winzige Taille, aber volle Brüste und hohe, geschwungene Hüften, die aufreizend in den Schlitzen ihres umwerfenden silbernen Saris, der ihren Körper umschlang, aufblitzten. Sie hatte eine dunkle, olivfarbene Haut und die perfektesten Mandelaugen, die ich je gesehen hatte.

»Bessie, Bessie«, rief Elsie atemlos. »Du musst Zubaida kennenlernen. Sie ist eine Bekannte des Kronprinzen, des erstgeborenen Sohnes des Sultans, und sein Thronerbe.« Elsie warf einen Blick auf den erhöhten Tisch, an dem der Sultan aß. Ein sehr gut aussehender junger Türke saß neben ihm und sah zutiefst gelangweilt aus: der Kronprinz.

Elsie senkte ihre Stimme zu einem Flüstern. »Zubaida sagt, dass der Prinz am späten Abend eine inoffizielle Zusammenkunft in seinen Gemächern im Harem abhält.«

Zubaida beugte sich näher zu uns. »Der Prinz ist bekannt für seine dionysischen Zusammenkünfte. Es gibt Musik und Wein und Tanz und Ganja und ich habe gehört, dass einige der Ringer eingeladen wurden!«

Sie und Elsie kicherten aufgeregt über diese Neuigkeit. Dank meiner klassischen Bildung wusste ich, dass Dionysos der griechische Gott des Weines und der Weinherstellung war, aber auch der Ekstase und einer gewissen Art von Freigeistigkeit. Aber ich war mir unsicher, was eine dionysische *Zusammenkunft* sein sollte. Ich schätzte, dass es etwas mit dem Wein zu tun hatte. Und da war noch etwas, das Zubaida erwähnt hatte und ich nicht verstand.

»Was ist Ganja?«, fragte ich.

»Es ist ein seltsames Kraut, das hier viele rauchen«, antwortete Elsie. »Man sagt, es entspanne den Geist und beruhige die Seele, und manchmal erzeuge es wundersame Visionen. O Bessie, wir müssen einfach zu dieser privaten Feier gehen!«

Ich warf einen Blick auf meinen Lehrer. »Ich weiß nicht, Elsie. Ich glaube nicht, dass Mr. Ascham es gutheißen würde …«

»Ach du meine Güte, was bist du doch für ein braves Musterkind«, sagte Elsie schnell und ein bisschen garstig. »Tust du denn immer nur, was dein Lehrer gutheißt? Du klingst schon wie Primrose Ponsonby. Und dabei dachte ich, du wärst alt genug, um es zu verstehen …«

»Ich *bin* alt genug …«

»Wir werden sehen. Heute Abend, wenn dein Lehrer schläft, werde ich mich aus unseren Gemächern schleichen und zu dieser Feier gehen. Wir werden sehen, ob du den Mut hast, dich mir anzuschließen.«

Ich zögerte, unsicher und unbehaglich.

»Die Zusammenkunft«, sagte Zubaida, »wird in den Privatgemächern des Prinzen im Harem stattfinden. Sagt den Wachen am Eingang, dass Ihr *ein privilegierter Freund des Kronprinzen* seid, und sie werden Euch einlassen.«

In dem Moment erklang Hörnerschall und Zubaida eilte davon. Die offizielle Zeremonie begann.

Die offizielle Eröffnungszeremonie der Großen Schach-
meisterschaft des Allerhöchsten Sultans im Jahre 1546
begann mit einer Rede des Sultans, zunächst auf Türkisch,
dann auf Griechisch. Der Herrscher hieß die angereisten
Schachmeister in seinem Reich willkommen und wünschte
ihnen viel Erfolg bei dem Turnier.

Anschließend setzte der Sultan sich wieder auf seinen
Thron, und der Großwesir erhob sich und verkündete mit
lauter Stimme: »Hochverehrte Damen und Herren! Es ist
mir eine Freude und eine Ehre, Euch nun die Spieler vor-
zustellen!«

Einer nach dem anderen wurden die 16 Teilnehmer des
Turniers vorgestellt und auf die Bühne gebeten.

Da war der talentierte spanische Mönch, den ich vorhin
schon gesehen hatte, Bruder Raúl von Sevilla, der für den
Kirchenstaat spielte. Es hieß, er habe in sechs Jahren nicht
eine Partie verloren.

Dann war da der andere Spanier, der König Karl reprä-
sentierte, Pablo Montoya von Kastilien. Er war der Neffe
des berühmten Schachmeisters Luis Ramirez de Lucena,
und angeblich hatte Montoya das Buch seines Onkels, die
*Repetición de Amores y Arte de Ajedrez con ci Juegos de
Partido,* mehr als ein Dutzend Mal gelesen.

Maximilian von Wien vertrat den Erzherzog von Wien
und Habsburg, während ein junger Mann namens Wilhelm
von Königsberg die Bühne als Vertreter des neuen protes-
tantischen Herzogtums Preußen betrat.

Und natürlich war da unser Mann, Mr. Gilbert Giles, den
der *Sadrazam* sehr diplomatisch als Vertreter des »christlichen Königreichs England« ankündigte. Noch einige
weitere westliche Spieler wurden vorgestellt, und die versammelte Menge applaudierte höflich.

Dann kamen die östlichen Spieler:

Ein grobschlächtiger walachischer Kerl namens Dragan von Brașov – jener Dragan, den der Wirt in der Walachei erwähnt hatte.

Ein Ostasiate namens Lao aus den Chin-Landen am Ende der Seidenstraße.

Der Favorit Moskowiens: ein grimmiger Kerl mit einem harten, runzligen Gesicht und ständig abwärtsgeneigten Mundwinkeln. Als er die Bühne betrat, klatschte der kleine Prinz Iwan laut und begeistert in die Hände.

Ein sehr gut aussehender Prinz aus dem Mogulreich, der Nasiruddin Akbar hieß. Er hatte eine tiefbraune Haut und einen etwas schmächtigen Körper, und es hieß, er spiele Schach, seit er ein Kleinkind gewesen sei.

Ein alter, krummer Bibliothekar vom Haus der Weisheit in Bagdad, dessen Name Talib war, trat auf die Bühne. Er war der älteste Spieler des Turniers, genoss aber großen Respekt. Er trug seit Langem den Titel eines *Aliyat,* ein Titel, der nur den allerbesten Spielern verliehen wurde, die in einer Schachpartie ein Dutzend Züge im Voraus berechnen konnten.

Und zum Schluss kamen die einheimischen moslemischen Helden, zwei an der Zahl.

Der Erste von ihnen war der Palastfavorit, ein stattlicher junger Mann von königlichem Geblüt, der Zaman hieß. Er war ein Cousin des Sultans und hatte erst kürzlich den Titel des *Aliyat* errungen – der jüngste Spieler, der jemals diesen Titel getragen hatte.

Der Zweite war Ibrahim von Konstantinopel, und als sein Name ausgerufen wurde, erhob sich ein großer Jubel in den Reihen des Küchenpersonals, das die Zeremonie von der Seite aus verfolgte. Ibrahim war der Favorit des Volkes, der Gewinner eines Schachturniers, das im vorherigen Jahr in Konstantinopel ausgetragen worden war. Er war etwa im gleichen Alter wie sein Landsmann Zaman, ungefähr Mitte 20, aber da endeten die Gemeinsamkeiten auch schon. Während Zaman schneidig, gut gekleidet und würdevoll war, war Ibrahim abgemagert, schmutzig und gebeugt: ein Bauer. Er trug keinen offiziellen Schachtitel.

Als alles vorüber war, standen 16 Männer vor der versammelten Menge auf der Bühne und ließen den Applaus und die Jubelrufe über sich ergehen – Männer aus jedem Winkel der zivilisierten Welt, die für ihre Könige, ihren Glauben, ihre Nationen antraten.

Durch den Lärm rief der *Sadrazam:* »Morgen früh wird eine Ziehung abgehalten, um die Begegnungen der ersten Runde zu bestimmen! Jede Begegnung wird aus sieben Partien bestehen, wobei der Spieler der Sieger ist, der als Erster vier Partien gewinnt. Alle Partien werden in der Ayasofya ausgetragen, und zwar mit den prachtvollen Schachspielen, die der berühmte Künstler Michelangelo Buonarroti angefertigt hat. Der Gewinner der Turniers wird eines dieser Schachspiele als Trophäe für seinen König mit nach Hause nehmen. Spielt gut, meine Herren, denn der Stolz Eurer Völker hängt an Euch! Meine Damen und Herren, erweist den Meisterspielern Eure Ehre, und möge der Beste gewinnen!«

Der Applaus war ohrenbetäubend.

Als der Jubel seinen Höhepunkt erreichte, spürte ich, wie jemand an meinem Ärmel zupfte. Es war Elsie. Ihre neue Freundin Zubaida war zurückgekehrt und stand neben ihr.

»Bessie!«, rief Elsie. »Komm mit! Zubaida sagt, dass gleich ein Feuerwerk über dem Vierten Hof veranstaltet wird! Wir schleichen uns hier weg und suchen uns einen guten Platz.«

Mein Lehrer hatte mitgehört und auf meinen bittenden Blick sagte er: »Geh nur.«

Schnell eilten wir vom Festbereich davon und liefen zum hintersten Hof. Wir huschten durch den Bogengang mit den Gitterwänden, der den Dritten Hof mit dem Vierten verband, und schlüpften durch eins der reich verzierten Tore. Jetzt konnten wir in den letzten Hof schauen – ein paar Stufen führten zu einer weiten Rasenfläche hinab, von der aus man über den Bosporus blicken konnte. Ein eindrucksvolles rechteckiges Reflexionsbecken erstreckte sich am unteren Ende der Treppe, und weiter rechts stand ein einsames weißes Gebäude (die katholische Botschaft, wie ich später erfahren sollte).

Ganz plötzlich schoss mit einem schrillen Pfeifen die erste Feuerwerksrakete in den Himmel, abgefeuert von einer Stelle oberhalb des vergitterten Bogengangs. Sie zerplatzte zu einem zauberhaften Sternenmuster, und wir hörten die begeisterten Oh- und Ah-Rufe der Festgäste im anderen Hof. Das schien auch das Signal zu sein, alle Gäste in den Vierten Hof einzulassen, denn jetzt öffneten die Diener drei weitere Tore.

Und genau in dem Moment sah ich etwas in dem flachen Wasserbecken. Ich schreckte zusammen, mir stockte der Atem …

Plötzlich ertönten Rufe, gefolgt von hektischer Bewegung am Tor hinter uns.

Eine Phalanx von Palastwachen stürmte zum Tor. Weitere Wachen kamen zu uns und riefen »Zurück! Zurück!«, bevor sie uns durch das Tor in den Dritten Hof schoben und die vergitterte Tür hinter uns zuschlugen.

Aber meine Augen hatten bereits das schreckliche Bild aufgenommen, das die Wachen vor den Blicken der Festgäste verbergen wollten.

Im ersterbenden Licht der ersten Feuerwerksrakete hatte ich den grässlichen Leichnam eines Mannes gesehen – enorm dick, nackt und übersät mit unzähligen Stichwunden –, der reglos dicht unter der Oberfläche des flachen Spiegelbeckens am Ende der Treppe lag.

Und selbst dieser kurze Blick hatte ausgereicht, um ihn zu erkennen.

Mit seinem breiten Gesicht, den vielen Kinnen, dem auffälligen schwarzen Haar mit den Silberspitzen über den Ohren und dem aufgeblähten fetten Bauch war der Leichnam eindeutig als der aus Rom angereiste Kardinal zu erkennen, kein Geringerer als der Bruder des Papstes, Kardinal Farnese.

Und selbst durch das leicht gekräuselte Wasser des flachen Beckens konnte ich sehen, dass die untere Hälfte von Farneses Gesicht grausam entstellt war, die Haut abgezogen, sodass man das Fleisch unter seinen Wangen sah, den weißen Bogen seines Kieferknochens und jeden einzelnen seiner Zähne.

III

LÄUFER

In der frühesten Form des Schachspiels gab es anstelle der Figur des Läufers den Elefanten.

Erst als das Schachspiel sich zwischen dem 10. und 12. Jahrhundert in Europa ausbreitete, wurde aus dem Elefanten die Figur des Kuriers bzw. Läufers. In England gab man ihr den Namen *bishop* (Bischof), was die machtvolle Rolle, die die katholische Kirche in der mittelalterlichen Politik spielte, widerspiegelt.

Als Schachfigur ist der Läufer einzigartig: Er kann sich nur diagonal bewegen und ist dadurch auf die Felder einer Farbe beschränkt. Es wurde schon vermutet, dass das die Listen mittelalterlicher Kirchenmänner reflektieren solle, die, da es ihnen an militärischer Macht fehlte, nur auf Umwegen agierten, niemals direkt.

Interessanterweise wurde in Frankreich aus dem Elefanten *le fou,* der Narr.

Aus: *Chess in the Middle Ages,* Tel Jackson
(W. M. Lawry & Co., London 1992)

Ich habe nicht das Verlangen,
Fenster in die Seelen der Menschen zu öffnen.

– Königin Elisabeth I.

DIE STUNDEN NACH DEM BANKETT

Stumm und fassungslos kehrten Elsie, Zubaida und ich in den Dritten Hof zurück.

»Ihr seid schon zurück?«, fragte Mr. Ascham. »So schnell?«

Ich versuchte ihm zu antworten, war aber außerstande zu reden. Ich befand mich in einem Zustand tiefster Bestürzung. Es war nicht so sehr der Anblick des Leichnams – in England war ich öfters Zeugin von Hinrichtungen durch den Strang oder das Beil gewesen –, als vielmehr die grausame Zurschaustellung desselben.

Das entsetzliche Bild der untergetauchten und mit gespreizten Armen und Beinen daliegenden Leiche des Kardinals – und die groteske Häutung der unteren Gesichtshälfte – hatte sich in meinen Verstand eingebrannt. Offenbar hatte der Mörder gewollt, dass die Gäste des Sultans sein grausiges Werk sahen, aber die Palastwachen hatten sehr schnell reagiert, und wie es schien, hatten nur Elsie, Zubaida und ich das furchtbare Bild erblickt.

Endlich fand ich meine Stimme wieder. »Sir … ich … ich meine, wir … wir haben …«

Ein lauter Knall ließ mich erschrocken zusammenzucken. Weitere Feuerwerksraketen wurden an verschiedenen Stellen um unseren Hof herum gezündet. Sie erleuchteten den Himmel und ihre Detonationen machten jede weitere Unterhaltung unmöglich. Die Festgäste, die nicht wussten, dass eigentlich der andere Hof für die Beobachtung des Feuerwerks vorgesehen gewesen war, applaudierten begeistert dem Spektakel.

Während die Raketen explodierten und die Menge klatschte, schaute ich zum Podest des Sultans und sah, wie ein Angehöriger der Palastwache etwas ins Ohr des Großwesirs flüsterte, der – nach einem kurzen Ausdruck des Erschreckens auf seinem Gesicht – seinerseits dem Sultan etwas zuflüsterte.

Der Sultan legte nur den Kopf leicht auf die Seite, bevor er weiter augenscheinlich unbekümmert dem Feuerwerk zusah. Seine Miene verriet nichts.

Kurz darauf verließ er das Podest, und mit dem Aufbruch des Herrschers endete auch das Bankett. Allmählich leerte sich der Dritte Hof, als sich die Gäste in ihre Gemächer zurückzogen, zutiefst beeindruckt vom Festmahl, der Unterhaltung und dem Feuerwerk, das der Sultan veranstaltet hatte.

Wir kehrten in unser Quartier im Südpavillon zurück. Mr. Giles und Mr. Ascham unterhielten sich angeregt, während ich schweigend hinter ihnen herging. Als wir unsere Unterkunft erreichten, zog Mr. Giles sich in sein Zimmer zurück, während Elsie in dem kleinen Raum verschwand, den ich mir mit ihr teilte.

Immer noch aufgewühlt, hielt ich meinen Lehrer auf, als er sich in sein Zimmer begeben wollte.

»Sir, habt Ihr einen Moment?«, fragte ich leise.

»Sicher, Bess …« Er hielt inne. »Bei Gott, du siehst aus, als wärst du einem Gespenst begegnet. Was ist los?«

»Ich habe … ich meine, Elsie und ich … wir haben etwas gesehen, im Vierten Hof, etwas Entsetzliches …«

»Was habt ihr gesehen?«

Ich schluckte schwer. »Wir sahen …«

»*Macht Platz für den Sultan!*«, donnerte eine Stimme aus dem Korridor vor unserem Quartier. Die Tür der Vorhalle wurde aufgestoßen und vier Palastwachen eilten herein. Ihnen folgten zuerst der Großwesir und dann Sultan Suleiman persönlich.

Mr. Ascham und ich standen stramm, als wären wir Soldaten bei einer Parade. Mr. Giles und Elsie kamen aufgeschreckt aus ihren Zimmern.

Der Sultan sprach einfach und direkt.

»Es gab einen Mord in meinem Palast. Kardinal Farnese. Sein Leichnam wurde verstümmelt. Die Palasttore sind geschlossen und bewacht, seit das Bankett begann, deshalb hält sich der Mörder noch innerhalb dieser Mauern auf. Ich will, dass er gefunden wird.

Ihr …« Der Sultan trat vor meinen Lehrer. »Mr. Roger Ascham. Ich wurde von Michelangelo darüber in Kenntnis gesetzt, dass Ihr Euch mehrfach bei der Aufdeckung ungewöhnlicher Verbrechen hervorgetan habt – einem Diebstahl in Rom und einer Serie niederträchtiger Morde in England.«

»Das ist richtig, Euer Majestät.«

»Michelangelo sagt, Ihr bedient Euch der Logik als Hilfsmittel.«

»Das habe ich in jenen Fällen getan.«

»Ist Logik auf die Handlungen Wahnsinniger anwendbar?«

»In der Cumberland-Sache war es der Fall. Eine Frau einer bestimmten Profession fügte dem Mörder als Kind Schaden zu, und als Erwachsener rächte er sich an Frauen dieser Profession.«

Der Sultan betrachtete Mr. Ascham einen langen Moment, schätzte ihn ab, überdachte das Gesagte.

»Dann also ein Rätsel für Euch«, sagte er. »Eine Probe Eurer logischen Herangehensweise. Ein Mörder treibt sein Unwesen. Die Stadt lebt in Angst. Die Bewohner der Armenviertel glauben, dass er Männer, Frauen und Kinder ohne Unterschied tötet, aber in Wirklichkeit waren seine Opfer zwei alte Mullahs, sechs junge Knaben und drei heranwachsende Mädchen. Er tötet seine Opfer immer mit zahlreichen Messerstichen, und wenn sie tot sind, zieht er ihnen die Haut von den Wangen und dem Unterkiefer. Wer ist er, und warum tut er diese Dinge?«

Mein Lehrer erwiderte den Blick des Sultans. Er dachte eine ganze Weile nach, bevor er antwortete, und als er schließlich sprach, tat er es langsam und in einem bedächtigen Ton.

»Ich würde vermuten – anhand der wenigen Fakten, die Ihr mir genannt habt –, dass der Mörder ein junger Mann ist, vielleicht um die 16 Jahre alt, und irgendeine Gesichtsentstellung hat, eine Hasenscharte oder ein Muskelzucken. Weiterhin würde ich postulieren, dass er ein Idiot ist oder geistesschwach oder auch schlicht und einfach wahnsinnig, aber auf jeden Fall dürfte er ein Mensch von sehr geringer Intelligenz sein.«

Ich hörte in verblüfftem Schweigen zu. Ich konnte nicht begreifen, wie mein Lehrer aus so einer kurzen Beschreibung solche genauen Details ableiten konnte.

Aber er war noch nicht fertig. »Ich ziehe diese Schlüsse in erster Linie aus der Beschreibung der Opfer, die Ihr mir genannt habt, denn rein logisch gesehen kann uns die Natur des Opfers einiges über die Natur des Mörders verraten. Euer Mörder suchte Trost bei den beiden Mullahs, aber sie sagten ihm, er sei eine Missgeburt, eine Ausgeburt der Hölle, und seine Entstellung sei ein äußerliches Zeichen seiner inneren Unreinheit. In ohnmächtiger Wut brachte er sie um, indem er mehrfach auf sie einstach.«

»Interessant. Woher wisst Ihr, dass er ein *junger* Mann ist?«, fragte der Sultan.

»Wegen seiner anderen Opfer. Ihr sagtet, er habe sechs Knaben getötet, was bedeutet, dass er mehr Knaben umgebracht hat als andere Personen. Ich vermute, dass die Knaben ihn wegen seiner Entstellung gehänselt haben. Knaben sind Feiglinge – sie verspotten keine Erwachsenen oder junge Menschen, die deutlich älter sind als sie selbst, deshalb meine Vermutung, dass er etwa 16 Jahre alt sein dürfte. Die Mädchen hingegen haben wahrscheinlich seine Avancen abgewiesen oder über seine Hässlichkeit gelacht, und auch sie hat er in seiner Idiotenraserei abgeschlachtet.«

»Das alles basiert auf *Eurer* Prämisse, dass er eine Entstellung hat«, gab der Sultan zu bedenken. »Woher wollt Ihr wissen, dass dies der Fall ist?«

»Die Häutung der Gesichter seiner Opfer«, erwiderte mein Lehrer. »Er fügt ihnen im Tod die gleiche Entstellung zu, mit der er im Leben geschlagen ist. Die finale Rache.«

Wieder musterte der Sultan meinen Lehrer für einen langen Moment, während er über dessen Schlussfolgerungen nachdachte. Ich selbst war immer noch verblüfft darüber, dass mein höflicher und bescheidener Lehrer in der Lage war, seinen logischen Verstand auf ein so grausiges Rätsel anzuwenden.

»Dieser Mord, der sich heute Abend in Eurem Palast zugetragen hat«, fragte Mr. Ascham, »weist er Ähnlichkeiten mit denjenigen auf, die Ihr mir gerade geschildert habt?«

»In der Tat. Und ich finde Eure Schlussfolgerungen sehr faszinierend. *Sehr* faszinierend. Ihr werdet mich begleiten. Sofort.«

Mein Lehrer ging mit dem Sultan und seinen Männern davon. Ich ging nicht mit ihm. Ich kehrte in das Zimmer zurück, das ich mit Elsie teilte und in dem diese gerade damit beschäftigt war, ihre Abendgarderobe abzulegen und ein anderes Kleid anzuziehen: das leichte Seidengewand, das sie auf dem Großen Basar gekauft hatte.

»Was machst du da?«, flüsterte ich.

»Ich gehe zur Zusammenkunft des Kronprinzen«, sagte sie. »Jetzt, wo dein langweiliger alter Schulmeister anderweitig beschäftigt ist, ist es die perfekte Gelegenheit, sich davonzustehlen. Du hast doch gesagt, du wolltest mitkommen.«

»O nein«, erwiderte ich schnell. »Nein.« Ich fand Jungen ganz interessant, das wohl, aber eine Zusammenkunft – mit Wein und Tanz und jungen Männern – war dann doch etwas, zu dem mir das nötige Selbstbewusstsein fehlte. Auch die Vorstellung, an einem Abend, an dem ein Mensch ermordet worden war, in die Nacht hinauszugehen, behagte mir nicht sonderlich. Aber vor allem machte ich mir Sorgen um Mr. Ascham und wollte hier sein, wenn er zurückkehrte. Es gefiel mir nicht, dass Elsie ihn langweilig nannte.

»Wie du meinst«, sagte Elsie, dann huschte sie leise auf den Zehenspitzen aus dem Raum, ihre Sandalen in der Hand, und ließ mich allein in unserem Zimmer stehen.

Eine Stunde später hörte ich, wie sich die Tür zu unserem Quartier öffnete und wieder schloss. Mein Lehrer war zurückgekehrt.

Ich hatte nicht geschlafen. Ich konnte nicht.

Ich saß nur auf meinem Bett und wartete angespannt, wartete auf das Geräusch der Tür, das ich eben gehört hatte. Erleichtert atmete ich auf, als draußen Mr. Giles meinen Lehrer begrüßte. »Roger, was zum Teufel geht hier vor?«

Mit dem Ohr am Vorhang, der unser Zimmer vom Vorraum trennte, lauschte ich der nachfolgenden Unterhaltung der beiden Männer.

»Der Sultan nahm mich mit in einen speziellen Kerker«, berichtete Mr. Ascham, »der vom Hauptkerker unter dem Turm der Gerechtigkeit abgesondert ist und sich tief unterhalb des Palastes befindet. Es handelt sich um eine Reihe von Zellen, die in irgendwelche alten römischen Ruinen hineingehauen wurden. Du wirst nicht glauben, was er mir gezeigt hat.«

»Was denn?«

»In einer der Zellen dieses Kerkers befand sich ein stummer Knabe von etwa 16 Jahren mit einer scheußlichen Hasenscharte und der tiefbraunen Haut eines Gerbereiarbeiters. Er huschte in der Zelle umher, mehr wie ein Affe als wie ein Mensch, und er grunzte wie ein Tier. Er hatte den Verstand eines kleinen Kindes.«

»Du hattest also recht …«

»Ja. Aber dann sagte der Sultan: ›Meine Männer haben diesen Burschen vor sechs Tagen gefasst, über der Leiche seines letzten Opfers. Wir haben niemandem erzählt, dass der Mörder gefangen ist. Und heute, in dieser Nacht, wurde ein einflussreicher Kardinal aus Rom, der Bruder des Papstes, auf eine identische Weise umgebracht. Könnt Ihr mir *das* mit Eurer Logik erklären, Mr. Roger Ascham?‹

›Entkam der Junge während des Banketts aus seiner Zelle?‹, fragte ich.

›Nein‹, antwortete er. ›Er war die ganze Zeit hier. Und das bedeutet, ich habe ein Problem.‹

›In der Tat‹, sagte ich. ›Ein weiterer Mörder läuft frei herum, einer, der durchtrieben genug ist, sich für den wahnsinnigen Knaben auszugeben, um sein eigenes Verbrechen zu verschleiern.‹

›Ja‹, meinte der Sultan düster. ›Wie so viele andere königliche Höfe ist auch der meine ein Tummelplatz des Ehrgeizes und der Ränke, der Täuschung und der Schmeichelei, von Männern und Frauen, die sich meine Gunst zu erschleichen versuchen, um ihr Ansehen zu steigern oder in mein Bett zu gelangen. Nehmt dazu noch die ausländischen Botschafter, die jeden meiner Schritte an ihre Herren berichten, und Ihr seht, dass mein Hof ein verworrenes Nest aus Feindschaften, Bündnissen und Intrigen ist. Ich vertraue niemandem.

Ihr jedoch, Roger Ascham, Ihr kommt hierher ohne eigene Pläne und mit einem Ruf des Scharfsinns, den Ihr mir soeben bewiesen habt: Mit nur wenigen Fakten wart Ihr in der Lage, diesen verwirrten Knaben, den Ihr nie zuvor gesehen habt, bis ins letzte Detail zu beschreiben.‹

Der Sultan fuhr fort: ›Der Leichnam des Kardinals wurde fortgeschafft, aber sein Tod wird sich bald herumsprechen. In einem Palast ist es unmöglich, Gerüchte im Zaum zu halten. Und deshalb werde ich die falsche Annahme, dass der Kardinal durch den Wahnsinnigen getötet wurde, zunächst nicht aus der Welt räumen, aber in der Zwischenzeit *will ich, dass dieser Mörder gefunden wird.*

Ich brauche jemanden von außen, jemanden ohne Verbindung zu diesem Palast, der das Verbrechen untersucht und den Mörder findet. Und diese Untersuchung muss erfolgen, ohne dass mein Turnier davon beeinträchtigt wird. Der Verbrecher, der hinter dieser Tat steckt, will mich vor aller Welt beschämen, und fast wäre es ihm gelungen.

Mein Turnier wird daher weitergehen wie geplant, aber ich will, dass Ihr währenddessen diesen Mörder findet und vor mich bringt. Nehmt Ihr die Aufgabe an?‹«

»Was hätte ich sagen sollen?«, fragte mein Lehrer Mr. Giles. »Ich bin nicht hierhergekommen, um mich in Palastintrigen einzumischen oder Mordfälle aufzuklären. Tatsächlich fand ich diese ganze Cumberland-Angelegenheit, wegen der ich anscheinend eine gewisse Berühmtheit erlangt habe, zutiefst unerfreulich. Außerdem trage ich die Verantwortung für die junge Bess. Sie hierher nach Byzanz zu bringen, war schon ein sehr kühnes Unterfangen. Ich habe nicht erwartet, dass auch noch *so* etwas geschieht. Aber er ist nun einmal der Sultan. Was blieb mir anderes übrig? Also sagte ich nur: ›Euer Majestät, ich werde mein Bestes geben, den Mörder zu finden.‹«

EIN AUSFLUG IN DIE NACHT

Wenig später gingen Mr. Ascham und Mr. Giles zu Bett, und ich tat es ihnen gleich.

Aber ich konnte immer noch nicht schlafen. Grelle Bilder wirbelten durch meinen Geist: die fette nackte Leiche des Kardinals im Wasserbecken, sein groteskes, halb gehäutetes Gesicht, explodierende Feuerwerksraketen, rennende Wachen und Tore, die zugeschlagen wurden.

Neben mir stand Elsies Bett, kalt und leer.

Etwas eifersüchtig starrte ich darauf. Ich neidete Elsie ihre Fähigkeit, in solch einer Zeit nur an sich selbst zu denken, während ich selbst nicht anders konnte, als mich immer wieder in andere hineinzuversetzen. Ich stellte mir die zweifellos entsetzlichen letzten Augenblicke des Toten vor. Ich stellte mir die Wut des Sultans vor. Ich dachte an meinen Lehrer und diese neue große Verpflichtung, die ihm auferlegt wurde. Persönlich von einem Herrscher mit etwas beauftragt zu werden, konnte den resolutesten Mann zu einem zitternden Wrack machen; mein Vater hatte Männer hinrichten lassen, weil sie in weit weniger wichtigen Angelegenheiten gescheitert waren. Und schließlich dachte ich auch an Mr. Aschams Sorge um mich in dieser ganzen Sache – immer hatte er mein Wohl dabei im Auge. Vielleicht war Elsie mit dem Leben, wie sie es lebte, besser dran.

Offensichtlich konnte mein Lehrer ebenfalls nicht schlafen. Kurz nach Mitternacht hörte ich, wie er in unseren

Vorraum hinausging. Er schritt auf und ab, vermutlich um nachzudenken. Dann kam er offenbar zu einer Entscheidung, denn er ging wieder in sein Zimmer und kehrte wenige Augenblicke später mit seinen Stiefeln und dem Mantel bekleidet zurück. Er schickte sich an, zu gehen.

Ich trat durch den Vorhang.

»Sir, wohin geht Ihr zu dieser Stunde?«

»Bess?« Er sah mich schief von der Seite an und begriff. »Du hast meine Unterhaltung mit Giles mitgehört, richtig? Über den Mord am Kardinal und den verwirrten Knaben im Kerker?«

Ich nickte.

»Dann weißt du auch von meinem neuen Auftrag.«

Wieder nickte ich.

Mr. Ascham seufzte. »Ich kann nicht schlafen. Zu viele Gedanken gehen mir durch den Kopf. Der Sultan hat mir vollständige Bewegungs- und Handlungsfreiheit innerhalb des Palastes zugesichert, deshalb dachte ich, ich gehe nach unten und untersuche den Leichnam des ermordeten Kardinals.«

»Darf ich mit Euch kommen?«, fragte ich. »Ich kann auch nicht schlafen.«

Plötzlich sah mich Mr. Ascham mit zusammengekniffenen Augen an. »Moment mal. *Das* war es, was dich vorhin bedrückt hat, als du mit mir sprechen wolltest, nicht wahr? Aber dann wurden wir durch die Ankunft des Sultans unterbrochen. Weißt du etwas über die Sache, Bess?«

»Ich habe den Leichnam des Kardinals gesehen. Es war schrecklich, er lag dort in dem flachen Becken …«

»Warte, warte, warte! Du hast die Leiche gesehen, *wie der Mörder sie zurückgelassen hat?*«

»Äh, ja, natürlich.«

Mein Lehrer runzelte nachdenklich die Stirn. Augenscheinlich wog er die Alternativen ab: die Unterstützung, die ich ihm leisten konnte, gegen die Gefahr, eine junge englische Prinzessin weiteren grauenhaften Anblicken auszusetzen.

»Du hast eine robustere Konstitution und einen schärferen Verstand als viele Erwachsene, die ich kenne, Bess. Aber hier läuft irgendwo ein brutaler Mörder frei herum, und dein Vater wird mich einen Kopf kürzer machen, wenn dir etwas zustößt. Allerdings …«, ein seltsamer Ausdruck zog über sein Gesicht, »… *könnte* es tatsächlich gut für dich sein. Kann es eine bessere Lektion für eine eventuelle zukünftige Königin geben, als durch ein Fenster in die Seelen der Menschen zu schauen?«

Er hockte sich vor mich, sodass unsere Gesichter auf gleicher Höhe waren. »Versprichst du mir drei Dinge, Bess? Versprichst du mir, dass du dicht an meiner Seite bleiben wirst bei allem, was geschehen wird?«

»Ich verspreche es.«

»Versprichst du, dass du genau das tun wirst, was ich dir sage?«

»Ich verspreche es«, antwortete ich eifrig. »Und das dritte?«

»Versprichst du mir, dass du *niemals* Mrs. Ponsonby auch nur ein Wort über deine Beteiligung an dieser Angelegenheit sagen wirst?«

Mein Gesicht verzog sich zu einem breiten Grinsen. Ich nickte lebhaft. »Und wie ich das verspreche!«

»Hervorragend«, sagte er. »Dann komm, zieh dir einen Mantel an und bleib dicht bei mir.«

Wir traten in den Korridor vor unserem Quartier.

Ein bewaffneter Mann stand dort, und ich blieb wie angewurzelt stehen.

Er war kahlköpfig und muskulös und hatte die tiefschwarze Haut eines Abessiniers. Bekleidet war er mit einer weißen Tunika, und er hatte einen Bronzereif um den Hals, der ihn als Sklaven von hohem Rang auswies. Seine Wangenknochen waren verziert mit punkt- und strichförmigen rituellen Narben.

Mr. Ascham stockte nicht einmal in seinem Schritt.

»Elisabeth, das ist Latif, der zuverlässigste Eunuch des Sultans«, sagte er. »Neben den einheimischen Sprachen spricht er Latein und Griechisch und ein kleines bisschen Englisch. Der Sultan hat ihn mir als Eskorte während meiner Untersuchungen zugeteilt. Latif, das ist meine Schülerin Elisabeth.«

Der große Eunuch verbeugte sich vor mir, sagte aber nichts. Er trug einen verzierten Bronzebogen und dazu passende Pfeile auf dem Rücken, außerdem zwei Entermesser mit goldenen Griffen im Gürtel.

»Latif«, sagte Mr. Ascham, »ich würde gern den genauen Ort sehen, an dem der Leichnam des Kardinals gefunden wurde, und dann möchte ich die Leiche selbst sehen.«

DAS WASSERBECKEN
UND DER KERKER

Es war schon einiges nach Mitternacht, als Mr. Ascham, Latif und ich an dem vergitterten Bogengang ankamen, der den Dritten Hof vom Vierten trennte.

Der Palast lag still im Mondschein. Die vielen Tische des Banketts waren schon lange weggeräumt worden. Vier Palastwachen mit ernsten Gesichtern und bewaffnet mit Krummsäbeln und Speeren bewachten das Gittertor, das zum Reflexionsbecken im Vierten Hof führte, aber auf ein Wort von Latif traten sie beiseite und ließen uns passieren.

Als wir durch das Tor gingen und die Treppenstufen dahinter erreichten, musste ich wieder an den grausigen Anblick von Kardinal Farneses Leiche denken, die mit dem Gesicht nach oben und allen vieren von sich gestreckt in dem flachen rechteckigen Becken gelegen hatte.

Wir blickten jetzt auf das gleiche Becken, in dem jedoch keine Leiche mehr lag.

Ein paar Blutflecken am rechten Rand des Wasserbeckens waren die einzigen Anzeichen dafür, dass dort etwas Unerhörtes geschehen war. Auch die Blutflecken würden nicht lange bleiben: Gerade hockte eine Sklavin auf den Knien neben dem Becken und schrubbte sie ab.

»Er lag in dem Becken?«, fragte Mr. Ascham.

»Ja, er lag auf dem Rücken mit ausgebreiteten Armen, wie ein Gekreuzigter. Seine Augen waren offen, und die

Haut um seinen Mund und sein Kinn herum war … abgezogen worden …« Ich führte meinen Lehrer zum Rand des Beckens. »Er lag so da, mit den Füßen zum Dritten Hof zeigend.«

Mr. Ascham betrachtete schweigend die Szenerie.

Dann drehte er sich zu mir um und fragte: »Bess, war da viel Blut? Auf den Steinen um das Becken herum? Auf dem Rand vielleicht?«

Ich dachte darüber nach. »Nein. Nur diese kleinen Schmierflecken, die gerade aufgewischt werden.«

»Was ist mit dem Wasser im Becken: War es klar, oder war es rot vom Blut des Toten?«

»Es war klar«, erwiderte ich. Trotz seiner vielen Wunden hatte ich den Leichnam des Kardinals deutlich unter der Wasseroberfläche sehen können.

»Ich verstehe.« Mr. Ascham drehte sich zu Latif um. »Wer hat befohlen, dass der Leichnam entfernt wird?«

»Seine Majestät der Sultan«, antwortete unser Begleiter knapp. »Er wollte nicht, dass die Gäste ihn sehen.«

»Wer genau hat ihn fortgeschafft?«

Latif sprach kurz mit der Sklavin, die den Rand des Beckens schrubbte. »Hauptmann Faad, der Anführer der Palastwache, brachte den Leichnam fort.«

»Wo ist er jetzt? Ich würde den Toten gern sehen.«

»Warum?«, fragte Latif stirnrunzelnd. »Der Mann ist tot. Er kann Euch nichts mehr sagen.«

»Das werden wir sehen.«

Latif zuckte mit den Achseln und wechselte noch ein paar schnelle Worte mit der Sklavin. »Die Leiche wurde in den Hauptkerker des Sultans gebracht.«

Mr. Ascham nickte. »Dann bring uns bitte dorthin, damit ich mir den Leichnam selbst ansehen kann.«

Solange ich mich erinnern kann, war für mich das schrecklichste Gebäude in London der Tower.

Wie ein finsterer Behemoth ragte er ganz im Osten der Stadt auf, an dem Punkt, wo die Themse die Mauern der Stadt verließ und zum Meer floss. Wenn man in einem Boot am Tower vorbeifuhr, konnte man die Schreie der Verräter hören, die darin gefoltert wurden. Ein paar Tage später wurden ihre Köpfe dann über der London Bridge zur Schau gestellt. Als junges Mädchen betete ich zu Gott, dass er mich niemals im Tower von London enden lassen solle.

Aber den Berichten nach zu urteilen, die ich von englischen Soldaten gelesen hatte, welche während der Kreuzzüge im Heiligen Land gefangen genommen wurden, waren die Kerker der Moslems eine noch schlimmere Hölle.

Sie waren der Stoff für grausige Legenden. Die Engländer, die während der verschiedenen heiligen Kriege in Jerusalem in Gefangenschaft geraten waren, waren mit Geschichten der entsetzlichsten Barbareien nach Hause zurückgekehrt. Enthauptungen, Brandmarkungen, abgetrennte Zungen und Hände. Und dann erst die Folterinstrumente der Moslems: mit Stacheln versehene Kopfkäfige, Schraubstöcke für den Hals und Becken mit kochendem Wasser, in die man nackte Gefangene warf.

Kurioserweise fanden in den Jahrhunderten nach den unglückseligen Kreuzzügen alle diese Foltervorrichtungen ihren Weg in die Kerker Europas. Europa erhielt viel Wissen von den Moslems – Astronomie, Mathematik, die Werke der alten Griechen, das Schachspiel, aber offensichtlich auch zahlreiche Methoden, den menschlichen Körper und Geist langsam und unter den größten Qualen zu brechen.

Mit diesen Gedanken im Kopf stieg ich die lange Treppenflucht unter dem Turm der Gerechtigkeit hinab und betrat die Kerker des Sultans.

Nachdem wir durch mehrere Tunnel gegangen waren, erreichten wir einen Wachraum, wo Latif kurz mit einem grimmig aussehenden Wächter sprach, der eine hässliche y-förmige Narbe auf der rechten Wange hatte. Der Wächter ließ uns passieren, und wir betraten eine große Steinkammer, die von Fackeln beleuchtet wurde und von verriegelten Zellen umgeben war.

Ein Eisenkäfig hing über einer Grube voller heißer Kohlen; Handfesseln baumelten vor einer blutverschmierten Wand; trockenes Stroh bedeckte den Boden. Der Raum roch nach Urin, Blut und Exkrementen. Dumpfes Stöhnen war aus den Zellen zu hören, aber die Wachen waren schon lange taub dafür geworden.

Auf einer großen Steinplatte in der Mitte des Kerkergewölbes lag die Leiche von Kardinal Farnese. Ich vermutete, dass die Platte normalerweise bei Enthauptungen verwendet wurde, oder vielleicht beim Abhacken von Diebeshänden.

Nackt und mit dem Gesicht nach oben lag der Tote da. Der gewaltige Bauch des Kardinals hing über seinen Genitalien. Seine Haut war blass und grau. Dutzende blutiger Stichwunden bedeckten seinen Leib. Die freigelegten Knochen des Kiefers und seine Zähne schienen die Steindecke anzugrinsen.

Mein Lehrer ging langsam um die Steinplatte herum und betrachtete den Leichnam neugierig, ohne das geringste Anzeichen von Unwohlsein zu zeigen. Er sah mich an. »Ist noch alles in Ordnung?«

Ich nickte, wenn ich auch zutiefst entsetzt war.

Mr. Ascham berührte eine der Stichverletzungen, als wollte er sich vergewissern, dass sie echt war. Dann hob er beiläufig eine der Hände des toten Kardinals hoch und betrachtete sie von beiden Seiten – genauso unbeeindruckt wie eine Frau, die an einem Marktstand einen Apfel begutachtet. Er ließ die Hand los, und sie fiel mit einem dumpfen Klatschen zurück auf die Steinplatte, danach sah er sich die andere an. Beide Hände waren dicklich und bleich, feucht und grau, und soweit ich erkennen konnte, völlig unauffällig.

Jetzt wandte sich mein Lehrer dem verstümmelten Kopf des Toten zu.

Er beugte sich über den offen liegenden Kieferknochen des Kardinals und betrachtete ihn aus der Nähe. Ich konnte nicht begreifen, wie er so dicht an etwas so Ekelhaftes herangehen und dabei so ruhig bleiben konnte. Halb rechnete ich damit, dass der Leichnam aufsprang und ihn biss.

Er schaute in den hautlosen Mund des Kardinals – und stieß ein überraschtes Grunzen aus

»Was ist?«, fragte ich.

»Der Gaumen und die Zunge sind mit einem Ausschlag bedeckt, einem sehr aggressiven Ausschlag. Und die Zunge ist stark angeschwollen.« Zu meinem größten Ekel und Entsetzen langte Mr. Ascham jetzt mit seinem Zeigefinger *in* den Mund des Toten und tastete darin umher.

»Sehr interessant«, sagte er ruhig. »Die gesamte Unterseite seiner Zunge ist mit einem schwarzen Rückstand bedeckt. Wie es scheint, hat sich der gute Kardinal einem regelmäßigen Opiumkonsum hingegeben.«

Und dann machte mein Lehrer etwas noch Seltsameres: Er drückte kräftig und fest auf die Brust des Toten, wobei er aufmerksam in den Mund des Kardinals schaute.

»Was macht Ihr …?«, begann ich.

Er hielt einen Finger hoch und drückte noch ein paarmal auf die Brust.

Als er schließlich damit aufhörte, murmelte er nachdenklich: »Kein Wasser.«

»Was meint Ihr damit?«

»Kein Wasser in den Lungen. Was bedeutet, dass er nicht mehr geatmet hat, als er in das Becken geworfen wurde. Er war bereits tot.«

Mr. Ascham schürzte die Lippen. Dann richtete er sich auf. »Komm, Bess, wir sind hier fertig. Es war aufschlussreich, den Leichnam so kurz nach dem Mord zu sehen, aber heute Nacht werden wir nichts weiter in Erfahrung bringen. Kehren wir in unser Quartier zurück und schlafen ein bisschen, denn morgen verspricht ein geschäftiger Tag zu werden.«

DES NACHTS IM PALAST
DES SULTANS

Wir kehrten in unsere Unterkunft zurück. Mein Lehrer wünschte mir eine gute Nacht und verschwand in sein Zimmer. Er zog den schweren Vorhang zu, der als Tür diente, aber ich sah dahinter das Licht einer Kerze und konnte noch eine ganze Weile das Kratzen einer Feder hören – er schrieb seine Gedanken nieder, solange sie noch frisch in seinem Kopf waren.

Ich selbst war zugleich müde und belebt von den Ereignissen des Abends. Ich ging in das Zimmer, das ich mit Elsie teilte, und eilte an ihr Bett, um sie zu wecken und ihr von den schrecklichen Dingen zu erzählen, die ich gesehen hatte.

Ihr Bett war leer. Ich hatte die nächtliche Zusammenkunft des Kronprinzen vergessen, zu der sie vorhin aufgebrochen war.

Aber ich machte mir nicht lange Gedanken um Elsie. Plötzlich überwältigte mich die Müdigkeit. Ich rollte mich in meinem Bett zusammen und war nach einer Minute eingeschlafen.

Ich wurde wach gerüttelt von einer äußerst aufgeregten Elsie.

»O Bessie, Bessie, du wirst mir nie glauben, was für Wunder ich gesehen habe!«

Ich setzte mich auf. Ich wusste nicht, wie lange ich geschlafen hatte. Draußen war es noch dunkel, aber dem sanften Schimmer nach zu urteilen, den ich am Horizont sehen konnte, war der Sonnenaufgang näher als die Mitternacht. Elsie war sehr lange fort gewesen.

»Was? Wo?«, flüsterte ich verstört.

»Na, auf der Feier in den Gemächern des Kronprinzen, Dummerchen!«, antwortete sie. »O Bessie, wie könnte ich schlafen – dieser Ort ist so voller Wunder. Sultane, Prinzen, Künstler, Schachmeister, Ringer, Feuerwerke und jetzt auch noch ein skandalöser Mord! Nachdem ich mich hier herausgeschlichen hatte, ging ich direkt zum Harem, wo ich den Wachen das Kennwort nannte – dass ich ein privilegierter Freund des Kronprinzen sei –, woraufhin mir Eingang gewährt und ich in seine Gemächer geleitet wurde.

Hach …«, sie seufzte dramatisch. »Du kannst dir gar nicht *vorstellen,* was ich da gesehen habe. *Dionysisch* beschreibt es nicht einmal ansatzweise. Die Gemächer des Kronprinzen waren wahrhaft verschwenderisch eingerichtet: eine weitläufige Kammer mit großen Sitzbereichen aus weichen, üppigen Kissen und zahlreichen gemütlichen Nischen an den Seiten. Und über dem ganzen Raum hing ein Schleier aus Räucherwerk und dem Rauch der Ganjapfeifen. Irgendwo wurde eine Leier gespielt. Olivenöllampen hüllten die Kammer in einen sanften goldenen Schimmer, in dem man schattenhaft sehen konnte, was sich dort abspielte.«

»Und was spielte sich dort ab?«, fragte ich.

»Das Erste, was ich sah, war die Silhouette eines Paares, einer Frau, die auf den Knien rittlings auf einem Mann hockte. Die beiden bewegten sich in einem langsamen Rhythmus, der dazu führte, dass der Mann verzückt den

Kopf in den Nacken warf, während die Frau seine Schultern gepackt hielt, um ihre eigene Lust auszukosten. Es war Unzucht, Bessie, direkt vor aller Augen!«

»Du meine Güte«, sagte ich.

»Ich ging weiter in die düstere Kammer hinein«, fuhr Elsie fort. »Überall um mich herum war Bewegung, nur halb erahnte Schatten in dem goldenen Nebel: Liebkosungen und Küsse, sanftes Heben und Senken und Gleiten. Es war ganz anders als das eilige Kopulieren, wie ich es von zu Hause in England kenne, bei dem es nur um das schnelle, grobe Vergnügen geht – hier ging es geschmeidig und sanft vor sich, zur gegenseitigen Lustbereitung, freudig gegeben und willig angenommen.

Aufgrund des süßen Rauches überall um mich herum konnte ich immer nur eine oder zwei Paarungen auf einmal sehen, aber als ich weiter in den Saal hineinging, stellte ich fest, dass überall kopuliert wurde: junge Menschen, vielleicht 20 insgesamt, allesamt nackt, die sich alle auf die eine oder andere Weise miteinander vergnügten. In einer Ecke sah ich einen Schachspieler, der die Brüste einer jungen Frau küsste; in einer anderen wohnte ein riesiger eingeölter Ringer einer zierlichen Dienerin bei und entlockte ihr ein wonnevolles Stöhnen; in einer dritten küssten sich zwei junge türkische Männer sanft und zärtlich.«

»Zwei *Männer*?«, keuchte ich. In England hatte ich schon hin und wieder eine Bemerkung über Männer gehört, die die Gegenwart anderer Männer bevorzugten, aber es hatte für mich nie viel Sinn ergeben. Es kam mir sehr absonderlich vor. Manchmal beleidigte mein Vater zwei Männer, indem er sagte, dass sie einander liebten, und alle Anwesenden lachten dann. Und oft nannte er einen Earl einen »dreckigen Sodomiten«. Aber ich hatte mir nie vorstellen können, dass sich zwei Männer tatsächlich zärtlich küssten.

Elsie berichtete weiter: »Dann teilte sich der Rauchschleier und ich sah unsere neue Freundin Zubaida, die auf einer der Kissenlandschaften lag, halb nackt, und eine Opiumpfeife rauchte, während sie die anregende Szenerie betrachtete. Nachdem sie einen tiefen Zug aus der Pfeife genommen hatte, begann sie sich selbst zu liebkosen, indem sie mit einem Finger von der Spitze einer ihrer Brustwarzen über ihren ganzen Bauch fuhr, bis sie in sich selbst eindrang. Und angeregt von der Magie des Mohnsamens befriedigte sie sich selbst!«

Die Augen sprangen mir fast aus dem Kopf, während ich lauschte.

»Nicht weit von Zubaida entfernt thronte auf dem größten und höchsten Kissenpodest über diesem Theater des Hedonismus Kronprinz Selim, der von einer Sklavin befriedigt wurde, während er scheinbar ungerührt eine Opiumpfeife rauchte.

Ich ging zu Zubaida.

›Ah, Lady Elsie …‹, sagte sie träge. ›Ihr seid gekommen! Findet einen … mmm … Partner und … amüsiert Euch …‹

Ich schaute mich in dieser Kammer der Wonnen um und warf mein Gewand ab, um mich den anderen in ihrer Nacktheit anzuschließen. Ich will dir nichts vormachen, Bessie, ich habe schon zuvor mit Männern verkehrt, und es ist wirklich *großartig,* wahrhaft berauschend, man wird beinahe süchtig danach, glaub mir. Ich muss gestehen, dass ich in England so einige Gentlemen bestiegen habe, sogar verheiratete. Tatsächlich scheinen es gerade die Verheirateten zu sein, die sich mit dem allergrößten Eifer ans Werk machen.«

Ich hörte in fassungslosem Schweigen zu, völlig fasziniert von ihren Worten. Elsie hatte noch nie über solche Themen mit mir geredet. Damals dachte ich, sie wollte sich mir anvertrauen, aber inzwischen glaube ich, dass sie nur *irgendjemanden* brauchte, dem sie von ihrem nächtlichen Abenteuer erzählen konnte, und im fernen Konstantinopel war ich die Einzige, die so etwas wie eine Vertraute für sie war.

Sie fuhr fort. »So schlenderte ich in dieser dunstigen Kammer umher, völlig nackt, wie eine Frau auf einem Markt, die die angebotenen Waren begutachtet. Und ich war nicht der einzige Zuschauer. Einmal während meines Rundgangs gelangte ich auf einen kleinen Balkon, wo die junge Österreicherin Helena stand, die Jungfrau, die dem Sultan als Geschenk überreicht wurde. Sie wurde flankiert von zwei ernst dreinblickenden Eunuchen, die die Szene beobachteten. Wahrscheinlich wurde sie als Jungfrau, die eines Tages dem Sultan zu Willen sein sollte, dorthin gebracht, um die Zusammenkunft zu beobachten – bewacht von den geschlechtslosen Eunuchen – und die diversen Techniken zu erlernen, mit denen man einem Mann Freude bereiten kann.

Oh, es war einfach göttlich, Bessie! Der Geruch des Räucherwerks, die Schatten, die sich im nebligen Kerzenschein bewegten. Ich begutachtete die köstlichen Angebote und schloss mich dann einer Gruppe von drei Ringern an, die in einer Nische in einer Ecke saßen, wo sie mit zwei Mädchen plauderten und Wein tranken.

Einer der Ringer fiel mir besonders ins Auge. Er war umwerfend, mit einem kantigen Gesicht, einem gewaltigen Brustkorb und starken, muskulösen Armen. Er musterte mich von oben bis unten, dann nickte er anerkennend.«

»Mein Gott, Elsie, was hast du getan?« Ich beugte mich vor.

»Was glaubst du wohl, was ich getan habe«, erwiderte Elsie schnippisch. »Ich zwinkerte ihm zu, dann führte ich ihn zu einem leeren Bett aus Kissen und ließ mich die nächsten zwei Stunden aufs Köstlichste von ihm verwöhnen. Er wohnte mir auf jede denkbare Weise bei, Bessie, auf jede Weise, aber sein massiger Körper bewegte sich immer mit einer Sanftheit, einer *Langsamkeit,* mit der er die außerordentliche Wonne unserer Kopulation bis ins Unerträgliche steigerte. Mein ganzer Körper erglühte unter seiner zärtlichen Fürsorge.«

Ich schnappte unwillkürlich nach Luft. Noch nie hatte ich gehört, wie jemand ein sexuelles Beisammensein so offen und sinnlich beschrieb. In England gab es so ein Reden nicht – man *tat* es nicht. Aber Elsie empfand den Akt der Kopulation – und die Erinnerung daran – ganz offensichtlich als aufregend und beglückend.

»Oh, er könnte den englischen Männern das eine oder andere über die Kunst der Liebe beibringen«, sprach sie weiter. »Und die persischen Mädchen auch – Bessie, du wirst nicht glauben, was sie tun! Sie rasieren sich das Haar um ihre Vulva zu einem hübschen kleinen Dreieck, oder in manchen Fällen rasieren sie es ganz ab, wodurch sie dort unten völlig haarlos sind!«

»Mein Gott …«, hauchte ich. Was für eine bizarre Vorstellung.

»Ich muss gestehen«, sagte Elsie, »es sah sehr kultiviert und verführerisch aus, vor allem mit ihren schmalen Taillen und geschwungenen Hüften. Vielleicht versuche ich es auch einmal. Jedenfalls nahm die Nacht ihren Lauf, die Öllampen brannten langsam aus, und die Menge zerstreute sich allmählich. Auch ich brach auf. Ich verließ meinen Hengst mit einem anmutigen Kuss des Dankes und machte mich auf den Rückweg. Aber auf dem Weg hierher sah ich noch etwas sehr Skandalöses.

Als ich den Harem verließ, erblickte ich eine verhüllte Gestalt – eine Frau, wie mir schien –, die einen Seitengang entlangeilte und durch einen Vorhang in einen Raum schlüpfte. Ich dachte, dass es sich vielleicht um eine zweite Zusammenkunft handelte, deshalb folgte ich ihr und schaute vorsichtig durch den Vorhang.

Mein Gott, Bessie, in dem kleinen Zimmer sah ich den größten der Ringer – den riesigen breitschultrigen Kerl mit den langen dunklen Haaren, der Darius heißt –, wie er mit echter und ungezügelter Leidenschaft mit einer Frau Liebe machte. Mir fiel sofort auf, dass die Frau keine Perserin war, sondern die helle Haut einer Europäerin hatte. Sie küssten sich gierig, und dann drückte er sie gegen die Mauer, ihr Gewand war über ihre nackten Hüften hochgeschoben, ihre Beine um seine Taille geschlungen. Er hielt ihren schlanken Leib mit seinen riesigen Händen umfasst, und ich glaube, wenn er gewollt hätte, hätte er sie mitten durchbrechen können.

Und dann kam sie zum Höhepunkt und warf den Kopf zurück, und ich konnte ihr Gesicht erkennen und zog mich schnell hinter den Vorhang zurück. Bessie, es war die Königin! Die Gemahlin des Sultans! Sie kopulierte mit dem berühmtesten Ringer des Reiches!«

»O mein Gott …«

»Natürlich machte ich mich sofort aus dem Staub und eilte in unsere Gemächer zurück. O Bessie, ich kann dir gar nicht sagen, wie magisch das alles war. Magisch, ergötzlich, köstlich und dekadent. Ich bin so glücklich, dass du mich hierher mitgenommen hast! Zubaida sagt, dass der Kronprinz noch weitere Zusammenkünfte während des Turniers veranstalten wird. Ich kann es gar nicht erwarten, erneut dorthin zu gehen! Wer weiß, vielleicht errege ich ja die Aufmerksamkeit von Kronprinz Selim selbst!«

Elsie ließ sich auf ihr Bett fallen und seufzte dramatisch.

Ich wusste nicht, was ich sagen sollte.

Das Einzige, was mir einfiel, war: »Elsie, hast du gar keine Angst wegen des Mordes am Kardinal gestern Abend? Hältst du es für klug, dich nach Mitternacht in den Palast hinauszuwagen?«

»Du wirst es jetzt vielleicht noch nicht verstehen, Bessie, aber glaube mir, die Wonnen, die ich heute Nacht erlebt habe, waren es wert, sich hinauszuwagen.«

DAS TURNIER BEGINNT

Ein strahlender Tag löste die düstere Nacht ab. Nachdem wir ein üppiges Frühstück genossen hatten, das Pietro, der Sohn des Küchenmeisters, in unser Quartier gebracht hatte, versammelte sich unsere kleine Gruppe im Vorraum.

»Die Auslosung der Turnierpaarungen wird in einer Stunde beginnen«, sagte mein Lehrer. »Giles, deine Pläne bis dahin?«

»Meinem Verstand ein bisschen Ruhe gönnen, für den Fall, dass ich für die erste Begegnung gezogen werde.«

»Gut. Elsie, bitte bleib hier bei Mr. Giles und leiste ihm jede Hilfe oder Unterstützung, die er benötigen mag; unser Mann muss in bester Form sein, wenn er an die Reihe kommt. Was dich angeht, Bess, so kannst du mich begleiten.«

»Wohin gehen wir?«

»Wir nehmen unsere Untersuchungen wieder auf, und wir beginnen damit, dass wir die Schritte des toten Kardinals Farnese gestern Abend zurückverfolgen. Und deshalb werden wir als Erstes seinen Gastgeber, den Botschafter des Papstes am Hof des Sultans, Kardinal Cardoza, besuchen.«

Kardinal Cardozas Botschaft lag nicht weit von unserem Quartier entfernt. Als einer der wenigen Botschafter, die die Erlaubnis erhalten hatten, innerhalb der Palastmauern zu residieren, wohnten er und seine Mitarbeiter in dem frei stehenden Gebäude, das ich am vorigen Abend auf dem weiten Rasen des Vierten Hofes gesehen hatte. Das zweistöckige Marmorgebäude war eines der ältesten Gebäude im Palast, und es blickte nach Süden über das Marmarameer. Außerdem war es nicht weit von dem flachen Wasserbecken entfernt, in dem Kardinal Farneses Leichnam gelegen hatte.

Als wir zusammen mit Latif auf die Botschaft zugingen, entfernte Mr. Ascham sich ein paar Schritte von mir und betrachtete auf eine merkwürdige Weise das Gras. Und dann, statt gerade auf den Vordereingang des Gebäudes zuzugehen, schritt er in einem kompletten Kreis ganz um das Gebäude herum, wobei er die ganze Zeit den Kopf gesenkt hielt und aufmerksam den Boden betrachtete.

Erst als er einmal das Gebäude umrundet hatte, ließ er uns von Latif zum Haupteingang bringen. Latif klopfte laut an die reich verzierte Tür.

Kardinal Cardozas Leibdiener öffnete. »Guten Morgen, Latif«, sagte er. Seine Stimme war so ausdruckslos und leer wie sein Gesicht. Aus der Nähe betrachtet wirkte er größer, und ich sah, dass er die raue braune Haut eines Sizilianers oder Sarden hatte. Seine Augen waren tot.

»Sinon«, erwiderte Latif. »Ein Ermittler des Sultans wünscht Kardinal Cardoza zu sprechen.«

Der Diener – Sinon – warf einen unbeteiligten Blick auf Mr. Ascham und mich. Dann zog er die Tür ganz auf und bat uns herein. »Bitte tretet ein.«

Er führte uns in die Botschaft. Wir betraten ein prachtvoll eingerichtetes Atrium mit einem großen Eichenschreibtisch, einigen Stühlen und zahlreichen katholischen Kultobjekten an den Wänden: Kruzifixe, Kelche, Kerzenhalter, alles aus Gold.

Zu unserer Linken sah ich eine kleine Kapelle mit mehreren Bankreihen und einem Altar. Nicht weit vom Eingang der Kapelle führte eine Treppe ins Obergeschoss des Gebäudes. Rechts von mir befanden sich einige durch Vorhänge abgetrennte Gästezellen und ein paar Fenster, durch die man das Meer sehen konnte und die mit dicken Samtvorhängen geschmückt waren. Die ganze Botschaft strahlte genau den kirchlichen Reichtum und Protz aus, den mein Vater so verachtete. Ein Priester nickte uns zu, als er seine Zelle verließ und in der Kapelle verschwand, um zu beten.

Kardinal Cardoza erschien auf der Treppe. »Hallo, Latif. Ich habe mich schon gefragt, ob ich heute Morgen mit einem Abgesandten des Sultans zu rechnen habe.«

»Kardinal Cardoza«, sagte Latif, »dies ist Roger Ascham aus Cambridge. Auf Weisung des Sultans untersucht er den Tod Kardinal Farneses.«

»Ein englischer Inquisitor?«, meinte Cardoza. »Interessant.« Sein Blick fiel auf mich. »Sagt, nehmen alle Engländer Kinder mit, wenn sie abscheuliche Verbrechen untersuchen?«

»Dies ist meine Schülerin Elisabeth«, antwortete Mr. Ascham ruhig. »Als ich sie nach Konstantinopel mitbrachte, konnte ich nicht ahnen, dass mir die Aufgabe zufallen würde, einen Mörder zu finden. Sie untersteht meiner Verantwortung und muss mich daher überallhin begleiten. Ich hoffe, es stört Euch nicht.«

»Nicht im Geringsten.« Der Blick des Kardinals ruhte länger auf mir, als mir lieb war, bevor er sich wieder meinem Lehrer zuwandte.

»Ich würde Euch gern ein paar Fragen über Kardinal Farnese stellen«, sagte Mr. Ascham.

Kardinal Cardoza nickte traurig. »Aber natürlich. Ich habe kaum Schlaf gefunden. Ich bin noch immer entsetzt und betrübt, dass mein Bruder aus Rom dieser Bestie zum Opfer gefallen ist, die in den Straßen Konstantinopels ihr Unwesen treibt.«

Er hatte dunkle Ringe unter den Augen. Es sah wirklich so aus, als hätte er nur wenig geschlafen.

»Euer Eminenz, ich bin mir nicht ganz sicher, dass es das ist, was geschehen ist, deshalb versuche ich, die letzten Schritte des Kardinals gestern Abend zu rekonstruieren.«

Kardinal Cardoza legte den Kopf auf die Seite und betrachtete Mr. Ascham mit neuem Interesse.

»Ihr und Kardinal Farnese habt das Bankett gemeinsam verlassen, nicht wahr?«, fragte mein Lehrer.

»Ja, in der Tat.«

»Und Ihr seid hierher zurückgekehrt?«

»Ja. Ich hatte veranlasst, dass man uns ein Mahl hier-herbrachte. Wir wollten beim Essen einige Korrespondenz besprechen, die mein Gast aus Rom mitgebracht hatte. Aber ich wurde auf unserem Rückweg vom Bankett von einigen anderen christlichen Besuchern aufgehalten – Bruder Raúl aus Spanien und sein Schirmherr, der berühmte Ignatius von Loyola –, deshalb ging Kardinal Farnese voraus. Die Unterhaltung zog sich in die Länge, und ich verspätete mich um fast eine halbe Stunde. Als ich hier ankam, war Kardinal Farnese nirgends zu finden.«

»Verstehe. Könnt Ihr mir sagen, ob der Kardinal, bevor er nach Konstantinopel kam, in irgendeiner Gefahr schwebte?«

»In keiner, die über das Offensichtliche hinausgegangen wäre. Seine Schriften über den Islam haben erzürnte Kommentare der religiösen Berater des Sultans und anderer

Moslems provoziert, aber nichts, was ich als gefährlich bezeichnen würde.«

»Ihr würdet eine Fatwa nicht als gefährlich bezeichnen?«

»Das war lediglich eine Drohgebärde des Imam. Keiner der anderen islamischen Gelehrten war seiner Meinung, deshalb wurde die Fatwa nie offiziell ausgesprochen.«

»Hat der Kardinal nach seiner Ankunft hier irgendwelche Drohungen erhalten?«

»Keine, von denen ich wüsste, abgesehen davon, dass die Einheimischen ihm ihre Schuhsohlen gezeigt haben.«

»Hätte Kardinal Farnese Euch informiert, wenn er in Gefahr gewesen wäre?«

»Wir waren seit vielen Jahren befreundet, Mr. Ascham. Schon lange, bevor wir Kardinäle wurden. Er hätte es mir gesagt, ja.«

»Darf ich sein Zimmer sehen?«

Die Augen des Kardinals zuckten zur Seite.

»Warum wollt Ihr seinen Raum sehen?«

»Ihr sagtet, er sei hierher zurückgekehrt, um mit Euch privat zu speisen, aber dann verschwand er – oder wurde entführt –, bevor Ihr ankamt. Es ist denkbar, dass er gar nicht bis hier gekommen ist. Eine Untersuchung seines Zimmers könnte uns Hinweise auf seine Aktivitäten nach seiner Rückkehr geben, *falls* er zurückgekehrt ist.«

Kardinal Cardoza schien darüber nachzudenken.

»Also gut«, sagte er langsam.

Der Kardinal führte uns die Treppe hinauf. Sein Leibdiener Sinon folgte dicht hinter uns wie ein gespenstischer Schatten.

»Kardinal Farnese wohnte in meinem persönlichen Schlafgemach«, sagte Cardoza, »wie es seinem Rang gebührte. Ich schlafe in einer gewöhnlichen Mönchszelle, zum ersten Mal seit Jahren.«

Wir erreichten das obere Ende der Treppe und betraten das Schlafgemach des Kardinals.

Ein atemberaubender Raum erwartete uns. Er wurde von einem riesigen Bett mit herrlicher blauer Seidenbettwäsche dominiert. Weiße Gazevorhänge schaukelten sanft in der Brise, die vom Meer her wehte, und verhüllten die Fenster so, wie der Schleier einer Braut ihr Gesicht verhüllt. Es war unübersehbar, dass Kardinal Cardoza für gewöhnlich in großem Luxus nächtigte.

Mein Lehrer ließ den Blick durch das Gemach schweifen, und auch wenn die anderen es nicht mitbekamen, spürte ich doch seine Missbilligung. Der Raum war *zu* üppig, *zu* luxuriös eingerichtet für seinen praktischen Verstand.

Ein Lederkoffer stand am Fußende des Bettes. Auf dem Deckel war ein kleines goldenes Kruzifix.

»Kardinal Farneses Reisekoffer?«, fragte mein Lehrer.

»Ja.«

Unter den aufmerksamen Blicken Kardinal Cardozas öffnete Mr. Ascham den Koffer. Er enthielt die privaten Dinge des toten Kardinals: Reisekleidung, einige Bücher, eine Mappe und einen Fliegenwedel wie der von Kardinal Cardoza mit mehrfarbigem Pferdehaar, nur war dieser kleiner und enthielt weniger Haare.

Mein Lehrer nahm zwei der Bücher in die Hand: Dantes *Commedia* und die Bibel. Er schaute sich im Zimmer um.

»Es scheint alles in perfekter Ordnung zu sein …«

»Wie man es auch erwarten würde«, sagte der Kardinal kurz angebunden. »Weshalb es völlig unnötig war, sich im Schlafgemach eines Toten umzusehen, Sir.«

»Ganz im Gegenteil, es war unbedingt erforderlich. Tatsächlich war es sehr hilfreich.«

»Inwiefern?«

»Weil es uns verrät, dass der Kardinal keinen Einbrecher oder Meuchelmörder aufschreckte, als er hierher zurückkehrte. Es gibt keine Anzeichen für ein Handgemenge oder einen Streit. Wenn jemand dem Kardinal aufgelauert hat, dann hat er dabei nicht das Geringste in Unordnung gebracht.«

Kardinal Cardoza ließ seinen Blick ein zweites Mal durch den Schlafraum schweifen und konnte offenbar die Schlussfolgerung meines Lehrers nachvollziehen. »Oh …«

»Ich habe alles gesehen, was ich sehen musste«, sagte Mr. Ascham. Wir kehrten in das Atrium im Erdgeschoss zurück, wo Mr. Ascham plötzlich stehen blieb. »Seine Mahlzeit«, sagte er und blickte sich um.

»Ich bitte um Entschuldigung?«

»Kardinal Farneses Mahlzeit. Die hierhergebracht wurde. Hat er sie angerührt? Hat er etwas davon gegessen?« Mein Lehrer schaute sich im Atrium um, als würde das Essen hier noch irgendwo stehen, aber natürlich war es längst weggeräumt worden.

Kardinal Cardoza zuckte mit den Achseln. »Hm, ja. Soweit ich mich erinnere, war die Mahlzeit aufgegessen, während die andere noch unberührt war. Als ich nicht rechtzeitig kam, hat er wohl schon sein Mahl zu sich genommen.«

»Was bedeutet, dass er tatsächlich noch hier war, bevor er verschwand«, meinte mein Lehrer.

Und dann drehte er sich zu Kardinal Cardoza um und fragte beiläufig: »Euer Eminenz, wusstet Ihr, dass Kardinal Farnese regelmäßig Opium rauchte?«

Das Gesicht des Kardinals erstarrte augenblicklich. »Ich bitte um Entschuldigung?«

»Ich sagte: Wusstet Ihr, dass Kardinal Farnese häufigen Gebrauch von der Opiumpfeife machte?«, fragte Mr. Ascham unschuldig.

Ich hatte das deutliche Gefühl, dass mein Lehrer Kardinal Cardoza nicht mochte – sein arrogantes Auftreten, seine prahlerische Zurschaustellung von Reichtum –, und ich fragte mich, ob er mit dieser Anschuldigung den Kardinal zu provozieren versuchte.

»Nein. Das wusste ich nicht.« Die Augen des Kardinals verengten sich. »Ich bin allerdings auch, muss ich sagen, etwas überrascht, dass Ihr so etwas über meinen Freund zu wissen behauptet, wenn man bedenkt, dass Ihr ihn erst nach seinem Tod kennengelernt habt.«

»Die Toten haben manchmal einiges zu erzählen«, meinte Mr. Ascham.

»Mit den Toten zu verkehren ist eine Sünde gegen Gott, Mr. Ascham. Ihr übt doch nicht etwa Hexerei oder Zauberei aus?«

»Das tue ich nicht. Und ich verkehre auch nicht mit dem toten Kardinal. Ich habe nur unter seine Zunge geschaut. Geben sich viele römische Kardinäle solchen exotischen Gelüsten hin?«

Kardinal Cardoza versteifte sich sichtlich. »Auch Priester sind nur Menschen, Mr. Ascham, Menschen, die manchmal der Schwäche und der Versuchung erliegen. Meiner Erfahrung nach ist Opium nicht das schlimmste der menschlichen Laster.«

»Das ist wahr.« Mr. Ascham nickte Latif zu, um anzudeuten, dass er hier fertig war. Er drehte sich wieder zum Kardinal um. »Vielen Dank für Eure Zeit, Euer Eminenz.«

»Nichts zu danken. Ich wünsche Euch Gottes Hilfe und Weisheit bei Euren Untersuchungen.«

Wir gingen.

Mr. Ascham schritt entschlossen über den Rasen vor der katholischen Botschaft, zurück in Richtung des Dritten Hofes. Er ging so schnell, dass Latif und ich Mühe hatten, mit ihm mitzuhalten.

»Gott behüte mich vor Kardinälen und Religion«, murmelte er. »›Auch Priester sind nur Menschen.‹ Mumpitz. Wenn Priester wirklich den Heiligen Geist in sich hätten, bräuchten sie keine Opiate oder andere Sünden des Fleisches. Der Kardinal wusste etwas, das er uns nicht gesagt hat.«

»Ja?«

»Zum einen wollte er nicht, dass wir Farneses Schlafgemach untersuchen.«

»Vielleicht wollte er nicht, dass Protestanten wie wir den Luxus sehen, in dem er jede Nacht schläft«, schlug ich vor.

»Nein, da ist etwas, von dem er nicht wollte, dass wir es *erfahren,* und ich wüsste nur zu gern, was das ist.«

Ich blieb stehen. »Ihr glaubt doch nicht, dass Kardinal Cardoza etwas mit dem Tod des römischen Kardinals zu tun hat?«, flüsterte ich.

Mein Lehrer blieb ebenfalls stehen und biss sich nachdenklich auf die Unterlippe. »Wenn er tatsächlich etwas damit zu tun hat, dann ist er ein bemerkenswert kaltblütiger Bursche, dass er uns so ins Gesicht lügen kann. Ich frage mich, ob er seinen eigenen Verdacht hat, wer Farnese getötet haben könnte. Auf jeden Fall sind wir jetzt wieder da, wo wir angefangen haben. Wir stehen immer noch vor der ursprünglichen Frage: Warum sollte jemand den

Kardinal töten *und* das Verbrechen verschleiern wollen? Wir müssen jemanden finden, der intime Kenntnisse über Kardinal Farnese und die Intriganten und Ränkeschmiede Roms besitzt, und ich glaube, ich weiß auch schon, wen wir fragen müssen. Komm, das Turnier wird gleich beginnen, und dort werden wir ihn finden.«

DIE AUSLOSUNG

Es war schon Vormittag, als wir in unser Quartier zurückkehrten, um Mr. Giles und Elsie abzuholen und zum
Turnier zu gehen.

Die Partien sollten in der größten Halle der Welt ausgetragen werden: dem Hauptschiff der Hagia Sophia. Die
gewaltige Moschee stand gerade außerhalb der Palastmauer
und war die einzige Örtlichkeit in der Stadt, die groß genug
war, um die riesigen Menschenmengen aufzunehmen, die
zum Turnier erwartet wurden.

Wie sich herausstellte, war selbst sie nicht groß genug.

Eine unüberschaubare Menge von mindestens 10.000
Menschen drängte sich um die Eingänge des großen
Gebäudes. Alle schoben und schrien und versuchten, sich
in die Moschee zu drängeln, um der Turnierauslosung und
der ersten Begegnung zuzusehen. Da wir zur Begleitgruppe
eines Spielers gehörten, wurde uns durch die Hintertür des Sultans Einlass in die Hagia Sophia gewährt. Eine
kurze Warteschlange weiterer privilegierter Gäste stand
vor dem Eingang, als wir dort ankamen. Wir erblickten
Michelangelo, der sich mit einigen Wartenden unterhielt.

Mein Lehrer ging zu ihm. »Michel, auf ein privates Wort,
wenn ich darf?«

Michelangelo entschuldigte sich bei seinen Gesprächs-
partnern und trat mit meinem Lehrer und mir zur Seite.
»Was gibt es, Roger?«

»Du weißt von dem Vorfall von gestern Abend?«

»Ich weiß nur, dass der Sultan höchstpersönlich in meine Gemächer kam, um sich nach deinen Fähigkeiten als Aufklärer von Geheimnissen zu erkundigen«, antwortete Michelangelo. »Ich sagte ihm, dass ich niemanden kenne, der in solchen Dingen fähiger wäre als du.«

»Ist das alles, was du weißt?«

»Es kursieren Gerüchte. Man munkelt, Kardinal Farnese sei ein Opfer des Mörders geworden, der die Stadt terrorisiert. Und heute Morgen hat ihn noch niemand gesehen. Stimmt es? Ist Farnese tot?«

»Ja, er ist tot, aber nein, er ist nicht dem Wahnsinnigen zum Opfer gefallen. Er wurde Opfer eines falschen Spiels. Und jetzt hat mich der Sultan dank deiner Empfehlung darum gebeten, die Angelegenheit zu untersuchen.«

»Das tut mir leid, Roger. Obwohl ich zu meiner Verteidigung sagen muss, dass der Sultan schon recht genau über deine Talente Bescheid zu wissen schien, bevor er mich danach fragte.«

»Erzähl mir von Kardinal Farnese«, bat Mr. Ascham. »Ich weiß von seinen extremen Ansichten über den moslemischen Glauben. War er ein Außenseiter in Rom?«

»Ganz im Gegenteil. Er war sogar *beliebter* als sein Bruder, der Papst. Farnese war bekannt dafür, sich aus Intrigen und Ränken herauszuhalten. Es würde mich doch sehr wundern, wenn jemand extra aus Rom hierhergekommen wäre, um ihn zu töten.«

»Er hat Opium geraucht.«

»Damit war er nicht allein, Roger. Das sind Priester, keine Engel. Opium war noch der harmloseste Zeitvertreib des guten Kardinals.«

»Der harmloseste Zeitvertreib?« Mein Lehrer runzelte

die Stirn. »Willst du damit sagen, Farnese war ein … Sodomit?«

Michelangelo nickte einmal knapp.

»Männer oder Knaben?«

»Beides.«

»Hier in Konstantinopel?«

Michelangelo nickte erneut.

Mr. Ascham dachte darüber nach. »Eine Sache noch. Was ist mit Kardinal Cardoza? Könnte er einen Grund haben, Kardinal Farnese aus dem Weg zu räumen?«

»Ich wäre zutiefst schockiert, wenn es so wäre«, antwortete Michelangelo. »Cardoza und Farnese waren seit frühester Jugend Freunde, und Cardoza verdankt seinen Aufstieg innerhalb der Kirche einzig Farneses Einfluss. Sie waren in jeder Hinsicht Brüder, außer im Namen. Wer immer das getan hat, es war sicher nicht Cardoza.«

»Vielen Dank, Michel, das waren alles Dinge, die ich wissen musste. Es sind wichtige Hintergrundinformationen für meine weiteren Nachforschungen.«

»Viel Glück, Roger. Und sei vorsichtig. Pass auf, dass dir deine Wissbegierde nicht zum Verhängnis wird.«

Wir stellten uns wieder in die Warteschlange und betraten kurz darauf die große Kathedrale und Moschee.

Wenn die Hagia Sophia von außen schon überwältigend war, so wies ihr Inneres ganz neue Dimensionen an Prunk und Herrlichkeit auf.

Ihr Hauptschiff reckte sich himmelwärts, eine gewaltige, erhabene Kuppel auf einer Reihe kleinerer halbkreisförmiger Kuppeln. Früher waren diese Kuppeln mit prachtvollen Mosaiken christlicher Heiliger geschmückt gewesen, aber die waren von den heidnischen Moslems brutal abgeschlagen worden. Nur wenige waren verblieben, darunter auch das zentrale Kunstwerk des Hauptschiffes, ein wundervolles Mosaik der Jungfrau mit Kind, da die Moslems auch die Jungfrau Maria und Christus in hohen Ehren halten; sie erkennen nur nicht an, dass Christus der Sohn Gottes ist.

Wir gelangten vom privaten Zugangskorridor auf eine Bühne, von der aus man auf das gewaltige Hauptschiff blickte. Sitze waren für uns auf dieser Bühne aufgestellt worden, nicht weit entfernt vom Thron des Sultans.

Auf einer kleineren Plattform genau in der Mitte der Halle befanden sich ein quadratischer Tisch und zwei Stühle, die sich gegenüberstanden. Das war das Spieler-podest – und im Augenblick wimmelte eine unüberschau-bare Masse von Zuschauern um das Podest herum, ein wogendes Meer aus Menschen, deren kollektives Gemurmel in dem gewaltigen Raum widerhallte.

Dies war die Speerspitze der riesigen Menschenmenge draußen – 5000 glückliche Bürger, die es geschafft hatten, sich in die Moschee zu schieben. Sie drängelten sich um das Podest, unter dem privaten Gebetsbalkon des Sultans (einer erhöhten und von Gitterwänden umschlossenen Plattform) und lehnten über den Brüstungen der prächtigen Balkone der Hagia Sophia, 50 Meter über dem Boden. Die besten Plätze auf diesen Balkonen jedoch wurden besetzt von den favorisierten Höflingen des Sultans und den nobelsten Familien Konstantinopels.

Man informierte uns, dass in diesem Moment Bedienstete des Sultans große hölzerne Anzeigetafeln, die wie Schach-bretter aussahen (mitsamt beweglichen Figuren), vor dem großen Gebäude aufstellten, sodass die riesige Menschen-menge draußen den Verlauf der Partien verfolgen konnte.

Wahrscheinlich hatte es seit den Wagenrennen im schon lange abgerissenen Hippodrom Konstantinopels keine solchen Ansammlungen von Zuschauern in der uralten Stadt mehr gegeben. Es war wahrlich Ehrfurcht einflößend.

Weitere Turnierteilnehmer und ihre Begleiter betraten durch den Hintereingang die Halle und nahmen auf der Bühne des Sultans Platz.

Plötzlich erschollen Trompeten und sämtlicher Lärm verstummte, als der Sultan selbst die Halle betrat. Hinter ihm kam sein Gefolge, während zu seiner Rechten Michelangelo ging, ein großes, unregelmäßig geformtes Objekt in den Händen, das mit einem Tuch aus golden glänzender Seide bedeckt war.

»Seht und staunt!«, rief der Sultan aus. »Das Schachspiel, mit welchem die Meisterschaft ausgetragen wird!«

Mit einer schwungvollen Bewegung zog er das Seidentuch von dem Gegenstand, den Michelangelo trug, und enthüllte eines der beiden Schachspiele, die der große Künstler für dieses Ereignis geschaffen hatte.

Beim Anblick dieses Wunderwerks schnappte die versammelte Menge nach Luft, mich selbst inbegriffen.

Seine Schönheit war unübertrefflich.

Das Brett selbst war schon ein Werk der großartigsten Handwerkskunst, bestehend aus quadratischen Feldern aus Silber und Gold, die in einem Glanz erstrahlten, den ich nie zuvor gesehen hatte.

Und dann waren da die Figuren. Die eine Seite war aus Gold, die andere aus Silber. Akkurat ausgerichtet in ihren Reihen, glitzernd und funkelnd im Sonnenlicht, das durch die hohen Fenster der Kuppel fiel, sahen sie aus wie ein unvergleichlicher Schatz, eine Kostbarkeit von unschätzbarem Wert.

Hinter mir murmelte eine Stimme auf Spanisch: »Dieser Sultan hat wirklich Nerven. Er lässt sein Schachspiel aus dem Gold und Silber machen, das seine Piraten unseren Galeonen rauben, die aus der Neuen Welt zurückkehren.«

Ein verstohlener Blick verriet mir, dass der Sprecher der Botschafter aus dem Hause Kastilien war.

Michelangelo schritt durch die schweigende Menge (flankiert von vier Palastwachen, die, wie ich vermutete, mehr auf das unbezahlbare Schachspiel aufpassten als auf den unbezahlbaren Künstler) und stieg auf das Turnierpodest. Würdevoll stellte er das Schachspiel auf den Tisch. Die vier Wachen blieben auf dem Podest, wo sie bei jeder Partie des Turniers stehen würden.

Jetzt brachte der *Sadrazam* einen Glasbehälter von beträchtlicher Größe herein, in dem man 16 runde Steine sehen konnte, jeder so groß wie ein Apfel und zu Kugelform geschliffen.

Er verkündete erst auf Türkisch, dann auf Griechisch: »Es ist Zeit für die Auslosung des Turniers! Auf den Steinen in diesem Behälter stehen die Namen der 16 Spieler, die an dem Turnier teilnehmen. Euer Majestät, wenn Ihr uns die Ehre erweisen würdet?«

Der Sultan trat vor den Behälter, steckte die Hand hinein und wühlte lässig in den Steinen.

Die Zuschauer beugten sich vor.

Der Sultan mischte die Steine noch etwas mehr durch, lächelte seine Untertanen an, genoss die Spannung, die er erzeugte. Die Menschen lachten.

Dann packte er einen Stein, hob ihn hoch und las den Namen vor, der darauf stand: »Zaman von Konstantinopel!«

Die Menge jubelte. Es war einer der Lokalmatadore, der königliche Cousin und *Aliyat*.

Der Sultan steckte die Hand wieder in den großen Glasbehälter und wühlte noch einmal theatralisch in den Steinen, bevor er einen weiteren herausholte und den Namen vorlas:

»Maximilian von Wien!« Ein Chor von Buhrufen und Zischlauten erklang, als der Name des Habsburgers aufgerufen wurde. Alle wussten um die angespannten Beziehungen zwischen den Osmanen und den Habsburgern.

»Ein gutes Los für Zaman«, flüsterte Mr. Giles meinem Lehrer zu. »Maximilian ist einer der schwächeren Spieler hier. Ein *Aliyat* wie Zaman sollte kurzen Prozess mit ihm machen.«

Der Rest der Auslosung erfolgte auf entsprechende Weise, mit großer Theatralik seitens des Sultans und enthusiastischen Reaktionen des Publikums. Während die einzelnen Begegnungen gezogen wurden, wurden die Namen der Spieler auf einer großen Tafel notiert, die denen bei den Ritterturnieren zu Hause ähnelte (später erfuhr ich, dass entsprechende Tafeln auch für die Menge vor der Moschee aufgestellt worden waren), und nachdem der Sultan die einzelnen Steine gezogen hatte, legte er sie in einer Reihe auf eine Bank neben der Tafel.

Mr. Giles bekam einen schweren Gegner für die erste Runde zugelost. Er musste gegen Talib spielen, den alten Bibliothekar aus Bagdad.

Der Mann des Papstes, Bruder Raúl, spielte gegen Bruder Eduardo von Syrakus, während der Moskowiter Wladimir gegen einen listigen kleinen Ägypter aus Kairo antreten musste. Der grobschlächtige Walache, Dragan von Brașov, wurde dem Vertreter Venedigs zugelost, der – wie ich den Kommentaren der Umsitzenden entnahm – als nicht besonders starker Spieler galt.

Aber der größte Jubel erhob sich, als der Name des Volkshelden Ibrahim von Konstantinopel gezogen wurde. Die Rufe des Publikums wurden etwas verhaltener, als man erfuhr, wer sein Gegner sein würde: der hervorragende junge Preuße Wilhelm von Königsberg. Es würde ein schwerer Kampf für beide Seiten werden.

Als die Zeremonie beendet war, hielt die große Anzeigetafel die Paarungen des Turniers fest:

1. RUNDE	2. RUNDE	3. RUNDE	4. RUNDE

1. **ZAMAN**
   KONSTANTINOPEL

2. **MAXIMILIAN**
   WIEN

3. **MUSTAFA**
   KAIRO

4. **WLADIMIR**
   MOSKOWIEN

5. **ALI HASSAN RAMA**
   MEDINA

6. **PABLO MONTOYA**
   KASTILIEN

7. **BRUDER EDUARDO**
   SYRAKUS

8. **BRUDER RAÚL**
   KIRCHENSTAAT

9. **GILBERT GILES**
   ENGLAND

10. **TALIB**
    BAGDAD

11. **DRAGAN**
    WALACHEI

12. **MARKO**
    VENEDIG

13. **NASIRUDDIN**
    MOGULREICH

14. **LAO TSE**
    HAN-VOLK

15. **WILHELM**
    KÖNIGSBERG

16. **IBRAHIM**
    KONSTANTINOPEL

Der *Sadrazam* verkündete: »Die erste Begegnung – zwischen Zaman von Konstantinopel und Maximilian von Wien – wird in genau einer Stunde beginnen! Am Nachmittag wird die nächste Begegnung ausgetragen. Morgen werden die restlichen sechs Begegnungen der ersten Runde auf zwei Brettern hier in dieser Halle gespielt. Und nun erweist dem Sultan Eure Ehre!«

Die riesige Menschenmenge fiel auf die Knie, während der Sultan durch die Hintertür hinausging. Sobald er fort war, erhoben die Zuschauer sich wieder und unterhielten sich aufgeregt über die Paarungen.

Viele der Spieler und ihre Begleiter verließen ebenfalls die Moschee, da ihre Anwesenheit nicht mehr erforderlich war. Die Zuschauermenge jedoch blieb dort, wo sie war: Plätze innerhalb der Hagia Sophia waren äußerst begehrt und wurden nicht so ohne Weiteres aufgegeben.

»Was meinst du, Giles?«, fragte Mr. Ascham. »Möchtest du dir die erste Begegnung ansehen oder dich lieber in unsere Gemächer zurückziehen?«

»Ich glaube, ich sollte hierbleiben und mich an die Atmosphäre dieser Halle gewöhnen«, antwortete Mr. Giles. »Es ist ein riesiger Raum, und die Zuschauer sind recht lebhaft. Außerdem würde ich gern Zaman spielen sehen.«

»Bestens. Ich für meinen Teil hätte ebenfalls nichts dagegen, ein bisschen ruhig dazusitzen und gutes Schach zu sehen.« Er lächelte mich an und warf einen Blick auf Elsie (die aufmerksam ihre Fingernägel studierte).

Dann stand er auf und schlenderte zu der Bank neben der Anzeigetafel, wo der Sultan die gezogenen Steine abgelegt hatte. Ich folgte ihm.

Mr. Ascham nahm einige der Steine und ließ sie auf seiner Handfläche rollen, um ihre Kunstfertigkeit zu bewundern.

Ich trat neben ihn. »Der Sultan versteht es sehr gut, sich in Szene zu setzen.«

»In der Tat«, meinte Mr. Ascham und inspizierte einen der Steine genauer, bevor er ihn wieder hinlegte. »Er versteht es auch, eine Auslosung zu manipulieren.«

»Was?«

»Lass dir nichts anmerken, Bess, aber fühle mal diesen Stein. Es ist der mit Zamans Namen.« Mr. Ascham gab mir den Stein.

Er war warm.

»Nicht reagieren«, flüsterte er mir scharf zu. »Der Stein für Maximilian von Wien ist ebenfalls warm, während die Steine für Ibrahim von Konstantinopel und den Preußen beide kalt sind, als hätten sie im Schnee gelegen. Die übrigen haben alle eine normale Temperatur.«

Ich war schockiert. »Wollt Ihr damit sagen, dass eine Auslosung, die gerade vor 5000 Menschen vorgenommen wurde, in Wirklichkeit ein Betrug war? Dass der Sultan genau wusste, welche Steine er ziehen musste?«

»Es ist nicht schwer, zwei Steine im Feuer zu wärmen oder zwei andere im Schnee zu kühlen. Für die Zuschauer sehen sie genauso aus wie die anderen Steine. Ich habe den Verdacht, dass Seine Majestät wollte, dass sein königlicher Cousin Zaman in der ersten Runde des Turniers spielt *und* dass er einen leichten Gegner bekommt. Ich vermute außerdem, dass er nicht wollte, dass Zaman auf der gleichen Seite der Auslosung steht wie der Favorit des Volkes, Ibrahim. Er will nicht, dass die beiden Lokalhelden aufeinandertreffen, weshalb er Ibrahim wahrscheinlich mit dem Preußen Wilhelm auch einen schweren Gegner zugelost hat. Der Sultan kümmert sich um seinen königlichen Verwandten.«

Mein Lehrer ging zu den Zuschauerstühlen zurück. Kopfschüttelnd folgte ich ihm. »Wisst Ihr, Sir, manchmal fürchte ich, dass Ihr etwas zu neugierig für Euer eigenes Wohl seid.«

»Manchmal fürchte ich das auch«, antwortete er, während wir zu unseren Plätzen zurückkehrten, um auf den Beginn der ersten Turnierpartie zu warten.

DIE ERSTE PAARUNG

Eine gespenstische Stille senkte sich über die Hagia Sophia. Es war beinahe unheimlich, einen so gigantischen Raum mit so vielen Zuschauern zu sehen, die so absolut still und stumm waren.

In der Mitte der mächtigen Halle, umgeben von der riesigen Menschenmenge, saßen der Favorit des Sultans, Zaman, und Maximilian von Wien, ein steifer Österreicher mit einem kleinen spitzen Schnurrbart, der in dem Stil gestutzt war, der in jenen Tagen in Österreich in Mode war. Hoch über ihnen saß der Sultan, der auf seinen Thron zurückgekehrt war, um die erste Begegnung dieses historischen Turniers zu verfolgen.

Die Partie begann, und die Menge schaute mit atemloser Spannung zu. Jeder Zug wurde mit einem unterdrückten Flüstern kommentiert. Es war unübersehbar, dass die Bewohner Konstantinopels das Schachspiel liebten.

Wie der *Sadrazam* am vorherigen Abend erklärt hatte, bestand jede Begegnung aus sieben Partien; der Spieler, der als Erster vier Partien gewann, war der Sieger der Begegnung.

Ich saß neben Mr. Ascham, Mr. Giles und Elsie auf den speziellen Plätzen auf der Bühne des Sultans, die für die Spieler und ihre Begleiter reserviert waren. Etwa in der Mitte der ersten Partie beugte Mr. Giles sich zu Mr. Ascham und flüsterte: »Das wird eine kurze Partie. Zaman hat sich jetzt schon auf Maximilian eingeschossen. Der Österreicher ist ihm nicht gewachsen.«

Und tatsächlich endete die erste Partie nach einer halben Stunde, indem Zaman seinen Gegner matt setzte, ohne eine einzige größere Figur verloren zu haben. Die zweite Partie war sogar noch schneller vorbei – nachdem Zaman Maximilians Dame geschlagen hatte, mühte sich der Österreicher vergebens ab und verlor in seiner Verzweiflung erst seine Läufer, dann seine Springer und schließlich seine Türme. Es war noch keine Stunde vergangen, und Zaman führte mit zwei Siegen.

Als die dritte Partie begann und Zaman früh in Führung ging, bemerkte ich, dass mein Lehrer gar nicht auf das Schachbrett schaute. Vielmehr beobachtete er Kardinal Cardoza, der am anderen Ende der königlichen Bühne saß und die Partie mit tiefstem Desinteresse verfolgte. Neben ihm saßen mehrere Priester aus Rom von niederem Rang, die ebenso gelangweilt aussahen.

Mein Lehrer kniff die Augen zusammen. Er dachte über irgendetwas nach.

»Was ist?«, flüsterte ich.

»Die beiden Kardinäle nahmen ihre Mahlzeit in der Botschaft ein …«, sagte Mr. Ascham leise.

»Und?«

Mein Lehrer starrte weiter den Kardinal an. »Der Ausschlag … die geschwollene Zunge … Elefantenohr …«

Er stand unvermittelt auf. »Ich muss gehen.«

Als er sich erhob, stand auch Latif, der sich immer in unserer Nähe hielt, auf.

»Wo geht Ihr hin?«, zischte ich, aber mein Lehrer war bereits unterwegs, also eilte ich ihm nach, aus der Halle und zurück in den Palast.

Mr. Ascham schritt energisch zurück durch die Haupttore des Topkapi-Palastes und eilig den von Bäumen gesäumten Pfad entlang, der zum inneren Tor der Begrüßung führte.

»Würdet Ihr mir *bitte* erklären, was Ihr vorhabt?«, flehte ich, während ich mühsam mit ihm Schritt hielt.

»Erinnerst du dich, wie wir uns letzte Nacht den Leichnam des Kardinals angesehen haben?«

»Natürlich.«

»Erinnerst du dich an den Ausschlag in seinem Mund? Und an seine geschwollene Zunge?«

»Ja …«

»Es gibt eine Giftpflanze, die man Elefantenohr nennt und die bekannt dafür ist, dass sie Ausschläge um den Mund herum verursacht, und wenn sie in größerer Menge eingenommen wird, lässt sie die Zunge des Opfers so stark anschwellen, dass sie die Luftröhre blockiert und das Opfer erstickt.«

»Moment. Wollt Ihr damit sagen, dass Kardinal Farnese durch Gift getötet wurde?«

»Das glaube ich, ja.«

»Vergebt mir«, meinte ich, »aber was ist mit den *Stichverletzungen* überall an seinem Körper? Glaubt Ihr nicht, dass die auch eine entscheidende Rolle bei seinem Tod gespielt haben könnten?«

»Der Kardinal war bereits tot, als so energisch auf ihn eingestochen wurde«, antwortete Mr. Ascham darauf nur.

»Woher wollt Ihr das wissen?«

»Weil die Stichwunden des Kardinals nicht geblutet haben. Wenn das Herz bereits stehen geblieben ist, blutet ein Körper nicht mehr, wenn man ihn sticht. Ein *Lebender*, auf den so oft und mit solcher Wut eingestochen worden wäre, hätte äußerst heftig geblutet – Gott, es wäre ein Blutbad gewesen –, aber du hast mir ja selbst gesagt, dass nur wenig Blut um das Becken herum war, in dem Kardinal Farnese lag. Bei einem Mann, der so brutal erstochen wurde, hätte es große Blutlachen geben müssen – und selbst wenn der Mörder ihn auf den Schultern zum Wasserbecken getragen hätte, hätte es eine Spur von Blutstropfen geben müssen. Aber da war nichts. Als wir heute Morgen Kardinal Cardoza aufsuchten, habe ich das Gelände um die katholische Botschaft herum untersucht und keine Spur von Blut im umliegenden Gras gefunden. Wäre der Kardinal im Gebäude erstochen worden, hätte wenigstens ein *bisschen* Blut auf dem Boden sein müssen, nachdem er fortgebracht wurde.«

»Vielleicht ist unser Mörder gründlicher, als Ihr denkt«, wendete ich ein. »Vielleicht hat er die Blutspur beseitigt, oder er hat die Leiche auf einem Wagen von der Botschaft fortgebracht, oder vielleicht hat er den Kardinal gar nicht in der Botschaft getötet.«

Mr. Ascham nickte, während wir durch das Tor der Begrüßung gingen und den Zweiten Hof überquerten.

»Alles gute Einwände, Bess. Sehr gute Einwände. Trotzdem glaube ich, dass Kardinal Farnese bereits tot war, als er erstochen wurde.«

»Warum?«

»Weil er sich nicht gegen seinen wütenden Angreifer wehrte.«

Ich blieb stehen. »Woher wollt Ihr das denn wissen?« Mein Lehrer hielt nicht an; er ging mit unvermindertem Tempo weiter. Ich eilte ihm hinterher. »Woher wollt Ihr das wissen?«, wiederholte ich.

»Als wir die Leiche des Kardinals im Kerker untersuchten, sind dir da seine Hände aufgefallen?«, fragte Mr. Ascham.

»Ja. Sie waren dick, grau und bleich, aber ansonsten völlig normal.«

»Ganz genau. Bei so einem brutalen Angriff, würde da nicht sogar der schwächste Mann die Hände in einem verzweifelten Abwehrversuch heben und sich dabei zwangsläufig Schnitte in den Handflächen zuziehen? Aber die Hände des Kardinals waren vollkommen unverletzt. Ein Toter kann sich nicht wehren. Daher meine Schlussfolgerung.«

Ich schwieg nachdenklich. Es klang tatsächlich logisch.

»Also gut«, meinte ich dann. »Warum wurde dann so oft auf den Kardinal eingestochen, wenn er doch schon tot war?«

Mein Lehrer wandte mir das Gesicht zu, während wir gingen.

»Um uns auf eine falsche Spur zu bringen«, sagte er. »Genau wie das Abhäuten des Gesichts dienten die Stiche dazu, einen oberflächlichen Ermittler zu der Annahme zu verleiten, der Kardinal sei von dem Wahnsinnigen umgebracht worden. Es sollte die Identität des wahren Mörders des Kardinals verschleiern. Aber zu seinem Pech konnte der Mörder nicht wissen, dass der Wahnsinnige zu dem Zeitpunkt bereits im Kerker des Sultans saß.«

Ich bemerkte, dass die Aufdeckung dieser Sache meinen Lehrer in eine besondere Art von Erregung versetzte. Ich glaube wirklich, dass er es genoss, seinen Scharfsinn mit dem des Mörders zu messen. Während wir weitergingen, sprach er schnell und voller Begeisterung.

»Wenn wir akzeptieren, dass der Kardinal vergiftet wurde, müssen wir nach dem Wie fragen: *Wie* wurde er vergiftet? Du wirst dich erinnern, dass Kardinal Cardoza das Bankett verließ, um in seiner Botschaft mit

Kardinal Farnese zu speisen. Ich glaube, das Gift, das Kardinal Farnese tötete, wurde in sein Essen gemischt, ein Essen, das in der Küche zubereitet und dann in die katholische Botschaft gebracht wurde. Und deshalb muss ich auf der Stelle mit dem Küchenmeister Brunello von Borgia sprechen.«

Erst da merkte ich, dass wir inzwischen den Zweiten Hof überquert hatten und an der Küche angekommen waren.

Mein Lehrer eilte in den Küchenbereich, durch Dampfschwaden hindurch und vorbei an mehreren Schlachträumen, in denen die mit Schürzen bekleideten Metzger gerade Wasser über die Schlachtblöcke kippten, um das Blut abzuwaschen.

Eine kleine Gruppe Bedienstete drängte sich vor der Tür des letzten Schlachtraumes in der hintersten Ecke der Küche.

»O nein …« Mr. Ascham beschleunigte seinen Schritt. »Nein …«

Wir erreichten die besagte Tür, und mein Lehrer schob sich durch die Gruppe der fassungslosen Küchenhilfen.

Wir blieben wie angewurzelt stehen.

In dem Raum hingen sechs große Rinderhälften hintereinander an Fleischhaken, und daneben hingen, die Hälse durch Schlingen in hässlichen Winkeln verdreht, die Leichen von Brunello von Borgia und seiner Gemahlin Marianna.

ZWEI WEITERE OPFER

Die kleine Menschenmenge, die sich vor der Tür des Schlachtraumes versammelt hatte, bestand aus einem Koch, drei Sklavenjungen und zwei Dienerinnen.

Mit einem lauten Knall wurde plötzlich die Tür hinter uns zugeschlagen. Latif hatte sie geschlossen und uns alle in der Küche eingesperrt.

Latif sah die Sklaven streng an und sagte in einfachem Griechisch: »Kein Wort soll über das hier gesprochen werden, bis der Sultan informiert wurde.«

Er steckte den Kopf zur Tür hinaus und rief nach den Wachen. Dann stellte er sich vor die Tür und blockierte den Ausgang – offensichtlich durfte keiner von uns den Raum verlassen, bis der Sultan über die Situation in Kenntnis gesetzt worden war, was einige Zeit dauern konnte, da er sich im Moment noch die Eröffnungs-begegnung des Turniers ansah. Unser Begleiter Latif hatte anscheinend seine eigenen Befehle, denen er folgen musste.

Mein Lehrer seufzte. Er schaute hinauf zu den baumeln-den Leichen von Brunello und Marianna.

»Als wir Brunello gestern Abend trafen«, sagte ich, »hatte ich nicht den Eindruck, dass er melancholisch war oder dazu neigen könnte, sich das Leben zu nehmen.«

»Genau mein Gedanke«, erwiderte mein Lehrer. »Sollen wir aus irgendeinem Grund annehmen, dass er einen hochrangigen Kardinal vergiftet hat und sich dann in einem Anfall von Reue selbst tötete?«

»Ich fürchte, ich kann noch nicht einmal Eurer Argumentation folgen, dass Brunello Kardinal Farnese vergiftet hat.«

Mr. Ascham ging um Brunellos Leichnam herum und betrachtete die Hände des toten Küchenmeisters. »Dass der Kardinal vergiftet wurde, können wir aus dem Ausschlag in seinem Mund und seiner geschwollenen Zunge schließen«, erklärte er, ohne mich anzusehen. »Dass er von Brunello vergiftet wurde, nun, das schließe ich aus der Tatsache, dass die Mahlzeit, die das Gift enthielt, aus der Küche in Kardinal Farneses Gemächer gebracht wurde, und in der Küche wurde sie zubereitet von Brunello, dem christlichen Küchenmeister, der zuständig ist für die Mahlzeiten ausländischer Würdenträger mit schwachem Magen.«

»Ah …«

»Und doch scheint sich der Mörder jetzt selbst erhängt zu haben«, meinte Mr. Ascham. »Die Frage lautet: Warum sollte er das tun?«

»Hm, gut. Warum sollte er?«

Mr. Ascham deutete schweigend mit dem Kopf auf die Handgelenke des Toten. Ich folgte seinem Blick. Rote Abschürfungen verliefen rund um die Handgelenke. Ähnliche Spuren sah ich auch an Mariannas Armen.

Mein Lehrer flüsterte: »Ihre Hände waren gefesselt, als sie erhängt wurden, und anschließend wurden die Fesseln wieder entfernt. Der gute Küchenmeister und seine Gemahlin haben sich nicht selbst umgebracht.«

Meine Augen wurden groß. »Aber das würde ja bedeuten …«

»Behalten wir unsere Schlussfolgerungen vorerst für uns, Bess. Zumindest so lange, bis der Sultan hier ist. Wie mir scheint, verbirgt dieser Palast eine Vielzahl an Geheimnissen, und ich glaube, wir haben gerade erst die Oberfläche angekratzt.«

Eine Stunde verging. Ich nahm an, dass der Sultan erst Zamans Schachpartien in aller Ruhe zu Ende verfolgen wollte, bevor er in die Küche kam. Ein widerlicher Geruch erfüllte den Schlachtraum; ich war mir nicht sicher, ob er von früheren Schlachtungen stammte oder von den Leichen – oder von beidem.

Mein Lehrer und ich saßen auf dem Boden, den sechs Küchengehilfen gegenüber. Genau wie bei uns bestand ihr einziges Verbrechen, soweit ich es beurteilen konnte, darin, dass sie das tote Paar gesehen hatten.

Nur Latif stand auf den Beinen und bewachte stoisch die Tür.

Zwischendurch stand Mr. Ascham einmal auf und ging im Kreis um die beiden Erhängten herum. Aber seltsamerweise schaute er nicht zu ihnen hoch. Stattdessen ging er mit gesenktem Kopf umher und betrachtete den Boden.

Ich ging zu ihm. »Was macht Ihr da?«

Er ging in die Hocke. Der Boden in der Mitte des Raumes war bedeckt von einer ekelhaften, mit getrocknetem Tierblut vermischten Schicht Sägemehl. Die widerliche Pampe fühlte sich unter den Füßen weich an, wie Schlamm. Viele sich überschneidende Fußabdrücke, unsere eigenen eingeschlossen, waren in dem Gemisch zu erkennen.

»Hauptsächlich Sandalen«, sagte Mr. Ascham. »Sandalen mit Ledersohlen, wie sie die Küchenhilfen tragen. Aber an mehreren Stellen sehe ich *diesen* Fußabdruck, der von einer flachen *Holz*sohle stammt, die eine Kerbe zwischen dem großen Zeh und dem zweiten Zeh hat, eine auffällige v-förmige Kerbe. Es ist der linke Schuh. Holzsandalen sind eine teurere Sorte von Schuhen, getragen von einer Person mittelmäßiger gesellschaftlicher Stellung.«

»Warum *mittelmäßiger* Stellung?«

»Weil, meine liebe Bess, wenn der Besitzer der Schuhe eine Person hohen gesellschaftlichen Standes wäre, er es sich leisten könnte, sich neue Schuhe zu kaufen oder zumindest seine beschädigte Sandale reparieren zu lassen.« Mein Lehrer drehte sich zu den anderen Personen im Raum um. »Latif. Darf ich bitte die Schuhe von allen Anwesenden sehen? Deine eingeschlossen.«

Als Mr. Ascham die Schuhe untersuchte, fand er heraus, dass alle sechs Küchenangestellten einfache Ledersandalen trugen, der Abdruck stammte also von keinem von ihnen. Nur Latif trug Sandalen mit Holzsohlen, aber der linke Schuh hatte keine belastende Kerbe.

»Bin ich jetzt außer Verdacht?«, fragte Latif, als er den Fuß wieder auf den Boden setzte.

»Nein«, antwortete Mr. Ascham tonlos. »Niemand ist außer Verdacht, am allerwenigsten jemand, der mich gegen meinen Willen in einem Raum festhält.«

»Ich diene den Interessen des Sultans, nicht Euren.«

»Glaub mir, dessen bin ich mir nur zu bewusst.«

Als Nächstes ging Mr. Ascham zur Leiche von Brunellos Gemahlin Marianna und betrachtete sie nachdenklich. Er streckte den Arm aus und berührte die Perlen des Rosen-kranzes, den sie um den Hals trug. Er untersuchte das schwarze Band, das daran geknotet war.

Dann drehte er sich zu den Küchenhilfen um und fragte auf Griechisch: »Spricht jemand von euch Griechisch?«

Eine der Dienerinnen nickte. Sie sagte, ihr Name sei Sasha und sie habe in Mazedonien gelebt, bevor sie von einer osmanischen Streitmacht gefangen genommen und nach Konstantinopel gebracht wurde.

»Die Gemahlin des Küchenmeisters trug ein schwarzes Band an ihrem Rosenkranz«, sagte Mr. Ascham, »was bedeutet, dass sie jemanden betrauerte. Um wen trauerte sie?«

»Um ihren Sohn«, antwortete das Mädchen.

»Ihren Sohn? Aber wir haben ihn doch gestern Abend getroffen.«

»Nein, Ihr meint sicher Pietro, ihren älteren Sohn. Der, der gestorben ist, war ihr jüngerer Sohn Benicio. Er war ein ruhiger Knabe, ein süßer kleiner Engel mit wunderschönem schneeweißem Haar, aber er war zurückgeblieben, von schwachem Verstand. Er war erst zwölf Jahre alt, aber vor zwei Wochen hat er sich das Leben genommen. Man fand ihn in einem der Schlachträume mit aufgeschnittenen Pulsadern.«

»Ein zwölfjähriger Knabe, der Selbstmord begeht?«, meinte mein Lehrer. »Selbstmord ist bei so jungen Kindern sehr selten.«

»Wir waren alle überrascht und sehr bestürzt. So zurückgeblieben er auch war, der kleine Benicio war ein lieber Junge, sehr sanftmütig, und alle in der Küche mochten ihn. Er hatte ein rundes, immer lächelndes Gesicht und war ein bisschen pummelig, weil die Köche ihn immer mit Häppchen gefüttert haben. Dass dieser kleine Engel etwas töten konnte, ganz zu schweigen von seinem eigenen irdischen Leib, war ein Schock für uns alle.«

»Wie verkrafteten Brunello und seine Gemahlin seinen Tod?«

»Marianna war am Boden zerstört. Sie weinte tagelang. Brunello war ebenfalls verzweifelt, aber er musste die vielen Bankette für das Turnier des Sultans vorbereiten. Er geriet rasch in Zorn und schrie uns wegen der kleinsten Fehler an. Sogar Kardinal Cardoza gegenüber verlor er die Beherrschung – er schrie den Kardinal an, als der einmal in die Küche kam, aber ich weiß nicht, was der Grund für seinen Wutausbruch war.«

»Brunello erhob die Stimme gegen Kardinal Cardoza? Sag mir, hast du oder hat einer der anderen gesehen, dass Brunello sich in der letzten Woche häufiger mit den angereisten Schachspielern oder Würdenträgern getroffen hat?«

Die Sklavin gab die Frage auf Türkisch an die anderen weiter. Der Koch antwortete ihr.

Sasha übersetzte: »Er sagt, dass Brunello viermal von dem österreichischen Spieler Maximilian von Wien besucht wurde, in den Tagen vor dem Eröffnungsbankett. Er kam immer mit einem jungen Mädchen, dem, das die Österreicher später Seiner Majestät dem Sultan zum Geschenk machten.«

»Helena«, sagte ich.

»Weiß man, worüber sie geredet haben?«, fragte Mr. Ascham.

Sasha fragte den Koch. Er schüttelte den Kopf. »Nein, er weiß nicht, worüber sie sprachen.«

Eine Weile später, ich weiß nicht genau, wie lange, öffnete sich die Tür des Schlachtraumes, und herein kamen der Sultan, der Großwesir und acht der Leibwachen des Sultans. Der Küchenbereich hinter ihnen war vollständig geräumt worden. Die sechs Küchenhilfen erhoben sich schnell auf die Beine und stellten sich in einer Reihe auf, die Blicke demütig auf ihre Füße gerichtet.

Der Sultan betrachtete die beiden baumelnden Leichname – mit einem Gesichtsausdruck, der mehr von Verärgerung als von Trauer zeugte –, dann richtete er seinen strengen Blick der Reihe nach auf meinen Lehrer, auf mich und auf die Küchenhilfen.

»Ihr sechs seid die einzigen Zeugen?«, fragte er die Angestellten auf Griechisch.

Sasha sprach für die Gruppe. »Ja, Euer Majestät. Ich wollte gerade loslaufen und die Palastwachen alarmieren, als diese drei …«, sie deutete mit dem Kopf auf Mr. Ascham, Latif und mich, »… kamen und der Eunuch uns einschloss.«

Der Sultan nickte weise.

Er drehte sich zu meinem Lehrer um und wechselte zur englischen Sprache. »Mr. Roger Ascham. Warum finde ich Euch hier?«

»Ich habe verschiedene Schlussfolgerungen gezogen, Euer Majestät, aber ich muss gestehen, dass ich nicht erwartet hatte, Brunello tot vorzufinden …«

»Ihr seid möglicherweise klüger, als ich dachte«, fiel ihm der Sultan ins Wort. »Ich sollte mich vielleicht in Eurer Gegenwart in Acht nehmen. Ihr kamt zu dem Schluss, dass der Küchenmeister etwas mit dem Tod des römischen Kardinals zu tun hatte?«

»In der Tat.«

»Und jetzt starb der Mörder von eigener Hand?«

Mr. Ascham warf einen Blick auf die Küchenhilfen. Er zögerte offenbar, vor ihnen über seine Ermittlungen zu sprechen.

»Ihr könnt offen reden«, sagte der Sultan ruhig.

»Das ist das, was wir glauben sollen, Euer Majestät«, sagte mein Lehrer. »Aber ich denke nicht, dass es die Wahrheit ist. Vielmehr glaube ich, dass der Küchenmeister und seine Frau ihrerseits ermordet wurden. Und der Mörder ist noch auf freiem Fuß.«

Der Sultan hob die Augenbrauen. Mein Lehrer schwieg, während der Sultan ihn betrachtete. Der Herrscher musterte ihn sehr, sehr genau.

»Ein zweiter und ein dritter Mord in meinem Palast«, sagte er dann. »Das gefällt mir gar nicht. Habt Ihr einen Verdacht, was diese neuen Toten angeht, Mr. Roger Ascham?«

»Ein verschlagener Verstand ist innerhalb dieser Mauern am Werk, Euer Majestät. Hätten wir jeden dieser Morde so akzeptiert, wie er auf den ersten Blick erschien, so hätten wir den Tod des Kardinals als Tat des Wahnsinnigen betrachtet und diese beiden hier als Selbstmord. Tatsächlich jedoch wurden *alle drei* Morde absichtlich so arrangiert, um weitere Nachforschungen in die Irre zu leiten. Sie hängen miteinander zusammen. Daher sind meine Untersuchungen nicht nur nicht abgeschlossen, ich rate Euch auch, mir zu gestatten, den Tod des Küchenmeisters und seiner Gemahlin in meine Untersuchungen über den Mord an Kardinal Farnese einzuschließen.«

Der Sultan dachte einen Moment darüber nach. »Gut. Macht das und setzt Eure Ermittlungen fort.«

Der Sultan trat beiseite und erlaubte uns zu gehen. Er zeigte auf die sechs Küchenhilfen, die sich noch im Schlachtraum befanden. »Habt Ihr mit diesen sechs gesprochen?«

»Das habe ich«, sagte Mr. Ascham.

»Benötigt Ihr sie noch?«

»Nein. Sie sind unschuldig. Sie haben nur die Leichen gesehen. Sie wissen nichts, was mir weiterhilft.«

Der Sultan begleitete uns aus dem Schlachtraum. Dabei drehte er sich zum Anführer der Wachen um und sagte ein paar scharfe Worte auf Türkisch zu ihm.

Ich verlangsamte meinen Schritt und wollte zurückschauen, aber Mr. Ascham drückte sanft meine Schulter und schob mich vorwärts.

Und das war auch gut so, denn als wir von dem Schlachtraum fortgingen und dessen Tür hinter uns zufiel, war das Letzte, was ich sah, wie – zu meinem tiefsten Entsetzen und Unverständnis – der Anführer der Wache und seine Männer ihre Schwerter zogen.

DER KARDINAL UND DER BORDELLBESITZER

Wir verließen den Küchenbereich und stellten fest, dass es mittlerweile Nachmittag geworden war. Der Sultan und sein Gefolge verließen uns ohne ein weiteres Wort und gingen in Richtung Harem.

Ich befand mich in einem Zustand beträchtlicher Bestürzung über das Schicksal Sashas und der anderen Küchenhilfen. »Mr. Ascham, warum hat der Sultan befohlen, dass diese armen Menschen getötet werden?«

»Wir sind hier in einem fremden und gottlosen Land, Bess«, antwortete mein Lehrer. »Wir sollten uns glücklich schätzen, dass wir nicht ein ähnliches Schicksal erlitten haben. Vermutlich waren es nur dein königliches Blut und meine deduktiven Fähigkeiten, die uns gestattet haben, jenen Raum lebend zu verlassen.«

Wir standen im Zweiten Hof. Ausländische Delegationen und Schachspieler schlenderten unter den Bäumen umher. Zamans Begegnung war vorüber – er hatte Maximilian von Wien vernichtend mit vier Siegen geschlagen –, und jetzt gönnten sich die privilegierten Zuschauer etwas frische Luft, bevor die zweite Begegnung des Tages anstand: Wladimir von Moskowien gegen Mustafa von Kairo.

»Aber warum sie töten?«, fragte ich, immer noch erschüttert. »Sie haben doch nichts verbrochen, außer dass sie das tote Paar gesehen haben!«

»Das Gefährlichste in einem Palast sind Gerüchte«, sagte mein Lehrer. »Sie hätten anderen davon erzählt, die es wieder anderen erzählt hätten. Man munkelt ja bereits über den Tod Kardinal Farneses. Gerüchte über weitere Tode können nicht geduldet werden. Es würde ein schlechtes Licht auf den Sultan werfen; es würde aussehen, als hätte er die Kontrolle über seinen eigenen Palast verloren. Dein Vater hat Herzöge aus geringeren Gründen hinrichten lassen, und auch du, solltest du jemals Königin werden, wirst Menschen wegen der gefährlichen Dinge, die sie sagen, töten lassen.«

»Das werde ich ganz bestimmt nicht tun!«

Mein Lehrer seufzte traurig. »Doch. Das wirst du.« Er hob den Kopf und richtete sich auf, als müsste er sich neu orientieren. »Jetzt jedoch haben wir noch ein paar Nachforschungen anzustellen. Zum einen würde ich gern den überlebenden Sohn Brunellos finden, Pietro – er hat oft Mahlzeiten für seinen Vater ausgeliefert und kann uns vielleicht bei unseren Ermittlungen helfen. Mich beschäftigen außerdem die Besuche des österreichischen Spielers Maximilian in der Küche. Vor allem jedoch wüsste ich gern, warum ein so frommer Mann wie Brunello sich derart vergessen und einen Kardinal der Kirche, die er so verehrte, anschreien konnte. Wir müssen noch einmal mit Kardinal Cardoza sprechen. Ach, da ist er ja …«

Der Kardinal stand auf der gegenüberliegenden Seite des Hofes und unterhielt sich mit einem kleinen bärtigen Perser. Der Perser war ein Zwerg von einem Mann. Er trug eine auffällige kastanienbraune Kleidung mit protzigen goldenen Schulterflechten, eine Aufmachung, die formell war, aber gleichzeitig auch ein wenig *zu* grell und extravagant. Der kleine Perser gestikulierte lebhaft, stieß mit dem Finger zornig nach dem Gesicht des Kardinals. Einmal trat er so dicht vor den Kirchenmann, dass der Leibdiener des Kardinals dazwischentreten und den kleinen Mann einen Schritt zurückstoßen musste.

»Mir scheint«, meinte Mr. Ascham, »dass Brunello nicht der Einzige war, der wütend auf den Kardinal war. Latif, wer ist dieser kleine Kerl, der sich mit Kardinal Cardoza streitet?«

»Das ist Afridi. Er besitzt mehrere Bordelle in der Stadt. Das größte befindet sich gleich hinter der Ayasofya.«

Mr. Ascham beobachtete die Auseinandersetzung zwischen dem kleinen Perser und dem korpulenten Kardinal mit großem Interesse. Sie endete damit, dass der auffällig gekleidete Bordellbesitzer auf dem Absatz kehrtmachte, abschätzig mit einer Hand winkte und davoneilte.

»Der gute Mann wirkt sehr verärgert«, sagte Mr. Ascham. »Historisch gesehen ist es für gewöhnlich der *heilige* Mann, der zornig ist auf den, der mit fleischlichen Sünden sein Geld verdient.« Er schaute Afridi nach, der den Hof verließ und aus dem Palast eilte.

»Wünscht Ihr noch immer, mit dem Kardinal zu sprechen?«, fragte Latif.

Mr. Aschams Blick folgte weiter dem Bordellbesitzer.

»Nein«, sagte er langsam. »Ich möchte zuerst mit diesem Afridi sprechen. Ich wüsste gern, was ihn so erzürnt.«

Und so verließen wir, geführt von Latif, das Palastgelände und traten hinaus in das trubelige Marktviertel, das den gewaltigen Koloss der Hagia Sophia umgab.

Überall waren Menschen: Bettler, Geflügelverkäufer, Gewürzhändler, Männer, die Pfeifen rauchten oder den kräftigen dunklen Tee der Türken tranken, Frauen, die

Hühner kauften. Ein Buchmacher hatte an einer Wand mit Kreide eine riesige Kopie der Turnierauslosung aufgezeichnet und bei jedem Spieler seine Chancen auf den Turniersieg eingetragen. Zamans Name war bereits in die Spalte der zweiten Runde übertragen worden. Die Menge der Wetter, die auf den Ausgang des Turniers setzen wollten, war gute 20 Reihen tief. Noch mindestens zehn weitere Buchmacher gingen auf dem großen Platz vor der Hagia Sophia ähnlichen Geschäften nach.

Jenseits des Platzes gelangten wir auf eine breite Straße und erreichten schließlich ein sehr ungewöhnliches Gebäude: Die untere Hälfte schien aus altem römischem Marmor zu bestehen, während die obere Hälfte aus neuerem Mauerwerk gebaut war.

»Das ist Afridis Etablissement«, sagte Latif.

»Ein profitables Unternehmen?«, fragte mein Lehrer.

»Sehr. Afridi besitzt mehrere Freudenhäuser in der Stadt, aber dieses ist das größte. Er ist sehr erfolgreich.«

In dem Moment kamen zwei Männer aus dem Bordell, von denen ich einen erkannte. Es war der bullige dunkelhäutige Spieler aus der Walachei, Dragan.

Dragan hatte ein breites Grinsen auf dem Gesicht und taumelte leicht, offenbar war er betrunken. »Schon besser!«, grölte er auf Griechisch. »Ich hab mich beschissen gefühlt, seit ich in diesen Misthaufen von einer Stadt gekommen bin. Ein guter Fick nach dem Essen macht einem den Kopf klar!«

Der Walache sah uns und nickte meinem Lehrer lässig zu. »Ah, Ihr seid einer von den Engländern, nicht wahr? Ich habe immer geglaubt, Ihr Engländer wärt zu prüde für die Hurerei, aber Ihr überrascht mich! Freut mich für Euch. Oder wollt Ihr Eurem kleinen Mädchen zeigen, wie eine

Frau gutes Geld verdienen kann, indem sie die Beine breit macht?«

Mein Lehrer sagte nichts.

Dragan taumelte davon und rief noch: »Schickt sie heute Nacht in meine Gemächer, dann reite ich sie ein!«

Mein Lehrer schaute den beiden Männern mit einer Miene nach, als hätte er in eine Zitrone gebissen. Als sie um eine Ecke verschwanden, sagte er leise zu mir: »Ab sofort bleibst du immer dicht an meiner Seite, sowohl innerhalb als auch außerhalb des Palastes.«

»Ja, Sir.«

»Und jetzt, Bess, wappne dich. Was du zu sehen bekommen wirst, wird vielleicht nicht sehr angenehm sein.«

Wir betraten das Bordell.

Als wir eintraten, erkannten wir auch den Grund für die ungewöhnliche Konstruktion des Freudenhauses: Das Gebäude war einmal ein römisches Badehaus gewesen. Afridi hatte lediglich die antike Basis bewahrt und die obere Hälfte hinzugefügt.

Der Hauptraum war eine weitläufige Halle mit hoher Decke, deren Zentrum von einem riesigen Dampfbad eingenommen wurde. Inseln aus Marmor waren in der Halle verstreut, während zehn offene Nischen voller Kissenlandschaften sich an den Wänden um das zentrale Becken verteilten.

Nackte Frauen trugen Essen und Getränke auf Tabletts zu den Kunden in den Nischen. Masseurinnen, die nichts außer Halsketten trugen, massierten Kunden auf Marmorplatten, wobei sie gelegentlich ihre Bemühungen unterbrachen, um ihre Kunden zu besteigen oder anderweitig zu beglücken.

In fast jeder Nische wurde Unzucht getrieben. Die meisten Nischen waren offen, sodass jeder zusehen konnte, nur bei einigen hatte man Vorhänge zugezogen. Aus jeder Ecke hörte man Grunzen und Stöhnen, aber anders als bei Elsies Beschreibung ihrer sinnlichen Nacht im Harem hatten diese Laute gar nichts Sinnliches an sich. Es waren die Laute von Männern, die bekamen, wofür sie bezahlt hatten.

Ich hatte natürlich schon von Prostituierten und auch von Bordellen gehört (man musste nur die Bibel lesen), aber ich war nicht auf dieses kalte, geschäftsmäßige Treiben gefasst gewesen – die Reduzierung eines intimen Aktes der Liebe auf eine reine Handelsware.

Und dann sah ich die Kinder.

Sie waren etwa in meinem Alter, um die 13 Jahre, junge Knaben und Mädchen, aber sie gingen im Badehaus umher mit geschminkten Gesichtern wie Erwachsene, in unterschiedlichen Stadien des Unbekleidetseins, und trugen Getränke, Weintrauben oder Pfeifen.

Mir wurde übel.

Neben mir stehend betrachtete Mr. Ascham das Treiben um uns herum mit unverhohlenem Ekel. Abwesend legte er eine schützende Hand auf meine Schulter.

In dem Moment sahen wir den kleinwüchsigen Bordellbesitzer Afridi, immer noch in seiner protzigen braungoldenen Gewandung. Er sprach mit zwei romanischen Zigeunern, einem Mann und einem alten Weib, die zwei schmutzige Kinder an den Händen hielten. Während wir zusahen, gab Afridi den Zigeunern ein paar Münzen, und die Kinder wurden an ihn übergeben. Die Zigeuner gingen.

Das, begriff ich voller Entsetzen, geschah also mit Kindern, die von den Zigeunern geraubt wurden. Sie endeten in Häusern wie diesem.

Latif ging zu Afridi und brachte nach einem kurzen Wortwechsel den Bordellbesitzer zu uns. Der Eunuch stellte uns auf Griechisch gegenseitig vor. Er informierte Afridi außerdem, dass mein Lehrer seine Fragen auf Befehl des Sultans höchstselbst stellte.

»Ich sah Euch vorhin mit Kardinal Cardoza streiten«, kam Mr. Ascham sofort auf den Punkt. »Was war der Grund für Eure Unstimmigkeit?«

»Der Bastard drängt sich in mein Geschäft, darum ging es«, schimpfte der Perser. »Diebischer Sodomit! Bis *er* nach Konstantinopel kam, waren durchreisende Geistliche aus Rom meine besten Kunden!«

»Aber wie kann er sich denn in Euer Geschäft drängen? Er ist ein Kardinal aus Rom.«

»Seht Euch doch um, Ihr Narr! Fast alle Männer hier sind Besucher des Turniers. Nicht nur die Spieler – bah, das sind ja nur 16 –, sondern ihre Delegationen, ihre Begleiter, ihre Diener. Ein Ereignis wie dieses ist sagenhaft für das Geschäft! Aber die gesamte angereiste Delegation aus Rom – zwölf Geistliche, zwölf wundervoll wollüstige Männer Gottes – bleibt jede Nacht in den Gemächern des Kardinals, bedient von des Kardinals eigener Sammlung an Knaben.«

»Der Kardinal hat … Knaben?«

»Junge Burschen, die er auf der Straße findet. Die er sich selbst sucht. Bezahlt sie mit Silber oder Essen. Dabei *weiß* er, dass ich ihm so viele Knaben liefern kann, wie er braucht. Alle anderen Botschafter lassen meine Frauen für ihre Zusammenkünfte in den Palast kommen. Aber nicht der Kardinal, o nein. Und meine Knaben sind *gut,* das kann ich Euch sagen. Sie wissen, wie man …«

Mein Lehrer verzog das Gesicht und hielt eine Hand

hoch, um Afridi von näheren Ausführungen abzuhalten. »Ich glaube, ich verstehe«, sagte Mr. Ascham und betrachtete den Bordellbesitzer mit tiefster Abscheu. »Und was genau veranstaltet Kardinal Cardoza in seinen Gemächern?«

»Er hält private *Zusammenkünfte* ab. Oh, diese Priester und ihr unersättlicher Appetit! Deshalb bin ich so wütend. Ohne Cardoza würden die Priester hierherkommen, jeden Tag und jede Nacht, um zu ficken wie schwule Kaninchen und mich gut für dieses Privileg zu bezahlen!«

»Großer Gott …«, keuchte mein Lehrer.

»Ich glaube, Euer Gott sieht schon lange nicht mehr zu«, meinte Afridi. »In England mag es so etwas nicht geben, aber in der Hälfte der Botschaften der Kirche in Osteuropa ist es an der Tagesordnung. Der örtliche Kardinal sorgt für – wie soll ich es sagen – *Unterkunft und Dienstleistungen* für durchreisende Priester. Wenn Ihr ein Mann seid, der etwas für andere Männer übrighat, dann ist die Kirche die richtige Organisation für Euch.«

»Verstehe.«

»Das ist nicht richtig, sage ich! Ich verkaufe ja auch keine Plätze im Himmel an deren Kunden! Also sollte die Kirche sich auch nicht in die Geschäfte anderer einmischen. Ihr Metier ist es, die Erlösung zu verkaufen. Es ist nicht richtig, dass sie sich auf andere Märkte drängt.«

Während Afridi seine Tirade fortsetzte und die beiden sich weiter unterhielten, entfernte ich mich von der Seite meines Lehrers, angelockt von einer großen vergoldeten Tür, die buchstäblich vor Goldstaub funkelte. Sie stand halb offen. Neugierig schob ich sie ganz auf.

Ich erblickte ein aufwendig ausgestattetes Schlafgemach mit einem riesigen Himmelbett, bezogen mit den feinsten roten Seidenlaken. Im Moment war das Bett leer, aber am Kopfende hingen zwei gepolsterte Seile. Auf einem Schild über dem Bett stand auf Arabisch:

شهزاده نك كنديسينك ده قوللاندغى كيبى

Ich betrachtete die Symbole genauer. Allmählich verstand ich die einheimische Schrift immer besser und konnte eine Gruppe von Zeichen erkennen: شهزاده نك. Es war Arabisch-Türkisch für »Kronprinz«.

Eine raue Hand landete auf meiner Schulter. Ein unrasierter Mann von ägyptischem Aussehen stand neben mir. »Ich nehme die hier!«, rief er Afridi auf Griechisch zu.

»Das werdet Ihr ganz sicher nicht.« Mein Lehrer eilte an meine Seite. »Dieses Mädchen arbeitet nicht hier. Finger weg von ihr.«

Der Ägypter trollte sich. Mr. Ascham schaute ihm nach. Dann warf er einen Blick in das Zimmer hinter der goldenen Tür, um zu sehen, was meine Aufmerksamkeit erregt hatte, bevor er sagte: »Gehen wir, Bess. Wir sind hier fertig.«

Während wir zur Eingangstür gingen, rief Afridi uns hinterher: »He, Engländer! Wenn Ihr schon mal hier seid, wie wäre es mit einer Frau? Da Ihr mich im Auftrag des Sultans besucht, werde ich sie Euch kostenlos geben!«

Mr. Ascham sagte nichts, als wir aus dem Bordell eilten.

Wir verließen Afridis Etablissement und traten hinaus in den Sonnenschein.

Ich war sehr froh, dort heraus zu sein. Das Erlebnis hatte mich einigermaßen erschüttert: Das finstere Bordell war ein Ort, in das ein junges Mädchen wie ich durch einen unglücklichen Zufall geraten konnte, um nie wieder hinauszugelangen. Es war gut, wieder im Tageslicht zu stehen, in der Freiheit der Straßen Konstantinopels.

Mit einem grimmigen, entschlossenen Ausdruck auf dem Gesicht schritt mein Lehrer zurück zur Hagia Sophia und zum Palast.

»Habt Ihr dort drinnen etwas in Erfahrung gebracht?«, fragte ich. Zwar war ich noch immer ein wenig verstört von Afridis Beschreibung des unsittlichen Treibens der Priester, aber ich hatte aus seinen Bemerkungen nichts Sachdienliches für unsere Ermittlungen entnehmen können.

»Viel zu viel«, antwortete Mr. Ascham. »Unsere Welt schreitet so schnell voran, und doch werden einige Menschen immer Sklaven ihrer niedersten Instinkte bleiben. Manchmal denke ich, dass wir lediglich Tiere sind, die Kleider tragen. Es tut mir leid, dass du das sehen musstest. Geht es dir gut?«

Ich verzog das Gesicht. »Es hat mir nicht gefallen, die Kinder zu sehen. Ich wusste nicht, dass es so etwas gibt.«

Mr. Ascham nickte. »Auch wenn es mir leidtut, dass du das gesehen hast, muss ich doch sagen, dass ich es nicht *bedauere*. Bess, viele würden sagen, dass du niemals solche schrecklichen Dinge sehen solltest, weil sie dein zartes Gemüt und deine Gefühle erschüttern können. Aber ich bin anderer Meinung.«

»Auch wenn es wehtut, sie zu sehen?«, fragte ich.

»Gerade *weil* es wehtut. Eine potenzielle zukünftige Herrscherin wie du *sollte* die düstere Schattenseite der Welt sehen, solche hoffnungslosen Orte wie den, den wir gerade besucht haben, denn sonst könntest du vielleicht glauben, dass alle Menschen die gleichen Privilegien genießen wie du, was in Wahrheit nicht der Fall ist. Wir leben in einer

Welt, in der Frauen ihre Körper an Männer verkaufen und in der Kinder auf dem Land entführt und an Bordelle in der Stadt in die Sklaverei verkauft werden. Du solltest wissen, dass solche Dinge existieren.«

»Hätte es nicht gereicht, mir davon zu *erzählen?* Dann hätte ich es gewusst, ohne es selbst sehen zu müssen.«

»Nicht in diesem Fall. Es gibt keine bessere Lektion, als etwas mit eigenen Augen zu sehen.«

Wir hatten inzwischen die Hagia Sophia erreicht. Noch immer drängte sich die gewaltige Menschenmenge um die mächtige Kathedrale.

»Wie sieht Euer weiterer Plan aus?«, fragte ich.

»Nach allem, was ich bisher gesehen und gehört habe«, antwortete Mr. Ascham, »finde ich Kardinal Cardoza und seine Botschaft zunehmend interessant. Dort wurde Kardinal Farnese durch eine Mahlzeit vergiftet, die aus Brunellos Küche kam. Und der inzwischen tote Brunello hat sich mit Cardoza gestritten, der seinerseits im Streit liegt mit dem Bordellbesitzer Afridi. Und jetzt hören wir von gottlosen und sündigen Zusammenkünften, die dort bei Nacht abgehalten werden. Mein Plan besteht deshalb darin, meinem eigenen Rat zu folgen und mir diese Botschaft mit eigenen Augen anzusehen. Ich beabsichtige, die Botschaft des Kardinals im Schutze der Dunkelheit zu beobachten, vielleicht schon heute Nacht, und zu sehen, was dort vor sich geht.«

EINE WEITERE NACHT
IM PALAST

Wir kehrten gerade rechtzeitig in die Hagia Sophia zurück, um das Ende der zweiten Begegnung des Turniers mitzubekommen: Wladimir von Moskowien gegen Mustafa von Kairo. Wie die erste Begegnung war auch diese eine sehr einseitige Angelegenheit.

Der stämmige Moskowiter gewann die ersten vier Spiele, und als er den Ägypter in der vierten Partie matt setzte, sprang der junge Prinz Iwan von seinem Stuhl auf der königlichen Bühne auf, stieß die Faust in die Luft und schrie: »Gute Vorstellung, Wlad! Gute Vorstellung!«

Eine Holztafel mit Wladimirs Namen wurde in der zweiten Spalte der Tabelle platziert. Der Moskowiter musste in der nächsten Runde gegen Zaman antreten, und alle wussten, dass es ein spannender Kampf werden würde.

Die Sonne ging über Konstantinopel unter, und die zufriedene Menge strömte aus der Hagia Sophia. Als die Ehrengäste, die im Palast logierten, nacheinander die große Kathedrale verließen und zurück durch die Palasttore gingen, zog Mr. Ascham mich beiseite, sodass die anderen an uns vorbeigehen konnten.

»Was …«, setzte ich an, doch dann begriff ich.

Er sah sich ihre Schuhe an, suchte nach einer holzbesohlten linken Sandale mit einer Kerbe darin. Aber an den vielen Füßen, die an uns vorbeischritten, fand er keinen solchen Schuh.

Der nächste Tag sollte noch sehr viel mehr Schach bieten als der heutige: die restlichen sechs Begegnungen der ersten Runde. Zu dem Zweck, so hatte man uns gesagt, würde das zentrale Spielerpodest in zwei voneinander getrennte Podeste umgewandelt werden.

Angesichts des großen Tages, der vor uns lag, wurde an diesem Abend kein formelles Bankett abgehalten, und so nahmen die meisten Delegationen ihr Abendmahl in ihren Quartieren ein.

Doch auch der Plan meines Lehrers, in dieser Nacht heimlich die Gemächer des Kardinals zu beobachten, wurde durchkreuzt, als er erfuhr, dass Kardinal Cardoza, da der Spieler Roms am nächsten Tag anzutreten hatte, befohlen hatte, dass seine Gäste sich an dem Abend früh zur Ruhe begeben sollten, um Bruder Raúl nicht zu stören.

»Für morgen Abend jedoch«, sagte Mr. Ascham, »ist in der Botschaft der Kirche ein Empfang für den Sultan vorgesehen. Ich werde versuchen zu beobachten, was sich danach abspielt.«

Ich für meinen Teil war froh über die frühe Nachtruhe. Die Ereignisse im Schlachtraum und unser Besuch im Bordell hatten mich aufgewühlt. Ich war mir nicht sicher, was ich davon halten sollte. Auf der einen Seite gefiel es mir ganz und gar nicht, solche Dinge zu sehen. Aber andererseits wollte ich auch nicht eine naive Königstochter sein, die keine Ahnung von der wirklichen Welt hatte. Diese Welt mochte unerfreulich, ja sogar gefährlich sein, aber sie war *real,* und ich stellte fest, dass ich mehr darüber wissen wollte, wie schrecklich ihre Geheimnisse auch sein mochten. Aber trotzdem, nachdem wir in der letzten Nacht so lange unterwegs gewesen waren, war ich sehr müde, und eine weitere Nacht voller grausiger Nachforschungen war nichts, wonach mir im Augenblick der Sinn stand. Deshalb war ich dankbar für die Atempause.

Es war noch hell, als ich mich in mein Bett fallen ließ und kurz darauf einschlief.

Als ich etwas später wach wurde, war die Welt um mich herum dunkel, der Palast still und Elsies Bett wieder einmal leer. Ich drehte mich auf die andere Seite und schlief weiter.

Ein Rascheln weckte mich. Ich öffnete die Augen und sah Elsie, die leise durch das Zimmer zu ihrem Bett schlich. Die ersten purpurnen Strahlen des Morgens stahlen sich durch die Fensterläden.

»Elsie!«, flüsterte ich. »Wo warst du?«

»Oh, nur auf einer weiteren exquisiten Zusammenkunft des Kronprinzen und seiner Freunde«, antwortete sie mit gedämpfter, aber aufgeregter Stimme. »Dieses Mal fand sie unter der Hagia Sophia statt in einer der uralten Krypten, die wohl aus der Zeit stammen, als die große Moschee noch eine christliche Kirche war. Zubaida hatte erfahren, dass dort heute Abend eine Zusammenkunft stattfinden sollte, und mich eingeladen, sie zu begleiten.«

Sie setzte sich auf mein Bett und begann unaufgefordert mit einer Schilderung ihrer Nacht.

»Als ich zusammen mit Zubaida am Hintereingang der Hagia ankam, reichte man uns beiden eine Maske und forderte uns auf, uns zu entkleiden. Stell dir mal vor, Bessie: maskiert und nackt! Wie aufregend! Dann stiegen wir einige Treppen hinab und betraten die Krypta. Normalerweise wäre das ein äußerst furchteinflößender und gruseliger Ort gewesen, aber die Diener des Prinzen hatten das Gewölbe mit Hunderten von Kerzen bestückt, die die Steinkammer in einen satten, warmen Schein tauchten.

In der ganzen Krypta verteilt waren vielleicht zwei Dutzend junge Männer und Frauen – unter ihnen Kronprinz Selim selbst –, allesamt nackt bis auf die Masken. Viele tranken Wein aus goldenen Kelchen, während sich andere zwanglos gegenseitig auf den Steinsarkophagen, die überall herumstanden, befriedigten, ungeachtet einer möglichen Entweihung dieser Totenstätte.

Ich war sehr aufgeregt: Sexueller Verkehr ist für sich schon ein Genuss, aber Verkehr an unerlaubten Orten ist noch viel aufregender. Ich sollte es dir eigentlich nicht erzählen, Bessie, aber ich habe einmal Mr. Trelawney, dem Gärtner in Hatfield, gestattet, mich in seinem Schuppen zu nehmen, während seine Gemahlin keine 20 Schritte entfernt den Gemüsegarten jätete.«

»Elsie!«

»Glaub mir, Bessie, ein Mann wird jede Gelegenheit ergreifen, die sich ihm bietet, und ganz ehrlich: Je riskanter der Ort, desto erregender ist es – den Gärtner zu reiten, während ich draußen seine Frau beobachtete, steigerte mein Vergnügen beträchtlich.«

Ich war sprachlos. Ich hatte Mr. Trelawney immer für einen anständigen und treuen Gemahl gehalten. Er ging jeden Sonntag in die Kirche.

Elsie fuhr fort. »Als wir die Krypta betraten, sah ich den Kronprinzen. Er hatte es sich auf einem Marmorsarg bequem gemacht, bekleidet nur mit einer goldenen Halbmaske, und trank Wein und unterhielt sich mit einem seiner Freunde, während eine Sklavin hinter ihm stand und seine Schultern massierte.

Zubaida sagte: ›Siehst du den Mann, mit dem Selim spricht? Das ist Rahman, der engste Freund des Prinzen seit seiner Kindheit. Wenn du den Prinzen einfangen willst, musst du zuerst Rahman beeindrucken.‹

›Ich verstehe‹, antwortete ich und schlenderte in der Krypta umher, scheinbar die Körper um mich herum betrachtend, während ich in Wahrheit diesen Rahman musterte. Er sah auf eine raue Art gut aus, mit langen schwarzen Haaren, die über seine bronzene Halbmaske hingen.

Ich ging dreimal um die Krypta herum, wobei ich mich jedes Mal an Rahman und dem Prinzen vorbeischlängelte und dabei meine nackten Hüften schwenkte. Es blieb nicht unbemerkt.

Etwas später lehnte ich an einem Steinsarg und nickte Rahman zu, der daraufhin zu mir kam. Er blieb vor mir stehen und sagte auf Griechisch: ›Guten Abend, wie ich hörte, seid Ihr eine Rose aus England. Ich bin Rahman …‹

Ich legte sanft meinen Finger auf seine Lippen, um ihn zum Schweigen zu bringen. Dann nahm ich ihn bei der Hand und führte ihn in eine Seitenkrypta. Ohne ein einziges Wort zu sagen, ließ ich ihn auf einem steinernen Sitz Platz nehmen und bestieg ihn. Dann ritt ich ihn, sanft und lustvoll, bis der Rhythmus meiner Hüften ihn keuchend zum Höhepunkt brachte.«

»Meine Güte, Elsie …«, sagte ich. »Wie konntest du so direkt sein? Kann einem Mann so etwas gefallen?«

Elsie lächelte wissend. »Glaub mir, gerade das gefällt ihnen, Bessie. Du wirst es schon noch erfahren. Sobald Rahman wieder zu Atem gekommen war, sagte ich demütig und sittsam: ›Es ist mir eine Freude, Eure Bekanntschaft zu machen, Rahman. Mein Name ist Elsie und ich komme in der Tat aus England.‹

Danach unterhielten wir uns eine Weile sehr angenehm, bevor wir an die Seite des Prinzen zurückkehrten und eine Unterhaltung mit Selim begannen, bei der dieser viele Blicke in meine Richtung warf.

Ich nickte ihm zu und der Prinz nickte zurück.« Elsie erschauderte und kicherte. »O Bessie, ich komme näher an den Prinzen heran!«

»Elsie, was genau erhoffst du dir vom Verkehr mit dem Kronprinzen?«

»Bessie, du dummes, dummes Mädchen! Was glaubst du wohl? Aber natürlich – du weißt nichts von diesen Dingen, weil du als Prinzessin geboren wurdest. Ich hatte nicht dieses Glück. Die einzige Möglichkeit für mich, eine Prinzessin zu werden, besteht darin, einen Prinzen zu verführen, und die einzige Möglichkeit, dass ich eine *Königin* werde, besteht darin, dass ich einen *Kron*prinzen verführe und heirate. Und gibt es einen besseren Weg, ihn zu gewinnen, als durch die Befriedigung seiner männlichen Bedürfnisse?«

Plötzlich fühlte ich mich sehr jung. Ich mochte es nicht, ein dummes, dummes Mädchen genannt zu werden.

Aber dann dachte ich an meines Vaters lange Liste von Eroberungen. Er musste in seinem Leben über 200 Frauen beigewohnt haben, und er hatte sicherlich nicht vorgehabt, sie alle zu heiraten. Nur eine Ausnahme gab es von dieser Regel: meine Mutter, Anne Boleyn. Diese selbstbewusste und überaus attraktive Lady – manche nannten sie auch verschlagen – war seinem Charme nicht erlegen, bis sie absolut sicher war, dass er sie heiraten würde. Doch selbst das hatte sie nicht gerettet. Sobald sie getraut waren und sie ihm verräterischerweise eine Tochter – mich – geschenkt hatte, war sein rastloser Blick auf andere willige junge

Frauen gefallen, und sein Interesse an ihr hatte nachgelassen, bis er ihr eines Tages den Kopf hatte abschlagen lassen.

»Sei vorsichtig, Elsie«, bat ich. »Der Kronprinz kann nicht jede Frau heiraten, die er sich aussucht, und so wie es scheint, haben er und seine Freunde sich schon viele ausgesucht.«

Elsie seufzte. »Du hast leicht reden, Bessie. Aber denk nur, wenn ich Selim heiraten und seine Königin werden würde, und wenn du Königin von England würdest, dann wären wir beide Königinnen! Was für wundervolle Feste könnten wir an unseren Höfen feiern!«

»Elsie«, sagte ich, »ich habe einen Bruder und eine ältere Schwester, die beide in der Thronfolge vor mir stehen. So wie es aussieht, hast du im Augenblick bessere Aussichten, auf einem Thron zu sitzen, als ich.«

Wir plauderten noch ein bisschen, aber schon bald nickte Elsie ein, erschöpft von ihren nächtlichen Abenteuern. Inzwischen war es draußen hell geworden, und aus den anderen Zimmern unseres Quartiers waren die ersten Geräusche zu hören.

Der zweite Tag des Turniers brach an.

EINE DISKUSSION UNTER
TITANEN

Als wir die Hagia Sophia betraten, sahen wir, dass jetzt zwei Spielerpodeste vor der königlichen Bühne errichtet worden waren, die bereits beide von der dicht gedrängten Menschenmenge umringt wurden. Der Sultan saß auf seinem Thron, von beiden Brettern gleich weit entfernt, sodass er jederzeit die Partie verfolgen konnte, die ihn am meisten interessierte.

Die ersten beiden Begegnungen des Tages waren die restlichen der oberen Hälfte der Tabelle: Ali Hassan Rama aus Medina gegen Pablo Montoya aus Kastilien und Eduardo von Syrakus gegen Bruder Raúl aus dem Kirchenstaat.

Irgendwann im Verlauf dieser beiden Begegnungen erhob sich mein Lehrer und setzte sich zu Ignatius von Loyola. Später berichtete er mir von der Unterhaltung, die die beiden führten:

»Signore Ignatius, wir sind uns noch nicht begegnet, aber mein Name ist Ascham, ich komme aus …«

»Bitte, ich weiß, wer Ihr seid, Mr. Ascham. Es ist mir eine Ehre. Unser gemeinsamer Freund Michelangelo sagte mir, dass Ihr ein Mann ganz nach meinem Herzen seid: ein Verehrer des Lernens und des Lehrens.«

»Das bin ich in der Tat«, antwortete mein Lehrer. »Sir, wenn es Euch nichts ausmacht, würde ich Euch gern einige kurze Fragen stellen.«

»Aber sicher.«

»Am Abend des Eröffnungsbanketts, kurz vor dem Hauptgang, habt Ihr Euch da mit Kardinal Cardoza unterhalten?«

»Ja.«

»Er war im Begriff, den Hof zu verlassen, richtig?«

»Das stimmt. Er kehrte in seine Botschaft zurück.«

»War es eine längere Unterhaltung?«

»Ja. Und eine recht hitzige. Es ging um den Verkauf von Ablässen durch den Papst und seine Kardinäle an die Reichen. Ich finde diese Praxis empörend. Kardinal Cardoza ist anderer Meinung.«

»Ich verstehe. Darf ich auch fragen, ob Ihr in Kardinal Cardozas Botschaft logiert, während Ihr das Turnier besucht?«

»Nein!«, erwiderte der Jesuit scharf. »Das tue ich ganz sicher nicht. Der Verkauf von Ablässen ist nicht die einzige kirchliche Praxis, bei der der Kardinal und ich unterschiedlicher Meinung sind. Ich wohne allein in einer weit bescheideneren Unterkunft in der Stadt.«

»Was ist mit Eurem Spieler? Bruder Raúl?«

»Er wohnt beim Kardinal, gegen meinen Rat«, meinte der Jesuit finster.

Sie unterhielten sich noch kurz über andere Dinge, doch dann erreichte Bruder Raúls Partie einen kritischen Punkt, und mein Lehrer empfahl sich höflich, damit Ignatius das Spiel mit voller Aufmerksamkeit verfolgen konnte.

Am Ende waren beide Begegnungen spannende Wettkämpfe, die über sieben bzw. sechs Partien gingen, wobei beide spanischen Spieler gewannen. Die zweite Runde versprach noch spannender zu werden: Ein Spanier würde dann gegen den anderen antreten, wobei der eine den

Kaiser des Heiligen Römischen Reiches, König Karl, vertrat und der andere Gott selbst.

Ich war sehr gespannt auf die nächsten Begegnungen – die mittleren Paarungen des Tages –, denn dabei würde unser Spieler, Mr. Gilbert Giles, seinen ersten Auftritt haben. Am frühen Morgen hatte er mit Mr. Ascham in unseren Räumen gesessen und über mögliche Strategien diskutiert. Ich hatte fasziniert zugehört.

»Also, Giles, was weißt du über diesen Talib?«

»Nur dass er seit fast 60 Jahren Schach spielt«, erwiderte Mr. Giles, »und dass er berühmt ist für sein erstaunliches Erinnerungsvermögen an frühere Partien. Man sagt, sein Geist sei ein Archiv an Schachpartien, die er nach Belieben aufrufen könne.«

»Eine mächtige Gabe«, meinte Mr. Ascham.

»Ja, aber ich glaube, auch eine potenzielle Schwäche.«

»Wie das?«

»Talib hat einige Schriften zum Thema Schach verfasst. Er lobt ausdrücklich die klassischen Strategien – Eröffnungen, Bauernformationen, Angriffe –, während er neuere Methoden des Spiels verachtet. Talib ist im alten Denken gefangen. Wenn ich einige neuere, ungewöhnliche Manöver einsetze, kann ich ihn vielleicht verunsichern und aus dem Konzept bringen.«

»Spiele den Spieler, nicht das Brett«, warf ich ein.

»Genau.« Mit einem Grinsen sagte Mr. Giles: »Wisst Ihr, Miss Bess, ich glaube, wir sollten diese neue Strategie das ›Ascham-Gambit‹ nennen, weil es die Verwendung unorthodoxer Techniken empfiehlt, um sein Ziel zu erreichen.«

Mr. Ascham ließ sich zu einem seltenen Lächeln hinreißen, schluckte den Köder aber nicht.

»Na vielen Dank, Giles. Ich fühle mich geehrt.«

Die beiden lachten, und für einen kurzen Moment fühlte ich mich glücklich. In dieser fremden Stadt, unter dem ständigen Schatten unserer grausigen Untersuchung, war es erleichternd, zwei gute Freunde lachen zu sehen.

Mr. Ascham wurde schnell wieder zu seinem alten, ernsten Ich. »Hüte dich vor möglichen Beschleunigungs- oder Verzögerungstaktiken, die er einsetzen könnte. Wie ich hörte, ist er sehr gerissen.«

»Ja, ja. Da ist was dran …«

»Was meint Ihr mit Beschleunigungs- oder Verzögerungstaktiken?«, fragte ich.

»Einige Schachspieler beherrschen die Kunst, das Tempo einer Partie durch bestimmte Kunstgriffe auf subtile Weise zu kontrollieren«, erklärte mein Lehrer. »Manchmal ziehen sie sehr schnell, unmittelbar nachdem man selbst gezogen hat, um ihren Gegner zu drängen und ihm das Gefühl zu geben, sie wüssten jeden Zug, den er machen kann, schon im Voraus. Oder sie spielen übertrieben langsam, selbst wenn es nur einen oder zwei mögliche Züge gibt, was so weit gehen kann, dass man am liebsten selbst diese verdammte Figur für sie bewegen würde. Ihre Absicht ist es, dem Gegner auf die Nerven zu gehen und ihn nicht ins Spiel finden zu lassen.«

»Denn wenn man gereizt ist«, fügte Mr. Giles hinzu, »dann kann man sich nicht gut auf das Spiel konzentrieren. Ein erzürnter Geist spielt nicht gut Schach.«

»Ein erzürnter Geist macht gar nichts gut«, ergänzte Mr. Ascham. »So mancher König hat sein Reich verloren, weil er Entscheidungen im Zorn getroffen hat. Wir können von Glück reden, dass wir es nur mit Schach zu tun haben.«

Und so geschah es, dass kurz vor der Mittagszeit Mr. Giles der gebeugten, knorrigen Gestalt des alten Talib von Bagdad gegenübersaß, während am anderen Brett der unrasierte Grobian Dragan aus der Walachei gegen Marko von Venedig spielte.

Die andere Begegnung war lange vor Mr. Giles' vorbei – der ungepflegte Walache machte kurzen Prozess mit dem Venezianer. Immer wenn er eine Figur seines Gegners schlug, rief Dragan etwas in seiner slawischen Muttersprache. Schnell sprach sich herum, dass seine Worte lauteten: »Nimm das und fick deine Mutter!«

Die Zuschauer auf der königlichen Bühne und den erhöhten Galerien der Halle tauschten bei seinen Ausrufen verlegene Blicke aus, aber die riesige Menge der einfachen Bürger jubelte jedes Mal, wenn er seinen vulgären Satz ausstieß.

Dragan, das sollte man noch hinzufügen, trank zudem ganze Krüge voller Met aus, während er spielte. Er rülpste laut, wischte sich den Mund mit dem Ärmel ab, und einmal stapfte er aus der Halle und urinierte vor den Augen der Menge in einer Seitengasse vor der Moschee.

Mr. Giles hatte einen deutlich schwereren Stand gegen den kleinen Bibliothekar aus dem Haus der Weisheit in Bagdad. Talib war in der Tat ein erfahrener und listiger Spieler, der viele Fallen stellte und oft traurig seufzte – nur um dann drei Züge später zuzuschlagen und eine von Mr. Giles' Figuren zur Strecke zu bringen, was seinen Seufzer als reines Täuschungsmanöver entlarvte.

Außerdem, so stellte ich fest, benutzte er genau die Verzögerungstaktiken, über die mein Lehrer und Mr. Giles heute Morgen geredet hatten. Er ließ sich selbst für die einfachsten Züge außerordentlich viel Zeit, aber Mr. Giles lehnte sich nur bequem auf seinem Stuhl zurück, als würde er sich über die zusätzliche Zeit freuen, die ihm das verschaffte, um die Details des Hauptschiffes der Hagia Sophia zu bewundern.

Ihre Begegnung stand bei zwei Siegen für jeden, als Dragan seinem venezianischen Gegner den Gnadenstoß versetzte (»Nimm das und fick deine Mutter zweimal!«). Der Endstand war vier zu null für Dragan. Die Zuschauer, die sich um den Tisch drängten, applaudierten, bevor sie ihre Aufmerksamkeit dem anderen Podest zuwendeten.

Während Mr. Giles' Partie alle Augen auf sich zog, tauchte eine vertraute weißbärtige Gestalt neben meinem Lehrer auf: Michelangelo.

»Roger«, sagte er. »Euer Mann spielt gut. Er hat einen schweren Gegner für die erste Runde gezogen.«

»Das hat er wohl«, erwiderte mein Lehrer. »Anders als andere bei der Auslosung.«

Michelangelo schien die Anspielung nicht zu bemerken. Er sagte: »Während der Nachmittagsbegegnungen werde ich in die Stadt gehen, um mit Ignatius zu essen. Möchtest du dich uns anschließen?«

Mein Lehrer drehte sich auf seinem Stuhl um. »Oh, das wäre großartig! Aber ...« Er warf mir einen besorgten Blick zu.

Michelangelo entging es nicht. »Bring die junge Prinzessin mit. Ich schätze die Schärfe ihres Auges, und wer weiß ...« Er zwinkerte mir zu. »Vielleicht lernt sie ja etwas.«

Sie verabredeten, sich nach Beendigung von Mr. Giles' Partien auf dem Platz vor der Hagia Sophia zu treffen.

Wie sich herausstellte, dauerte das nicht lange: In den nächsten beiden Partien setzte Mr. Giles einige sehr unorthodoxe Taktiken ein (unter anderem ein wagemutiges

Opfer eines Springers, nachdem dieser unter Talibs sorgsam arrangierten Bauern blutige Ernte gehalten hatte), die Talib vollkommen aus dem Konzept brachten. Der Bibliothekar blinzelte heftig und starrte die Figuren finster an, als hätte er einen Menschen mit drei Augen vor sich und kein Schachbrett. Mr. Giles' Taktik verwirrte ihn und brachte ihn dazu, einige kleine, aber tödliche Fehler zu begehen, die Mr. Giles gnadenlos ausnutzte, worauf er die Begegnung mit vier zu zwei gewann.

Es war jetzt früher Nachmittag, und während die Zuschauer auf der königlichen Bühne sich zum Mittagessen entfernten, wagte es keiner der Stadtbewohner in der Halle, seinen Platz zu verlassen – denn der Held des Volkes, Ibrahim von Konstantinopel, würde am Nachmittag spielen, und keiner wollte seinen guten Platz verlieren.

Mr. Giles gesellte sich zu uns auf der königlichen Bühne. Ich bemerkte Schweiß auf seiner Stirn, und sein Blick schien auf einen Abstand von etwa 60 Zentimetern fixiert zu sein – den Abstand zwischen seinen Augen und dem Schachbrett. Die intensive Konzentration auf das Spiel hatte ihren körperlichen Tribut gefordert, und ich musste an meine Diskussion mit Mr. Ascham denken, als ich behauptet hatte, Schach sei kein Sport, weil man dabei nicht ins Schwitzen geriet. Offensichtlich hatte ich mich geirrt.

»Gut gemacht, Giles«, sagte Mr. Ascham. »Ein großartiges Lehrstück an Vorausplanung.«

Mr. Giles nickte dankend. »Herrje, ich brauche eine Pause.«

Er zog sich in unser Quartier zurück, um ein Nickerchen zu halten, begleitet von Elsie, die – selbst unter akutem Schlafmangel leidend – sagte, sie werde das Gleiche tun.

Mr. Ascham und ich jedoch gingen hinaus in das Gedränge auf dem weiten Platz vor dem Haupteingang der Hagia Sophia, wo Michelangelo und Ignatius schon auf uns warteten.

An jenem Nachmittag, während die letzten beiden Begegnungen der ersten Runde ausgetragen wurden – der Mogulprinz Nasiruddin gegen Lao aus dem Fernen Osten und Ibrahim von Konstantinopel gegen Wilhelm von Königsberg –, plauderten und diskutierten mein Lehrer und ich mit zwei der berühmtesten und verehrtesten Gelehrten jener Zeit.

Und was für eine Diskussion das war!

Wir speisten in einem kleinen Lokal auf einem Hügel, etwa einen Kilometer vom Palast entfernt. Während Konstantinopel sich vor uns im staubigen Nachmittagslicht ausbreitete – die Straßen und Minarette vom ewigen Dunst verschleiert, die riesige Kuppel der Hagia Sophia hinter uns aufragend –, sprachen meine Begleiter über alle möglichen interessanten und tiefgründigen Themen.

Die Unterhaltung reichte von einer gründlichen Erörterung der sensationellen Behauptungen, die der Astronom Nikolaus Kopernikus in seiner jüngsten Publikation *De revolutionibus orbium coelestium* aufgestellt hatte, bis zu den fantastischen Berichten über Galeonen, die übervoll mit Silber aus der Neuen Welt nach Spanien zurückkehrten – und die Freibeuter, die ihnen auflauerten. Natürlich sprach man auch über religiöse Fragen, etwa Luthers *95 Thesen* und die Zukunft eines protzigen katholischen Papsttums im Angesicht dieser reformatorischen Basisbewegung, aber unweigerlich auch über den exotischen moslemischen Glauben, der uns hier in Konstantinopel überall umgab.

»Der Islam ist eine sehr schöne Religion, aber manchmal

macht er mich traurig«, sagte Michelangelo, als eine verschleierte moslemische Frau an uns vorbeiging, unterwürfig einige Schritte hinter ihrem Gemahl, während zwei kleine Mädchen fröhlich neben ihr her hüpften. »Seht euch diese verschleierte Frau an. Der Islam befiehlt in keiner Weise, dass sie einen Schleier tragen muss. Und seht euch ihre kleinen Mädchen an: In ein paar Jahren werden ihre lächelnden Gesichter auch hinter Schleiern versteckt sein, und das müsste eigentlich nicht so sein. Denn im frühen Islam waren es nur die Weiber des Propheten, die verschleiert sein mussten, nicht alle Frauen.«

»Wie kommt es dann, dass heute alle moslemischen Frauen sich so kleiden?«, fragte ich.

»Interessanterweise ist es mehr eine Frage der Mode als des Glaubens«, antwortete der große Künstler. »Lasst mich Euch eine Frage stellen: Euer Vater, Heinrich, der König von England, ist er ein gut aussehender Mann?«

»Das ist er.« In seiner Jugend war mein Vater ein schneidiger Bursche gewesen, ein sportlicher König. Jetzt, da er älter wurde, nahm der Umfang seines Bauches immer mehr zu, aber das hätte ich niemals zugegeben.

»Und ein modebewusster Mann?«

»Ganz sicher.«

»Wenn er etwas Neues trägt, ahmen ihn dann andere bei Hofe und in den Straßen Londons nach?«

»Immer. Man sagt, wenn er einen neuen Entwurf von Kniebundhosen trägt – um seine männlichen Waden besser zur Geltung zu bringen, auf die er so stolz ist –, dann trägt innerhalb einer Woche jeder Mann in Whitehall ähnliche Hosen.«

»So ist es auch mit den moslemischen Frauen und ihren Schleiern«, sagte Michelangelo. »Als sie sahen, dass

Mohammeds Frauen Schleier trugen, bemühten sie sich, ihnen nachzueifern, und deshalb tragen heute fast alle islamischen Frauen Schleier, obwohl es nirgends in ihrem heiligen Koran eine derartige Vorschrift gibt.«

»Na ja, Michel«, warf mein Lehrer ein. »Das ist noch nicht die ganze Geschichte. Wie bei vielen anderen Religionen – unsere christliche nicht ausgenommen – hat eine kleine Gruppe von Fanatikern den Islam verzerrt, um ihre eigenen Interessen zu fördern. Als viele Frauen die Mode der Gemahlinnen des Propheten nachahmten, sahen einige moslemische Männer eine Gelegenheit, sich *alle* Frauen untertan zu machen. Sie erließen solche schändlichen Gesetze wie jenes, das dem Mann erlaubt, seine Frau zu schlagen oder sie in sein Bett zu zwingen.«

»Aber warum?«, fragte ich unschuldig. »Warum wollen diese Männer über die Frauen herrschen? Ich meine … was haben sie denn von Frauen zu befürchten?«

»Kindermund tut Wahrheit kund …«, sagte Michelangelo wehmütig.

»In der Tat«, stimmte mein Lehrer zu und lächelte mich freundlich an.

Mir fiel jedoch auf, dass Ignatius nichts zu dem Thema sagte.

»Bess, nicht alle Männer wollen über Frauen herrschen«, meinte Mr. Ascham. »Nur die kleingeistigen. Diese Männer haben ein Problem damit, dass es die Entscheidung einer Frau ist, ob sie ihren Körper einem Mann hingibt oder nicht. Kleingeistige Männer hassen das, vielleicht weil irgendwann in ihrem Leben ihre Avancen von Frauen abgewiesen wurden. Und so erfinden diese Männer Gesetze, die ihnen Macht über Frauen verleihen. Die Schande dabei ist, dass sie es im Namen Gottes tun.«

Ignatius hob seinen Finger. »Aber was ist mit jemandem wie mir, dem Mitglied eines Ordens, der ausschließlich aus zölibatären Männern besteht? Ich weihe mein gesamtes Wesen, einschließlich meiner Sexualität, meiner Kirche und meinem Gott. *Deshalb* distanziere ich mich von Frauen, nicht weil ich einer Eurer ›kleingeistigen‹ Männer bin.«

»Ihr seid ganz gewiss keiner von denen.« Mein Lehrer beugte den Kopf. »Und ich respektiere Euch, Euer Gelübde und die Selbstbeherrschung, die Ihr im Leben im Einklang mit ihnen an den Tag legt. Aber die Haltung Eurer Religion Frauen gegenüber ist nicht so ehrenvoll. Warum zum Beispiel kann eine Frau nicht dem Orden der Jesuiten beitreten oder eine Priesterin der katholischen Kirche werden? Kann eine Frau denn nicht genauso ihr gesamtes Wesen Gott weihen?«

»Nun, die frühe Kirche bestand fast ausschließlich aus Männern ...«

»In einer von Männern dominierten antiken Welt. Mein werter Herr, die Zeiten und Gebräuche haben sich im Laufe von tausend Jahren geändert. In der heutigen Zeit herrschen Königinnen, Frauen besitzen Eigentum und junge Frauen wandeln unbegleitet auf den Straßen.«

»Christus selbst hatte nur männliche Jünger.«

»Und doch war die Mehrzahl jener, die den Mut hatten, an seiner Seite zu bleiben, als er ans Kreuz genagelt wurde, Frauen«, gab Michelangelo zu bedenken.

Mein Lehrer sprach weiter: »Der Krieg der Kirche gegen die Frauen erfolgte nicht unter Christus – der nach allem, was wir wissen, Frauen für gleichwertig mit Männern hielt –, sondern durch die Schriften von St. Irenaeus und Tertullian und dem schlimmsten Frauenhasser von allen, dem heiligen Paulus, dessen verächtliche Ansichten über

Frauen unglücklicherweise Eingang in die Bibel fanden. Aber das ist nicht nur ein katholisches Problem – es ist ein *christliches:* Martin Luther, die Geißel der alten Kirche, teilt ihre Ansichten über Frauen. Er schrieb einmal: ›Mädchen lernen früher zu sprechen und auf ihren Beinen zu stehen als Knaben, weil Unkraut schneller wächst als nützliches Getreide.‹ Unkraut! *Unkraut!*«

Davon hatte ich noch nicht gehört. Ich zog Luthers Ansichten über den christlichen Glauben denen der Kirche in Rom vor. Aber es gefiel mir nicht, mit Unkraut verglichen zu werden.

Ich war, das muss ich gestehen, völlig gefesselt von dem, was die Männer sagten. Ich hatte noch nie jemanden so offen und unverblümt über die Themen Frauen oder Religion diskutieren hören, erst recht nicht drei so berühmte Geistesgrößen. Ich hörte gebannt zu, fest entschlossen, jedes einzelne Wort im Gedächtnis zu behalten.

Mr. Ascham fuhr fort: »Denkt nur an das islamische Versprechen, dass jeder Mann, der in der Verteidigung des Glaubens zum Märtyrer wird, 72 vollbusige Jungfrauen, ›die kein Mann vor ihm defloriert hat‹, erhalten soll. So etwas kann doch nur auf einen kleingeistigen Mann einen Reiz ausüben.«

»Ein sehr seltsames Versprechen«, gestand Ignatius ein, »und eines, mit dem meine Übersetzer islamischer Texte ihre Schwierigkeiten hatten.«

»In der Tat«, meinte Michelangelo. »Nur ein Bursche, der ein Versager im Schlafgemach ist, würde sich Jungfrauen im Himmel wünschen, da nur Jungfrauen nicht merken würden, was für ein miserabler Liebhaber er ist. Außerdem wirft es die Frage auf: Erhalten moslemische *Frauen,* die im Namen ihres Glaubens zu Märtyrerinnen werden, dann im

Himmel 72 stramme junge unbefleckte Männer? Ich weiß es nicht, aber ich bezweifle es.«

Später wandte sich das Gespräch dem Sultan und der Stärke seines moslemischen Reiches zu.

»Droht Europa tatsächlich die Gefahr einer islamischen Invasion?«, fragte mein Lehrer. »Dieser Sultan nennt den Kaiser des Heiligen Römischen Reiches herablassend den ›König von Spanien‹, er behandelt die Habsburger mit Verachtung, seine Truppen halten Buda, er spielt mit dem Gedanken an einen neuen Angriff auf Wien, und seine Flotte hat kürzlich die Spanier bei Preveza besiegt. Kann der Westen diese islamische Welle aufhalten? Werden wir in England bald zu den Gebetszeiten den Koran lesen?«

Die beiden großen Denker sannen darüber nach.

Ignatius sagte: »Meiner Meinung nach kann es nur ein Ergebnis geben: einen großen paneuropäischen Krieg, um diese Frage zu klären. Einen neuen Kreuzzug; aber keinen, der im Heiligen Land ausgetragen wird, sondern vor den Toren jeder einzelnen Hauptstadt in Europa, wenn wir uns dieses immer weiter expandierenden Imperiums erwehren. Während sich der Westen über Päpste, Glaubensrichtungen und königliche Scheidungen gestritten hat, sind die Moslems immer stärker geworden, und jetzt sind sie auf dem Vormarsch.«

Michelangelo nickte. »Ich bin geneigt, Euch zuzustimmen.«

»Glaubst du wirklich?«, fragte Mr. Ascham.

»O ja«, antwortete Michelangelo. »Darf ich dir eine Frage stellen? Hast du einen scharlachroten Umschlag zu diesem Turnier mitgebracht, versiegelt von deinem König Heinrich?«

»Ja, tatsächlich.«

»Weißt du, was er enthielt?«

»Nein. Es war mir verboten, ihn zu öffnen. Ich hatte nur die Instruktion, ihn bei unserer Ankunft dem Sultan zu überreichen.«

»Du hast außer diesem Umschlag sonst nichts mitgebracht? Keine Kiste oder Truhe oder Kassette?«, fragte Michelangelo eindringlich.

»Nein«, erwiderte Mr. Ascham verdutzt. »Hätte ich …?«

Michelangelo runzelte die Stirn und warf Ignatius einen Blick zu. Dann schaute er zur Seite, während es unübersehbar in seinem überragenden Verstand arbeitete. »*Sehr* interessant. Heinrich … Heinrich der Achte. Ignatius, habt Ihr einen solchen Umschlag vom Papst mitgebracht?«

»Ja, und wie Mr. Ascham kenne ich seinen Inhalt nicht. Ich habe dem Sultan außerdem bei unserer ersten Audienz eine schwere, verschlossene Kiste überreicht, die – wie ich vermute – mit Gold gefüllt war.«

»So wie es jede Delegation bei diesem Turnier tat«, informierte Michelangelo uns, »außer einer: der englischen.«

Ein kalter Schauder überlief mich. Ich war mir nicht sicher, ob es etwas Gutes war, in der Hinsicht so hervorzustechen.

Mein Lehrer war ebenfalls sehr verwirrt darüber. Er blickte zwischen Michelangelo und Ignatius hin und her, als wäre er der Einzige am Tisch, der einen Witz nicht verstand. »Ich begreife nicht. Was war in dem roten Umschlag?«

Michelangelo beugte sich vor und senkte die Stimme zu einem Flüstern.

»In dem roten Umschlag befand sich die Antwort deines Königs auf eine Herausforderung des Sultans. Jeder König, der einen Spieler zu diesem Turnier entsandt hat, schickte *zudem* an den Sultan in einem dieser roten Umschläge seine Antwort auf Suleimans Herausforderung.«

»Und worin bestand diese Herausforderung?«, fragte ich, außerstande, mich zu beherrschen.

»Ich kenne nicht die genauen Details«, antwortete Michelangelo, »aber nach allem, was ich weiß, hat der Sultan gleichzeitig mit der Einladung an jeden König, seinen besten Schachspieler nach Konstantinopel zu entsenden, auch eine geheime Notiz mitgeschickt, die jeden König vor die Wahl stellt, Suleiman einen beträchtlichen Tribut in Gold zu zahlen oder sich nach dem Turnier auf eine osmanische Invasion einzustellen. Und wie wir jetzt gesehen haben, hat nur *ein* König seinen roten Umschlag ohne eine Kiste oder Truhe voller Gold zurückgehen lassen – euer König.«

Mein Lehrer und ich wechselten einen besorgten Blick. Mein Vater war ein großer Mann, aber wie wir beide wussten, war er auch eitel, impulsiv und nicht gut auf Drohungen zu sprechen.

Wir konnten uns nur entsetzt fragen, was König Heinrich von England in dem scharlachroten Umschlag geschrieben hatte, den mein Lehrer persönlich dem möglicherweise zukünftigen Herrscher über Europa überbracht hatte.

Zum Glück wandte sich die Unterhaltung wieder einem anderen Thema zu, und im Verlaufe des Nachmittags (wir hörten zweimal die Rufe des Muezzins) genoss ich die große Ehre, diesen drei großen Männern bei der Diskussion über zahlreiche Dinge zuhören zu dürfen, bis sie schließlich, als die Sonne den Horizont berührte und Konstantinopel in einem überwältigenden orangefarbenen Schimmer erstrahlte, ihre philosophischen Betrachtungen beendeten und zum Palast zurückkehrten.

Unterwegs machten wir an der Hagia Sophia halt, um uns zu informieren, was sich bei den Nachmittagsbegegnungen zugetragen hatte.

Es stellte sich heraus, dass der Mogulprinz Nasiruddin den Chinesen Lao in sechs Partien besiegt hatte, während Ibrahim seinen Gegner Wilhelm von Königsberg in einem sehr harten Kampf bezwungen hatte, der bis in die siebte und entscheidende Partie gegangen war.

Nachdem die Begegnungen des Tages beendet waren, verkündete der *Sadrazam,* dass der folgende Tag ein Ruhetag sein werde, an dem die siegreichen Spieler ihren Verstand erholen und sich auf die zweite Runde vorbereiten konnten. Statt der Schachpartien würden überall in der Stadt Feierlichkeiten abgehalten werden, die der Sultan bezahlte. Diese Ankündigung wurde von der Menschenmenge laut bejubelt.

Und so erreichten wir wieder den Palast, als die Nacht hereinbrach. Dort verabschiedeten Mr. Ascham und ich uns von Michelangelo und Ignatius und dankten ihnen für einen überaus stimulierenden Nachmittag.

Wir kehrten zum Abendmahl in unsere Gemächer zurück, aber ich wusste nur zu gut, dass wir nicht lange dortbleiben würden, denn nachdem am gestrigen Abend nichts aus den Plänen meines Lehrers geworden war, hatte er heute vor, Kardinal Cardozas Botschaft im Schutze der Dunkelheit zu beobachten.

DIE BOTSCHAFT

Nach einem späten Abendessen ließ mein Lehrer Latif rufen und bat den Eunuchen, ihn, Elsie und mich zu einem Spaziergang über das Palastgelände zu begleiten. Nach der geistigen Anstrengung seiner Schachpartien schlief Mr. Giles tief und fest. Er schnarchte laut.

Ich wusste natürlich, dass es ein Täuschungsmanöver von Mr. Ascham war: Jedem Beobachter würden wir als Besucher erscheinen, die lediglich einen abendlichen Spaziergang durch den Palast unternahmen, begleitet von einem geachteten Eunuchen, während mein Lehrer in Wahrheit Latif bereits gebeten hatte, uns später am Abend an alle möglichen Beobachtungspunkte zu bringen, von denen aus wir einen guten Blick auf die katholische Botschaft hatten.

Geführt von Latif, schlenderten wir drei durch den nächtlichen Palast.

Wir spazierten unter einem prächtigen Vollmond dahin. In seinem silbernen Licht war der Palast ein magischer Ort. Mit seinen hohen Kuppeln, den strahlenden Mosaiken und den reich verzierten Gitterwänden war der Topkapi-Palast ebenso fantastisch und exotisch, wie englische Burgen kalt und zweckmäßig waren.

»Latif«, fragte mein Lehrer, »hat man etwas über den Aufenthaltsort des Sohnes des toten Küchenmeisters, Pietro, herausbekommen?«

»Ich fürchte, nein, Sir«, antwortete Latif, während wir durch den Palast schritten. »Der Knabe ist verschwunden. Meine Männer haben den ganzen Tag Erkundigungen eingezogen, aber nirgendwo gab es eine Spur von dem Knaben. Er wurde nicht mehr gesehen, seit man gestern die Leichen seiner Eltern fand.«

Ich sah meinen Lehrer an. »Ein Zeichen von Schuld?«

»Oder von Angst«, meinte Mr. Ascham.

Wir setzten unseren Rundgang fort. Eine Weile ging ich neben Elsie her, ein kurzes Stück hinter meinem Lehrer und Latif.

»Elsie«, sagte ich, »ich habe nachgedacht. Über die schrecklichen Dinge, die Menschen einander antun – Mord, Folter, Versklavung. Hast du dich jemals gefragt, *warum* wir uns so etwas antun?«

Elsie dachte für einen langen Moment nach. Dann drehte sie sich zu mir um, einen Ausdruck der plötzlichen Erleuchtung in den Augen. »Weißt du, Bessie, ich glaube, ich werde mein Haar hochstecken, wenn ich heute Nacht zur Zusammenkunft des Kronprinzen gehe. Das bringt meinen Hals besser zur Geltung.«

Ich sah Elsie an, während sie weiterging, und sagte nichts.

Wir gelangten zur südöstlichen Ecke des Palastes, von wo aus wir das weiße, zweistöckige Gebäude der katholischen Botschaft sehen konnten.

»Hat der Kardinal heute Abend den Sultan empfangen?«, fragte Mr. Ascham Latif.

»Ja«, antwortete der Eunuch. »Der Sultan hat sich vor einer Stunde mit seinem Gefolge verabschiedet. Jetzt sind nur noch Kirchenmänner in der Botschaft.«

Während Latif vor uns herging und auf eine Kette kleiner

Inseln im Marmarameer direkt südlich von uns zeigte, gingen wir einmal ganz um die weite Rasenfläche herum, die das Gebäude des Kardinals umgab.

Kerzenlicht leuchtete in der Botschaft, und wir hörten Stimmen und Lautenmusik. Die Vorhänge aller Fenster im Erdgeschoss waren zugezogen.

»Aber die im Obergeschoss sind offen«, beobachtete mein Lehrer.

Die obere Etage des Gebäudes hatte vier große Fenster auf der südlichen und der östlichen Seite, von denen aus man einen ausgezeichneten Blick auf die Landschaft hatte. Mein Lehrer schaute sich um und entdeckte einen Balkon ganz am Ende des nahe gelegenen Südpavillons, von dem aus man vielleicht in das Obergeschoss der Botschaft blicken konnte.

»Latif«, sagte Mr. Ascham. »Dieser Balkon dort, kann man dort hinauf? Oder anders gesagt: Können wir unbemerkt dorthin gelangen?«

»Das können wir. Es ist der private Aussichtsbalkon des Sultans. Seine Majestät benutzt ihn nur tagsüber, und dann auch nur selten.«

»Ich bin sicher, dass er nichts dagegen hat, wenn wir ihn uns im Zuge unserer Ermittlungen ausborgen. Das ist genau der Aussichtspunkt, den ich suche. Bring uns dorthin, bitte.«

Um zum Balkon des Sultans zu gelangen, mussten wir wieder an unserem Quartier vorbei, und Mr. Ascham gab Elsie und mir die Möglichkeit, zu Bett zu gehen. Natürlich nahm Elsie diese Gelegenheit mit Freuden wahr, obwohl sie und ich genau wussten, wohin sie gehen würde. Ich dagegen bestand darauf, meinen Lehrer zu begleiten.

»Du kannst mitkommen«, sagte er, »sofern dir klar ist, dass du möglicherweise erneut unerfreuliche Dinge zu sehen bekommst.«

»Ich verstehe.« Ich fand, dass ich allmählich ein alter Hase im Erblicken unerfreulicher Dinge wurde und mich nichts mehr so leicht schockieren konnte. Vielleicht wurde ich aber auch schon ein bisschen wie mein Lehrer: Ungelöste Rätsel ärgerten mich. Ich wollte wissen, was hinter den Morden steckte, die im Palast begangen worden waren.

»Du versprichst, keinen Laut von dir zu geben?«, fragte er.

»Keinen Laut.«

»Egal was wir sehen?«

»Egal was wir sehen.«

»Also gut«, sagte er, aber der abschließende, zweifelnde Blick, den er mir zuwarf, ließ befürchten, dass vielleicht doch nicht alles gut war.

Und so, geführt von unserem Eunuchen, brachen wir auf zum Privatbalkon des Sultans.

Der breite Balkon bot einen überwältigenden Panoramablick auf das Marmarameer, und ich konnte gut verstehen, warum er für den Sultan reserviert war. Aber er bot auch, genau wie mein Lehrer gehofft hatte, einen guten Blick auf die katholische Botschaft, genauer gesagt, die Fenster des Obergeschosses.

Mein Lehrer und ich setzten uns auf zwei Holzstühle hinter der Brüstung und nahmen unsere Wache auf.

Meine Überzeugung, dass mich nichts mehr so leicht schockieren konnte, war nur von kurzlebiger Natur.

Was ich sah, widerte mich an. Ich musste mich zusammenreißen, um nicht aufzuschreien.

Ich sah zwei Räume. Im linken sah ich Priester der katholischen Kirche, die sich in unterschiedlichen Stadien der Trunkenheit und Kleiderlosigkeit vergnügten – einige trugen ihre heiligen Ketten um ihre nackten Hüften statt um die Schultern, andere trugen gar nichts; manche tranken so gierig Wein aus heiligen Kelchen, dass er ihnen über die nackte Brust lief, andere rauchten Opium. Unter ihnen war auch Bruder Raúl.

Es befanden sich vielleicht sechs Priester in diesem Raum, und bei ihnen war eine Gruppe von Knaben, deren Alter etwa zwischen 13 und 15 lag. Die Knaben trugen Lendenschurze und Lorbeerkränze, was sie wie eine Gruppe von Cupidos aussehen ließ, und sie bedienten und unterhielten die Geistlichen auf unterschiedliche Weise: Ein Knabe schenkte Wein nach, während ein anderer sang, und ein dritter bürstete anmutig das Haar eines alten Priesters.

Die Aufsicht über diese Orgie hatte Kardinal Cardoza persönlich.

Er saß auf einem erhöhten Stuhl – einer Art Thron – mit einem juwelenbesetzten Kelch voller Wein in der Hand, und er gestikulierte und lachte und streichelte die Schultern eines Knaben, der wie ein treuer Hund an seiner Seite saß. Der korpulente Kardinal war ebenfalls nackt. Hin und wieder griff er nach seiner kleinen Pferdehaarpeitsche und schlug nach einem lästigen Insekt.

»Allmächtiger …«, flüsterte ich. »Das sind Männer Gottes …«

Mein Lehrer verzog das Gesicht. »Diese Männer predigen nicht das Wort des Herrn. Sie laben sich an den Trögen einer Organisation, die ihnen Reichtum, Einfluss und Macht verleiht. Und wie es scheint, nutzen sie diese Organisation aus, um ihre Perversionen auszuleben.

Der Herr, an den ich glaube, heißt Männer wie diese nicht gut. Auch die wirklich frommen Männer der Kirche wie Ignatius verabscheuen sie. Die Kirche vollbringt viele edle Taten und hat viele wahrhaft große Persönlichkeiten hervorgebracht, aber sie wird von Männern niederträchtigen Charakters verdorben, die ihren Ruf in den Schmutz ziehen – Männern wie Bonifatius, die Ablässe verkauften, und angeblich zölibatäre Päpste, die zahlreiche Bastarde zeugten.«

»Aber das hier, Sir«, sagte ich, »das ist Sünde und Frevel. Das ist das Werk des Teufels.«

»Nein, Bess, es ist das Werk von Menschen«, widersprach Mr. Ascham traurig. »Der Missbrauch junger Knaben durch Priester ist schon seit über tausend Jahren ein Problem für die Kirche. Es wurde bereits im Jahre 309 erwähnt, als der Mangel an moralischer Disziplin unter Priestern so schlimm war, dass eigens das Konzil von Elvira unter dem Vorsitz von Felix von Accitum einberufen wurde. Der heilige Beda schrieb im achten Jahrhundert in seinem Bußbuch darüber, und 1051 schrieb der große reformistische Mönch St. Peter Damian in seinem *Liber Gomorrhianus*, dass der Verkehr von Priestern mit Kindern zu seiner Zeit weitverbreitet war. Und was noch schlimmer war: Damian warf den Kirchenoberen vor, die verabscheuungswürdigen Verbrechen der Priesterschaft zu vertuschen. Und so geht es weiter bis heute, eine unerträgliche Abscheulichkeit. Ist es da ein Wunder, dass Luthers Botschaft auf fruchtbaren Boden fiel?«

Wir beobachteten weiter die Zusammenkunft, und während ich dem gottlosen Treiben dieser Gottesmänner zuschaute, begriff ich, dass sie in Wahrheit keine innigere Verbindung zu Gott hatten als der gemeinste Verbrecher.

Mein ganzes Leben lang hatte ich geglaubt, Priester und Pastoren hätten eine besondere, höhere Verbindung zu Gott. Jetzt sah ich, dass das nicht stimmte. Priester waren auch nur Menschen mit den gleichen Fehlern und niederen Trieben wie andere.

Ich musste wieder an Elsies Schilderungen der Zusammenkünfte des Kronprinzen denken und an ihre Bemerkungen über die freudigen Wonnen der Kopulation. Und ich dachte daran, was ich am gestrigen Tag in Afridis Etablissement gesehen hatte.

»Mr. Ascham«, fragte ich, »werden wirklich alle Angelegenheiten der Erwachsenen vom fleischlichen Verlangen angetrieben?«

Mein Lehrer sah mich nachdenklich an.

»Ich wüsste es wirklich gern«, beharrte ich, »vor allem jetzt, da ich zur Frau geworden bin und mein Vater davon redet, mich an einen ausländischen Prinzen zu verheiraten.«

Mr. Ascham seufzte. »Letztlich muss ich sagen: Ja, viele, wenn nicht alle Angelegenheiten der Erwachsenen werden von solchen Trieben bestimmt. Und die Mächtigen wissen schon lange, dass die Macht selbst gewisse fleischliche Vorteile mit sich bringen kann – vom schändlichen Brauch der *ius primae noctis* landbesitzender Adliger bis hin zum wollüstigen Monarchen, der nur auf ein Mädchen zeigen muss, und sie wird in sein Schlafgemach gebracht.«

»Wie mein Vater?«

Mein Lehrer zögerte. Es war eine der ganz seltenen Gelegenheiten, bei denen ich ihn unsicher erlebte.

»Ihr könnt offen sprechen, Sir«, sagte ich. »Ich werde es nicht weitergeben. Ich frage nur, um zu lernen. Nur zu gern wüsste ich Eure Gedanken über diese Sache.«

Mr. Ascham sah mich eindringlich an. »Ja, wie dein Vater.«

»Bitte führt das näher aus.«

Er wandte sich wieder den Räumen des Kardinals zu, als er weitersprach. »Dein Vater hat – bei allem Respekt – seinen fleischlichen Launen fast jede Nacht seines Erwachsenenlebens nachgegeben, ob mit seinen Gemahlinnen, den Frauen anderer Männer, den Zofen der Königin oder hin und wieder einem Küchenmädchen. Er betrachtet freie und jederzeit verfügbare Unzucht als eins der natürlichen Vorrechte eines Königs. Die vielleicht einzige Zeit, in der er sich zurückhielt, war die Zeit, als er deiner Mutter den Hof machte.«

»Was ist mit Königinnen?«, fragte ich. »Sind weibliche Herrscher anders?«

Mein Lehrer dachte darüber nach. »Eine gute Frage. Ich würde sagen, ein Leben von solcher fleischlicher Hemmungslosigkeit wäre für Königinnen schwieriger zu führen.«

»Was!«, stieß ich, beinahe entrüstet, hervor. »Wollt Ihr sagen, dass ein männlicher Herrscher fröhlich seinen sexuellen Gelüsten nachgeben kann, während eine Königin es nicht kann, ohne dass man sie eine Hure nennt?«

»Traurigerweise ist es genau so. Und ich sollte noch als rationale Begründung meiner Meinung hinzufügen, dass die *Folgen* eines solchen sorglosen Verhaltens für eine Frau weitaus langfristiger sein können als für einen Mann. Wenn ein König jeder Frau beiwohnt, die er sieht, bestehen die Folgen schlimmstenfalls aus einem Dutzend Bastarden, deren Vaterschaft er leicht ableugnen kann. Aber wenn eine *Königin* sich regelmäßiger Kopulation hingibt, könnte sie schwanger werden, und das ist ein Zustand, den sie nicht verstecken kann. Und sie kann die Mutterschaft nicht leugnen.«

»Die ägyptische Königin Kleopatra war eine berühmte Herrscherin«, meinte ich, »und sie hat sowohl Julius Cäsar als auch Mark Anton Söhne geboren.«

»Und sieh dir an, wie es ihr erging: Sie verlor ihr Reich an Augustus, sie und Mark Anton begingen Selbstmord, und sie ist als eine der größten Huren in die Geschichte eingegangen.«

»Aber was ist mit einer glücklichen Ehe mit einem treuen und ergebenen Gemahl? Kann eine Königin in der heutigen Zeit so etwas erreichen?«

Wieder dachte Mr. Ascham einen Moment nach. »Es wäre sicherlich möglich, aber ich würde auch sagen, dass so etwas schwer zu finden wäre.«

»Warum?«

»Weil, wie du gut weißt, eine Königin sich nur selten ihren Gemahl aussuchen kann. Königliche Verbindungen werden für gewöhnlich arrangiert, wenn eine Prinzessin jung ist, in einer Art Handel zwischen ihrem Vater und dem Herrscher eines fremden Landes, und zwar aus politischen Gründen, nicht aus Treue, Liebe oder Sympathie. Aus Liebe zu heiraten ist für eine Königin nicht üblich. Das ist der Preis für ein königliches Leben.«

Ich runzelte die Stirn. »Mir scheint, dass in dem Fall für eine Königin die beste Lösung darin bestünde, sich ganz aller intimen Beziehungen zu enthalten. Dann wird man weder zu einem bloßen Gefäß für die Hervorbringung des nächsten Königs noch zu einer Metze.«

Mein Lehrer nickte langsam in der Dunkelheit. »Das mag vielleicht die Antwort sein … Moment mal, was ist das?«

Mit zusammengekniffenen Augen beobachtete mein Lehrer die Gemächer des Kardinals.

Ein neuer Mitwirkender hatte den Raum zur Linken betreten.

Meine Augen weiteten sich, als ich ihn erkannte.

Wie hätte ich ihn auch nicht erkennen können! Es war Darius, der berühmte persische Ringer, der beim Eröffnungsbankett aufgetreten war. Er sah sehr gut aus mit seinen gewaltigen Muskeln. Nur mit einem kleinen weißen Stofftuch bekleidet, das seine Schamregion bedeckte, schritt er in den Raum und blieb vor Kardinal Cardoza stehen.

Der Kardinal sagte etwas, und das Stofftuch wurde entfernt.

Jetzt stand Darius nackt vor dem Kardinal. Cardoza biss in den Griff seiner Peitsche und lächelte lüstern beim Anblick dessen, was er sah.

Dann ging er mit Darius in das rechte Zimmer. Wir sahen zu, wie er den großen Ringer umkreiste, der nur dastand und ausdruckslos geradeaus starrte. Ich hatte den Eindruck, dass Darius nicht freiwillig dort war. Der Kardinal streichelte die unbehaarte Brust des Ringers. Immer noch starrte Darius geradeaus.

Dann wies der Kardinal den Ringer an, sich über einen Stuhl zu beugen, was dieser auch widerspruchslos tat.

»Bess. Wende dich ab«, sagte mein Lehrer scharf.

»Aber ...?«

»Wende dich ab. Sofort! Das ist nichts für unschuldige Augen.«

Ich duckte mich hinter die Brüstung und konnte daher nicht sehen, was sich als Nächstes zwischen dem Kardinal und dem Ringer abspielte. Was ich jedoch sah, war der Ausdruck im Gesicht meines Lehrers, als dieser noch einige

Momente weiter zuschaute. Es war ein Ausdruck tiefster Abscheu.

Abrupt stand er auf und wandte sich von dem Anblick ab. »Komm«, sagte er. »Ich habe genug von diesem Schmutz gesehen.«

Wir verließen den Balkon, gefolgt von Latif. Mein Lehrer runzelte nachdenklich die Stirn. »Das verstehe ich nicht. Der Kardinal behandelt den großen Darius mit Verachtung, benutzt ihn wie ein Spielzeug, und der Ringer lässt es sich gefallen. Wie kann das sein?«

Ich biss mir unsicher auf die Unterlippe. »Ich weiß vielleicht, warum«, flüsterte ich.

Mein Lehrer drehte sich im Gehen zu mir um und zog überrascht eine Augenbraue hoch. Dann warf er einen schnellen Blick auf Latif und sagte auf Deutsch zu mir: »Später.«

Ich nickte.

Er schüttelte den Kopf. »Gott steh mir bei – ich hoffe, ich habe deinen unschuldigen Geist nicht völlig verdorben, indem ich dich in diese gottlose Stadt mitgenommen habe. Man kann Grausamkeiten nur bis zu einem bestimmten Ausmaß ansehen, bevor man seinen eigenen Sinn für Anstand verliert. Bess, bitte lerne aus dieser Nacht Folgendes: Diese Männer sind Schurken – nicht wegen ihrer unnatürlichen Triebe, denn Männer haben Männer geliebt seit der Zeit der alten Griechen, sondern weil sie ihre Stellung und ihren Einfluss dazu missbrauchen, sich der Körper anderer zu ihrer eigenen Befriedigung zu bedienen. Nun lass uns zurückgehen und schlafen, denn morgen müssen wir munter und wachsam sein.«

Meinem Lehrer folgend warf ich einen letzten Blick zurück zur Botschaft …

Und erstarrte.

Als mein Blick über eine Reihe von Gitterwänden am Rand der Rasenfläche links von der Botschaft schweifte, glaubte ich eine Gestalt hinter einer der Wände zu sehen, einen menschengroßen Schatten, der reglos dastand und *genau in unsere Richtung schaute.*

Mein Blick zuckte zurück zur Gitterwand, aber als ich sie in der Dunkelheit wiedergefunden hatte, war die Gestalt – wenn da überhaupt eine gewesen war – verschwunden.

Ich war mir nicht sicher, ob mein Verstand mir einen Streich gespielt hatte oder es nur eine Täuschung der nächtlichen Schatten war, deshalb erwähnte ich es meinem Lehrer gegenüber nicht, aber als ich Mr. Ascham zurück zu unserem Quartier folgte, hatte ich das beunruhigende Gefühl, dass wir die ganze Zeit, in der wir die Botschaft beobachtet hatten, unsererseits beobachtet worden waren.

Wir kehrten in unsere Gemächer zurück.

Kaum hatte Mr. Ascham sich von Latif verabschiedet und die äußere Tür geschlossen, da drehte er sich zu mir um und flüsterte: »Sag mir: Was weißt du über Darius?«

Ich zuckte mit den Achseln. »Ich weiß, wie es in Palästen zugeht. Es gibt viele Geheimnisse, und wenn sie entdeckt werden, wird ihre Verbreitung durch Bezahlung verhindert: manchmal in Form von Gold, manchmal durch politische oder fleischliche Gefälligkeiten.«

»Und was weißt du über diese Situation?«

»Ich weiß aus verlässlicher Quelle, dass Darius und die Königin ein Liebespaar sind«, sagte ich.

Mein Lehrer hob überrascht die Augenbrauen. »Und wie bist du in den Besitz dieser Information gelangt?«

Ich deutete mit dem Kopf auf das Zimmer, das ich mit Elsie teilte. »Elsie hat sie zusammen gesehen. Vielleicht hat Kardinal Cardoza die Affäre entdeckt und hält dieses Wissen jetzt über Darius' Kopf wie das Schwert des Damokles: Der Kardinal verlangt Darius' körperliche Zuwendung, sonst erzählt er dem Sultan von der Affäre.«

»Bei Gott, Bess, du weißt mit deinen 13 Jahren wesentlich mehr über solche Dinge als ich in deinem Alter. Was ist nur aus der Welt geworden!« Er verstummte nachdenklich. »Aber es ist eine plausible Vermutung, und noch dazu eine, die uns vielleicht, *vielleicht* einen weiteren Verdächtigen für unsere Untersuchung liefert.«

»Ja?«

»Du wirst es morgen besser verstehen.«

»Wartet, Ihr habt also eine Theorie über den Mord am Kardinal?« Wenn er eine hatte, so kannte ich sie noch nicht.

»O ja.«

»Und …?«

Mr. Ascham beugte sich vor und flüsterte mir ins Ohr: »Ich glaube, Kardinal Farnese wurde aus Versehen ermordet.«

Ich lehnte mich zurück und dachte darüber nach. »Aus Versehen … Aber dann …«

Mr. Ascham stand auf. »Vielen Dank für deine Hilfe, Bess. Du hast dich als sehr fähige Assistentin bei meinen Ermittlungen erwiesen.« Er ging zu seinem Zimmer.

»Sir, eine Frage noch. Warum wolltet Ihr nicht, dass ich Euch das über Darius sagte, während Latif anwesend war?«

»Selbst wenn Latif auf unserer Seite steht, darfst du dich nicht täuschen lassen. Unser Begleiter arbeitet für den Sultan. Du kannst sicher sein, dass alles, was wir in Latifs Gegenwart sehen, hören oder sagen, an den Sultan weitergegeben wird.

In diesem Palast spielen sich einige finstere Machenschaften ab, und der Sultan selbst mag nicht ganz unbeteiligt daran sein. Ich kann mir vorstellen, dass er selbst ein gefährlicher Schachspieler ist, und oftmals täuschen die besten Schachspieler Unwissenheit vor, obwohl sie in Wirklichkeit alles wissen.

Doch jetzt ab ins Bett mit dir, junge Dame! Es wird Zeit, etwas Schlaf zu bekommen. Nachdem die erste Runde vorüber ist, ist der morgige Tag, was das Schachspiel angeht, ein Ruhetag. Das gibt uns die Gelegenheit, unsere Ermittlungen weiterzuführen.«

Es gefiel mir, wie er von *unseren* Ermittlungen redete.

»Was habt Ihr vor?«, fragte ich.

»Es gibt zwei Richtungen, die ich gern verfolgen würde. Als Erstes möchte ich mich mit dem unterlegenen österreichischen Spieler Maximilian von Wien unterhalten; ich wüsste gern, warum er viermal mit dem unglücklichen Küchenmeister Brunello zu sprechen wünschte.«

»Und die zweite Richtung?«

»Nach dem, was du mir eben berichtet hast«, sagte er, »werde ich um eine Audienz bei Ihrer Hoheit, der Königin, bitten.«

Ich ging in mein Zimmer, während in meinem Kopf Visionen von nackten Priestern, schattenhaften Gestalten, toten Küchenmeistern und meinem Lehrer bei einer Befragung von Königin Roxelana miteinander wetteiferten.

Natürlich war Elsie nicht in unserem Zimmer, als ich dort ankam, aber das war mir egal. Es war sehr spät und ich schlief schnell ein.

Als ich jedoch bei Sonnenaufgang erwachte, lag sie in ihrem Bett und schlief tief und fest, auf ihrem Gesicht ein heiteres und zufriedenes Lächeln.

IV

DAME

Genau wie der Läufer einst ein Elefant war und der Turm ein Streitwagen, so war die Figur, die wir als die Dame (oder in einigen Sprachen als Königin) kennen, ursprünglich »des Königs Minister«.

Man vermutet, dass der Übergang vom Minister zur Königin mit dem Auftreten mehrerer starker Königinnen in Europa zusammenfällt. Möglicherweise verdankt die Dame oder Königin im Schach ihren übermächtigen Status der Königin Adelaide von Burgund, der mächtigsten Frau des zehnten Jahrhunderts.

Angesichts der Tatsache, dass in vielen mittelalterlichen Königreichen nur Söhne den Thron erben konnten, ist es erstaunlich, dass man in solchen Zeiten problemlos akzeptierte, dass die stärkste Figur auf dem Schachbrett die einzige weibliche ist.

Aus: *Chess in the Middle Ages,* Tel Jackson
(W. M. Lawry & Co., London 1992)

Seht euch nur an, wie gut sie regiert! Sie ist nur eine Frau, die Herrscherin einer halben Insel, und doch hat sie es geschafft, dass sie von Spanien gefürchtet wird, von Frankreich, vom [Heiligen Römischen] Reich, von allen.

– Papst Sixtus V. über Königin Elisabeth I.

EIN SEHR UNGEWÖHNLICHER MORGEN

Kurz nachdem ich erwacht war, wurde nachdrücklich an die Tür zu unserem Quartier geklopft.

Ich wartete in meinem Zimmer, während Mr. Ascham zur Tür ging. Ich konnte den leisen Wortwechsel nicht verstehen, der folgte, aber dann sagte mein Lehrer »Vielen Dank«, und einen Moment später erschien er im Eingang meines und Elsies Zimmers.

»Bess«, sagte er, »wie es scheint, hast du bei jemandem beträchtlichen Eindruck gemacht.« Er hielt einen goldenen Umschlag hoch. »Du wurdest eingeladen zu einer morgendlichen Besichtigung der Menagerie des Sultans – seiner berühmten Sammlung exotischer Tiere –, um den neuen russischen Bären Seiner Majestät zu bewundern.«

»*Ich* wurde eingeladen?«, staunte ich.

»Wie es aussieht, kommt die Einladung nicht vom Sultan, sondern vom Stifter des Geschenks. Der Bote des Sultans sagt, er habe ausdrücklich deine Anwesenheit bei der Besichtigung verlangt.«

»Der Stifter des Geschenks?« Ich dachte einen Moment nach. »Dieser Flegel? Dieser unerträgliche Knabe Iwan?«

Mein Lehrer grinste. »Mir scheint, er hat Gefallen an dir gefunden.«

In dem Moment setzte sich Elsie, die ich noch immer

schlafend gewähnt hatte, in ihrem Bett auf. »O Bessie, du hast einen kleinen Bewunderer! Wie bezaubernd!«

»Einen Bewunderer?«, platzte ich heraus. »Aber ich war gemein und abweisend zu ihm. Und er war schrecklich zu mir, schrecklich und widerwärtig und grob.«

»Junge Knaben, die Mädchen mögen, verhalten sich oft auf solche Weise«, meinte Mr. Ascham.

»Ältere Knaben auch«, sagte Elsie feixend.

»Ich kann da nicht hingehen«, entschied ich.

»O doch, du wirst auf jeden Fall hingehen«, widersprach mein Lehrer.

»Wie bitte?«

»Du wirst zu dieser Besichtigungstour in der Menagerie gehen«, sagte er, als wäre es die offensichtlichste und natürlichste Sache der Welt.

»Aber ich mag diesen Flegel nicht. Er ist ein rückständiger osteuropäischer Herzog aus einem rückständigen osteuropäischen Herzogtum …«

»Ach komm schon, du bist ihm nur einmal begegnet, und man kann nicht den Charakter einer Person nach einer einzigen Begegnung beurteilen. Nein. Das ist etwas, das du definitiv lernen solltest. Geh, es wird gut für dich sein. Außerdem, was hast du zu verlieren? Heute ist ein Ruhetag des Turniers, du verpasst also keine Schachpartien, und ich muss einige Erkundigungen einziehen. Wie es aussieht, werden noch andere hohe Persönlichkeiten dabei sein, unter anderem der Sultan und sein Sohn, der Kronprinz. Es könnte sich für dich als nützlich erweisen, sie zu beobachten.«

Bei der Erwähnung des Kronprinzen ruckte Elsies Kopf hoch. »Ich kann Bess begleiten, Sir. Als … na ja … als Anstandsdame, wenn Ihr möchtet.«

»Oh, das wäre ja großartig, Elsie«, sagte Mr. Ascham. »Ausgezeichnet. Eine Eskorte des Sultans wird in einer Stunde hier sein, um euch beide abzuholen. Wir sehen uns nach dem Mittagessen.«

Und tatsächlich kam eine Stunde später ein Mitglied der persönlichen Wache des Sultans, um uns abzuholen. Er begleitete uns aus dem inneren Palast heraus und über den Ersten Hof zu einem schweren eisenbeschlagenen Tor in der Nordwand.

Wütend stapfte ich voran. Ich konnte nicht glauben, dass mein Lehrer mich zwang, an diesem Ausflug teilzunehmen. Mir grauste vor einem weiteren Zusammentreffen mit dem kleinen russischen Bengel.

Elsie fand mein Unbehagen äußerst amüsant. »O Bessie, was ist schlimmer: wenn einem von einem rüpelhaften jungen Mann der Hof gemacht wird, oder wenn einem gar keiner den Hof macht?«

Diese Frage lenkte mich tatsächlich ein wenig von meiner Verärgerung ab.

»Ehrlich gesagt bin ich mir da nicht sicher«, antwortete ich. Ich war jung, ja, aber ich hatte schon immer andere Menschen gründlich beobachtet, und auf dieser Reise – draußen in der Welt, jenseits meines abgesonderten Lebens in Hatfield – beobachtete ich sie noch genauer als sonst. Und die gestrige Unterhaltung mit meinem Lehrer über Könige und Königinnen hatte mich zum Nachdenken gebracht. »Ich bin gar nicht einmal überzeugt, dass sinnliche oder fleisch-liche Freuden überhaupt *irgendeinen* Wert haben. Und die Ehe hat vielleicht den geringsten Wert von allem.«

»Was!«, rief Elsie. »Was um alles in der Welt meinst du damit, Bessie?«

»Auf dieser Reise haben wir ein verheiratetes Paar erlebt, bei dem die Frau, Mrs. Ponsonby, wie eine Tyrannin über ihren Gemahl herrscht. Er ist ihr nicht gleichgestellt. Er ist nicht einmal ihr Freund. Er ist ihr *Diener*. Ich glaube nicht, dass die Ehe so gedacht ist. Sie sollte ein Bund zwischen Gleichgestellten sein.«

»Ja, aber ...«

»Ich habe ein Bordell gesehen, in dem gegen eine Bezahlung an den Besitzer die Kunden die Leiber der Prostituierten zu ihrer eigenen Befriedigung benutzen. Ich habe Männer Gottes gesehen, die die Leiber anderer benutzten, um ihre niederen Triebe zu stillen.«

Elsie setzte zu einer Entgegnung an, aber wieder schnitt ich ihr das Wort ab.

»Und schließlich hast du dich lang und breit über deine nächtlichen Abenteuer ausgelassen, bei denen die Kopulation ein reiner Zeitvertreib ist. Ein angenehmer, sicher, aber nur ein Zeitvertreib, ein müßiges Spiel, ein Akt des gegenseitigen Vergnügens, der einzig um des Vergnügens willen begangen wird.« Ich schwieg einen Moment. »Der Schluss, den ich aus alldem gezogen habe, ist, dass nur unsere animalische Natur uns dazu treibt, uns fleischlichen Aktivitäten hinzugeben. Es ist wie Essen oder Schlafen und vollkommen natürlich. Das *Problem*, das ich dabei sehe, sind die beiden menschlichen Erfindungen der Ehe und der Religion. Ehe und Religion sind es, die die Kopulation komplizieren und oft verletzend machen. Die Ehe bringt solche Konzepte wie Treue, Betrug und Besitz mit sich, während die Religion bestimmte Arten der Intimität zur Sünde macht. Deshalb frage ich mich, ob mein Leben nicht besser wäre, wenn ich niemals heiraten würde.«

Ich drehte mich zu Elsie um und gab ihr die Gelegenheit, zu antworten.

Aber sie schaute nur verträumt zu den Baumwipfeln und zum Himmel hinauf und sagte: »Ganz ehrlich, Bessie, du denkst zu viel nach, und das wird dich noch unglücklich machen. Das Leben ist so viel süßer und einfacher, wenn du dich vom Wind mittragen lässt.«

Bei diesen Worten wirbelte sie in einer sorglosen Pirouette herum, und ich betrachtete sie von der Seite und fragte mich, ob ich wirklich zu viel über alles nachdachte. Aber ich fragte mich auch, ob Elsie vielleicht *nicht genug* nachdachte. Zum Beispiel genoss sie begeistert die nächtlichen Zusammenkünfte und ihre Pläne, sich Kronprinz Selim zu angeln, aber wie ein Schachspieler, der vergisst, dass sein Gegner ebenfalls einen Plan hat. Hatte sie bedacht, wie *andere* ihr Verhalten auf diesen Zusammenkünften betrachten mochten?

Mir kam auch der Gedanke, dass Elsie vielleicht gar nicht in der Lage war, meinen Überlegungen zu folgen. Sie war vier Jahre älter als ich – aber war ich geistig über meine Freundin hinausgewachsen? Und war sie überhaupt jemals meine Freundin gewesen?

»Wo wir schon beim Thema sind«, sagte ich, »wo bist du letzte Nacht hingegangen?«

»O Bessie«, sprudelte sie aufgeregt hervor. Jetzt, da wir über *sie* sprachen, hatte ich wieder ihre volle Aufmerksamkeit. »Ich komme meinem Ziel näher.«

»Welchem Ziel?«

»Mit dem Kronprinzen zu schlafen!«, flüsterte sie eifrig. »Die Lustbarkeit der letzten Nacht fand im privaten Badehaus des Prinzen statt, und bei Gott, sie war noch erregender als die ersten beiden Zusammenkünfte! Stell dir vor,

Bessie: perfekt glänzende, polierte Marmorbecken, gefüllt mit dampfend heißem Wasser, das von Öfen unter dem Fußboden erhitzt wurde; überall waren Rosenblätter verstreut, und die angenehmsten, entspannendsten Öle verbreiteten ihre Düfte.

Es war eine Freude für die Sinne, dort einfach nur umherzugehen, aber natürlich standen auch noch andere Freuden zur Auswahl. Es waren weniger Personen anwesend als in der vorherigen Nacht, und der heiße Dampf, der von den Wasserbecken aufstieg, ließ all die jungen, geschmeidigen Leiber vor Schweiß glänzen. Und glaub mir, Bessie, schweißbedeckte Leiber ermöglichen herrlich glitschige Kopulationen.«

»Ist das so? Was war mit dem Prinzen?«

»Na ja, wie schon in der Nacht zuvor entdeckte ich schnell den Kronprinzen in dem ganzen dampfigen Nebel und sorgte dafür, dass er mich bemerkte. Wenig später fand ich seinen besten Freund Rahman in einer Ecke, und wieder bestieg ich ihn und brachte ihn zu einem köstlichen Höhepunkt. Aber die ganze Zeit, während ich Rahman ritt, hielt ich meinen Blick auf den Prinzen gerichtet, quer durch den Raum, wie um zu sagen: ›Sieh nur, was für Genüsse ich dir bereiten könnte‹.«

»Und was geschah dann?«

»Etwas später, nachdem der Prinz sich flüsternd mit Rahman unterhalten hatte, ließ er mich zu sich kommen und meine Beine vor ihm spreizen, damit er mich begutachten konnte – man hatte mir schon gesagt, dass er das zu tun pflegt.

Also legte ich mich vor ihm hin und spreizte meine Beine weit auseinander. Ich bin froh, dass ich immer viel getanzt habe, Bessie, denn ich kann meine Beine weiter spreizen als die meisten anderen Mädchen, und ich sah, dass ihn das sehr beeindruckte. Dann entließ er mich mit einem Grinsen und den Worten: ›Vielleicht morgen Nacht, englische Rose‹.

Ehrlich, Bessie, ich verbrachte den Rest des Abends in einem Zustand verträumter Trägheit, auf einer heißen Marmorinsel liegend, mit Schweißperlen überall auf meinem nackten Körper, den Kopf zurückgelegt und mit den Zehen kleine Kreise auf das Wasser malend, aber immer ein Auge auf den Prinzen gerichtet, auch als er anderen Mädchen beiwohnte. Ich bringe ihn dazu, mich zu begehren, Bessie!«

»Du scheinst kurz davor zu sein, ihn einzufangen, Elsie.«

»Auf jeden Fall, und ich kann kaum die nächste Zusammenkunft morgen Nacht erwarten!«, flüsterte sie aufgeregt. »Denn dann habe ich vor, den Kronprinzen zwischen meine Schenkel zu locken, und wenn mir das gelingt, habe ich ausgezeichnete Chancen, seine Königin zu werden.«

Wir erreichten die Tore zum privaten Tiergehege des Sultans, wo uns bereits eine Gruppe erwartete, die angeführt wurde von Iwan, dem kleinen Großprinzen des Herzogtums Moskowien. Bei ihm waren einige Palastbeamte und ein paar ausländische Würdenträger.

Die Menagerie des Sultans befand sich im Norden des Palastkomplexes, nicht weit von einem Militärhafen an jener Küste des Festlandes, und sie war umgeben von einer hohen Ziegelmauer. Die Tore des Geheges ragten vor uns auf – schwarze gusseiserne Gitterstäbe in einem hohen Torbogen. Hinter der Mauer hörte man Tierlaute: das Trompeten eines Elefanten, das Knurren einer Raubkatze, das aufgeregte Zwitschern und Kreischen von Vögeln, die umgeben waren von Elefanten und Raubkatzen.

Iwan sah mich und lächelte strahlend. Während unserer ganzen unerfreulichen ersten Begegnung hatte ich ihn kein einziges Mal lächeln sehen. Es machte mich misstrauisch.

»Prinzessin Elisabeth!«, rief er fröhlich auf Englisch, aber mit einem starken Akzent. »Ich freue mich so, dass Ihr kommen konntet. Als wir uns in der Warteschlange vor der Audienzkammer des Sultans begegneten, wusste ich nicht, wer Ihr seid, aber ich habe mich erkundigt und erfahren, dass Ihr eine englische Prinzessin seid, die Tochter von König Heinrich. Ich interessiere mich brennend für England und bin ein großer Bewunderer der Erfolge Eures Vaters. Bitte vergebt mir, dass ich grob Euch gegenüber war, als wir uns das erste Mal trafen. Meine Gruppe war verspätet, und ich war wütend auf meine Leute, und so begegneten wir beide uns unter äußerst ungünstigen Umständen. Ich entschuldige mich in aller Demut und bitte um Eure Vergebung.«

Für einen Moment war ich sprachlos. Der flegelhafte Knabe war verschwunden, und ein sympathischer junger Mann hatte seinen Körper übernommen. Mr. Ascham – verdammt noch mal – hatte vielleicht recht gehabt.

»Es ist klug von Euch, Menschen nicht aufgrund einer einzigen Begegnung zu beurteilen«, sagte ich geschmeidig. »Ich habe es immer wieder als vernünftig erkannt, jemanden zumindest ein zweites Mal einzuschätzen, bevor ich ein negatives Urteil über seinen Charakter fälle.« Ich ignorierte Elsies unterdrücktes Hüsteln hinter mir.

Iwan wirkte erleichtert. »Ihr seid ebenso weise, wie Ihr schön seid. Ich bin wahrlich hocherfreut, dass Ihr kommen konntet.«

Noch nie hatte mich jemand schön genannt. Mit meinen orangefarbenen Locken und der blassen sommersprossigen

Haut fand nicht einmal ich selbst mich besonders hübsch. Aber als dieser Junge es sagte, fühlte ich mich ihm, trotz meiner vorherigen abschätzigen Meinung über ihn, gleich sehr viel mehr zugeneigt. Es gefiel mir, als schön bezeichnet zu werden.

In dem Moment schmetterte ein Horn, und alle drehten sich um. Über den gewundenen Pfad, der zum Palast führte, kamen der Sultan und der Kronprinz, hinter ihnen ein beeindruckendes Gefolge aus Wachen, Beamten und anderen Höflingen.

»Bitte entschuldigt mich, Elisabeth«, sagte Iwan. »Ich muss meinen Pflichten nachkommen. Aber ich hoffe, dass wir später noch die Gelegenheit haben werden, uns zu unterhalten.«

Mit einem Lächeln ging er, um den Sultan zu begrüßen.

Kurz darauf wurden die großen Eisentore zur Menagerie geöffnet, und angeführt vom Sultan, von Kronprinz Selim und von Prinz Iwan traten wir hindurch. Als die drei an uns vorbeigingen, sah der Sultan mich und nickte mir schweigend zum Gruß zu, während der Kronprinz Elsie erblickte und ihr ein etwas anderes Nicken zukommen ließ.

Wir gingen hinein.

DIE UNGLAUBLICHE
MENAGERIE DES SULTANS

Die Menagerie des Sultans war im Wesentlichen ein großer viereckiger Hof, der offen unter dem Himmel lag. Auf drei Seiten standen vergitterte Käfige, die vierte wurde von dem Bogentor dominiert. Ein gepflasterter Weg, gesäumt von Büschen, die so geschickt angepflanzt waren, dass man nicht alle Tiere auf einmal sehen konnte, schlängelte sich an den Käfigen vorbei und führte dann zurück zum Eingangstor.

Als ich die Menagerie des Sultans mit seiner Sammlung exotischer Tiere erblickte, schwor ich mir, dass ich, sollte ich jemals Königin von England werden, die Tiermenagerie im Bollwerk des Londoner Towers der Öffentlichkeit zugänglich machen würde. Jeder Mann und jede Frau, ungeachtet ihrer Stellung im Leben, sollte die Wunder des Tierreichs zu sehen bekommen.

Des Sultans Sammlung exotischer Tiere war wahrhaft erstaunlich.

Er hatte zwei Elefanten und eine Giraffe, fünf furchterregend große Schlangen, ein Dutzend Affen, keck und verspielt, eine große Sammlung von Vögeln aus aller Welt, ein Zebra, zwei Strauße, einen Auerochsen, eine Antilope und nicht nur eine, sondern gleich zwei Tigerarten – einen aus den Dschungeln Indiens und einen noch größeren weißen aus den kalten Ländern östlich von Russland. In einem der größeren Käfige sah ich drei Wölfe: Sie hatten ein graues Fell, kräftige Schultern und einen grausamen Blick. Sie taxierten jede Person, die an ihnen vorbeiging, mit berechnendem Interesse, ohne auch nur einmal mit ihren blassen Augen zu blinzeln. Ich fand sie sehr beunruhigend.

Genau in der Mitte der Menagerie, umgeben von einem Ring aus Büschen und mit einem eigenen inneren Pfad, sodass der Sultan ungehindert um ihn herumgehen konnte, stand ein ganz neuer und sehr hoher Eisenkäfig.

Darin befand sich Iwans Geschenk an den osmanischen Herrscher: der mächtige russische Bär.

Er war, das muss ich zugeben, eine überaus prachtvolle Bestie. Er wanderte auf allen vieren in seinem großen Käfig umher, aber als er den Sultan und die hinter ihm versammelte Menge erblickte, erhob er sich auf die Hinterbeine zu seiner vollen Größe von über drei Metern und brüllte dem Sultan wütend ins Gesicht.

Der Sultan wich keinen Zoll zurück.

»Er mag Euch«, sagte Iwan grinsend auf Griechisch. Der Sultan schnaubte amüsiert. Sein Gefolge kicherte nervös. »Aber bitte geht nicht zu dicht an die Gitterstäbe heran. Er hat eine beachtliche Reichweite«, fügte Iwan hinzu.

Als ich den riesigen Bären in seinem großen Käfig betrachtete, im stolzen Mittelpunkt jener bemerkenswerten Menagerie, da musste ich daran denken, wie meine Landsleute Bären behandelten: Sie quälten sie, ketteten sie an Pfähle und ließen sie – zum Zeitvertreib und um darauf zu wetten – von Kampfhunden angreifen. Ich schämte mich für sie.

»Der russische Bär«, sagte Iwan auf Griechisch, sodass alle ihn verstehen konnten, »ist das größte Raubtier, das auf der Erde wandelt. Er kann einen Mann mit einem einzigen

Schlag töten. Zum Glück für uns greifen Bären nur selten Menschen an. Sie fressen hauptsächlich Beeren und Wurzeln und manchmal junges Wild, aber vor allem lieben große Bären wie dieser Lachs.« Auf dieses Stichwort warf der Tierwärter, der neben Iwan stand, dem Bären einen toten Lachs zu. Mit überraschender Schnelligkeit langte der Bär durch die Gitterstäbe, fing den Lachs mit seinen Klauen auf und riss ihn mit zwei vernichtenden Bissen in Stücke. Die Zuschauer schnappten erschrocken nach Luft.

»Der Bär gerät nur langsam in Wut, aber *wenn* er wütend ist, ist er dank seiner Größe und Stärke eine Macht, mit der nicht zu spaßen ist.« Iwan grinste. »Genau wie das Herzogtum Moskowien.«

Der Sultan lächelte nachsichtig über Iwans Prahlerei.

Ich wusste, dass Suleimans Armeen im Norden seines Reiches Scharmützel mit dem Volk der Rus ausgetragen hatten, aber es war keine Gegend, an deren Eroberung der Sultan interessiert zu sein schien. Wie Iwan angedeutet hatte, war die Bevölkerung in jener Region sehr groß. Die Russen waren zudem bekannt dafür, ein sehr zähes Volk zu sein, abgehärtet von ihrem bitteren Klima.

Kronprinz Selim jedoch war nicht so duldsam. Er sagte: »Euer Herzogtum zahlt uns Tribut, kleiner Prinz. Achtet auf Eure Worte, sonst könnte mein Vater beschließen, einen Gouverneur dorthin zu schicken. Wenn ich einmal Sultan bin, werde ich vielleicht genau das tun.«

Iwans Gesicht wurde rot, aber er biss sich auf die Zunge.

Der Sultan rettete ihn. »Komm schon, Selim, der junge Mann meint es nicht böse. Aus ihm spricht nur der Stolz, der Stolz auf seine Heimat und auf dieses prächtige Tier. Ich danke Euch für das Geschenk, Prinz Iwan. Ich werde es in Ehren halten.«

Kurz darauf verabschiedete sich der Sultan und mit ihm der Kronprinz und der größte Teil seines Gefolges. Als der Kronprinz ging, lächelte er Elsie an, die sein Lächeln strahlend erwiderte; dann war er fort. Den verbliebenen Gästen, etwa zwölf an der Zahl, stand es frei, nach Belieben durch die wundervolle Menagerie zu schlendern.

Elsie und ich betrachteten gerade den Affenkäfig, als Iwan neben mich trat und auf Englisch sagte: »Ich habe Geschichten über Euren Vater, König Heinrich, gehört. Er ist ein großer Mann, ein König, der in Erinnerung bleiben wird als ... ich weiß das Wort nicht ... *groznyj*.«

»*Groznyj?*«, fragte ich.

»Es bedeutet ... wie sagt man? Dass er Furcht und Staunen bei seinen Feinden erregt. Schrecklich ... nein, wartet. Nein, das ist falsch. ›Respekt einflößend‹. *Groznyj*.«

Diese Beschreibung traf tatsächlich auf meinen Vater zu, jedenfalls nach meiner Ansicht.

Iwan fuhr fort: »Indem er mit der römischen Kirche gebrochen und deren Besitzungen an sich genommen hat, hat Euer Vater der Welt verkündet, dass er ein wahrer König ist, einer, der keinen anderen Herrn unter dem Himmel anerkennt als sich selbst. Er hat Kanonen auf Kriegsschiffen installiert und England zu einer mächtigen Seefahrernation gemacht. Aber vor allem vernichtet er jeden, der sich gegen ihn stellt. Soweit ich weiß, hat er im Verlauf seiner Herrschaftszeit über 20.000 Menschen hinrichten lassen.«

Ich hatte gehört, dass die Zahl etwa dreimal so hoch war, aber ich verspürte nicht den Drang, Iwan zu korrigieren.

»Mein Land ist riesig, aber es wird überwiegend von Bauern bewohnt«, sprach Iwan weiter. »Es ist rückständig. Wenn es unter einem starken König vereint wäre, dann – so glaube ich – wäre es auch Respekt einflößend, ein Bär unter den Nationen. Ich habe vor, mein Land zu modernisieren und dabei dem Weg zu folgen, den Euer Vater vorgezeichnet hat. Ich muss die orthodoxe Kirche meinem Willen unterwerfen; ich muss Häfen und eine Flotte bauen, so wie Euer Vater es getan hat; und ich muss entschlossen und schnell gegen jeden handeln, der sich mir in den Weg stellt, genau wie Euer Vater es tat.«

Dieses Gerede, meinen Vater nachzuahmen, erweckte in mir ein ungutes Gefühl. Ich hätte wetten können, dass Iwan nicht wusste, dass mein Vater mit zunehmendem Alter immer sprunghafter in seinem Verhalten geworden war – sprunghafter und paranoider –, was wiederum dazu geführt hatte, dass er *noch* brutaler in der Unterdrückung seiner Gegner wurde. Immerhin war das ein Mann, dessen Brutalität auch die Enthauptung zweier seiner Gemahlinnen einschloss. Und doch war mein Vater als junger Mann, nach allem, was man hörte, sympathisch und romantisch gewesen, ein Dichter, Komponist und Träumer. In diesen jüngeren Tagen, so erzählte man mir immer wieder, war er ein strahlend gut aussehender junger Mann gewesen, glatt rasiert und sportlich. Jetzt, da sein Verstand immer paranoider und grotesker wurde, folgte ihm auch sein Körper: Er war gebeugt und übergewichtig und trug einen Bart, um das Doppelkinn zu verstecken, das seiner Eitelkeit spottete.

»Er ist in der Tat sein eigener Herr« war alles, was ich sagen konnte.

Ich betrachtete den Großprinzen Iwan – nur ein paar Jahre älter als ich – und dachte an die zwei Versionen von ihm, die ich kennengelernt hatte: den charmanten jungen Mann, den er heute darstellte, und den wütenden Knaben von vor ein paar Tagen. Er schien viel mit meinem Vater gemeinsam zu haben: zwei Personen, gefangen im gleichen Körper.

Und dann begriff ich es. Mein Vater war, bei all seinen Ehen und all seiner Macht, unglücklich. Unglücklich auf eine Weise, wie es nur ein Mensch mit zwei widerstreitenden Seelen sein konnte: Er wollte von allen seinen Untertanen geliebt werden, doch wenn sie ihn liebten, dann bezweifelte er ihre Motive.

Ein solches Schicksal wünschte ich dem jungen Iwan nicht – oder mir selbst, sollte ich einmal Königin werden –, und ich wollte gerade etwas in der Richtung sagen, als er weitersprach.

»Trotz all seiner beeindruckenden Leistungen«, sagte Iwan, »würde Euer Vater gut daran tun, eine Strategie des Sultans zu übernehmen. Der Sultan unterhält ein riesiges Netz an Informanten und Spionen in seiner Stadt, eine heimliche Armee, die ihm über die Stimmungen und Unternehmungen seines Volkes berichtet. Ich glaube, wenn ich König bin, werde ich auch eine solche Truppe gründen.«

Ich hatte das Gefühl, dass es an der Zeit war zu gehen. Ich stieß Elsie an. »Vielen Dank für die Einladung, Prinz Iwan. Es hat mir große Freude bereitet, Euren Bären zu sehen. Er ist eine überaus bemerkenswerte Kreatur, und Ihr seid ein sehr faszinierender junger Mann.«

Wir wandten uns zum Gehen.

»Prinzessin Elisabeth!« Iwan eilte uns nach. »Darf ich so kühn sein, Euch um etwas zu bitten?«

»Was denn?«

»Darf ich Euch schreiben? Nach England? Nachdem das Turnier vorüber ist?«

Ich sah ihn für einen langen Moment an. Es konnte nichts schaden, und ich konnte mir vorstellen, dass mein

Lehrer es gutheißen würde. »Ihr dürft«, sagte ich, und dann verließen Elsie und ich die Menagerie.

Wir kehrten zur Mittagszeit in unser Quartier zurück, wo Mr. Giles über einige Schachzüge nachdachte, während Mr. Ascham am Fenster stand und auf das Marmarameer hinausblickte, so in Gedanken versunken, dass er unsere Ankunft nicht einmal bemerkte.

»Mr. Ascham«, sagte ich, »Ihr müsst Euch unbedingt die Menagerie des Sultans ansehen, bevor Ihr Konstantinopel verlasst. Es ist eine wahrhaft außergewöhnliche Sammlung von Tieren, dargeboten auf eine sehr ansprechende Weise.«

Mein Lehrer lächelte verkniffen, antwortete aber nicht.

»Was ist los?«, fragte ich.

»Ich ging heute Morgen aus, um Maximilian von Österreich in seinen Gemächern zu besuchen«, sagte Mr. Ascham. »Und ich fand seine Leiche.«

DER TOD EINES
SCHACHSPIELERS

Mein Lehrer berichtete mir.

Nach dem Frühstück hatte er Latif informiert, dass er Maximilian von Österreich in seinem Quartier aufsuchen wolle, um ihn wegen seiner mehrfachen Unterhaltungen mit dem Küchenmeister Brunello zu befragen. Mr. Ascham war noch immer sehr misstrauisch, was die Mahlzeit anging, die Kardinal Farnese getötet hatte, deshalb interessierte er sich für alles, was mit der Zubereitung derselben zu tun haben mochte.

Wie die meisten anderen Schachspieler war auch Maximilian in einem speziellen Pavillon untergebracht worden, der an den Harem angrenzte, aber keinen Zugang dazu hatte. Mit Latif an seiner Seite klopfte mein Lehrer an die Tür des österreichischen Spielers, erhielt aber keine Antwort.

Er klopfte lauter. Noch immer keine Reaktion.

Erkundigungen wurden eingeholt: Maximilian hatte an diesem Morgen kein Frühstück in sein Quartier kommen lassen. Er war auch nicht von den Wachen gesehen worden, die an den Toren des Palastes postiert waren. Der Nachtwächter, der für die Gästepavillons zuständig war, wurde ausfindig gemacht und berichtete, dass er Maximilian in der vergangenen Nacht sehr spät gesehen hatte, als er in seine Gemächer zurückkehrte, mit einer verschleierten

Frau in seiner Begleitung, vermutlich einer Prostituierten. Nachdem er in der ersten Runde des Turniers ausgeschieden war, war es für Maximilian nicht mehr erforderlich, sich früh zur Ruhe zu begeben.

Aber danach hatte niemand mehr etwas von Maximilian gesehen oder gehört. Er war mit der Frau in seine Räume gegangen, und keiner von beiden war wieder herausgekommen.

Man beschaffte einen Schlüssel zum Pavillon und holte zwei Wachen, die als Zeugen dienen sollten. Dann schloss Latif die Außentür zu Maximilians Räumen auf.

Mein Lehrer trat hinter dem Eunuchen ein und erblickte eine grausige Szenerie.

Maximilian lag mit ausgestreckten Armen und Beinen auf seinem Bett, splitternackt, die blutunterlaufenen Augen in offensichtlichem Entsetzen weit aufgerissen, der Mund offen, sodass man seine schwarze Zunge sehen konnte, auf der Matratze neben seiner ausgestreckten offenen Hand eine Opiumpfeife. Neben ihm im Bett, ebenfalls nackt und reglos, lag das jungfräuliche Mädchen Helena, das Maximilian zwei Tage zuvor dem Sultan als Geschenk seines Königs Ferdinand, des Erzherzogs von Österreich, überbracht hatte. Auch sie hatte eine geschwärzte Zunge und war tot.

»Auf Euch, Sir«, sagte ich, »scheint so etwas wie ein Fluch zu liegen. Jeder, den Ihr zu sprechen wünscht, wird plötzlich tot aufgefunden.«

»So könnte es scheinen«, räumte Mr. Ascham ein. »Und diesmal traf es einen Teilnehmer des Turniers. Anscheinend ist niemand in diesem Palast sicher.«

»Gab es Wunden an ihren Leibern, so wie beim Kardinal oder beim Küchenmeister und seiner Gemahlin? Konntet Ihr feststellen, wie sie getötet wurden?«

»Es gab keine Anzeichen dafür, dass sie *getötet* wurden, Bess«, antwortete mein Lehrer. »Alles deutete auf eine simple geheime Liebesaffäre hin: Der Spieler aus Österreich hat sich in das jungfräuliche ›Geschenk‹ verliebt, das er für den Sultan nach Konstantinopel mitgebracht hat. Sie vergnügten sich in seinem Schlafgemach, und daraus, wie wir sie vorfanden – nackt, mit geschwärzten Zungen –, war klar ersichtlich, dass ihre intimen Aktivitäten vom Opiumgenuss begleitet wurden. Und nach allem, was ich erkennen konnte, war es auch das Opium, das sie getötet hat. Entweder haben sie zu viel davon eingenommen oder die hiesige Opiumspielart war zu stark für ihrer beider Konstitution.

Eine der Palastwachen holte den *Sadrazam*. Er kam wenig später und schüttelte nur den Kopf, als er die Toten erblickte. So etwas hatte er schon früher gesehen: ausländische Besucher, die zu viel von dem kräftigen hiesigen Opium geraucht hatten.«

»Ihr sagt also, es hat zwei weitere Tote gegeben, die aber nichts mit unserer Untersuchung zu tun haben. Ein unglücklicher Zufall, aber nichtsdestoweniger ein Zufall.«

»So mag es scheinen …«, sagte mein Lehrer langsam.

»Ihr klingt nicht überzeugt.«

»Ich bin es auch nicht. Denn es ist ein Zufall, der für meinen Geschmack *zu* leicht zu erklären ist. Allmählich erkenne ich ein Muster. Kardinal Farneses Tod wurde als das Werk eines Wahnsinnigen dargestellt, denn man kann nicht einfach einen berühmten Kardinal ohne irgendeine Erklärung töten. Den Tod von Brunello und seiner Frau hat man wie einen Selbstmord aussehen lassen. Und jetzt Maximilian. Er war ein sehr bekannter Schachspieler, ein Teilnehmer des Turniers. Wenn ihn jemand töten wollte, dann musste er das ebenfalls als etwas anderes verschleiern, und ich glaube, das wurde hier auch gemacht. Und das war der Grund, weshalb ich, als der Wächter ging, um den *Sadrazam* zu holen, die Leichname Maximilians und des Mädchens untersuchte – und ich fand etwas Merkwürdiges.«

»Was denn?« Meine Augen wurden groß.

»Sie hatten beide kleine, aber deutlich erkennbare Druckstellen um ihre Nasenlöcher und an den Wangen. Hier …«, er berührte die weichen Partien meiner Wangen auf beiden Seiten meines Mundes, »… und hier.« Er drückte meine Nase zu.

»Und was schließt Ihr aus diesen Spuren?«

Mr. Ascham schwieg und sah sich um, als wollte er sich vergewissern, dass wir nicht belauscht wurden. »Ich glaube nicht, dass sie versehentlich zu viel von dem besonders starken Opium zu sich genommen haben. Ich glaube, sie wurden dazu gezwungen. Ich glaube, jemand hielt sie fest, drückte ihnen die Nase zu, zwang sie, den Mund zu öffnen, indem er auf ihre Wangen drückte, und ließ sie dann das Opium in einer Menge einatmen, die sie schließlich umbrachte.«

Ich schnaubte. »Und trotzdem sah es wie ein Unfall aus. Na ja – für jeden außer Euch.«

»Ja«, sagte mein Lehrer. »Nachdem mein Misstrauen geweckt war, sah ich mich, während wir auf den *Sadrazam* warteten, in Maximilians Schlafgemach um. Ich sah seinen Reisekoffer, der das enthielt, was man auch erwarten würde: Kleidung, Schuhe, ein Schachspiel. Aber dann fiel mir ein Paar Schuhe auf, das neben der Tür stand. Es waren Abendschuhe, geschnitten im österreichischen Stil und hergestellt aus feinem schwarzem Leder mit Messingschnallen.«

Ich erstarrte. »Moment. Hatten sie Holzsohlen mit einer Kerbe?«

»Nein. Sie hatten Ledersohlen und hölzerne Absätze. Aber ich entdeckte etwas an den Sohlen dieser Schuhe: dunkle Blutflecken und andere Spuren von Feuchtigkeit, außerdem ein seltsames graues Pulver. Irgendwann war der Besitzer der Schuhe – Maximilian – über feuchten Boden gegangen, denn das feine graue Pulver klebte an den feuchten Sohlen. Ich roch an dem Pulver; es roch nach Holzkohle, aber vermischt mit einem anderen salzigen, fischigen Geruch.«

»Salz und Fisch? Wie in der Küche vielleicht? Das würde auch die Blutflecken erklären. Maximilian könnte in Tierblut getreten sein, als er in der Küche war.«

»Vielleicht …«, meinte Mr. Ascham, aber es war klar, dass er anderer Meinung war. »Jedenfalls, als ich den Schuh in meiner Hand hin und her drehte, geschah etwas Merkwürdiges: Die hölzerne Ferse drehte sich auf einem Gelenk nach außen und enthüllte ein Geheimfach.«

»Nein …!«

»Und in dem Geheimfach fand ich das hier.«

Mein Lehrer zog eine kleine zusammengefaltete Notiz aus seiner Tasche und zeigte sie mir. Sie war auf Deutsch verfasst. »Als ich das fand, sprach Latif gerade an der Tür mit dem anderen Wachmann, und ich hatte ihnen den Rücken zugewandt, deshalb bin ich mir sicher, dass sie es nicht gesehen haben. Dein Deutsch ist besser als meines. Kannst du es für mich übersetzen?«

Ich tat es und las:

N–16 K 20 G, 6 R
KONNTE SÜDSEITE NOCH NICHT SEHEN.
HELENA BERICHTET, SULTAN FRÖHLICH IN ÖFFENT-
LICHKEIT, ABER MÜRRISCH UND MISSMUTIG IM
HAREM; MISSTRAUISCH GEGEN FREMDE. SEHR
DARAUF ERPICHT, DASS TURNIER ERFOLG WIRD;
BEUNRUHIGT VON UNERWARTETEM TOD FARNESES.

»Was bedeuten diese Buchstaben und Zahlen?«, fragte ich.

»Ich weiß es nicht, aber ich glaube, dass Maximilian von Wien mehr war als nur ein Schachspieler. Genauso war das Mädchen mehr als nur ein jungfräuliches Geschenk an den Sultan. Und ich glaube nicht, dass die beiden eine Liebesaffäre hatten; sie trafen sich aus einem anderen Grund. Ich vermute, dass sie Spione des Erzherzogs von Österreich waren.«

»*Spione?*«, keuchte ich. »Und ihr Tod?«

»Das übliche Schicksal von Spionen, die auffliegen. Ich glaube, dass Erzherzog Ferdinand dieses Turnier als ausgezeichnete Gelegenheit betrachtete, einen neuen Spion, die junge Frau, in den innersten Kreis des Sultans einzuschleusen, in sein Gefolge von Konkubinen. Sieh dir die Nachricht an: Helena berichtet über die Stimmung des Sultans hinter den verschlossenen Türen des Harems. Ich denke, dass Maximilian ebenfalls ein Spion war. Erinnerst du dich, dass er Brunello gleich vier Mal besucht hat? Vermutlich hat er den Küchenmeister als hervorragende Quelle sekundärer Informationen über den Sultan erachtet. Brunello hat viele der einflussreichen Gäste des Sultans bekocht und mit ihnen geredet – wir selbst haben Michelangelo zu ihm begleitet und es gesehen. Brunello wäre eine unschätzbare Quelle für die Meinungen diverser Leute über den Sultan und seine Absichten in Europa gewesen. Aber Helena und Maximilian sind aufgeflogen, und ihr Tod wurde als ein Opiumunfall getarnt, sodass der Finder ihrer Leichen keinen Verdacht schöpfen würde.«

»Mit Ausnahme von Euch«, sagte ich.

»Ja, mit Ausnahme von mir.«

»Also seid Ihr nach alldem noch keinen Schritt näher an der Identifizierung von Kardinal Farneses Mörder?«

Mr. Ascham steckte den gefundenen Zettel in seine Mappe und legte die Mappe in seinen Reisekoffer. »O nein, ganz im Gegenteil. Ich bin der Aufklärung näher gekommen.«

»Wie meint Ihr das?«

»Na ja, jetzt habe ich zwei Verdächtige weniger.«

Eine Sache mussten wir an dem Tag noch erledigen, etwas, das nichts mit dem Schachturnier oder unseren Ermittlungen zu tun hatte. Am Nachmittag begaben Mr. Ascham, Elsie und ich uns in die Stadt, um nach der armen Mrs. Ponsonby zu sehen.

Wir fanden sie und ihren Gemahl in dem Gasthaus vor dem Goldenen Tor, in dem wir sie zurückgelassen hatten. Die sechs Soldaten, die uns quer durch den Kontinent begleitet hatten, waren ebenfalls dort untergekommen und vertrieben sich fröhlich die Zeit mit Karten- und Würfelspielen.

Mrs. Ponsonbys Zustand hatte sich nicht gebessert. Sie lag im Bett, bleich und schwitzend, und wiederholte immer wieder das gleiche Gebet mit leiser, schneller Stimme: »*Gegrüßet seist du, Maria, voll der Gnade, der Herr ist mit dir …*«

»Ihr ist immer noch unwohl?«, fragte Mr. Ascham Mr. Ponsonby. »Geht es ihr noch nicht besser?«

»Nein, Sir«, antwortete Mr. Ponsonby. »Kein Stück.«

»... *Du bist gebenedeit unter den Frauen ...*«

Mr. Ascham musterte sie ernst. Dann stand er auf. »Unsere Gebete und Gedanken sind bei Euch. Wir werden zurückkehren, sobald das Turnier beendet ist.«

»... *und gebenedeit ist die Frucht deines Leibes, Jesus ...*«

Als wir wieder durch das Goldene Tor gingen, sagte mein Lehrer: »Sie ist eine starke Frau.«

»Mrs. Ponsonby?«, fragte ich ein wenig ungläubig. »Wie meint Ihr das?«

»Was auch immer für ein Gift man ihr verabreicht hat, es war sehr stark, und doch kämpft ihr Körper mit aller Kraft dagegen an. Ein schwächerer Mensch wäre wahrscheinlich längst tot.«

So hatte ich es noch nicht betrachtet. Ich hätte nie gedacht, dass ich mir einmal Sorgen um Primrose Ponsonby machen oder ihre Kraft bewundern würde, aber in dem Moment tat ich beides.

Wir kehrten in den Palast zurück und verlebten einen friedlichen Nachmittag und Abend.

Zwischendurch versuchte Mr. Ascham mit dem Ringer Darius zu sprechen, um ihn über die Vorgänge in Kardinal Cardozas Botschaft vom vorherigen Abend zu befragen. Aber Darius konnte nirgends im Palast ausfindig gemacht werden. Mein Lehrer blieb unbekümmert. Er beschloss, am folgenden Tag mit dem Mann zu reden, am besten etwa um die Zeit, zu der er mit der Königin sprechen konnte.

Elsie erfuhr zu ihrer großen Enttäuschung, dass der Kronprinz an dem Abend keine Zusammenkunft abhielt, also blieb sie mit mir in unserem Quartier. Wir verbrachten den Abend damit, uns die Haare zu flechten, während Mr. Ascham und Mr. Giles Schach spielten. Aber sie spielten nach einer seltsamen Regel, bei der sie ihre Figuren immer sofort und ohne jede Verzögerung ziehen mussten.

Es war ein großer Spaß. Und die beiden Männer – die vielleicht froh waren, einmal die Anspannung des Turniers und unsere grausigen Nachforschungen vergessen zu können – schienen es wahrhaft zu genießen. Sie lachten und neckten sich gegenseitig, während sie die Figuren zogen.

»Ach komm schon, Roger, hör auf, wie eine alte Jungfer zu spielen!«, sagte Mr. Giles einmal. Oder: »Mein lieber Ascham, das war ja *so* vorhersehbar. Und ich weiß, dass du es hasst, vorhersehbar zu sein.«

Aber mein Lehrer teilte genauso gut aus. »Wirklich, Giles, man sagte mir, dass du einmal für England gespielt hast, aber so wie du jetzt spielst, kann ich mir das beim besten Willen nicht vorstellen.«

Figuren wurden mit schwungvollen Bewegungen geschlagen. Waghalsigen Zügen folgten plötzliche Seufzer der Erkenntnis. Mr. Giles gewann alle Partien bis auf eine – und als mein Lehrer dieses Spiel gewann, sprang er auf die Beine und streckte die Arme triumphierend in die Höhe, während Mr. Giles die Augen verdrehte. Alles in allem amüsierten sie sich köstlich, und ich war froh, es zu sehen. Als sie zu Ende gespielt hatten, gingen wir alle früh zu Bett.

Wenn man bedenkt, was am folgenden Tag geschah, bin ich froh darüber.

DIE ZWEITE RUNDE BEGINNT

Am folgenden Morgen schien die Hagia Sophia förmlich vor Erregung zu summen, denn die vier Begegnungen der zweiten Runde sollten an diesem Tag stattfinden. Zwei Begegnungen waren für den Vormittag und zwei für den Nachmittag angesetzt, wieder an zwei Tischen gleichzeitig.

Ein aktualisierter Spielplan, verfasst in der schönsten Handschrift auf dem edlen Goldrandpapier des Sultans, war am Morgen unter unserer Tür hindurchgeschoben worden. Er sah folgendermaßen aus:

1. RUNDE	2. RUNDE	3. RUNDE	4. RUNDE

1. ZAMAN
KONSTANTINOPEL

2. MAXIMILIAN
WIEN

> **ZAMAN**
> KONSTANTINOPEL

3. MUSTAFA
KAIRO

4. WLADIMIR
MOSKOWIEN

> **WLADIMIR**
> MOSKOWIEN

5. ALI HASSAN RAMA
MEDINA

6. PABLO MONTOYA
KASTILIEN

> **PABLO MONTOYA**
> KASTILIEN

7. BRUDER EDUARDO
SYRAKUS

8. BRUDER RAÚL
KIRCHENSTAAT

> **BRUDER RAÚL**
> KIRCHENSTAAT

9. GILBERT GILES
ENGLAND

10. TALIB
BAGDAD

> **GILBERT GILES**
> ENGLAND

11. DRAGAN
WALACHEI

12. MARKO
VENEDIG

> **DRAGAN**
> WALACHEI

13. NASIRUDDIN
MOGULREICH

14. LAO TSE
HAN-VOLK

> **NASIRUDDIN**
> MOGULREICH

15. WILHELM
KÖNIGSBERG

16. IBRAHIM
KONSTANTINOPEL

> **IBRAHIM**
> KONSTANTINOPEL

Am Vormittag trat der Favorit des Sultans, Zaman, gegen den Moskowiter Wladimir an, während die beiden Spanier, Pablo Montoya und Bruder Raúl, sich am anderen Tisch miteinander messen würden.

Mr. Giles musste bis zum Nachmittag warten, um gegen den grobschlächtigen, aber zugegebenermaßen talentierten Dragan aus der Walachei zu kämpfen. Gleichzeitig würde die wahrscheinlich mit der größten Spannung erwartete Begegnung des Tages stattfinden: der Volksheld Ibrahim gegen den attraktiven Mogulprinzen Nasiruddin, der so etwas wie der Liebling der byzantinischen Frauen geworden war.

Jede dieser Begegnungen hatte ihre eigene Dramatik oder Rivalität. Da war es kein Wunder, dass die Bewohner von Konstantinopel so aufgeregt waren.

Auch ich war es.

Wir nahmen unsere Plätze auf der königlichen Bühne ein, von wo aus wir die beiden Spielerpodeste und die dicht gedrängte Menschenmenge in der Moschee überblicken konnten. Grelles Sonnenlicht fiel durch die hohen Fenster der großen Kuppel herein und hüllte den Raum in einen beinahe himmlischen goldenen Schimmer.

Die Vormittagsspiele begannen.

Die Zuschauer saßen in absoluter Stille da, zum Schweigen gebracht von der beinahe greifbaren Spannung. Das Turnier war in eine neue, intensivere Phase eingetreten. Man konnte das Klicken der gesetzten Figuren aus 60 Metern Entfernung hören.

Zwischendurch setzte mein Lehrer sich zu Ignatius. Der gelehrte Jesuit beobachtete die Begegnung zwischen den beiden katholischen Spaniern mit großer Spannung (außerdem sprach er, wie ich aus den stummen Bewegungen seiner Lippen schloss, hin und wieder ein Gebet zum Herrn, um den Ausgang zu beeinflussen).

Ich blieb bei Elsie sitzen. Während wir den Partien zusahen, warf ich gelegentlich einen Blick zur Königin.

»Elsie«, sagte ich, »abgesehen von der Liaison, die du in der Nacht des Banketts beobachtet hast – hast du sonst noch etwas über die Königin gehört?«

»Die Königin?« Elsie schaute zu Königin Roxelana hinüber und senkte ihre Stimme zu einem ehrfürchtigen Flüstern. »Eins kann ich dir sicher sagen: Man darf sie niemals unterschätzen. Schließlich hat sie durch Intrigen, Einflüsterungen und sogar Mord dafür gesorgt, dass ihr Sohn Selim in den Rang des Kronprinzen aufgestiegen ist.«

»Erzähl mir mehr.«

»Wie jeder osmanische Herrscher vor ihm hat auch dieser Sultan zahlreiche Kinder mit seinen Konkubinen gezeugt, und bevor er Roxelana heiratete, war er bereits Vater mehrerer Söhne. Aber nur einer von ihnen kann sein Nachfolger werden. Es gab einige, die Selim die Position des Kronprinzen hätten streitig machen können, aber seine listige Mutter sorgte dafür, dass sie alle auf leitende Posten in den äußeren Provinzen versetzt, im Schlaf erdrosselt oder auf Nimmerwiedersehen in den tiefsten Kerker geworfen wurden.

Denn weißt du, neben ihrem Einfluss auf den Sultan befiehlt die Königin, wie man sagt, über eine kleine, aber ihr treu ergebene Gruppe von Palastwachen – um genau zu sein, die Wachen, die die Aufsicht über die Kerker haben. Offenbar versorgt sie diese Wachen mit Gold, Huren und Wein. Wenn die Königin also ihren Gemahl überreden kann, einen ihrer Rivalen in den Kerker zu werfen, wird dieser Rivale mit ziemlicher Sicherheit wenig später einen tödlichen Unfall in seiner Zelle erleiden. Sie ist äußerst gerissen und zu Recht gefürchtet.«

Ich schaute wieder zur Königin, die reglos zur Rechten ihres Gemahls saß. Sie war schön und majestätisch, ein Abbild königlicher Erhabenheit; aber als ich sie jetzt genauer betrachtete, sah ich, dass ihre Augen hart und kalt waren.

»Die jungen Menschen im Palast fürchten Roxelana sehr«, fuhr Elsie fort. »Sie behandeln sie mit fast schon unterwürfiger Schmeichelei, denn sie zu verärgern heißt, sein Leben an einen seidenen Faden zu hängen.«

»Ich verstehe«, sagte ich. Als ich die Königin – in ihrer kühlen Reglosigkeit – beobachtete, fragte ich mich, woran sie wohl dachte. Genoss sie es, anderen Angst zu machen? War es denn in einer Männerwelt gut für eine Königin, gefürchtet zu werden? Und vor allem: War es notwendig?

Ich schüttelte die Gedanken ab. Vielleicht hatte Elsie recht: Vielleicht dachte ich wirklich zu viel nach. Ich wandte mich wieder den Schachpartien zu.

In dem Moment kam Mr. Ascham zurück, und ich wollte ihm gerade erzählen, was Elsie gesagt hatte, als plötzlich der *Sadrazam* hinter unseren Stühlen auftauchte.

»Mr. Ascham, Prinzessin Elisabeth. Seine Majestät der Sultan wünscht Eure Anwesenheit an seiner Seite.«

DER SULTAN

Mit einiger Beklommenheit folgte ich Mr. Ascham zu den beiden leeren Stühlen, die links vom Thron des Sultans standen.

Die Königin saß steif an der anderen Seite des Herrschers und starrte eisern geradeaus. Soweit ich erkennen konnte, war ihr Blick weder auf eine der Schachpartien noch auf irgendein anderes konkretes Objekt gerichtet. Sie reagierte nicht auf unser Erscheinen an der Seite des Sultans.

»Mr. Roger Ascham, Prinzessin Elisabeth«, begrüßte der Sultan uns. »Bitte nehmt Platz. Zwei sehr spannende Begegnungen heute Morgen, nicht wahr?«

»In der Tat«, bestätigte mein Lehrer, als wir uns setzten. Von diesen erhöhten und zentralen Plätzen hatten wir einen ungehinderten Blick auf beide Schachbretter. Sultan zu sein, hatte schon seine Vorteile.

»Ich glaube, Euer Mann wird am Nachmittag gegen den Walachen Dragan antreten«, sagte der Sultan. »Erst Talib, jetzt Dragan. Er hat schwere Gegner gezogen.«

»Das liegt in der Natur zufälliger Auslosungen, nicht wahr? Es konnte ja niemand wissen, wie die Steine aus dem Gefäß kommen würden«, antwortete mein Lehrer mit ausdruckslosem Gesicht.

Ich bin mir sicher, dass ich die Mundwinkel des Sultans ganz kurz amüsiert zucken sah. Aber er sagte nur: »Mein Volk verfolgt mit Spannung das Turnier. Seht sie Euch an:

Sie kommen in Massen, und noch mehr drängen sich auf der Straße. Manche, so hat man mir gesagt, übernachten vor den Toren der Ayasofya, um Plätze in der Nähe der Tische zu bekommen. Ich bin höchst zufrieden.«

»Das können Eure Majestät auch sein«, sagte Mr. Ascham. »Es ist ein äußerst bemerkenswertes Ereignis und wird noch für Jahrzehnte, wenn nicht Jahrhunderte für Gesprächsstoff in jedem Königreich Europas sorgen.«

»Ihr Europäer seid beeindruckt von meinem Turnier?«

Es war eine klassische Königsfrage, denn sie konnte nur auf eine Weise beantwortet werden: mit Zustimmung. Jede andere Antwort wäre eine tiefe Beleidigung.

Meinem Lehrer jedoch gelang es, eine alternative Antwort zu finden. »Ich persönlich bin sogar noch mehr davon beeindruckt, dass Eure Majestät es vorziehen, sich mit anderen großen Reichen in der Form simulierter Kriegsführung zu messen statt im tatsächlichen Krieg. Ich finde das äußerst aufgeklärt und wünschte, einige europäische Könige würden sich ähnlich verhalten.«

»Ihr seid zu freundlich.«

»Elisabeth«, wandte Mr. Ascham sich an mich, »es mag dir nicht bewusst sein, aber der Westen verdankt fast alle seiner jüngsten Fortschritte der islamischen Welt.«

»Tatsächlich?«, fragte ich.

»In den dunklen Jahrhunderten nach dem Untergang Roms fiel Europa in die Barbarei zurück. Nachdem die erleuchteten Epochen der griechischen und der römischen Zivilisation ihr Ende gefunden hatten, versank Europa in primitives Stammestum und die Herrschaft der Gewalt. Und während Europa sich im Schmutz seiner niederen Existenz wälzte, bewahrten die abassidischen Kalifen die großen Werke der Griechen – Aristoteles, Xenokrates,

Stratos, Theophrastos – und übersetzten sie ins Arabische, sodass sie in weiten Kreisen studiert werden konnten.«

Der Sultan nickte. »Der gestrige Gegner Eures Spielers, Talib von Bagdad, ist Bibliothekar in der Institution, die vielleicht unser größtes Zentrum der Übersetzung ist: dem Haus der Weisheit in Bagdad. Ist es nicht seltsam, dass Eure Bibel, die ursprünglich auf Griechisch verfasst wurde, der Christenheit zurückgegeben wurde, nachdem sie zuerst ins Arabische übersetzt worden war? Wer weiß, vielleicht hat ja ein listiger islamischer Übersetzer ein paar Koranweisheiten in die Bibel eingefügt, bevor er sie zurück nach Europa schickte.«

Doch dann verblasste das Lächeln des Sultans, und er seufzte. »Ja, das waren die großen Tage des Islam.«

Mein Lehrer runzelte die Stirn. »Aber, Euer Majestät, unter Eurer Führung ist die islamische Welt so mächtig und einflussreich wie nie zuvor. Nach meinen Beobachtungen hier in Konstantinopel könnte Eure Gesellschaft – Eure *ummah,* wie Ihr sie nennt – sich zu Höhen aufschwingen, die noch kein Reich zuvor erreicht hat, nicht einmal Rom. In 500 Jahren sehe ich eine gewaltige moslemische Vormachtstellung in technologischer und militärischer Hinsicht, die möglicherweise ganz Europa umfassen könnte.«

So skandalös eine solche Prognose auch war, konnte ich meinem Lehrer jedoch nicht widersprechen.

Der Sultan lächelte grimmig. »Ihr seid sehr freundlich, mein Reich so zu preisen, und ich sehe, dass Ihr es ernst meint. Aber die Wirklichkeit, so fürchte ich, ist weitaus komplexer.«

Suleiman verstummte für einen Moment, als überlegte er, ob er mehr sagen sollte oder nicht. Er entschied sich dafür.

»Mr. Roger Ascham, Ihr seid ein weiser und kluger

Mann, deshalb will ich offen zu Euch sein. So imposant mein Imperium auch sein mag, die *ummah* hat mit mehr internen Herausforderungen zu kämpfen als mit äußeren. Ich habe hart daran gearbeitet, die moslemische Welt zu einer Welt des Gesetzes zu machen – so sehr, dass mein Volk mich den ›Gesetzgeber‹ nennt –, aber jeder Schritt auf diesem Weg war ein schwerer Kampf.

Seit dem Tod des großen Propheten, Friede und Segen sei mit ihm, ist der Islam eine geteilte Religion. Sie ist gespalten in zwei widerstreitende Gruppen, die Sunna und die Schia. Die erstere ist fortschrittlicher und glaubt an die Legitimität der Kalifen als Führer des Glaubens; die letztere behauptet, dass nur diejenigen, die Nachkommen des Propheten selbst sind, die Gläubigen anführen können.

Mein Volk ist sehr erfinderisch. Als die römischen Länder im Westen in die Barbarei fielen, bewahrten wir die griechischen Texte, lernten aus ihnen und bauten großartige Städte und Kriegsmaschinen. Mein größtes Problem ist, dass die Schiiten entschieden haben, dass alle Fortschritte Ablenkungen von der wahren Verehrung Allahs sind. Schlimmer noch – sie predigen, dass der Fortschritt *gegen* Allah gerichtet ist.

Ich habe große Probleme mit dieser Überzeugung, denn sie predigt, dass Rückständigkeit ehrenvoll ist. Und jetzt sehe ich, wie der Westen wieder im Aufstieg begriffen ist, jedes Jahr mehr, und dabei dem Fortschritt keine derartigen Einschränkungen auferlegt. Ich befürchte, je mehr die Schiiten die Rückständigkeit als Tugend preisen, desto mehr wird die *ummah* vom Westen überholt. Wie traurig wäre es, wenn in 500 Jahren das Reich des Islam nicht weiter fortgeschritten wäre als heute!«

»Wäre das denn möglich?«, fragte Mr. Ascham.

»Ihr würdet Euch wundern, was manche Menschen im Namen der Frömmigkeit zu tun und zu sagen imstande sind. Im Augenblick verlangen die fanatischsten der Schiiten sogar, dass noch strengere Gesetze gegen Frauen erlassen werden: Sie wollen verbieten, dass Frauen ihre Gesichter in der Öffentlichkeit zeigen, ihre *Gesichter!*«

Ich warf meinem Lehrer einen verstohlenen Blick zu. Ich hätte gern erwähnt, worüber wir am Tag zuvor mit Michelangelo und Ignatius diskutiert hatten, aber Mr. Ascham schüttelte kaum merklich den Kopf.

Traurig fuhr der Sultan fort: »Der Prophet liebte die Frauen, er liebte, was sie in diese Welt bringen. Die Welt ist schön gerade wegen des Gleichgewichts zwischen den männlichen und den weiblichen Energien. Eine Gesellschaft, die zu maskulin ist, ist dazu verdammt, für immer der Gnade männlicher Wut ausgeliefert zu sein. Meine größte Angst ist, dass meine Kultur ihren Höhepunkt überschritten hat und von hier aus nur noch absteigen kann, zerrissen von innen.«

Der Sultan starrte zu Boden.

Leise sagte mein Lehrer: »Das Schisma Eurer Religion war mir bekannt, aber ich wusste nicht, wie schlimm es wirklich ist.«

Ich war ebenfalls überrascht. Die Vorstellung, dass die Kultur, die die großartige Metropole Konstantinopel errichtet hatte, den Zenit ihrer Entwicklung erreicht hatte, erstaunte mich. Ich betrachtete das düstere Gesicht des Sultans und sah einen Mann, der in den Abgrund einer finsteren und erschreckenden Zukunft blickte.

An den Höfen des Westens sorgte man sich über eine alles erobernde islamische Armee, die wie ein Sturm die Christenheit hinwegfegen würde, und hier saß der Sultan und dachte ernsthaft darüber nach, dass sein Imperium in sich selbst zusammenfallen könnte.

In dem Moment tauchte der *Sadrazam* an der Seite des Sultans auf und reichte ihm etwas, eine Notiz oder etwas Ähnliches, begleitet von einer geflüsterten Nachricht.

»Danke.« Der Sultan entließ ihn mit einer Handbewegung und wandte sich wieder Mr. Ascham zu. »Also – wie geht Eure Untersuchung voran?«

»Ich entdecke viele Dinge«, antwortete mein Lehrer nicht unwahrheitsgemäß.

»Aber habt Ihr bereits herausgefunden, wer Kardinal Farnese ermordet hat?«

»Nein. Wie es scheint, findet jeder, den ich in der Angelegenheit zu befragen wünsche, ein vorzeitiges Ende. Erst der Küchenmeister und seine Gemahlin und jetzt der österreichische Schachspieler Maximilian.«

»Kümmert Euch nicht um den Tod des österreichischen Spielers«, sagte der Sultan leichthin und wandte den Blick ab.

»Aber er wurde mehrmals dabei gesehen, wie er mit Brunello spra…«

»Ihr sollt Euch auf die Ermordung des Kardinals konzentrieren. Der Tod des Schachspielers hat Euch nicht zu kümmern.« Und dann hielt der Sultan die Notiz hoch, die der *Sadrazam* ihm gerade gegeben hatte.

Als ich sah, was es war, stockte mir der Atem.

Es war die gleiche Notiz, die Mr. Ascham mir gestern Abend gezeigt hatte, diejenige, die er im Geheimfach von Maximilians Schuh gefunden hatte. Während wir hier in der Hagia Sophia waren, hatten die Männer des Sultans unsere Gemächer durchsucht.

Der Sultan zeigte auf den Code in der ersten Zeile der

Notiz. »Seht Ihr diese Zahlen und Buchstaben? ›N–16 K 20 G, 6 R‹. Das N steht für meinen nördlichen Militärhafen. Im Augenblick liegen dort 16 Kriegsschiffe, 20 Galeeren und 6 Rammschiffe vor Anker. Maximilian war ein Spion des Erzherzogs Ferdinand von Österreich und sollte ihm Bericht über die Stärke meiner Flotte erstatten.«

In dem Moment wurde mir etwas klar: Der fischig-salzige Geruch an Maximilians Sohlen – das war nicht der Geruch einer Küche, sondern eines Hafens. Das graue Pulver war Schießpulver, und das Blut stammte von Blutflecken, wie man sie in einem Militärhafen nicht selten findet.

Der Sultan fuhr fort: »Die Jungfrau war ebenfalls eine Spionin. Sie hatte den Auftrag, über meine unverstellten Stimmungen, Meinungen, Reaktionen und Einstellungen zu berichten, wie sie sie in der Abgeschiedenheit meines Harems erlebte. Wie gesagt, ich würde es vorziehen, wenn Ihr Eure Bemühungen auf Todesfälle konzentriert, deren Ursache mir *nicht* bekannt ist.«

Mein Lehrer schluckte schwer. »Wie Ihr wünscht.«

In dem Moment erschien der *Sadrazam* wieder an der Seite des Sultans. »Sire, man hat sich um jene andere Angelegenheit gekümmert. Und Euer Mittagsmahl mit dem Imam ist bereit.«

Der Sultan nickte. »Danke. Ich werde kommen, wenn diese Partie vorüber ist ...«

Ein kollektives Aufstöhnen der Zuschauer ließ uns herumfahren.

Wladimir hatte gerade Zamans Dame geschlagen.

Die Menge murmelte unbehaglich.

Eine vertraute Stimme meldete sich rechts von uns zu Wort und sagte etwas in einer slawischen Sprache. Es war Prinz Iwan, der seinen Spieler anfeuerte.

Er sah mich und sagte auf Englisch: »Prinzessin Elisabeth. Mein Mann hat den Perser im Griff. Zaman ist gut, aber einem Spieler von Wlads Stärke kann er nicht das Wasser reichen.«

»Freut Euch nicht zu früh, Iwan. Hochmut kommt vor dem Fall«, erwiderte ich.

»In Moskowien nehmen wir das Schachspiel sehr ernst, und wir trainieren unsere Spieler hart. Wlad hat seinen Gegner unter Kontrolle. Ich hoffe, dass Euer Spieler sich nicht an einem Brett mit Wlad wiederfindet, denn ich fürchte, dass unser Meister auch mit ihm kurzen Prozess machen wird.«

Als Iwan sich abwandte, um das Spiel weiterzuverfolgen, beobachtete ich ihn für einen Moment. Eine starke innere Anspannung war unübersehbar, aber es war eine ernsthafte Art von Anspannung. Mehr als alles andere wollte er Respekt – für sich selbst, für sein Volk, für sein Herzogtum. Ich sah ihn als zukünftigen Herrscher vor mir: intelligent und stolz, aber immer besessen davon, wie andere Nationen auf sein Fürstentum herabschauten.

Wenig später gewann Wladimir die erste Partie – noch dazu recht mühelos. Iwan schaute zu mir herüber und nickte mir wissend zu.

An dem Punkt erhob sich der Sultan, und alle anderen in der Halle taten es ihm gleich. »Bitte entschuldigt mich«, sagte er zu meinem Lehrer. »Ich muss mich für eine Weile entfernen. Die Pflichten eines Herrschers ruhen nie. Es war sehr interessant, mit Euch zu reden. Bitte setzt Eure Nachforschungen fort.«

Dann verbeugte er sich höflich und verließ die Halle.

Ich wollte gerade zu unseren Plätzen zurückkehren, als mein Lehrer etwas überaus Vermessenes tat. Er beugte sich zur Königin hinüber und sagte auf Griechisch: »Euer Hoheit? Gestattet Ihr mir ein kurzes Wort?«

Die Königin beäugte meinen Lehrer mit kühlem Blick, aber dann nickte sie. »Ein sehr kurzes.«

DIE KÖNIGIN

Während die zweite Partie zwischen Zaman und Wladimir begann, wurden unsere Stühle neben den Thron der Königin gebracht.

»Genießt Ihr das Turnier, Euer Hoheit?«, flüsterte Mr. Ascham höflich.

»Sehr.«

»Spielt Ihr selbst Schach?«

»Ein wenig.«

»Vergebt mir, aber ich hatte noch nie die Gelegenheit, einer Königin diese Frage zu stellen, und die Chance kann ich mir nicht entgehen lassen: Seid Ihr als Königin über die Tatsache erfreut, dass die mächtigste Figur auf dem Schachbrett die Dame ist?«

»Ich gestehe, dass der Gedanke mir eine gewisse Freude bereitet.«

Sie sprach ausdruckslos, träge, offenbar nur aus Höflichkeit meinem Lehrer gegenüber, während ihr Blick auf die Schachpartie gerichtet blieb.

Und dann flüsterte Mr. Ascham: »Ist Euch bekannt, dass Kardinal Cardoza von Eurer Affäre mit dem Ringer Darius weiß und als Gegenleistung für sein Stillschweigen unnatürliche Gefälligkeiten von Darius erpresst?«

Die Königin blinzelte. Einmal.

Ihr Kopf bewegte sich nicht, und sie starrte weiter auf das Spielerpodest, wo die zweite Partie Zamans begonnen hatte.

Es war kaum zu erkennen, aber ich sah, wie sie schluckte, bevor sie ihr Gesicht meinem Lehrer zuwandte.

»Mir ist bekannt, Mr. Roger Ascham aus Cambridge, England, dass mein Gemahl Eure Hilfe bei der Aufklärung des Mordes am angereisten Kardinal erbeten hat. Mir war nicht bekannt, dass ich zum Gegenstand Eurer Untersuchung geworden bin.«

»Euer Hoheit, ich suche nur nach der Wahrheit.«

»Die Wahrheit ist es nicht immer wert, gefunden zu werden.«

»Wisst Ihr, dass Cardoza von Eurer Affäre weiß und für sein Stillschweigen Gefälligkeiten von Darius erpresst?«

Eine lange Pause entstand. Dann sagte die Königin: »Ja und nein.«

»Das werdet Ihr mir genauer erklären müssen.«

»Ich *muss* gar nichts, denn ich bin eine Königin und Ihr nicht. Vergesst das nicht, Engländer. Mir ist bekannt, dass Cardoza von meiner Tändelei weiß. Er weiß es seit zwei Wochen und hat in der Zeit bereits mehrere Gefälligkeiten von mir erpresst. Keine Gefälligkeiten fleischlicher Art – der Kardinal findet keinen Gefallen an Frauen –, sondern königlicher Art: einschreiten, wenn seine Priester dabei erwischt werden, wie sie Knaben im Beichtstuhl missbrauchen, oder sie mit einem Wort an die Wachen aus dem Kerker des Sultans befreien.«

»Und was meint Ihr damit, dass Ihr es *nicht* wisst?«

Die Königin senkte das Haupt.

»Ich wusste nicht, dass mein Darius seinen Körper dem Kardinal überlässt als Bezahlung für dessen Schweigen«, sagte sie leise. »Ich erkenne jedoch immer noch nicht, welche Verbindung das zu Euren Ermittlungen hinsichtlich des Todes von Kardinal Farnese haben soll.«

»Wenn meine Theorie über die Sache korrekt ist, gibt es eine sehr wichtige Verbindung.«

»Und wie lautet diese Theorie?«, fragte die Königin.

Ich beugte mich vor und hörte aufmerksam zu, denn bis dahin kannte ich – bis auf eine einzige rätselhafte Bemerkung darüber, dass Kardinal Farnese aus Versehen ermordet wurde – selbst die Theorie noch nicht, die im Kopf meines Lehrers Gestalt angenommen hatte.

Mr. Ascham sagte: »Ich glaube, dass Kardinal Farnese durch ein Versehen getötet wurde und dass die Verstümmelung seines Gesichtes nach der Art des Wahnsinnigen ein Täuschungsmanöver des Mörders war, um seinen – oder ihren – Fehler zu verschleiern.«

»Ein Versehen?«, fragte die Königin und gab damit auch meiner schweigenden Verwirrung Ausdruck.

»Ja«, erwiderte mein Lehrer. »Denn Ihr müsst wissen, dass Kardinal Farnese an Gift starb, nicht an seinen furchtbaren Wunden. Doch das ergibt eigentlich nicht viel Sinn, denn wie ich es sehe, hatte niemand in diesem Palast einen wirklich zwingenden Grund, den Kardinal zu ermorden. Aber mehrere Personen, eingeschlossen Ihr selbst und Euer Liebhaber, der Küchenmeister und ein Bordellbesitzer, hatten durchaus gewichtige Gründe, Kardinal *Cardoza* zu ermorden.«

Mir stockte der Atem. Das hörte ich jetzt zum ersten Mal, und auf eine seltsame Weise klang es tatsächlich plausibel.

»Ich vermute«, fuhr Mr. Ascham fort, »dass Kardinal Farnese, der sein Abendmahl in Kardinal Cardozas Privatgemächern einnahm, versehentlich von Kardinal *Cardozas* Teller aß und dabei das vergiftete Essen zu sich nahm, das für Cardoza bestimmt war. Ich bin der Überzeugung, dass jeder Mord aus einem bestimmten Grund begangen wird, einem logischen Grund, der für den Mörder einen Vorteil bringt. Deshalb bin ich auf der Jagd nach der Person oder den Personen, die einen Vorteil von Kardinal Cardozas Tod hat oder haben, und Ihr, Euer Hoheit, seid solch eine Person.«

Ich konnte nicht glauben, was ich da hörte. Mit seinen kühnen Worten verdächtigte mein Lehrer die Gemahlin des Sultans mehr oder weniger offen des Mordes.

Die Königin bewegte sich nicht und hielt den Blick unverwandt nach vorn gerichtet.

Dann, seltsamerweise, verzogen ihre Lippen sich zu einem Lächeln.

»Mr. Ascham, man steigt nicht von einer Sklavin zur Konkubine und dann zur Königin auf, ohne zu wissen, wie man an einem königlichen Hof navigiert oder die Beseitigung gewisser Rivalen arrangiert. Wenn ich wünsche, dass jemand getötet wird, dann wird er getötet. Wenn ich meinem geliebten Gemahl beispielsweise sagen würde, dass Ihr mich belästigt, würdet Ihr Euch morgen früh auf dem Grund des Marmarameeres wiederfinden, Eure Füße an eine alte Kanone gekettet. Oder ich könnte einfach befehlen, dass man Euch heute Nacht im Schlaf erwürgt.

Ich habe es nicht nötig, heimlich oder mittels der List des Giftes zu töten, Sir. Wie die Dame im Schach warte ich auf den richtigen Moment, und wenn ich mich bewege, bewege ich mich brutal und entschlossen. Aber die Dame im Schach ist nicht unbesiegbar – sie kann von jeder anderen Figur geschlagen werden; oder sie kann auf einem Feld festgehalten und gezwungen werden, abzuwarten, bis sie die Gelegenheit erhält, Rache zu nehmen.«

Der Ton der Königin war eisig und absolut ruhig, ungeachtet des grausigen Themas.

Ich stellte fest, dass ich zitterte und mein Herz schneller schlug.

Offensichtlich hatte Kardinal Cardoza sie in die Enge getrieben, aber nach allem, was ich da hörte – und wenn ich sie richtig verstand –, plante die Königin bereits einen Vergeltungsschlag gegen ihn.

»Ihr seid sehr direkt in Euren Worten und augenscheinlich auch Euren Taten, Euer Hoheit«, sagte mein Lehrer. »Ich hoffe, mich niemals in der Schusslinie dieser Taten zu finden, nur weil ich die Untersuchung des Sultans übernommen habe.«

»Wenn Ihr mein Geheimnis vor meinem Gemahl bewahrt, habt Ihr nichts zu befürchten, Engländer.«

»Betrachtet Euer Geheimnis als sicher«, erwiderte Mr. Ascham. »Eine Sache jedoch macht mir noch Sorgen: Darius wurde *ebenfalls* von Kardinal Cardoza erpresst. Ihr handelt direkt und schnell, ohne die Notwendigkeit, zur List zu greifen, aber Darius ist möglicherweise nicht so frei in seinem Handeln. Es wäre denkbar, dass er es war, der versuchte, Cardoza zu vergiften, und versehentlich Farnese tötete.«

Die Königin sah meinen Lehrer an und nickte. »Das könnte tatsächlich der Fall sein«, sagte sie. Dann bedeutete sie uns plötzlich zu gehen. »Diese Unterhaltung ermüdet mich, und die Partie erreicht eine entscheidende Phase. Bitte geht.«

Wir kehrten zu unseren Plätzen zurück, wo wir die Beobachtung der Schachpartie wieder aufnahmen und feststellten, dass sie tatsächlich einen kritischen und höchst unerwarteten Punkt erreicht hatte.

DER FAVORIT DES SULTANS STRAUCHELT

Je weiter Zamans Begegnung mit Wladimir voranschritt, desto deutlicher wurde, dass sie nicht nach Plan verlief.

Wladimir schlug den Favoriten des Sultans nicht nur, er vernichtete ihn. Der Moskowiter hatte gerade das zweite Spiel gewonnen und war im dritten – nachdem der Sultan von seinem Treffen zurückgekehrt war und seinen Platz auf dem Thron wieder eingenommen hatte – schon früh in Führung gegangen.

Die Stirn des Sultans runzelte sich besorgt. Wenn es so weiterging, war die Begegnung noch am Vormittag entschieden und sein Favorit vernichtend geschlagen.

Die Zuschauer schienen das ebenfalls zu spüren. Jedes Mal, wenn Wladimir eine von Zamans Figuren schlug, warfen sie nervöse Blicke zur königlichen Bühne und flüsterten erregt miteinander.

Nachdem er seine etwas heikle Unterhaltung mit der Königin überlebt hatte, verfolgte mein Lehrer nun die Partien mit neuem Interesse. Ich bemerkte, dass er auf eine seltsame Weise die Augen zusammenkniff, während er jedem einzelnen Zug aufmerksam folgte.

Und so verfolgte auch ich den Fortgang der dritten Partie auf eine ungewöhnliche Weise: indem ich den Blick zwischen dem Spielerpodest und dem Gesicht meines Lehrers hin- und herwandern ließ – als würde ich meinem Vater beim Tennisspielen zusehen. Denn Mr. Ascham beobachtete in der Tat das Spiel, aber ich spürte auch, dass er noch etwas anderes sah, das den anderen 5000 Menschen in der Halle entging.

Dann stand mein Lehrer plötzlich auf und entschuldigte sich. »Bleib hier. Ich bin gleich wieder da«, sagte er und verließ die königliche Bühne.

Ich zuckte mit den Achseln und wandte mich wieder der Partie zu, den Blick auf die hilflos und verzweifelt wirkende Gestalt Zamans gerichtet.

Er hatte den Kopf tief über das Schachbrett gebeugt und war unübersehbar verwirrt und nervös, aus der Fassung gebracht von den Strategien seines Gegners. Schweißperlen glitzerten auf seiner Stirn. Immer wieder lehnte er sich auf seinem Stuhl zurück und schaute himmelwärts, suchte mit seinen Blicken die Kuppeldecke der Halle ab, als flehte er Allah selbst um Hilfe an. Doch heute schien Allah anderweitig beschäftigt zu sein.

Nach einer Weile kehrte Mr. Ascham zur Bühne zurück und nahm wieder neben mir Platz.

»Wie läuft die Partie?«, fragte er.

»Zaman hat beide Springer und einen Läufer verloren«, berichtete ich. »Aber er begegnet den Angriffen des Moskowiten in dieser Partie schon etwas besser.«

»Hmmm«, machte mein Lehrer.

Tatsächlich dauerte die dritte Partie deutlich länger als die ersten beiden – Zaman, der von Anfang an zurückgelegen hatte, kämpfte tapfer und schaffte es mit ein paar wagemutigen Zügen beinahe, die frühen Verluste auszugleichen –, aber das Ergebnis war das gleiche: Wladimir gewann.

Der Moskowiter führte jetzt mit drei Siegen. Wenn er das nächste Spiel auch noch gewann, würde er als Sieger aus der

Begegnung hervorgehen, für die erste große Sensation des Turniers sorgen und dem Stolz des Sultans beträchtlichen Schaden zufügen.

»Ich habe den leisen Verdacht, dass Zaman das Blatt vielleicht noch wenden kann«, flüsterte Mr. Ascham mir zu, während die Figuren für die vierte Partie aufgestellt wurden und Zaman und Wladimir sich mit ihren Helfern unterhielten (es war den Spielern verboten, während der Partien mit ihren Begleitern zu reden, aber zwischen den Spielen war es erlaubt).

Ich schnaubte. »Das glaube ich nicht. Der Moskowiter ist viel zu gut für ihn.«

»Warte ab.«

Die vierte Partie begann, und Wladimir eröffnete kühn und bewegte seine Figuren entschlossen und selbstbewusst. Zwischendurch schaute er einmal zu seinem Prinzen, dem jungen Iwan, hinüber und zwinkerte ihm siegesgewiss zu.

Dann schlug Zaman den vorgerückten Springer Wladimirs.

In keinem der drei bisherigen Spiele hatte der Lokalfavorit als Erster eine der Figuren des Moskowiten geschlagen.

Wladimir runzelte die Stirn, konzentrierte sich neu und zog ein paar Figuren, aber plötzlich bot Zaman ihm mit einem vorpreschenden Springer Schach und griff gleichzeitig die Dame des Moskowiters an – genau der Zug, vor dem Mr. Giles mich auf unserer Reise nach Konstantinopel gewarnt hatte.

Wladimir zog den König aus dem Schach, Zamans Springer holte die Dame des Moskowiters vom Brett, und 5000 Zuschauer jubelten und applaudierten. Erregung machte sich breit.

Der Lokalfavorit war wieder im Rennen.

Genau wie mein Lehrer vorhergesagt hatte.

Als Zaman die vierte Partie eine halbe Stunde später gewann – zur offensichtlichen Erleichterung des Sultans, der Bestürzung Wladimirs und der tosenden Begeisterung der Zuschauer –, warf ich Mr. Ascham einen fragenden Blick zu.

Er nickte nur und sagte: »Schau weiter zu.«

Das tat ich, und zu meinem Erstaunen gewann Zaman auch die nächste Partie und die darauf folgende, und plötzlich stand es unentschieden: Jeder hatte drei Siege, und die siebte und letzte Partie würde die Begegnung entscheiden.

Es war jetzt fast Mittag und die andere Begegnung längst vorüber (der Spieler der Kirche, Bruder Raúl, hatte seinen Landsmann Montoya mit vier Siegen zu einem geschlagen und – wie manche sagten – bewiesen, dass Gott immer noch mächtiger war als der Kaiser des Heiligen Römischen Reiches), aber diese Partien hatten ohnehin nur wenige der Anwesenden verfolgt. Die Menge hatte nur Augen für den packenden Kampf zwischen dem starken Moskowiter und dem immer mehr erstarkenden Lokalfavoriten.

Als die Partie begann, hörte ich, wie sich einige Leute auf der königlichen Bühne darüber unterhielten, dass dieses siebte und letzte Spiel der Begegnung möglicherweise als eine der großartigsten Schachpartien in die Geschichte eingehen würde.

Zaman schlug früh Wladimirs Dame, doch der Moskowite glich den Stand nur wenige Züge später wieder aus, und so kämpften sie damenlos weiter, nach und nach immer mehr Figuren vom Brett schlagend, bis die Partie in ein riskantes Endspiel mit Königen und Bauern mündete.

Das Publikum, sowohl auf der königlichen Bühne als auch in der Halle, verfolgte gespannt jede Bewegung auf dem Spielerpodest. Jeder Zug rief geräuschvolles Luftschnappen hervor, offenen Applaus oder entsetztes Keuchen.

Aber dann wandelte Zaman – nach einigen besonders tollkühnen Manövern, zu denen auch die Opferung eines vielversprechenden Bauern gehörte – einen scheinbar isolierten Bauern in eine Dame um, die mit ein paar schnellen, brutalen, weitreichenden Zügen umgehend das Brett leer fegte, und Wladimir – fassungslos, dass man ihn so plötzlich und raffiniert überlistet hatte – legte seinen König um. Donnernder Applaus ließ die Hagia Sophia erbeben, und die gesamte Zuschauermenge sprang jubelnd auf die Beine, begeistert über den heroischen Kampf, dessen sie eben Zeuge geworden war.

Auch ich stand auf und klatschte, aber dabei sah ich, dass mein Lehrer – als Einziger in der ganzen Halle – auf seinem Stuhl sitzen blieb. Er stand nicht auf und er applaudierte auch nicht.

Und als der lärmende Jubel verklang und der Sultan dem erschöpften Zaman die Hand schüttelte, sagte mein Lehrer tonlos: »Komm, Bess. Lass uns gehen und mit Giles zu Mittag essen, bevor seine wichtige Partie heute Nachmittag beginnt. Ich habe genug von dem hier.«

Verwirrt folgte ich ihm aus der Hagia Sophia heraus.

Ich hatte erwartet, dass wir in unseren Räumen speisten, aber Mr. Ascham beschloss, dass wir wie bei einem Picknick auf einer Decke im Sonnenschein auf dem Hauptrasen des Ersten Hofes essen würden.

Mr. Giles aß schweigend, in Gedanken versunken, seinem Geist vor den anstehenden Partien Ruhe gönnend.

Elsie schaute sich die ganze Zeit um, wahrscheinlich in der Hoffnung, einen Blick auf den Kronprinzen erhaschen zu können.

Ich fragte meinen Lehrer, warum wir auf diese Weise aßen: im Freien und unter uns.

»Die Wände unseres Quartiers haben Ohren«, erwiderte er. »Und einige haben auch Augen. Der Sultan wusste von der geheimen Nachricht, die ich in Maximilians Schuh fand, obwohl ich sicher bin, dass Latif sie nicht gesehen haben kann. Nur bei einer einzigen Gelegenheit habe ich jemandem von ihrer Existenz erzählt, und zwar dir in unseren Gemächern, und ich bin mir sicher, dass du niemandem etwas davon gesagt hast.«

»Auf gar keinen Fall!«, sagte ich und musste plötzlich daran denken, über was wir wohl sonst noch in der trügerischen Abgeschiedenheit unserer Gemächer geredet haben mochten. Elsies Berichte über ihre nächtlichen Abenteuer kamen mir in den Sinn.

»Wir sitzen hier draußen«, erklärte Mr. Ascham, »weil ich nicht will, dass der Sultan die Antwort auf die Frage hört, die du mir zweifellos über die Schachpartien stellen willst, die wir gerade gesehen haben.«

Ich stellte die Frage, auf die er anspielte: »Woher wusstet Ihr, dass Zaman gewinnen wird? Er lag so weit zurück und hatte die ersten drei Partien klar verloren.«

Mr. Ascham nickte. »Zaman hatte Hilfe. Von oben.«

Ungläubig legte ich den Kopf auf die Seite. »Göttliche Hilfe? Vom moslemischen Gott?«

»Nein, nichts Übernatürliches. Er hatte menschliche Hilfe. Dir mag vielleicht aufgefallen sein, dass er sich zwischen den Zügen oft zurücklehnte und den Blick zum Himmel schweifen ließ. Zaman suchte dabei nicht nach göttlicher Unterstützung, sondern nach Signalen einer Gruppe einheimischer Schachexperten, die auf dem privaten Gebetsbalkon des Sultans saßen. Fünf Männer waren dort oben, versteckt hinter den Gitterwänden – unsichtbar für die Zuschauer in der Halle und auf den Galerien –, von wo sie die Partien verfolgten und analysierten.«

»Zaman hat betrogen…?«

»Genau. Als ich zwischendurch die königliche Bühne verließ, spazierte ich zu einem Punkt oberhalb des Eingangs des Sultans, von wo aus ich einen Blick auf den Balkon des Sultans hatte – und da saßen sie, fünf Männer, dicht gedrängt um ein Schachbrett, auf dem die Figuren genau die Position der Partie zwischen Zaman und Wladimir wiedergaben. Mit gesenkten Köpfen diskutierten und debattierten sie aufgeregt über die Partie.

Und Zaman brauchte alle Hilfe, die er bekommen konnte. Wladimir ist ein sehr starker Spieler, und ich glaube nicht, dass Zaman oder seine Helfer damit gerechnet hatten, wie schnell der Moskowiter die erste Partie gewinnen würde. Du wirst dich erinnern, dass Zaman in der zweiten Partie schon etwas länger Widerstand leistete und in der dritten noch länger – seine Helfer brauchten die Zeit, um Verteidigungsmaßnahmen und Gegenstrategien gegen Wladimirs Angriffe auszuarbeiten.«

»Aber das ist doch unerhört!«, rief ich. »Wir müssen es jemandem sagen…«

»Du wirst nichts dergleichen tun. Außerdem – wem wolltest du es sagen? Dem Sultan? Zamans Helfer saßen auf seinem eigenen Privatbalkon. Sie handeln eindeutig mit seinem ausdrücklichen Wissen und seiner Zustimmung. Wir wissen, dass der Sultan die Auslosung zu Zamans Gunsten manipuliert hat. Wir vermuten, dass er versucht hat, Mr. Giles auf dem Weg hierher vergiften zu lassen – und, wer weiß, vielleicht auch noch andere Spieler. Der Walache, Dragan, sagte doch, er habe sich seit seiner Ankunft in Byzanz nicht wohlgefühlt. Und jetzt wissen wir auch, dass der Sultan keine Mittel scheuen wird, um sicherzustellen, dass sein Mann das Turnier vor seinen Untertanen gewinnt.«

»Was ist mit unseren Räumen?«

Mein Lehrer seufzte. »Ich denke, dass jemand hinter den dünnen Wänden oder von oben unsere Gespräche belauscht. Wir müssen von nun an vorsichtig sein, was wir sagen, wenn wir in unserem Quartier sind.«

Ich schüttelte den Kopf. Mein Lehrer war manchmal wirklich außerordentlich klug.

»Im Endeffekt«, sagte Mr. Ascham, »ist Zamans Betrug für uns nicht von Bedeutung, solange Giles nicht das Finale erreicht, denn nach der Auslosung wird er frühestens in der entscheidenden letzten Begegnung auf Zaman treffen. Und bis dahin ist es noch ein weiter Weg, denn heute Nachmittag muss Giles zunächst einen sehr schweren Gegner überwinden – Dragan aus der Walachei.«

Wie schon vor der Begegnung mit Talib begannen Mr. Giles und Mr. Ascham mit strategischen Planungen für den anstehenden Kampf.

Sie unterhielten sich über Dragans vorherige Begegnung mit dem Venezianer Marko, die der Walache ohne eine einzige Niederlage für sich entschieden hatte, während er die ganze Zeit getrunken, gerülpst und wortreich geflucht hatte.

»Dieser Dragan ist der ungehobeltste Rüpel, den ich je gesehen habe«, meinte ich. »Es wundert mich, dass jemand, der so unzivilisiert und grob ist, überhaupt nur eine *Spur* von Talent in einem so raffinierten Spiel wie dem Schach besitzt.«

»Nicht so voreilig«, mahnte mein Lehrer. »Dragan mag tatsächlich derb und vulgär sein, aber das heißt nicht, dass er nicht intelligent ist. Klugheit ist kein Vorrecht der Reichen und Kultivierten, Bess. Verwechsle nicht die äußere Erscheinung eines Menschen mit seinen geistigen Fähigkeiten; nur weil jemand gut gekleidet und wohlerzogen ist, heißt das nicht, dass er über Verstand verfügt. Übrigens – und bei allem Respekt – ist das ein Fehler, den, wie ich glaube, dein Vater bei Hofe immer wieder macht, und den zu vermeiden du gut beraten wärst, solltest du jemals auf dem Thron sitzen. Umgebe dich mit fähigen Menschen; der Zustand ihres Geistes ist weit wichtiger als der Zustand ihrer Kleidung.«

»Wenn Dragan so klug ist, warum muss er dann so streitlustig sein?«, fragte ich. »Wenn man intelligent ist, muss man nicht feindselig sein.«

»Es würde mich nicht wundern, wenn Dragan ein hartes Leben in der Walachei hinter sich hat und vielleicht eine brutale Kindheit. Was auch immer der Grund ist, er ist nun mal aggressiv. Darüber hinaus weiß er das auch, und am Schachbrett setzt er seine natürliche Feindseligkeit und seine beeindruckende körperliche Präsenz zu seinem Vorteil ein. Seine groben Beleidigungen sind nicht nur so dahingesagt; es sind bewusste Versuche, seinen Gegner einzuschüchtern und aus dem Konzept zu bringen, sodass dieser sich mehr Gedanken über Dragan und weniger über die Schachpartie macht.«

»Das Gleiche gilt für sein Trinken während des Spiels«, ergänzte Mr. Giles. »Ich habe so etwas schon früher gesehen. Es ist eine Ablenkungsstrategie, die den Gegner dazu verleiten soll, Dragan zu unterschätzen und zu glauben, dass von ihm unkluge Züge zu erwarten sind. Während der gesamten Begegnung mit dem Venezianer, während Dragan fröhlich und lautstark zechte, hat er nicht einen einzigen fehlerhaften Zug gemacht, und seine Augen waren immer scharf. Er kann sich dem Alkohol hingeben und trotzdem sehr präzise Schach spielen.«

Ich lehnte mich überrascht zurück. Wo ich nur einen gewöhnlichen schmutzigen Strolch gesehen hatte, hatten mein Lehrer und Mr. Giles viel, viel mehr beobachtet.

»Wie also wollt Ihr ihn schlagen?«, fragte ich.

Zuerst antwortete mir nur Schweigen.

Dann wandte sich Mr. Ascham an Mr. Giles. »Es gibt ein orientalisches Sprichwort, das ich sehr mag: ›Wenn Aggression auf Leere trifft, besiegt sie sich selbst.‹ Lass Dragans Aggression ins Leere laufen. Ob ein König bei Hofe oder ein Schläger in einer Schenke – ein brutaler Mensch bezieht seine Stärke aus der Reaktion, die ihm entgegengebracht wird. Er liebt es zuzusehen, wie sein Opfer sich windet, und das macht ihn nur noch selbstsicherer. Aber wenn du ihn nur anlächelst, sobald er dich beleidigt, Giles, besteht eine gute Chance, dass es ihn erzürnt und er seine Aggression gegen sich selbst richtet.«

»Oh, das gefällt mir, Roger.« Mr. Giles grinste. »Das gefällt mir sehr.«

»So oder so, mein Freund, wird es ein schwieriger Kampf werden.«

MR. GILES GEGEN DRAGAN

Wieder einmal erwiesen sich die Vorhersagen meines Lehrers als richtig: Mr. Giles' Begegnung mit Dragan aus der Walachei war eine erbitterte Schlacht.

Und der Walache war aggressiv wie nie zuvor. Er beschimpfte Mr. Giles in seiner Muttersprache *und* auf Griechisch. Zwischen den Zügen funkelte er Mr. Giles an und schleuderte ihm obszöne Bemerkungen entgegen, wann immer er eine Figur des Engländers schlug, darunter natürlich auch sein Lieblingssatz »Fick deine Mutter, Engländer!« oder die scharfzüngige Erweiterung: »Fick sie noch mal!« Er spottete über Mr. Giles' Züge: »Was zur Hölle soll das denn?« oder »Ich wusste gar nicht, dass Engländer auch verfickte Idioten sind und nicht nur verfickte Dandys!« Als er die erste Partie gewann, schrie Dragan: »Haha! Dragan macht das, was schon alle Armeen Frankreichs wollten, aber nicht schafften: einen Engländer über ein Fass legen und in den Arsch ficken! Haha!«

Doch während der ganzen Zeit ließ sich Mr. Giles nicht aus der Ruhe bringen.

Wenn Dragan ihn beleidigte, lächelte er ihn nur freundlich an – und gewann in aller Ruhe die nächsten beiden Partien.

Es sollte nicht unerwähnt bleiben, dass Dragan außerdem mit unfairen Mitteln kämpfte. Nach der vierten Partie (die Dragan gewann, womit er auf zwei zu zwei ausglich) klagte Mr. Giles über Kopfschmerzen. Mr. Ascham veranlasste, dass ihm ein beruhigender Tee gebracht wurde, der auch zu helfen schien – doch dann, während des nächsten Spiels, fiel meinem Lehrer und mir ein seltsamer Lichtstrahl auf, der Mr. Giles während wichtiger Phasen der Partie direkt in die Augen schien.

Mr. Ascham suchte die Halle ab und entdeckte die Quelle des blendenden Strahls: eine kleine Zigeunerin, die eine Spiegelscherbe in einem solchen Winkel hielt, dass das Sonnenlicht direkt in Mr. Giles' Augen reflektiert wurde. Sie machte es nicht allzu offenkundig und nie über einen längeren Zeitraum, nur gerade lange genug, um Mr. Giles unterschwellig zu stören.

Mein Lehrer rief leise eine Palastwache herbei und zeigte auf die Frau mit dem Spiegel, woraufhin die Störerin diskret aus der Halle entfernt wurde – allerdings nicht, bevor Dragan die Partie gewonnen hatte und nun mit drei zu zwei Siegen führte. Damit war dieser garstige Mensch nur noch eine Partie vom Sieg in der Begegnung entfernt.

Nachdem jedoch die Störung beseitigt war, gewann Mr. Giles seine alte Konzentrationsfähigkeit zurück, was seinem Spiel sichtlich guttat. Unter den zunehmend grober werdenden Beleidigungen des Walachen legte Mr. Giles eine fast schon unnatürliche Ruhe an den Tag, was schließlich – wie mein Lehrer gehofft hatte – dazu führte, dass Dragan anfing, sich *selbst* zu beschimpfen (»Was hast du dir denn dabei gedacht, Dragan?«; »Du hättest diesen englischen Narren schon vor zwei Partien fertigmachen sollen!«).

Außerdem schaute er jetzt immer häufiger Mr. Giles an, nachdem er eine seiner Beleidigungen ausgespien hatte, um nach einer Reaktion zu suchen, irgendeiner Reaktion – aber als er keine entdeckte, zog er seine Figuren mit finsterem Gesicht und knallte sie förmlich auf das Brett. Mr. Giles blinzelte nicht einmal. Daraufhin beschimpfte der Walache sich selbst nur noch mehr.

Und so gewann Mr. Giles das sechste Spiel, was eine siebte und entscheidende Partie erforderlich machte.

Zu meiner Überraschung übernahm Mr. Giles von Anfang an mit untypischer Aggressivität die Kontrolle über die Partie. (Er baute einen mächtigen Bauernkeil auf, den Dragan beim besten Willen nicht durchdringen konnte, und benutzte ihn als Ausgangsbasis vernichtender Angriffe seiner Springer und eines Läufers.)

Zu dem Zeitpunkt – erzählte Mr. Giles mir später – hatte er die grundlegenden Taktiken und Strategien des Walachen durchschaut, und in der letzten Partie sah er sie jedes Mal kommen und ahnte alle Angriffe Dragans voraus. Mit doppelter Wucht gab er sie zurück und entfernte nach und nach alle schweren und leichten Figuren des Walachen vom Brett, bis der Grobian nur noch seinen König und ein paar Bauern gegen Mr. Giles' volle Armee von Springern, Läufern, Dame und Türmen hatte.

Und dann zog Mr. Giles einen Turm einmal ganz über das Brett und sagte etwas zu dem Walachen, das nur die beiden verstehen konnten.

Der Zug setzte Dragan matt, aber Mr. Giles hatte eindeutig mehr gesagt als nur »Schachmatt«. Die Begegnung war entschieden, und der bullige Walache stapfte vom Podest, leise vor sich hin murmelnd und mit einem eklatanten Mangel an Anmut gestikulierend.

Als Mr. Giles später mit einem erschöpften Lächeln zu uns stieß, fragte ich ihn, was er zu Dragan gesagt hatte, als er ihn matt setzte.

Mr. Giles zuckte verschämt mit den Achseln. »Ich sagte: ›Schachmatt, du Bastard, und jetzt geh und fick *deine* Mutter.‹«

Auch wenn Mr. Giles' Kampf gegen Dragan über volle sieben Partien gegangen war, war er doch lange vor der anderen Viertelfinalbegegnung zwischen Nasiruddin und Ibrahim auf dem anderen Spielerpodest beendet.

Trotz der unsportlichen Tricks und der obszönen Beleidigungen war Mr. Giles' Wettkampf mit Dragan doch aus strategischer Sicht eine recht geradlinige Angelegenheit mit vielen kühnen Zügen und erzwungenen Tauschmanövern gewesen. Nasiruddins und Ibrahims Begegnung war ein sehr viel vertrackteres und verworreneres Duell. In der Zeit, die Mr. Giles und Dragan brauchten, um sieben Partien zu spielen, beendeten Nasiruddin und Ibrahim gerade mal vier, wobei jeder von ihnen zwei Siege davontrug.

Indem wir Mr. Giles den Glückwünschen der anderen Delegationen überließen (außerdem wollte Mr. Giles die restlichen Spiele der anderen Begegnung verfolgen), verließen Mr. Ascham, Elsie und ich die Hagia Sophia. Mein Lehrer wollte den Nachmittag dazu verwenden, weitere Nachforschungen anzustellen.

Insbesondere wollte er mit Darius, dem Ringer, sprechen.

Den ganzen Nachmittag verbrachten wir damit, im Palast nach ihm zu suchen. Wir gingen von Hof zu Hof und fragten Wachen, Diener und Gäste, ob sie den berühmten Ringer gesehen hatten.

Aber niemand hatte ihn gesehen oder wusste, wo er sich befand.

Darius war verschwunden.

DIE UNTERWELT

An diesem Abend, nach Mr. Giles' aufregendem Sieg und
unserer nachmittäglichen Suche nach Darius, zog sich mein
Lehrer zeitig in sein Zimmer zurück und fiel schnell in
einen tiefen Schlaf. Mr. Giles tat es ihm gleich, noch immer
erschöpft von seinem Kampf gegen die Walachen.

Damit war ich Elsies Obhut überlassen, und Elsie hatte
an diesem Abend nur ein Ziel.

»Komm mit, Bessie! Komm und sieh dir mit eigenen
Augen eine der Zusammenkünfte des Kronprinzen an.
Heute, so habe ich gehört, veranstaltet er eine Feier im pri-
vaten Badehaus seines *Vaters*. Ich treffe mich in Kürze mit
Zubaida am Eingang des Harems. Komm mit! Heute ist die
Nacht, in der ich den zukünftigen Sultan meine englische
Rose kosten lassen werde!«

Und so begleitete ich Elsie, gehüllt in einen Umhang mit
Kapuze, meine Gedanken irgendwo zwischen unschuldi-
ger Beklommenheit, heimlicher Aufgeregtheit und unverhohlener Neugier. Es war eine Sache, Elsie von ihren
Eskapaden berichten zu hören, aber etwas ganz anderes, sie
mit eigenen Augen zu sehen. Ich musste mich mit meinen
kurzen Beinen gehörig anstrengen, um mich von ihren
langen, entschlossenen Schritten nicht abhängen zu lassen.

Wir trafen Zubaida am Haupteingang des Harems.
Zubaida trug einen leichten Umhang, der oben zugeknöpft
war – hin und wieder blies ein Windstoß ihn auseinander

und ich konnte erkennen, dass sie darunter ein sehr kurzes Kleid aus einem hauchdünnen, fast durchsichtigen Stoff mit langen Schlitzen an beiden Oberschenkeln trug. Zu dritt gingen wir auf die Wachen zu.

Elsie nannte die Zugangsparole für diese Nacht, aber die Wachen taten etwas Seltsames: Sie sagten, sie würden nur ihr Zugang gewähren.

»Prinz Selim hat klare Anweisungen gegeben«, sagte einer der Männer zu Elsie. »Heute Abend erhalten nur einige spezielle Gäste Zugang. Ihr gehört zu den wenigen, aber die beiden ...« Er deutete mit dem Kopf auf Zubaida und mich. »... nicht.«

Elsie schaute uns an, einen etwas gequälten Ausdruck auf dem Gesicht. So loyal sie ihren Freundinnen gegenüber war, hatte sie doch bestimmte Absichten für diese Nacht, und um sie zu verwirklichen, mussten wir sie gehen lassen.

»Geh schon, Elsie«, sagte ich. »Dann werde ich mir die Aktivitäten des Kronprinzen ein anderes Mal ansehen.«

Zubaida schien weniger gewillt zu sein, Elsie allein gehen zu lassen, zumal sie es ja gewesen war, die Elsie überhaupt erst Zugang zu diesen exklusiven Zusammenkünften verschafft hatte.

»Zu-zu?«, flehte Elsie. »Wärst du böse ...?«

»Ach, geh«, sagte Zubaida steif. »Geh schon.«

Elsie quiekte vor Freude. »Ich erzähle euch morgen alles!« Sie umarmte uns schnell und eilte an den Wachen vorbei in die geheime Welt des Harems.

Ich stand verloren mit Zubaida neben dem Wachhaus, enttäuscht und ernüchtert.

Doch dann zog mich Zubaida mit sich, außer Hörweite der Wachen. »Weißt du, es gibt noch andere Möglichkeiten, in die versiegelten Bereiche des Palastes zu gelangen. Komm mit.«

Wir eilten in die Nacht davon.

Zubaida führte mich zu einem kleinen Garten am Nordende des Vierten Hofes.

Dieser etwas abgelegene Bereich des Palastes war bekannt für seine vielen Haine und Gärten, die in einer ausgedehnten Abfolge von winzigen, durch Gitterwände abgetrennten Höfen angeordnet waren. Die meisten Blumenarrangements bestanden aus Tulpen, aber dieser kleine Garten war Rosen vorbehalten. Ein kleiner Springbrunnen in der Mitte des Gartens plätscherte fröhlich vor sich hin.

Zubaida schaute sich verstohlen um, bevor sie mich in den Rosengarten führte. Dort nahm sie eine brennende Fackel aus einer Wandhalterung und kniete sich schnell auf den Boden neben dem Springbrunnen, wo sie ein kleines quadratisches Gitter hochhob, das in die Pflastersteine eingelassen war.

»Ich bin in diesem Palast aufgewachsen, und als kleines Mädchen wurde ich von den älteren Kindern in diese Unterwelt eingeführt«, sagte sie. »Wie alle Kinder liebten wir es, in den alten römischen Abwasserkanälen und Zisternen des Palastes zu spielen. Die Tunnel und Kammern dort unten reichen bis unter den Harem.«

Dunkelheit gähnte unter der Öffnung. Ich hörte das Seufzen der Luftbewegung: ein riesiger Hohlraum.

Zubaida stieg in das Loch, in dem eine Leiter direkt unter dem Rand nach unten führte.

»Du hast doch keine Angst im Dunkeln, oder, kleine Prinzessin?«, neckte sie mich, bevor sie in dem Loch verschwand, in einer Hand die Fackel haltend. Ihre hallende

Stimme fügte noch hinzu: »Vergiss nicht, das Gitter hinter dir wieder zu schließen.«

Ich zögerte einen Moment, unsicher und ein bisschen bange, aber schließlich gewannen mein Stolz und meine Neugier die Oberhand, und ich beeilte mich, Zubaida zu folgen.

Am unteren Ende der Leiter erwartete uns eine abwärtsführende steinerne Wendeltreppe. Mich dicht hinter Zubaida haltend, stieg ich die Treppe hinab, bis sie unerwartet im Wasser endete. Ich blieb stehen und sah vor mir eine riesige künstliche Höhle.

Ein Wald aus Säulen, die die Decke stützten, erstreckte sich von uns fort, es waren etwa zwei Dutzend, alle perfekt ausgerichtet. Sie waren in römischem Stil gehalten: aus Marmor gemeißelt und oben und unten mit Köpfen von Artemis, Aphrodite und (bei einigen wenigen) Medusa verziert. Sie alle ragten aus einem weitläufigen unterirdischen See auf.

»Eine Zisterne«, flüsterte Zubaida. »Für die Speicherung von Trinkwasser. Die Römer haben unzählige davon überall in der Stadt gebaut, um das Wasser aufzunehmen, das sie aus den Bergen hierhergeleitet haben. In den darauf folgenden Jahrhunderten wurde Konstantinopel über ihnen gebaut und immer wieder neu gebaut. Aber die römischen Zisternen sind so robust, dass sie auch heute noch bestehen und tatsächlich immer noch Grundwasser speichern. Auch heute noch schlagen viele Stadtbewohner Löcher in die Böden ihrer Kellerräume und lassen Eimer in die uralten Zisternen hinab, um Wasser heraufzuholen. Keine Sorge, es ist nicht tief.«

Zubaida trat in den See hinab, und tatsächlich reichte ihr das Wasser nur bis zu den Knien. Plätschernd ging sie von mir fort, hinaus in die Dunkelheit. Der Schein der Fackel erzeugte einen kleinen Lichtkranz um ihren Kopf. Eilig folgte ich ihr.

Diese erste Zisterne war angefüllt mit vielen kleinen Bergen aus Abfall und Schutt – weggeworfene Eisentore und Rohre, Holzbretter, Türen, an denen noch die Scharniere waren, und alte Sandsteinblöcke –, alles in sehr unansehnlicher Weise an den Säulen aufgehäuft. Zwischen den Haufen führten schmale Wege hindurch, und manche der Hügel ragten beunruhigend über unsere Köpfe, als wir an ihnen vorbeigingen.

»Der Eingang war früher größer«, erklärte Zubaida, »und die Palastbewohner haben ihren Abfall hier heruntergebracht. Um das zu verhindern, wurde der Eingang bis auf das kleine Gitter im Rosengarten verkleinert.«

Es gab noch weitere Gefahren. In der zweiten Zisterne, die wir betraten, lagen versteckt unter dem knietiefen Wasser mehrere Löcher in unregelmäßigen Abständen, in die der unerfahrene Entdecker leicht hineinfallen konnte. In zwei von ihnen trat ich selbst fast hinein.

»Das hier sind eigentlich *kleine* Zisternen«, sagte Zubaida. »Drüben unter der Ayasofya gibt es eine riesengroße, gegen die diese hier geradezu winzig wirken.«

Ich bemühte mich, dicht bei meiner Führerin zu bleiben, und ich war froh, dass ich es tat, denn nach den ersten beiden Kammern führte Zubaida mich durch ein wahrhaftiges Labyrinth aus schmalen Durchgängen und gewaltigen Zisternen, einen unterirdischen Irrgarten, der Minos alle Ehre gemacht hätte.

Wir gingen durch hohe Kammern, die seit über tausend Jahren nicht mehr das Tageslicht gesehen hatten – in einigen gab es bogenförmige Durchgänge und hohe Fenster (die jetzt zugemauert waren) und sogar Treppen, die auf andere Ebenen führten.

Zubaida schien diese Kammern als Orientierungspunkte in dem unterirdischen Labyrinth zu benutzen.

»Hmmm«, machte sie, als sie in einer der Kammern stehen blieb. Drei Bogengänge zweigten in drei verschiedene Richtungen ab. »Mal sehen. Dieser hier führt unter den Gemächern der Königin hindurch, was bedeutet, dass wir den Durchgang da nehmen müssen, um zum Privatbad des Sultans zu gelangen ...«

Wir setzten unseren Weg noch eine Weile auf diese Weise fort, bis Zubaida plötzlich in einer neuen Zisterne stehen blieb. Offensichtlich war sie irgendwo falsch abgebogen, denn als sie anhielt, drehte sie sich mit verwirrter und verärgerter Miene um.

»Verdammt. Ich muss wohl ... oh ... *oh* ...«

Sie schaute über meine Schulter und wurde blass.

»Es tut mir schrecklich leid ... ich wollte nicht ...«

Ich fuhr herum ...

... und sah mich mehreren Augenpaaren gegenüber, die aus der Dunkelheit auftauchten. Es waren böse blickende Augen, und sie gehörten den Bewohnern dieser Unterwelt, die in Lumpen gekleidet drohend auf uns zukamen.

DIE BEWOHNER
DER UNTERWELT

Die Gruppe der gefährlich aussehenden Gestalten trat in den Lichtschein von Zubaidas Fackel, und erschrocken stellte ich fest, dass es Kinder waren.

Es waren etwa zwölf, im Alter irgendwo zwischen acht und 16. Alle hatten schmutzige, schmierige Gesichter und die tiefen Augenhöhlen Hungernder.

Jetzt wurde ich mir auch unserer Umgebung in dieser düsteren Höhle bewusst: Inseln aus Abfall, die sich über die Wasseroberfläche erhoben und auf denen eine Ansammlung grober Hütten und Verschläge stand. Wir waren versehentlich auf ihre Behausungen gestoßen. Für diese Kinder war ein ärmliches Leben in der Dunkelheit besser als eines auf den Straßen Konstantinopels.

Ein großer schlaksiger Knabe – der Größte der Gruppe – trat vor und sagte auf Griechisch zu Zubaida: »Du weißt, dass du nicht hierherkommen sollst, reiches Mädchen.«

»Omar, bitte, es tut mir wirklich leid«, stammelte Zubaida. »Wir … wir haben uns verlaufen.«

Der Junge, der sie um einige Zentimeter überragte, starrte lüstern auf ihre Brust. »Du weißt, dass kein Eindringling unsere Höhle verlässt, ohne einen Wegzoll zu zahlen. Ich hoffe für euch, dass ihr noch etwas anderes anzubieten habt als eure Leiber.«

Zubaida sah aus wie ein in die Enge getriebener Hund.

Sie trug nur ihren leichten Umhang und das sehr kurze Kleid – das sie offensichtlich in Erwartung eines anderen fleischlichen Abenteuers angezogen hatte. Sie hatte sonst nichts bei sich und ganz gewiss nichts, womit sie sich frei-kaufen konnte.

Während dieses Wortwechsels betrachtete ich die Gruppe der Kinder, die sich hinter dem größeren Omar zusammendrängte. Kleine Mädchen mit ängstlichen Augen, kleine Jungen mit tapferen, finsteren Blicken, alle in schmutzige Lumpen gehüllt. Und dann sah ich – mit einigem Erschrecken – unter ihnen jemanden, den ich kannte …

Aber in dem Moment drehte sich der Anführer zu mir um. »Und was ist mir dir, Mädchen? Dich habe ich noch nie gesehen. Bist du eine Besucherin des Palastes? Von wo kommst du?«

»Ich komme aus England«, sagte ich mit fester Stimme auf Griechisch. »Wo ich die Tochter des Königs bin«, fügte ich in der Hoffnung hinzu, dass meine königliche Abstam-mung ihn vielleicht einschüchterte. Es war keine gute Idee.

Der Junge grinste mit schadhaften Zähnen. »Die Tochter eines Königs, wie? Dann lass mich Folgendes zu deiner All-gemeinbildung beitragen: Königliches Blut bedeutet in den unterirdischen Tiefen der Welt gar nichts. Du bist weit weg von zu Hause, Prinzessin.« Sein Blick wanderte über meine Handgelenke und meinen Hals, als würde er nach Schmuck suchen. »Meine Frage bleibt bestehen: Was könnt ihr mir geben im Austausch gegen eure Freiheit?«

Wie Zubaida hatte ich nichts von Wert bei mir, keine Ringe, Halsketten oder Münzen.

Mein Blick jedoch kehrte zurück zu der Person, die ich in dieser Bande von Kindern kannte – ein weiterer hochgewachsener Knabe, dünn und schlaksig und vielleicht 15 Jahre alt.

Kühn sagte ich: »Ich kann *ihm* Informationen über den Tod seiner Eltern geben.«

»Informationen!«, schnaubte der Anführer. »Das wird nicht rei…«

Der Junge, den ich erkannt hatte, trat vor.

»Warte«, sagte er leise.

Omar fuhr herum, überrascht, dass jemand seine Führerschaft vor den Augen Außenstehender infrage stellte. Aber der andere war etwa in seinem Alter und somit ein legitimer Herausforderer seiner Autorität.

»Ich würde gern hören, was sie zu sagen hat.« Der Junge kam näher, trat jetzt ganz ins Licht der Fackel, und vor mir stand Pietro, der verschwundene Sohn des ermordeten Küchenmeisters Brunello und seiner Gemahlin.

Ich hatte mich schon gefragt, wohin Pietro nach dem verdächtigen Tod seiner Eltern gegangen war. Ich hatte mich auch gefragt, warum. Wenn jemand vom Schauplatz eines Mordes flieht, so hatte ich vermutet, dann deshalb, weil er an dem Verbrechen schuldig war. Mein Lehrer hatte jedoch einen anderen möglichen Grund für Pietros Flucht genannt: Angst.

Jetzt hatte ich die Antwort auf eine der Fragen: Hierher war er verschwunden, an diesen Ort, wo Waisen, Ausreißer und andere Straßenkinder ihr Dasein fristeten.

Ich hoffte, auch die Antwort auf die zweite Frage zu erhalten.

Pietro blieb vor mir stehen.

Ich erinnerte mich noch, wie ich ihm in der Küche seines Vaters am Abend des Eröffnungsbanketts zum ersten Mal begegnet war. Ich hatte ihn als schüchtern und ruhig in Erinnerung. Hier jedoch, im Feuerschein von Zubaidas Fackel in der unterirdischen Zisterne, wirkten seine Gesichtszüge schärfer und wachsamer.

»Ich gebe dir eine Chance, bevor ich dich Omar überlasse«, sagte er mit einer respektvollen Kopfbewegung in Omars Richtung. »Was kannst du mir über den Tod meiner Eltern sagen?«

Alle Blicke waren auf mich gerichtet. Ich ließ mich jedoch nicht beirren und hielt meinen Kopf hoch erhoben, wie ich es bei meinem Vater gesehen hatte, wenn er besonders majestätisch erscheinen wollte.

Ich schluckte. Und dann sagte ich: »Mein Lehrer, den der Sultan persönlich um Hilfe bei der Aufklärung des Todes sowohl des Kardinals als auch deiner Eltern gebeten hat, ist davon überzeugt, dass deine Mutter und dein Vater sich nicht das Leben genommen haben, sondern ermordet wurden.«

Zuerst bewegte sich Pietro nicht. Er starrte mich nur an, ohne zu blinzeln.

Dann sagte er: »Dem Herrn sei Dank. Ich hatte schon die Hoffnung aufgegeben, dass mir jemand glaubt. Mein Vater hätte niemals Selbstmord begangen. *Niemals*. Ich war mir ganz sicher, dass etwas nicht stimmte, aber ich wusste nicht, wie ich es beweisen sollte. Deshalb floh ich hierher, weil ich dachte, dass ich vielleicht auch in Gefahr bin. Dein Lehrer muss ein sehr kluger Mann sein.«

»Das ist er.« Auch mit dem Grund für Pietros Flucht hatte Mr. Ascham also recht gehabt.

Pietro drehte sich zu Omar um. »Sie kann gehen. Sie hat ihren Wegzoll bezahlt.«

Omar wirkte darüber nicht gerade glücklich, aber er widersprach Pietro nicht.

Meine Gedanken jedoch rasten. Die Erwähnung des Mordes an Brunello und seiner Frau hatte in meinem Kopf eine Lawine an Überlegungen losgetreten.

Einmal war da die Theorie meines Lehrers, dass jemand – die Königin oder der Ringer Darius oder sogar Brunello selbst – versucht hatte, Kardinal Cardoza zu vergiften, dabei aber versehentlich Kardinal Farnese getötet hatte.

Mr. Ascham war nicht der Meinung, dass es Brunello gewesen war. Aber mir fiel die Unterhaltung meines Lehrers mit dem Sklavenmädchen Sasha in jenem Schlachtraum ein: Sie hatte gesagt, Brunello habe sich kürzlich in der Küche wütend mit Kardinal Cardoza gestritten.

»Einen Moment noch«, sagte ich, während Zubaida schon auf den Bogengang zuging, durch den wir die Zisterne der Kinder betreten hatten. »Bevor er starb, hat dein Vater sich mit Kardinal Cardoza gestritten. Worum ging es bei dem Streit?«

»Mein Vater war wütend auf den Kardinal, weil er meinem toten Bruder kein christliches Begräbnis gewähren wollte.«

An Pietros jüngeren Bruder hatte ich gar nicht mehr gedacht. Wie war sein Name noch gewesen? Benicio. Etwa drei Jahre jünger als Pietro und geistig zurückgeblieben – und er hatte sich ein paar Wochen vor unserer Ankunft in Konstantinopel das Leben genommen, indem er sich die Pulsadern aufschnitt.

»Weil mein Bruder sich selbst umgebracht hat«, fuhr Pietro fort, »verweigerte Kardinal Cardoza ihm ein christliches Begräbnis, womit er Benicio zu ewigen Höllenqualen verdammt hat. Mein Vater war außer sich. Sein ganzes

Leben war er ein guter Christ gewesen, war dem Kardinal immer gehorsam gewesen, gehorsam bis zur Unterwürfigkeit. Er konnte nicht glauben, dass der Kardinal so herzlos sein konnte. Aber der Kardinal wollte nicht von seinem Standpunkt abweichen. Selbstmord, so sagte er, sei ein Verbrechen gegen Gott. Wer das größte Geschenk nehme, das Gott ihm gegeben hat – das Leben –, dem seien auf ewig die Pforten des Himmels versperrt. Deswegen haben sie gestritten.«

Das musste ich Mr. Ascham erzählen. Vielleicht hatte Brunello, erzürnt von der Unnachgiebigkeit des Kardinals, doch versucht, Kardinal Cardoza zu vergiften. Und nach dem Tod des römischen Kardinals hatte der gerissene Cardoza das wahre Ziel des Vergiftungsversuches erraten, nämlich er selbst, und den Küchenmeister und seine Frau auf eine Weise töten lassen, die es so erscheinen ließ, als hätten sie Selbstmord begangen.

»Vielen Dank, Pietro«, sagte ich. »Wenn diese ganze Sache geklärt und es für dich wieder sicher ist, aus deinem Versteck zu kommen, weiß ich ja, wo ich dich finde …«

»He!« Ein plötzlicher Ruf vom anderen Ende der dunklen Zisterne ließ uns alle herumfahren.

Ich sah Fackeln: drei Stück, klein in der Ferne, aber schnell größer werdend, als sie näher kamen.

Die Kinder der Höhle stoben auseinander und versteckten sich hinter Säulen und auf ihren Hügeln aus Schutt und Abfall. Auch Zubaida und ich gingen hinter dem Durchgang in Deckung, durch den wir gekommen waren, und spähten vorsichtig um die Ecke, um zu beobachten, was als Nächstes geschah.

Nur Omar erwartete die drei Männer, die mit Fackeln in den Händen aus der Dunkelheit auftauchten.

Es waren Priester.

Junge Priester, die ich in der vorherigen Nacht in Kardinal Cardozas Gemächern gesehen hatte.

»Grüß dich, junger Mann«, sagte der erste Priester auf Griechisch. »Friede sei mit dir. Wie geht es dir an diesem schönen Abend?« Der Priester sagte das mit einer fröhlichen Stimme, die nicht so recht zur düsteren Umgebung passen wollte.

»Sprich offen, Priester«, erwiderte Omar.

»Also gut«, meinte der Priester. »Wir bringen euch Essen …« Bei diesen Worten schlug einer der anderen jungen Priester ein Tuch auseinander, auf dem eine frisch gebratene Rinderkeule und eine größere Menge Backkartoffeln lagen. »… als Gegenleistung für eure Anwesenheit bei einer Zusammenkunft, die wir heute Abend abhalten.«

Omar konnte die Augen nicht von der Rinderkeule abwenden.

Die Köpfe anderer Kinder tauchten aus ihren Verstecken auf, angelockt vom köstlichen Geruch des heißen Essens.

»Wie viele?«, fragte Omar.

»Drei Knaben, ein Mädchen«, antwortete der Priester, als befände er sich an einem Marktstand.

Omar drehte sich um und rief barsch etwas auf Türkisch in die Dunkelheit.

»Was hat er gesagt?«, fragte ich Zubaida leise.

»Omar hat gefragt: ›Wer ist diesmal dran?‹«, antwortete Zubaida ebenso leise.

Schließlich traten vier Kinder aus den Schatten – drei Knaben und ein Mädchen –, und der führende Priester streckte eine Hand aus, um sie in Empfang zu nehmen, aber Omar blaffte: »Nein! Erst wird gegessen. Dann bekommt ihr, was ihr verlangt. So läuft der Handel.«

Das Essen wurde ausgehändigt, und zu meiner Überraschung gab Omar die ersten Bissen den vier Kindern, die vorgetreten waren. Sobald sie von den angebotenen Köstlichkeiten gegessen hatten, gingen sie mit den drei Priestern fort, und erst dann bedienten sich Omar und die anderen – unter ihnen auch Pietro – an den verbliebenen Speisen und aßen hungrig.

Ich verspürte eine tiefe Traurigkeit, als ich das beobachtete. Hier begann also der Handel mit menschlichen Leibern, mit Essen für die Hungernden im Austausch gegen Gefälligkeiten für die Verdorbenen.

Zubaida und ich huschten davon, und nach einigem hastigen Suchen fanden wir auch den Weg zurück zum Eingang im Rosengarten. Sobald wir wieder an der Oberfläche waren, gingen wir auf getrennten Wegen zu unseren jeweiligen Quartieren, froh darüber, in die Welt zurückzukehren, die wir kannten, die Welt der Sonne und der Luft und des Lichts, eine Welt, die bei aller Verdorbenheit immer noch ein sichererer und erträglicherer Ort war als die Welt, die wir gerade gesehen hatten.

EINE BEWEGUNG
IN DER NACHT

Nachdem ich mich von Zubaida verabschiedet hatte, eilte ich zurück zu unserer Unterkunft. Ich wollte Mr. Ascham von meiner neuen Theorie erzählen.

Als ich den Korridor erreichte, der zu unserem Quartier führte, verlangsamte ich meinen Schritt jedoch und trat vorsichtiger auf – Elsie mochte ja sehr geübt darin sein, sich in ihr Bett zurückzuschleichen, ohne jemanden zu wecken, aber für mich galt das nicht, und ich wollte niemanden in den benachbarten Räumen aufschrecken und mein nächtliches Abenteuer nicht verraten.

Doch als die Tür zu unserem Quartier in Sicht kam, öffnete sie sich plötzlich, und ich ging hinter einem Vorhang in Deckung.

Schnelle Schritte hallten durch den Korridor, und als ich einen vorsichtigen Blick riskierte, sah ich meinen Lehrer – bekleidet mit seinem Mantel aus Öltuch und einem Hut –, der mit entschlossenem Schritt den Gang entlangging. Er marschierte rasch an meinem Versteck vorbei, zu sehr mit seinen Gedanken beschäftigt, um mich zu bemerken.

Wo ging er hin – allein und mitten in der Nacht?

Aber die Antwort lag auf der Hand. Nur etwas, das mit der Ermittlung zusammenhing, konnte ihn zu so später Stunde vor die Tür führen.

Obwohl ich im Augenblick eigentlich nichts anderes

wollte, als in mein Bett zu kriechen und zu schlafen, machte ich mir Sorgen um ihn. Bereits fünf Menschen, die im Zusammenhang mit unserer Untersuchung standen, hatten ein unnatürliches und verdächtiges Ende gefunden – Kardinal Farnese, der Küchenmeister und seine Frau, Maximilian von Wien und das jungfräuliche »Geschenk« Helena –, und ich wollte nicht, dass mein Lehrer sich allein nach draußen wagte und der sechste wurde.

Und so, trotz meiner Müdigkeit, folgte ich ihm.

Das Ziel meines Lehrers war die Tiermenagerie des Sultans.

Um dorthin zu gelangen, musste ich durch drei bewachte Tore, und an jedem Tor log ich den Wachen vor, ich sei mit meinem Meister unterwegs (sonst nannte ich ihn nie so, denn er war ja nicht mein Meister, sondern nur mein Lehrer) und hätte den Anschluss verloren. Gelangweilt oder desinteressiert winkten sie mich durch das Tor.

Ich ging den breiten grasbewachsenen Hügel hinab, der zur Menagerie führte. Ein leichter Regen fiel. Unbelaubte Äste ragten über mir wie Klauen in die Dunkelheit. Dann tauchte vor mir aus dem Regen die hohe Ziegelmauer der Menagerie auf, und ich sah, wie die schattenhafte Gestalt meines Lehrers durch das Haupttor hineinging.

Ich konnte nur vermuten, dass er dort jemanden treffen wollte – heimlich, im Schutze der Nacht –, um etwas für unsere Untersuchung in Erfahrung zu bringen. Ich huschte zum Haupttor und schlüpfte hinter ihm hinein.

Das Tiergehege des Sultans war im Dunkeln ein ganz anderer Ort. Ich hörte das Rascheln kleiner Tiere, die sich im Affenkäfig durch die Äste bewegten, das tiefe Atmen des schlafenden Bären, das Knurren eines hin und her schreitenden Tigers. Die Elefanten jedoch stampften nervös umher und trompeteten, als würde sie etwas beunruhigen.

Der leichte Regen machte die Schiefersteine schlüpfrig glatt, und ich ging mit leisen, vorsichtigen Schritten, auf der Suche nach Mr. Ascham.

Aber die Zierbäume und der Ring von Büschen, die den zentralen Bärenkäfig umgaben, erwiesen sich jetzt als sehr störende Barriere für den Blick auf die gesamte Menagerie. Alles lag in tiefen Schatten und hinter einem Schleier aus langsam fallendem Regen …

Das Kreischen rostiger Angeln schnitt durch die Luft, und dann – *Kläng!* – hörte man, wie ein schweres Tor zugeschlagen wurde, gefolgt vom Klicken eines Schlosses, das verriegelt wurde, und eiligen Schritten außerhalb der Mauer.

Mein Herz blieb stehen. Ich wirbelte herum.

Jemand hatte das Eingangstor hinter mir zugeschlagen und verriegelt und mich – und Mr. Ascham – in der Menagerie eingesperrt.

Ich drehte mich schnell um mich selbst, suchte nach meinem Lehrer, nach einem anderen Ausgang, nach irgendetwas, und dann erblickte ich in meinem verzweifelten Zustand etwas, das noch entsetzlicher war als das Verschließen des Haupttores.

Ich sah, dass die Tür des Käfigs, in dem die drei grauen Wölfe eingesperrt waren, offen stand.

DIE WÖLFE
DES TOPKAPI-PALASTES

Ich hätte dort auf der Stelle vor Panik und Entsetzen auf-geschrien, hätte sich in dem Moment nicht eine Hand in einem Lederhandschuh auf meinen Mund gelegt und jemand mich rückwärts in ein dichtes Gebüsch gezerrt.

»Bess, psst!«, zischte mein Lehrer, während seine Augen in die Dunkelheit hinausschauten. »Sei ganz still. Wir sind in Gefahr. Wir sind in eine Falle getappt.«

»Was macht Ihr hier?«, fragte ich flüsternd.

Seine Augen suchten die Menagerie ab, während er sprach. »Die gleiche Frage sollte ich dir stellen. Ich bekam heute Abend eine Nachricht. Darin stand, wenn ich wissen wolle, wer den Kardinal ermordet hat, solle ich nach Mitter-nacht hierherkommen, allein, ohne Latif, und man würde mir alles enthüllen.«

»Der Wolfskäfig ist offen …«

»Ich weiß.«

»Was bedeutet, dass die Wölfe frei sind …«

»Ich weiß.«

Wieder trompetete einer der Elefanten, noch lauter dies-mal. Ich blickte in die Richtung, und wie aus dem Nichts tauchte aus dem Schleier des Nieselregens der Schatten eines großen Wolfes auf, der vor dem Elefanten entlang-schlich, den Kopf gesenkt, die Muskeln angespannt, auf der Suche nach Beute.

Ich wollte Mr. Ascham gerade auf die Schulter tippen, um ihn auf den Wolf aufmerksam zu machen, als mein Lehrer ohne Vorwarnung von einem zweiten Wolf nach vorn gestoßen wurde, der auf seinen Rücken gesprungen war. Jetzt stand der Wolf über Mr. Ascham, fauchend schnappte er nach seinem Hals, aber mein Lehrer rollte sich weg und schlug mit dem Unterarm aus. Er traf das Tier an der Schnauze, jaulend wurde es zur Seite geworfen, und Mr. Ascham sprang in eine hockende Stellung hoch.

Wir hatten den Wolf nicht einmal gehört. Er hatte sich hinter uns geschlichen, ohne auch nur ein Geräusch zu machen …

Und dann hörte ich ein leises Schnauben und spürte, wie ein warmer Lufthauch mein rechtes Ohr streifte.

Ganz langsam drehte ich den Kopf. Der dritte Wolf stand direkt neben mir, kaum eine halbe Armlänge entfernt, und starrte mich mit seinen blassen, erbarmungslosen Augen an.

Er sprang. Ich hechtete zur Seite. Er verfehlte mich. Ich rollte mich ab. Mit den Pfoten über die feuchten Schiefer-platten schlitternd, kam er zum Stehen, machte sich zum nächsten Sprung bereit. Ein zweites Mal würde er mich nicht verfehlen. Wieder sprang er. Ich schloss die Augen und riss die Arme zu einem vergeblichen Abwehrversuch hoch, während Mr. Ascham, nicht weit von mir entfernt, schrie: »Nein!«

Der Aufprall blieb aus.

Stattdessen hörte ich ein jämmerliches Jaulen und das Knacken brechender Knochen, und als ich aufblickte, sah ich, dass der russische Bär, der in der Dunkelheit unvor-stellbar riesig wirkte, einen seiner haarigen Arme durch die Gitterstäbe seines Käfigs gesteckt und den Wolf mit seiner mächtigen Pranke gepackt hatte. Er hatte den Wolf mitten im Sprung bei der Kehle gepackt und ihm das Genick gebrochen, als wäre es ein dürrer Ast. Mein Hechtsprung hatte mich neben seinen Käfig befördert. Sofort begann der Bär den Wolf zu fressen. Ich würde gern denken, dass die riesige Bestie mich gerettet hat, aber ich glaube, der Bär sah nur die Gelegenheit für eine schmackhafte Zwischenmahlzeit.

Mr. Ascham zog mich im Laufen hoch und zerrte mich mit sich. »Hier entlang! Schnell!«

Ich wusste nicht, wohin er mich zog, und es war mir auch egal, solange es ein sicherer Ort war.

Ich sah, wie die beiden anderen Wölfe uns gemeinsam beobachteten. Fast schien es, als würden sie sich beraten, wie sie diese unerwartet widerspenstige Beute fangen sollten.

Mr. Ascham blieb nicht stehen. Er stieß mich durch eine Käfigtür, folgte mir eine Sekunde später, schlug die Gittertür hinter uns zu, langte durch die Gitterstäbe und schob den Riegel vor.

Dann setzte er sich auf den Boden, keuchend und nach Luft schnappend. Ich brauchte einen Moment, bis ich begriff, wo wir waren, und schnaubte anerkennend über die Lösung, die mein Lehrer für unsere Notlage gefunden hatte.

Wir befanden uns im Käfig der Wölfe.

Einen Augenblick später standen die beiden grauen Wölfe auch schon vor uns, verwirrt und verärgert. In unverkennbarer Enttäuschung darüber, dass die erhoffte schnelle Mahlzeit jetzt außer Reichweite war, schritten sie vor dem Käfig auf und ab.

Mr. Ascham drehte sich zu mir um. »Also: Was um alles in der Welt machst *du* hier?«

»Ich sah, wie Ihr unser Quartier verließt, und machte mir Sorgen um Euch, deshalb folgte ich Euch.«

»*Du* hast dir Sorgen um *mich* gemacht?« Er lachte leise. »Na, ich schätze, die nachfolgenden Ereignisse haben bewiesen, dass deine Befürchtungen durchaus berechtigt waren.« Er zerzauste mir das Haar. »Vielen Dank, dass du dir Sorgen um mich gemacht hast, kleine Prinzessin. Ich fühle mich geehrt, in deinen Gedanken einen so hohen Stellenwert zu haben.«

»Was machen wir jetzt?«, fragte ich. Meine Zähne begannen zu klappern. Plötzlich war mir sehr kalt.

Mein Lehrer sah es und legte den Arm um mich. »Wir können nicht viel tun, bis die Tierwärter am Morgen kommen. Auch wenn diese Unterkunft nicht gerade den üblichen Maßstäben einer Prinzessin entspricht, könnten wir uns doch für unsere gegenwärtige Notlage kaum etwas Besseres wünschen. Komm, lehn dich an mich und lass dich wärmen. Die Aufregung hat dich in einen Zustand versetzt, auf den dein Körper negativ reagiert. Hör auf zu reden und atme nur tief durch. Und versuche zu schlafen.«

Ich tat wie geheißen, sicher geborgen in seinen starken Armen und seinem wundervoll weiten Mantel, gewärmt von seinem Körper. Ich legte den Kopf an seine Brust. Trotz unserer gefahrvollen Umgebung hatte ich mich noch nie in meinem Leben so beschützt gefühlt, so vollkommen *umschlossen* von einem anderen menschlichen Wesen. Ich hätte für immer so in seinen Armen bleiben können. Ich pfiff auf oberflächliche Schönheit. Mit seinen sanften runden Gesichtszügen und seiner großen Nase mochte Mr. Roger Ascham bei den Londoner Damen vielleicht nicht als sonderlich attraktiv gelten, aber mit seinem messerscharfen Verstand, seinem freundlichen Wesen und seiner außergewöhnlichen Fähigkeit, durch die Augen anderer Menschen zu sehen, war er für mich der schönste Mann der ganzen Welt. All diese dummen jungen Damen, die Roger Aschams Einladungen zum Tanz ausgeschlagen hatten, würden niemals wissen, was ihnen entging.

Und natürlich hatte er wieder einmal recht. Mein Körper *war* in einem überreizten Zustand, mit dem er auf die doppelte Aufregung dieser Nacht reagierte – in den Zisternen mit Zubaida und hier in der Menagerie mit den Wölfen und dem Bären –, und als mein Herzschlag sich allmählich beruhigte und mein Körper sich erwärmte, spürte ich, wie der Schlaf schwer über mich kam.

Die beiden Wölfe hielten vor dem Käfig Wache. Sie legten sich hin und warteten, während in der Mitte der Menagerie der Bär fröhlich seinen Fang verzehrte. Das Knirschen der Wolfsknochen hallte laut durch das ummauerte Tiergehege.

Schließlich wurden meine Augenlider so schwer, dass ich sie nicht länger offen halten konnte, und indem ich all die Dinge vergaß, die ich meinem Lehrer unbedingt erzählen musste, fiel ich in einen tiefen Schlaf.

Mr. Ascham hielt mich die ganze Nacht im Arm. Er schlief nicht. Er bewachte mich. Mein Lehrer. Mein Ritter. Mein Beschützer.

Kurz vor Sonnenaufgang betraten der oberste Tierwärter des Sultans und sein Assistent die Menagerie und fanden die natürliche Ordnung der Dinge auf den Kopf gestellt: zwei Wölfe frei herumlaufend, zwei Menschen im Wolfskäfig und ein sehr zufriedener Bär in seinem Käfig mit frischem Blut ums Maul.

Zunächst weigerten die Tierwärter sich, uns herauszulassen, trotz unserer Beteuerungen, dass wir im Auftrag des Sultans handelten. Vermutlich verdächtigten sie uns, Wilderer zu sein, deren Pläne schiefgelaufen waren. Der *Sadrazam* wurde gerufen, und als er etwas später mit einem Trupp Wachen eintraf, sah er meinen Lehrer und mich nur kopfschüttelnd an.

»Warum bin ich nicht überrascht?«, meinte er. Dann befahl er den beiden Tierwärtern: »Lasst sie raus!«

Schließlich gelang es den Wärtern auch, die beiden Wölfe einzufangen und die groteske Situation umzukehren. Mr. Ascham und ich dankten ihnen überschwänglich und eilten zurück zum Palast. Inzwischen war der Tag angebrochen, und noch immer regnete es.

Bevor wir jedoch den Hügel vor der Menagerie hinaufeilten, musste Mr. Ascham noch etwas erledigen: Er hockte sich hin, um den schlammigen Boden vor dem Haupttor der Menagerie zu untersuchen.

»Wonach sucht Ihr?«, fragte ich.

»Ich denke, dass du, ich, die Tierwärter, der *Sadrazam* und seine Männer alle auf dem gepflasterten Weg hierhergekommen sind. Aber ich vermute, dass derjenige, der uns in der Menagerie eingesperrt hat, sich irgendwo hier draußen versteckt und sich dann über den matschigen Boden zum Tor hinter uns geschlichen hat. Ich suche nach … *dem* hier …«

Ich hockte mich neben ihn und sah, was er sah, und wieder einmal staunte ich über seinen Scharfsinn.

Dort im Matsch befanden sich eine Reihe von Fußabdrücken – Abdrücken, die von einem Paar Sandalen mit Holzsohle stammten, wobei in der linken eine v-förmige Kerbe war.

ELSIE UND DER KRONPRINZ

Ausnahmsweise hatte Elsie es einmal früher ins Bett geschafft als ich. Als ich in unser gemeinsames Zimmer zurückkehrte, fand ich sie zusammengerollt in ihrem Bett, selig schlafend.

Erschöpft von meinen anstrengenden nächtlichen Abenteuern mit Zubaida und Mr. Ascham, ließ ich mich in mein Bett fallen, wodurch sie aber leider wach wurde.

Sofort sprang sie an meine Seite, die personifizierte Begeisterung. »Bessie! Bessie! Ich habe es getan! Ich habe es getan! Ich habe mir den Kronprinzen geangelt!«

Ich konnte meine Augen kaum offen halten. »Tatsächlich?«

»Ich hatte ihn in mir, steif wie ein Flaggenmast! Oh Bessie, es war einfach *göttlich*. Und nach den Wonnen, die ich ihm verschafft habe, glaube ich, dass ich tatsächlich eine sehr gute Chance habe, seine Königin zu werden!«

Trotz meiner Müdigkeit war ich doch begierig, ihren Bericht zu hören. Und sie war nur zu bereit, ihn mir zu erstatten.

»Nachdem man mir Zugang zum Harem gewährte hatte – und ich dich und Zubaida hatte zurücklassen müssen, was mir wirklich leidtut! –, geleitete man mich in das private Badehaus des Sultans, das wahrhaftig ein Paradies auf Erden ist, viel größer als das Badehaus des Prinzen.

Es hat mehrere Marmorbecken mit heißem Wasser, alle auf unterschiedlichen Ebenen und durch kleine Wasserfälle miteinander verbunden. Überall stieg Dampf auf und ließ die jungen, geschmeidigen Körper der Anwesenden wie polierte Bronze glänzen.

Aber auch wenn das Badehaus größer war als beim letzten Mal, war die Zusammenkunft kleiner: nur der Kronprinz, eine Handvoll seiner Freunde und sechs junge Frauen, mich eingeschlossen.

Als ich das Badehaus betrat, sah ich, dass Kronprinz Selim es sich auf einer Marmorplattform bequem gemacht hatte, die über eins der größeren Becken hinausragte und mit einem breiten Marmorthron versehen war. Zwei nackte Perserinnen fütterten ihn mit Weintrauben, während eine dritte mit riesigen Brüsten sich vor ihm vornüberbeugte und ihm ihren Körper darbot.

Er sah, wie ich das Badehaus betrat. Unsere Blicke trafen sich.

Während ich seinen Blick festhielt, löste ich mein Kleid und ließ es zu Boden fallen, um ihm meinen Körper zu präsentieren. Aber meine Nacktheit war in dieser Nacht anders als sonst. Erinnerst du dich, was ich dir über diese Mode unter den persischen Mädchen erzählt habe? Um ihren Reiz zu verstärken, stutzen sie sich das Haar um ihre Scham, wobei manche es ganz abrasieren, um ganz glatt und geschmeidig auszusehen. Nun, genau das hatte ich getan. Meine untere Region war völlig haarlos. Der Kronprinz sah es und lächelte.

Dann, während er weiter den Augenkontakt mit mir aufrechterhielt, stand er von seinem Thron auf und drang langsam in die gebeugt vor ihm stehende Frau ein, wobei er mich die ganze Zeit ansah. Die junge Frau stöhnte vor Lust, als er mit seinen Stößen begann, aber jeder Stoß war ganz klar an mich gerichtet, quer durch das Badehaus.

Und so, ihn immer weiter beobachtend, schlenderte ich zum nächsten Becken und ließ mich in das wundervoll warme Wasser gleiten. Dann legte ich mich auf eine Marmorinsel nicht weit von seinem Thron entfernt und ließ ihn meinen vor Feuchtigkeit glänzenden Körper bewundern.

Während er weiter mit der Perserin kopulierte, rief der Prinz einen seiner Freunde zu sich und flüsterte ihm etwas zu, wobei er in meine Richtung nickte.

Der Freund, ein muskulöser Bursche namens Fariq, der zu Hause in England der Mittelpunkt jedes Balls gewesen wäre, kam zu meiner Insel und bot mir seine Männlichkeit an.

Was sollte ich tun, Bess? Auf die Aufmerksamkeit des Prinzen warten? Oder mich von diesem Geringeren besteigen lassen? Am Ende entschied ich, da der Prinz ihn ja selbst zu mir geschickt hatte, dass das Weitere zur Freude des Prinzen und seinem Wunsch entsprechend geschehen würde.

Also nickte ich Fariq zu, drehte mich um, kniete mich hin und ließ ihn, der immer noch im Wasserbecken stand, von hinten in mich eindringen.

Fariq war tatsächlich sehr begabt, und ich muss sagen, mit seinen langsamen, gemessenen Bewegungen bereitete er mir große Lust, aber ich hatte mich so positioniert, dass ich, während Fariq mich von hinten stieß, den Kronprinzen ansehen konnte – und so waren der Prinz und ich zwar mit verschiedenen Partnern vereint, aber dabei brach unser Augenkontakt niemals ab, und in Wahrheit machten wir beide Liebe miteinander.

Und auch der Prinz spürte das, denn nach einer kurzen Weile zog er sich aus der Perserin zurück und rief auf Griechisch: ›Fariq! Genug! Englische Rose, hierher zu mir!‹

Ich löste mich von Fariq und schlenderte zur Plattform des Kronprinzen, während er die drei Perserinnen seinen Freunden überließ. Ich stellte mich vor ihn. Anerkennend betrachtete er meinen vollkommen unbehaarten Leib.

›Englische Rose, ich höre, du seist sehr gut‹, sagte er. ›Beweise es.‹

›Wenn es Eure Hoheit erfreut‹, antwortete ich. Ich wusste, dass er es bevorzugte, wenn eine Frau sich vor ihm vornüberbeugte, sodass er nach eigenem Ermessen in sie eindringen konnte, deshalb bestieg ich ihn stattdessen von Antlitz zu Antlitz, indem ich mich auf die Armlehnen seines Marmorthrons kniete und mich langsam auf sein Glied hinabließ. Dadurch konnte ich den Rhythmus unserer Vereinigung kontrollieren.

Und so besann ich mich auf alles, was ich über die Kunst der Liebe weiß, und befriedigte ihn so, wie er noch nie befriedigt worden war.

Ich ritt ihn wie einen Hengst, Bessie. Ich rollte mit den Hüften, drückte meinen Rücken durch, reckte meine Brüste zum Himmel – bis ich spürte, wie seine Männlichkeit in mir noch härter wurde, und er bei jeder meiner Bewegungen stöhnte. Da wusste ich, dass ich ihn in meinem Bann hatte.

Ich muss sagen, dass mittlerweile die meisten anderen Männer einen unwillkürlichen Höhepunkt erreicht hätten, aber der Prinz ist ganz offensichtlich ein erfahrener Liebhaber und besitzt eine erstaunliche Ausdauer. Doch schließlich beschleunigte sich sein Atem, und ich erhöhte das Tempo meiner Hüftstöße, wodurch ich seine Erregung noch mehr verstärkte, während er auf den Höhepunkt zueilte, und endlich schrie er vor Lust auf und ließ sich auf seinem Thron zurücksinken, erschöpft und zufrieden, und ein breites Grinsen zog über sein Gesicht.

Ich hatte ihn noch dreimal während der Nacht, Bessie. Ich sollte erwähnen, dass er mich zutiefst befriedigte und ich jedes Mal vor Ekstase aufschrie, als seine Liebeskunst wahre Feuerwerke in meinem Körper auslöste. Der Prinz ist ein erfahrener und talentierter Liebhaber.

Jedenfalls, als der Morgen sich näherte und alle anderen nach und nach in den Schlaf sanken – sie hatten sich in den diversen Ecken und Nischen des Badehauses ihren eigenen Wonnen hingegeben, während ich mich mit dem Prinzen vergnügte –, sagte Selim zu mir: ›Englische Rose, du bist eine Liebhaberin, wie sie einem König gebührt. Ich danke dir.‹

Mit diesen Worten verabschiedeten wir uns, und kurz vor Sonnenaufgang kehrte ich in unsere Gemächer zurück. O Bessie. ›Eine Liebhaberin, wie sie einem König gebührt.‹ Was meinst du, was das bedeutet? Jedenfalls hatte ich meine Chance, den Prinzen zu verzaubern, und ich habe mich nach Kräften bemüht, es auch zu tun. Jetzt ist es an ihm, zu entscheiden, ob er mich für immer in seinem Bett haben will.«

Ich freute mich für Elsie und wollte, dass sie glücklich war, aber ich hatte meine Zweifel. Aus meinen Beobachtungen – nicht zuletzt meines eigenen Vaters – wusste ich, dass Könige und Prinzen gern die Gunst vieler Frauen akzeptierten, ohne irgendetwas als Gegenleistung zu geben – außer in einigen Fällen die dauerhafte Schande eines Bastards.

Aber Elsie war so enthusiastisch und begeistert, deshalb sagte ich nur: »Ich freue mich für dich, Elsie. Nach dieser

Nacht bist du vielleicht wirklich näher daran, eine Königin zu werden, als ich.«

Sie drückte mich fest an sich. »Ach, Bessie. Ach, Bessie.« Sie wollte noch weiter über ihre Nacht mit dem Kronprinzen plaudern und über ihre Zukunft als Königin, aber ich flehte sie an, mir Ruhe zu gönnen, begrub meinen Kopf in den Kissen und drehte mich zur Seite.

Ich hatte fürs Erste genug von Schach und Wölfen und Prinzen. Alles, was ich wollte, war schlafen.

V

SPRINGER

Nur einer Schachfigur ist es gestattet, über andere Figuren zu springen: dem Springer. Sein seltsamer L-förmiger Zug macht ihn gleichzeitig unberechenbar und besonders gefährlich.

Wenn Schach eine Metapher für die mittelalterliche Gesellschaft ist, so ist die Positionierung des Springers (oder Ritters, wie er in einigen Sprachen heißt) nicht uninteressant. Er steht nicht an der Seite seines Königs; vielmehr ist er von seinem Herrn durch die Dame (oder Königin) und einen Läufer (Bischof) getrennt.

Auch im Mittelalter war ein Ritter nur ein Vollstrecker der Befehle des Königs auf dem Schlachtfeld und in der Verwaltung des Landes. Die wahre Macht lag bei Hofe, bei den Königinnen, Ministern und religiösen Beratern.

Das spiegelt sich auch im relativen Wert der Schachfiguren wider: Läufer, Türme und die Dame sind alle mehr wert als der Springer. Es ist besser, einen Springer zu opfern, als eine der anderen Figuren.

Der treue Ritter auf seinem stolzen Ross hat nur den Zweck, von seinem König in die Schlacht geschickt zu werden, um dort zu sterben. Im Schach wie im Leben ist der Ritter letztlich entbehrlich.

Aus: *Chess in the Middle Ages,* Tel Jackson
(W. M. Lawry & Co., London 1992)

Diese Welt hat mir viele Erfahrungen und Prüfungen beschert ... ich weiß, wie es ist, ein Untertan zu sein, wie, ein Herrscher zu sein, wie es ist, gute Nachbarn zu haben, und wie, Menschen zu begegnen, die einem Übles wollen.

– Königin Elisabeth I.

DAS HALBFINALE

Nach zwei Runden hochklassiger Schachpartien – und hochklassiger Betrugsmanöver – verblieben nur noch vier Spieler im Turnier: der Cousin des Sultans, Zaman, Bruder Raúl aus dem Kirchenstaat, unser Mr. Giles und der Held des Volkes, Ibrahim von Konstantinopel.

Wieder wurde uns am Morgen ein aktualisierter Spielplan unter der Tür hindurchgeschoben:

1. RUNDE	2. RUNDE	3. RUNDE	4. RUNDE

1. ZAMAN
KONSTANTINOPEL

2. MAXIMILIAN
WIEN

3. MUSTAFA
KAIRO

4. WLADIMIR
MOSKOWIEN

5. ALI HASSAN RAMA
MEDINA

6. PABLO MONTOYA
KASTILIEN

7. BRUDER EDUARDO
SYRAKUS

8. BRUDER RAÚL
KIRCHENSTAAT

9. GILBERT GILES
ENGLAND

10. TALIB
BAGDAD

11. DRAGAN
WALACHEI

12. MARKO
VENEDIG

13. NASIRUDDIN
MOGULREICH

14. LAO TSE
HAN-VOLK

15. WILHELM
KÖNIGSBERG

16. IBRAHIM
KONSTANTINOPEL

2. RUNDE:

ZAMAN
KONSTANTINOPEL

WLADIMIR
MOSKOWIEN

PABLO MONTOYA
KASTILIEN

BRUDER RAÚL
KIRCHENSTAAT

GILBERT GILES
ENGLAND

DRAGAN
WALACHEI

NASIRUDDIN
MOGULREICH

IBRAHIM
KONSTANTINOPEL

3. RUNDE:

ZAMAN
KONSTANTINOPEL

BRUDER RAÚL
KIRCHENSTAAT

GILBERT GILES
ENGLAND

IBRAHIM
KONSTANTINOPEL

Da jetzt nur noch drei Begegnungen zu spielen waren (die beiden Halbfinals und das Finale), war das zweite Spielerpodest entfernt worden, sodass wieder nur ein einzelnes Podest in der Mitte der Hagia Sophia stand.

Aus Gründen, die nur die Beamten des Sultans kannten, sollte heute die *untere* Hälfte des Spielplans zuerst spielen, am Vormittag. Ich vermute, es lag daran, dass der Cousin des Sultans noch etwas mehr Beratung brauchte, bevor er antrat.

Daher würde die erste Halbfinalbegegnung zwischen Mr. Giles und Ibrahim ausgetragen werden. Am Nachmittag würde dann Zaman gegen Bruder Raúl kämpfen – eine Schlacht der Religionen, wie sie im Buche stand. Die Buchmacher in den Straßen nannten sie angeblich den »Neuen Kreuzzug«.

Die Bürger Konstantinopels strömten in und um die Hagia Sophia zusammen, und ihre Begeisterung war beinahe greifbar. Der Tag versprach besonders packend zu werden.

Er sollte mehr als das werden.

Während Mr. Giles durch die Zuschauermenge zum Spielerpodest ging, suchten Mr. Ascham, Elsie und ich unsere Plätze auf der königlichen Bühne auf. Latif folgte uns wie üblich.

Ich gähnte ausgiebig, während ich den Blick über das Schachbrett und das Meer der Zuschauer schweifen ließ. Dicht an dicht drängten sich die Menschen, und sie lachten und plauderten ausgelassen, offenkundig das Ereignis genießend. Neben mir unterdrückte Mr. Ascham ebenfalls ein Gähnen. Wir hatten beide am Morgen ein paar Stunden Schlaf ergattern können, und auch wenn ich hundemüde war, war ich doch wach genug, um den bemerkenswerten Anlass, dessen Zeuge ich sein durfte, zu würdigen.

Aber dennoch konnte ich nicht anders, als diese strahlende, fröhliche Welt mit der unterirdischen, die ich letzte Nacht gesehen hatte, zu vergleichen. Die Menschen dieser Welt gingen frohgemut ihrem Leben nach – einem Leben der Arbeit und des Spiels, des Essens und der Freizeit, in der sie Schauspiele wie dieses Schachturnier verfolgen und darauf wetten konnten, in seliger Unkenntnis der grausamen Existenz in den Zisternen unter ihren Füßen.

Aber vielleicht wussten sie ja doch davon. Die Priester, die in die Zisterne hinunterstiegen, um die Körper dieser Kinder zu kaufen, wussten ganz sicher von deren Elend. Die meisten Menschen, vermutete ich, wussten sehr gut, um wie viel besser sie es hatten als andere.

Ich schüttelte den Kopf, um die Gedanken zu vertreiben.

Die morgendliche Strategiebesprechung von Mr. Ascham und Mr. Giles war vor der heutigen Begegnung sehr kurz ausgefallen. Ibrahim war etwa im gleichen Alter wie Mr. Giles und spielte auch auf ähnliche Weise. Er schien sich keiner unfairen Methoden oder Listen zu bedienen. Dieser Kampf, so schlossen die beiden, würde schlicht und einfach ein Kampf zwischen zwei gleich starken und talentierten Spielern sein, und wer immer an dem Tag besser spielte, würde gewinnen.

Als wir zu unseren Plätzen auf der königlichen Bühne gingen, tauchte der *Sadrazam* vor uns auf und bat Mr. Ascham und Latif diskret auf ein kurzes Wort beiseite.

Elsie und ich nahmen unsere Plätze ein, und schon zwinkerte und winkte Elsie dem Kronprinzen, der ein Dutzend Plätze weiter saß, kokett zu. Er lächelte zurück und grinste verschwörerisch.

Mr. Ascham und Latif gesellten sich wieder zu uns. Mein Lehrer setzte sich neben mich. Währenddessen nahmen zwei der persönlichen Wachen des Sultans hinter ihm Aufstellung.

»Warum sind die Wachen hier?«, fragte ich.

»Eine Vorsichtsmaßnahme«, antwortete mein Lehrer. »Der *Sadrazam* sagt, es habe Morddrohungen gegen Mr. Giles und uns für den Fall gegeben, dass er heute Vormittag den Lokalfavoriten schlagen sollte. Giles weiß es nicht.«

»Meine Güte.« Ich schaute aus den Augenwinkeln zu den beiden reglosen Wachen.

»Und angesichts des kleinen Zwischenfalls in der Menagerie letzte Nacht«, flüsterte Mr. Ascham, »erscheint mir ein bisschen Schutz nicht als die schlechteste Idee.«

Ich stimmte ihm zu. Ich musste Mr. Ascham aber auch noch von meiner gestrigen Begegnung in den Zisternen erzählen, die sich vor der ganzen Aufregung in der Menagerie ereignet hatte. Während ich im Wolfskäfig in seiner Umarmung gezittert hatte, war mir nicht danach gewesen, die Sache anzusprechen; zu dem Zeitpunkt, das mag man mir nachsehen, war mein Kopf mit anderen Dingen beschäftigt.

Und so, während Mr. Giles und Ibrahim ihre Plätze auf dem Spielerpodest einnahmen und ihre erste Partie begannen, beugte ich mich zu Mr. Ascham hinüber und erzählte ihm mit gedämpfter Stimme von meinen Abenteuern in der Unterwelt des Palastes und davon, wie ich Pietro gefunden und was ich von ihm erfahren hatte.

Mein Lehrer lauschte in aufmerksamem Schweigen, warf mir nur gelegentlich einen erstaunten Blick zu.

Als ich endete, war die erste Partie des Tages bereits in vollem Gange, aber weder ich noch Mr. Ascham nahmen

Notiz davon. (Übrigens stand Elsie während unserer Unterhaltung auf, um sich frisch zu machen. Ich vermute, sie tat es, weil es ihr die Gelegenheit gab, sich am Kronprinzen vorbeizuschlängeln.)

Mein Lehrer sah mich ernst an. »Du wirst nie wieder allein nachts auf dem Gelände des Palastes umherstreifen, junge Dame!«

»Aber Ihr habt es doch auch getan …«

»Ich bin ein erwachsener Mann! Du bist ein 13-jähriges Mädchen! Stell dir vor, dir wäre in den Zisternen etwas zugestoßen – man hätte dich niemals gefunden!« Das Letzte sagte er mit echter Besorgnis.

Doch dann wurde seine Stimme sanfter. »Bess, ich weiß, dass Elsie auf nächtliche Abenteuer auszieht, aber Elsie ist viel älter als du. Außerdem ist sie ein Wildfang und eine Närrin, die nicht die Folgen begreift, die es hat, wenn sie ihren Körper jedem Mann unter der Sonne schenkt. Ja, ich bin über ihre Neigungen im Bilde – sowohl zu Hause als auch hier –, und vielleicht könnte ich sie davon abhalten, aber sie ist eine junge erwachsene Frau, die ihre eigenen Entscheidungen treffen kann. Ich betrachte sie zudem als Beispiel für *dich*, ein Beispiel, dem du folgen kannst oder auch nicht. Meiner Meinung nach wird Elsie sich mit ziemlicher Sicherheit eines Tages in große Schwierigkeiten bringen. Du wirst das jedoch nicht tun, jedenfalls nicht, solange du meiner Verantwortung unterstehst.«

Ich senkte den Kopf. »Es tut mir aufrichtig leid, Sir. Ich werde es nicht wieder tun.« Ich war ein wenig bestürzt darüber, dass er über Elsies Promiskuität Bescheid wusste. Bis zu dem Moment hatte ich gedacht, dass Mr. Ascham Elsie so gut wie gar nicht beachtete, aber ganz offensichtlich wusste er mehr, als ich dachte.

»Danke, Bess«, sagte er, sichtlich erleichtert. »Ich muss hinzufügen, dass ich dich außerdem sehr mag. Ich wäre untröstlich, wenn dir etwas zustoßen würde.«

Ich musste lächeln.

Er fuhr sich mit der Hand über die Haare. »Aber immerhin hast du uns durch das Auffinden Pietros ein hilfreiches neues Teil für unser intrigantes Puzzlespiel geliefert. Kardinal Cardoza hat also Brunellos jüngerem Sohn ein christliches Begräbnis verweigert und den Küchenmeister damit zutiefst gegen sich aufgebracht. Aber würde eine solche Kränkung ausreichen, um Brunello dazu zu bringen, den Kardinal zu vergiften? Da bin ich mir nicht so sicher.«

Ein Jubelschrei der Menge ließ uns zum Podest schauen. Ibrahim hatte gerade einen von Mr. Giles' Springern geschlagen.

Ich wandte meine Aufmerksamkeit wieder der Partie zu.

Als sie fortschritt, fiel mir auf, dass Mr. Giles sich häufig die Stirn mit dem Taschentuch abwischte. Er schien stärker zu schwitzen als gewöhnlich, aber ich schrieb es der Anspannung und dem Druck zu, im Halbfinale eines solch historischen Turniers gegen einen außergewöhnlich starken Spieler antreten zu müssen.

Gelegentlich jedoch schaute er zu Mr. Ascham und mir und lächelte schwach – was er noch bei keiner seiner bisherigen Partien getan hatte. Es war sehr ungewöhnlich.

Dann sah ich ihn einen Fehler machen; einen Fehler, den er nie machen würde.

Er zog seine Dame auf ein Feld, das es Ibrahim gestattete, mit seinem nächsten Zug gleichzeitig den König und die Dame anzugreifen – eine Springergabel.

Natürlich nahm Ibrahim dieses Geschenk gern an und bot Mr. Giles' König mit dem Springer Schach. Mr. Giles brachte den König in Sicherheit, und im nächsten Augenblick verschwand seine Dame vom Brett, und die Menge brüllte begeistert auf.

Von dem Moment an war der Ausgang der Partie entschieden. Ohne seine Dame konnte Mr. Giles nur noch tapfere, aber vergebliche Gegenwehr leisten. Ibrahim zermürbte ihn, schlug nach und nach seine anderen Figuren, bis Mr. Giles – der nur noch drei Bauern zum Schutz seines Königs gegen Ibrahims Dame und einen Turm hatte – seinen König umlegte und die Hand zum Glückwunsch ausstreckte.

Die Menge tobte vor Begeisterung. Die Zuschauer jubelten und klatschten. Der Held des Volkes führte mit einem Sieg.

Und Mr. Giles schaute nur zu Mr. Ascham und mir herüber.

Während der Pause zwischen den Partien gingen wir zu Mr. Giles.

»Giles, ist alles in Ordnung?«, fragte mein Lehrer. »Du siehst blass aus. Geht es dir nicht gut?«

Mr. Giles blinzelte sich den Schweiß aus den Augen. »Es … geht mir gut. Danke, Roger. Alles gut. Alles vollkommen in Ordnung.«

Aber er spielte nicht wie jemand, dem es gut ging.

Er verlor die nächste Partie nach relativ kurzer Zeit und konnte die dritte nur gewinnen, weil Ibrahim in einem ungünstigen Moment rochierte und Giles mit seinem charakteristischen Dame-Läufer-Matt vorpreschte. Aber trotzdem wirkte er weiterhin nervös. Er schwitzte und sah insgesamt sehr unwohl aus.

Die vierte Partie verlor er nach einem zähen Endspielringen.

Es stand jetzt drei zu eins gegen ihn.

Wieder gingen mein Lehrer und ich zwischen den Spielen zu ihm. Mein Lehrer reichte ihm eine Tasse Tee.

»Giles, was ist los?«, flüsterte Mr. Ascham. »Ich glaube nicht, dass es irgendein anderer von den Zuschauern sieht, aber mir kannst du nichts vormachen. Du bist nicht du selbst. Du *spielst* nicht wie du selbst …«

»Man hat mir gesagt, dass man dich und Elisabeth töten wird, wenn ich gewinne, Roger«, sagte Mr. Giles leise.

Mr. Ascham erstarrte. »Was? Wer hat das gesagt?«

»Der *Sadrazam,* heute Morgen, als ich auf dem Podest Platz nahm. Deine neuen Wachen …«, Mr. Giles warf einen verstohlenen Blick auf unsere beiden Wachen auf der königlichen Bühne, »… sind nicht hier, um euch zu schützen. Es sind Meuchelmörder. Sie sind hier, um euch – und später auch mich – zu töten, sollte ich Ibrahim heute besiegen.«

Mein Lehrer biss sich mit unverhohlener Wut auf die Unterlippe und schaute zum Sultan auf seinem Thron. »Erst das Gift auf unserer Reise und jetzt das. Dieser Schurke. Dieser dreckige, hinterhältige Schurke.«

Er drehte sich wieder um. »Weiß Ibrahim davon?«

»Ich glaube, nicht. Aber er scheint etwas zu ahnen. Er merkt, dass er zu leicht gewinnt.«

Mr. Ascham kniff nachdenklich die Augen zusammen. »So ist es wahrscheinlich bei allen von Ibrahims Begegnungen abgelaufen: Das Leben seiner Gegner und deren Begleiter wurde bedroht, deshalb haben sie ihn gewinnen lassen.«

»Wollt Ihr damit sagen, der Sultan *will,* dass Ibrahim gewinnt?«, mischte ich mich ein. »Das ergibt doch keinen Sinn. Der Sultan will, dass *Zaman* gewinnt.«

»Das stimmt nicht ganz«, meinte Mr. Ascham. »Es würde

dem Sultan gelegen kommen, wenn *entweder* Zaman oder Ibrahim das Turnier gewinnt – in beiden Fällen siegt ein Moslem, und das Osmanische Reich steht als die Heimat der größten Schachspieler der Welt da. Merke dir, Bess: Allen Herrschern ist daran gelegen, ihre Untertanen zu Hause zufriedenzustellen, nicht andere Nationen zu beeindrucken. Gewinnt Zaman *oder* Ibrahim, sind die Untertanen des Sultans begeistert, denn sie werden die ganze Welt besiegt haben. Wenn der Sultan also dafür sorgt, dass es ein rein moslemisches Finale gibt, kann er nicht verlieren.

Andererseits würde es mich aber auch nicht wundern, wenn er Zaman in diesem Finale Unterstützung leisten würde, um sicherzustellen, dass ein Moslem von königlicher Abstammung das Turnier gewinnt. *Deshalb* hat er die Auslosung manipuliert – um dafür zu sorgen, dass die beiden einheimischen Spieler erst im Finale aufeinandertreffen. Und dann half er Zaman, durch Betrug zu gewinnen, und dem nicht sahnenden Ibrahim, indem er dessen Gegner bedrohte.«

»Was soll ich tun, Roger?«, fragte Mr. Giles verzweifelt.

Mr. Ascham senkte den Kopf und dachte lange nach. Dann sah er Mr. Giles und mich an.

»Ob im Krieg oder bei einem Spiel«, sagte er ernst, »das Ergebnis ist letztlich eigentlich unwichtig. Sieg oder Niederlage ist nebensächlich. Der geniale griechische General Pyrrhus *gewann* die Schlacht bei Asculum, aber zu einem so hohen Preis, dass er als Narr in die Geschichte einging – während die 300 Spartaner, die am Thermopylen-Pass bis zu ihrem Tod gegen eine riesige persische Streitmacht kämpften, auch zwei Jahrtausende später noch auf der ganzen Welt verehrt werden. Das Entscheidende im Krieg wie im Sport ist, dass man sich bei seinen Anstrengungen *verausgabt*. Das ist alles. Und genau das hast du getan, Giles, deshalb hast du dir nichts vorzuwerfen. Aber wenn man es mit einem Gegner zu tun hat, der das Spiel nicht respektiert – einem Gegner, dem es ausschließlich darum geht, zu gewinnen, und der jede Schandtat begehen wird, um den Sieg zu erringen –, dann verliert das Spiel jeden Wert, den es einmal hatte, und die eigenen Bemühungen sind vergeudet.

Gilbert, mein alter Freund, du hast ein hervorragendes Turnier gespielt. Du hast zwei ausgezeichnete Gegner in zwei schwierigen und anstrengenden Begegnungen geschlagen. Du musst niemandem mehr etwas beweisen – weder mir, Elisabeth oder König Heinrich noch dir selbst. Vergeuden wir unsere Anstrengungen nicht weiter. Gib dem Sultan, was er will, und lass uns einen Schlussstrich unter dieses unehrliche Turnier ziehen.«

Mr. Gilbert nickte schweigend.

Ich sah meinen Lehrer an und wusste, dass er recht hatte.

Und so verlor Mr. Giles auch die nächste Partie und damit die Begegnung. Die Menge war außer sich. Die Zuschauer stürmten das Podest und hoben Ibrahim auf ihre Schultern. Ihr Favorit hatte das Finale erreicht, aber sie benahmen sich, als hätte er bereits das Turnier gewonnen. Und siehe da – unsere neuen Leibwächter verschwanden genauso schnell, wie sie aufgetaucht waren.

Es gab eine Pause, in welcher der Sultan die Moschee verließ, um sein Mittagsmahl einzunehmen. Wieder rührte sich keiner der Zuschauer von seinem Platz.

Als unsere Gruppe die Hagia Sophia verließ, kam ein Bote vom Kronprinzen – ich glaube, es war sein Freund Rahman – zu uns und fragte Elsie, ob sie dem Kronprinzen beim Mittagessen in der Stadt Gesellschaft leisten würde.

Elsie hatte natürlich nichts von den Intrigen mitbekommen, die hinter Mr. Giles' Niederlage steckten, und von der Gefahr, die über unseren Köpfen geschwebt hatte. Sie warf Mr. Ascham einen flehenden Blick zu. Er nickte nur müde. »Tu, was du willst, Elsie.«

Mit einem begeisterten Quieken huschte Elsie davon, und wieder einmal blieb ich zurück, um mit meinen erwachsenen Begleitern statt mit meiner Freundin zu speisen.

Nach der Mittagspause wurde das Podest wieder vorbereitet, und die Gegner der zweiten Halbfinalbegegnung, Zaman und Bruder Raúl, nahmen ihre Plätze am Schachbrett ein. Ich kehrte mit meinem Lehrer und Mr. Giles auf unsere Plätze zurück. Mr. Ascham war besonders daran interessiert, zu erfahren, ob Zaman erneut Hilfe von oben erhalten würde.

Bei Beginn der ersten Partie war Elsie noch nicht von ihrer Verabredung mit dem Kronprinzen zurückgekehrt.

Als die erste Partie zwischen Zaman und Raúl in eine spannende Mittelphase eintrat, beobachtete ich wieder mehr meinen Lehrer als die Geschehnisse auf dem Brett.

Immer wenn der Cousin des Sultans am Zug war, schaute Mr. Ascham konzentriert auf Zaman und dann hoch zum Privatbalkon des Sultans. Auch ich sah dort oben Schatten, die sich bewegten.

Zwischendurch wanderte der Blick meines Lehrers zum anderen Ende der Bühne, auf der wir saßen, und zu Kardinal Cardoza. Der korpulente Kardinal wirkte gelangweilt. Sein treuer Leibdiener Sinon stand wachsam hinter ihm, ebenso wenig am Schachspiel interessiert, aber auf alles andere achtend. Obwohl auf dem Podest der Vertreter der Kirche spielte, schien es, als würde der Kardinal nur aus

Höflichkeit und nicht aus Interesse zuschauen – als würde es ihn von anderen Dingen abhalten. Von Zeit zu Zeit wedelte er leicht mit seiner kleinen Pferdehaarpeitsche über sein Gesicht.

»Die Peitsche …«, flüsterte mein Lehrer.

Nur ich hörte ihn und schaute ebenfalls hinüber. Ich sah die mehrfarbigen Strähnen: braun, schwarz, blond …

Mr. Ascham starrte wie gebannt auf die Peitsche, und dann dämmerte es ihm. »Der jüngere Sohn des Küchenmeisters, Benicio, hatte blonde Haare. Schneeweiße blonde Haare. O Gott. Das ist kein Pferdehaar. Das ist *Menschen*haar. Cardoza behält eine Locke von jedem Knaben, den er schändet.«

Jetzt sah ich die kleine Peitsche in einem entsetzlichen neuen Licht. Mein Blick fokussierte sich auf die Strähne aus schneeweißem Haar zwischen den anderen unterschiedlichen Farben.

»Cardoza, du abscheulicher Bastard …«, sagte mein Lehrer. Es war unübersehbar, dass es in seinem Verstand arbeitete.

In dem Moment tauchte eine Palastwache neben dem Kardinal auf und flüsterte ihm etwas ins Ohr. Schnell erhob sich der Kardinal und verließ, gefolgt von Sinon, die Hagia Sophia, beobachtet von meinem Lehrer und mir.

Das brachte Mr. Ascham noch intensiver zum Nachdenken. Er starrte blicklos in die Ferne, ohne weiter auf die Schachpartie zu achten, seine Stirn konzentriert in tiefe Furchen gelegt.

Dann stand er unvermittelt auf. »Komm, Bess. Diese Begegnung wird noch einige Zeit dauern. Wir haben immer noch ein Rätsel zu lösen, und das allgemeine Interesse an den laufenden Partien gibt uns die Gelegenheit, unbemerkt die Palastunterwelt aufzusuchen und mit dem flüchtigen Pietro zu reden.«

»Mit Pietro?«

»Ja. Ich will ihm eine Frage stellen, eine einzige Frage, die diese Angelegenheit ein für alle Mal klären wird.«

PIETRO

Während sich fast die gesamte Bevölkerung Konstantinopels in und um die Hagia Sophia drängelte, um sich Zamans Kampf gegen Bruder Raúl anzusehen, kehrten mein Lehrer und ich in den verlassenen Palast zurück, wie immer beschattet von unserem Eunuchen Latif. Nicht weit vor uns sahen wir Kardinal Cardoza und Sinon, die, geführt von dem Wächter, der sie abgeholt hatte, durch das Tor der Glückseligkeit und in Richtung ihrer Botschaft gingen.

»Latif«, sagte mein Lehrer, »ich möchte, dass du für mich den Kardinal im Auge behältst, während ich einen geheimen Ort aufsuche.«

»Meine Befehle lauten, Euch immer zu begleiten«, sagte Latif. »*Vor allem* an geheime Orte.«

»Wenn du mir helfen willst, dieses Rätsel zu lösen, solltest du für mich den Kardinal beobachten. Wenn ich recht habe, ist alles, was hier geschehen ist, wegen Cardoza geschehen, und er hat selbst auch Blut an den Händen. Ich glaube, dass die Angelegenheit sich ihrem Ende nähert, und wenn es so weit ist, müssen wir wissen, wo er sich befindet.«

Latif zögerte. »Aber …«

»Großer Gott, Mann, lass mich dieses Rätsel lösen! *Hilf mir*, es zu lösen! Mittlerweile solltest du wissen, dass ich nur nach der Wahrheit suche! Ich habe nicht die Absicht, deinen Herrn bei diesem Turnier in Verlegenheit zu bringen. Ich suche nur die Wahrheit! Bitte, hilf mir dabei!«

Das schien Latif zu besänftigen. Er nickte langsam.

»Behalte den Kardinal im Auge«, sagte Mr. Ascham. »Wenn er sich in seine Botschaft zurückzieht, so gehe auf den Aussichtsbalkon von vorgestern Abend und vergewissere dich, dass er dortbleibt. Geht er woandershin, so folge ihm. Bess, wo ist der Eingang zu dieser Unterwelt?«

»Im Rosengarten im Vierten Hof.«

»Latif, triff dich dort in einer halben Stunde mit uns«, sagte mein Lehrer. Latif nickte, und dann – immer noch widerstrebend – verließ er uns.

Mr. Ascham und ich fanden Zubaida an einem Springbrunnen zusammen mit einigen der jüngeren Haremsdamen, und nach einer kurzen Mahnrede seitens Mr. Aschams (und der Drohung, dem Sultan Bescheid zu geben, wenn sie uns nicht half) erklärte sie sich bereit, uns durch das Labyrinth und zu Pietro zu führen.

Nach einem kurzen Abstecher in die Küche – auf meinen Vorschlag – begaben wir uns in den Rosengarten und begannen unseren Abstieg, bereits meinen zweiten, in die Unterwelt des Topkapi-Palastes.

Wie sich herausstellte, war die Zisternenwelt bei Tageslicht ein ganz anderer Ort als in der Nacht.

Auch wenn es immer noch ein feuchtes und dunkles Labyrinth war, wirkte es jetzt nicht mehr so unheimlich. Das war hauptsächlich den zahlreichen kleinen Rissen in den Decken der vielen Kammern zu verdanken – durch diese Risse stachen schmale Sonnenstrahlen wie lang gezogene diagonale Fäden durch die Finsternis. Mr. Ascham und Zubaida hielten beide brennende Fackeln in den Händen, aber die dünnen Lichtstrahlen gaben genug zusätzliches Licht, sodass mir bestimmte Kammern tatsächlich bekannt vorkamen. Den Rückweg durch das Labyrinth zu finden, würde sich wesentlich einfacher gestalten, solange die Sonne draußen noch schien.

Geführt von Zubaida durchquerten wir die Kammern – darunter die ersten beiden mit ihren Haufen aus Schutt und Abfall und den gefährlichen Unterwasserlöchern – und erreichten schließlich die Zisterne, wo Zubaida und ich den wilden Kindern begegnet waren.

Natürlich waren sie nirgendwo zu sehen.

»Pietro! Pietro!«, rief ich. »Hab keine Angst, dieser Mann will dir nichts Böses! Er ist mein Lehrer, der, von dem ich dir erzählt habe, und er hat eine Frage an dich! Außerdem habe ich …«, ich hielt den Sack mit gebratenen Hühnern hoch, den wir aus der Küche mitgenommen hatten, »… etwas zu essen mitgebracht.«

Köpfe tauchten aus den diversen Hütten und Schuttlöchern der Zisterne auf. Langsam kamen die Kinder zum Vorschein, anfangs zögernd – sie beäugten Mr. Ascham mit großer Furcht –, doch der Geruch des frisch gebratenen Hühnerfleisches war dann doch zu viel für ihre hungrigen Mägen.

Pietro kam hinter einer Säule hervor. »Warum bist du zurückgekehrt? Was willst du?«

Mr. Ascham trat vor. »Es ist meine Schuld, dass wir hier eindringen, junger Mann. Ich habe die beiden Mädchen gezwungen, mich hierherzubringen. Ich möchte dir nur eine einfache Frage stellen: Als in den letzten Wochen und Monaten Kardinal Cardoza seine Mahlzeiten in seiner Botschaft einnahm, war es da dein kleiner Bruder Benicio, der sie ihm gebracht hat?«

Pietro riss die Augen auf. Er sah aus, als hätte mein Lehrer ihm eine Ohrfeige versetzt.

Doch dann – was mich völlig überraschte – erschlaffte sein Gesicht.

»Ja. Ja, das stimmt«, sagte Pietro. Und dann fiel er vor meinem Lehrer auf die Knie und brach in Tränen aus. »O Sir! Guter Sir! Der Kardinal, dieser grausame Bastard Cardoza – er hat *Dinge* mit meinem Bruder getan! Benicio war ein Dummerchen, langsam im Kopf, aber lieb und unschuldig wie der neugeborene Tag. Und dieser verdammte Kardinal hat sich an ihm vergangen, Nacht für Nacht, und Benicio, der liebe kleine Benicio, der langsame kleine Benicio, hat nicht einmal begriffen, dass diese Perversitäten nicht seine Schuld waren, und mir nicht erzählt, was passiert ist, bis zu dem Abend, als ich ihn sterbend in seinem eigenen Blut fand, verzweifelt vor Scham, nachdem er sich mit seiner eigenen Hand die Pulsadern aufgeschnitten hatte.«

Ich warf Mr. Ascham einen Blick zu, aber er schüttelte den Kopf.

»Hast du es deinem Vater erzählt?«, fragte Mr. Ascham.

»Was hätte ich ihm sagen sollen? Hätte ich meinem Vater sagen sollen, dass er selbst, seit wir vor drei Monaten nach Konstantinopel kamen, Nacht für Nacht seinen zurückgebliebenen Sohn in die Hände eines Vergewaltigers geschickt hatte? Nein, ich habe es ihm nicht gesagt. Ich habe die Sache in die eigene Hand genommen, und am Abend des großen Banketts brachte ich eine schicksalhafte Mahlzeit zum Kardinal, doch dann …«

Mr. Ascham sagte: »Als du das vergiftete Essen in Kardinal Cardozas Privatgemächern zurückließest, war es nicht Kardinal Cardoza, der es aß, sondern Kardinal Farnese. Du hast den falschen Mann getötet.«

»Ja.«

»Du wusstest nicht, dass Kardinal Cardoza aufgehalten worden war?«

»Nein.«

»Und du wusstest nicht, dass man den aus Rom angereisten Kardinal Farnese in Cardozas Privatgemächern einquartiert hatte?«

»Nein.«

»Und als du wenig später zurückkamst, um nachzusehen, ob dein Plan aufgegangen war, hast du den falschen Mann tot vorgefunden. Und um mögliche Nachforschungen in die Irre zu führen, hast du Farneses Gesicht nach Art des Wahnsinnigen, der in der Stadt sein Unwesen trieb, verstümmelt und seinen Leichnam in das Spiegelbecken geworfen.«

Der Junge nickte traurig. »Ja.«

»Du hast Elisabeth erzählt, dass dein Vater sich mit Kardinal Cardoza gestritten hat, weil der Kardinal sich weigerte, Benicio mit allen heiligen Ehren zu bestatten.«

»Das war der Gipfel der Scheinheiligkeit. Das Ungeheuer hat meinen Bruder in den Selbstmord getrieben und ihm dann ein christliches Begräbnis verweigert, weil *Benicio* dadurch, dass er sich selbst tötete, angeblich Gott erzürnt hat. Das war die endgültige Beleidigung.«

»Das war es sicher«, sagte Mr. Ascham leise. »Und es war, wie ich glaube, der Grund, weshalb der Kardinal deine Eltern umbringen ließ.«

»Der Kardinal hat *was* …?«

»Ich nehme an, dass Kardinal Cardoza – nachdem ihm klar geworden war, dass das Gift, das Kardinal Farnese tötete, eigentlich für ihn bestimmt war – fälschlicherweise glaubte, dass dein *Vater* irgendwie von Cardozas Missbrauch an deinem Bruder erfahren und daraufhin seine

Mahlzeit vergiftet hat. Deshalb ließ er deinen Vater und deine Mutter ermorden.«

Der Junge schien wie vom Schlag getroffen, als er das grausame Ausmaß seines Fehlers begriff: Sein misslungener Anschlag auf das Leben des Kardinals hatte den Tod seiner Eltern herbeigeführt.

»Oh, großer Gott im Himmel …«, keuchte er, den Blick auf den Boden gerichtet, ohne etwas zu sehen.

Mein Lehrer schaute ihn mit einem Ausdruck tiefsten Mitgefühls an. »Du konntest unmöglich voraussahnen, dass so etwas geschehen würde, Pietro. Es ist nicht deine Schuld.«

Der Junge sagte nichts.

»Du verstehst, dass ich dem Sultan von alldem berichten muss«, sagte Mr. Ascham. »Daher könnte es gefährlich für dich sein, länger hier im Palast zu verweilen. Es dürfte klüger sein, wenn du diesen Ort verlässt und für eine Weile in die äußere Stadt verschwindest.«

Noch immer sagte Pietro nichts. Er stand nur mit gesenktem Kopf da.

»Es tut mir wirklich leid, Pietro«, sagte mein Lehrer. »Finde deinen Frieden.« Und mit diesen Worten machte Mr. Ascham sich mit Zubaida und mir auf den Rückweg durch die Zisternen.

Als wir durch das Labyrinth der hohen Kammern zurückgingen, sagte Mr. Ascham zu mir: »Ich habe den gleichen Fehler begangen wie Kardinal Cardoza: Ich dachte, *Brunello* hätte versucht, ihn zu vergiften. Aber es war nicht der wütende Vater, der sein Essen mit Gift versetzte, sondern der wütende Bruder.«

Durch das kniehohe Wasser watend, erreichten wir die vorletzte Zisterne.

»Ich muss mit dem Sultan sprechen«, sagte Mr. Ascham. »Kardinal Cardoza muss wegen Mordes – oder zumindest der Beauftragung des Mordes – an Brunello und seiner Frau festgenommen werden. Ich werde dem Sultan sagen, dass es Pietro war, der für den Tod des angereisten Kardinals verantwortlich ist.«

»Wird der Sultan Pietro ebenfalls festnehmen wollen?«, fragte ich.

»Das nehme ich an.«

Als wir die vorletzte Zisterne mit ihren gefährlichen Unterwasserlöchern durchquerten, war ich so in die Unterhaltung mit meinem Lehrer vertieft, dass ich einen Fehltritt machte und mein rechter Fuß in eines der verborgenen Löcher geriet.

Mein Fuß berührte etwas. Etwas Weiches.

Etwas, das sich anfühlte wie …

»Da unten ist was!«, quiekte ich.

Zubaida und Mr. Ascham packten meine Arme und richteten mich wieder auf. Dann schauten wir in das Loch, das meinen verirrten Fuß verschluckt hatte. Es wurde von einem schmalen Strahl Sonnenlicht beleuchtet, gerade genug, dass wir sehen konnten, auf was ich da getreten war.

Das Gesicht des Ringers Darius starrte uns mit offenen und toten Augen an.

Er stand aufrecht in einem sieben Fuß tiefen Loch, die Hände hinter dem Rücken gefesselt, sein Haar im Wasser treibend, die Füße vermutlich mit Ketten oder einem anderen Gewicht beschwert.

»Darius …«, keuchte Zubaida.

»Dorthin ist er also verschwunden«, meinte Mr. Ascham.

»Hat der Tod des Ringers etwas mit unserem Rätsel zu tun?«, fragte ich.

»Nein«, antwortete mein Lehrer. »Sein Tod ist eine andere Sache. Aber das kann warten. Jetzt wird es Zeit, den Kardinal zur Rede zu stellen.«

Mr. Ascham schritt in die letzte Zisterne und auf die Steintreppe am anderen Ende zu, die hinauf ins Tageslicht führte. Ich eilte ihm nach, und gemeinsam erreichten wir die Treppe, nur um wie angewurzelt stehen zu bleiben, als uns eine Gestalt den Weg versperrte.

Ich sah als Erstes die Füße der Person und bemerkte sofort, dass in der Holzsohle der linken Sandale eine v-förmige Kerbe direkt neben dem großen Zeh war.

Mein Blick wanderte nach oben, und ich erblickte den Besitzer dieser mysteriösen Sandalen – Sandalen, die ihren Abdruck im Schlachtraum, wo man den Küchenmeister und seine Frau erhängt aufgefunden hatte, und im frischen Matsch vor der Menagerie, in die mein Lehrer zum Sterben gelockt worden war, hinterlassen hatten. Und als mein Blick das Gesicht erreichte, begegnete ihm das kalte, teilnahmslose Starren von Sinon, dem kräftigen Leibdiener Kardinal Cardozas.

DER DIENER DES KARDINALS

»Sinon«, sagte mein Lehrer. »Ich hatte mich schon gefragt, ob der Kardinal Euch schicken würde, um mich zu töten.«

Der Leibdiener erwiderte: »Der Kardinal sagt, Ihr wisst zu viel, Engländer. Er hat befohlen, dass Ihr und das Mädchen sterben sollt, also bin ich hier, um das Urteil zu vollstrecken.«

Er ragte vor uns auf, sein Gesicht war bar jeder Emotion. Mit Nerven zermürbender Reglosigkeit stand er da, einer Reglosigkeit, die ich, wie mir plötzlich klar wurde, schon einmal gesehen hatte: In der Nacht, als mein Lehrer und ich die sittenlose Zusammenkunft in der Botschaft des Kardinals beobachtet hatten, hatte ich ganz kurz eine große, schattenhafte Gestalt erblickt, die uns hinter einer Gitterwand neben dem Rasen beobachtete und mit einer ähnlichen Reglosigkeit dastand. Es war Sinon gewesen.

Jetzt machte er einen Schritt in das flache Wasser der Zisterne und kam langsam auf meinen Lehrer und mich zu. Mr. Ascham schob mich schützend hinter seinen Rücken. Zubaida huschte davon.

»Ihr habt den Küchenmeister und seine Frau im Auftrag Eures Herrn erhängt«, sagte Mr. Ascham.

»Ich tue, was mein Herr befiehlt.«

»Und Ihr habt mir die Falle in der Menagerie gestellt.«

Sinon kam weiter auf uns zu. »Ich tue, was mein Herr befiehlt.«

Mein Lehrer wich weiter zurück. »Einschließlich Mord?«

Sinon kam näher. »Für den Mord an Euch hat er mir im Voraus Absolution erteilt.« Er deutete mit dem Kopf auf mich. »Für ihren auch. Mein Herr sagt, ich werde dafür in den Himmel kommen.«

»Euer Herr ist ein Päderast. Für ihn oder die, die ihm dienen, gibt es keinen Platz im Himmel.«

»Lassen wir Gott entscheiden«, sagte Sinon und zog ein kurzes, glänzendes Schwert. »Der Herr wird meine Hand lenken.«

Wir standen jetzt inmitten des Abfalls, der achtlos in der Zisterne abgeladen worden war – den Haufen aus weggeworfenen Holzgegenständen, rostigen Eisenstäben und schweren Gittertoren.

»Bess, geh weiter zurück«, flüsterte Mr. Ascham. »Wenn der Kerl mich überwältigt, dann flieh in die Zisternen und versuche, auf einem anderen Weg herauszukommen. Und dann erzählst du dem Sultan alles.« Er warf mir einen Blick zu. »Und lass dir sagen, dass du mir sehr viel bedeutest.«

Wie angewiesen wich ich weiter zurück, als plötzlich, mit einem lauten Schrei, Sinon sich auf Mr. Ascham stürzte.

Aber mein Lehrer hatte sich mit einer Zielstrebigkeit bewegt, die mir nicht aufgefallen war: Als Sinon ihn angriff, stand Mr. Ascham neben einem Schutthaufen, auf dem ein rostiges Eisenrohr lag, das er jetzt schnell ergriff, um damit Sinons Schlag laut scheppernd zu parieren.

Der Leibdiener brüllte wütend auf und drang erneut auf meinen Lehrer ein, sein Schwert mit erschreckender Brutalität führend. Mr. Ascham wehrte auch diesen Schlag mit seinem Eisenrohr ab und wich in eine Gasse zwischen zwei Haufen zurück. Jeder parierte Schlag hallte laut durch die weitläufige Zisterne.

Bei einem ihrer Zusammenstöße benutzte Sinon – der meinen Lehrer um Kopf und Schultern überragte – seine freie Hand, um Mr. Ascham einen heftigen Stoß ins Gesicht zu versetzen, woraufhin dieser mit einem unbeholfenen Platschen in das knietiefe Wasser fiel. Sofort sprang der Leibdiener vor und schlug mit dem Schwert zu, aber mein Lehrer rollte sich seitlich ab, dass es nur so spritzte, und die Klinge traf lediglich das Wasser.

Verzweifelt sprang Mr. Ascham in seinen durchnässten Kleidern auf. Sinon trieb ihn in eine weitere Gasse, vor Wut brüllend, und seine kräftigen Hiebe verfehlten meinen Lehrer nur um Haaresbreite.

Doch dann erkannte Mr. Ascham, dass er einen Fehler begangen hatte. In seiner Verzweiflung war er in eine Sackgasse geflohen.

Er saß in der Falle.

Langsam rückte Sinon gegen ihn vor, das Schwert drohend vor sich ausgestreckt.

Mr. Ascham drückte sich mit dem Rücken gegen den Schutthaufen hinter ihm, aber es gab keinen Ausweg mehr.

Hilflos und entsetzt sah ich vom Eingang der nächsten Zisterne aus zu.

»Gott wird entscheiden …«, sagte Sinon mit monotoner Stimme, während er langsam auf meinen Lehrer zuging. »Der Herr wird meine Hand lenken …«

Er ragte vor Mr. Ascham auf und hob das Schwert zum tödlichen Schlag, als mein Lehrer plötzlich etwas Unerwartetes tat: Er trat mit aller Kraft zu, aber nicht gegen Sinon, sondern an das Bein eines alten Holztisches im Haufen direkt zu seiner Linken.

Das Tischbein zerbrach, wodurch der Tisch aus dem Haufen herausrutschte, was wiederum ein schweres

Gittertor, das auf dem Tisch lag, dazu veranlasste, mit beträchtlicher Wucht vom Haufen herabzusausen – direkt in Sinons Gesicht.

Das schwere Eisentor traf ihn mit seinem ganzen Gewicht, und ein ekelhaftes Knacken hallte durch die Zisterne – das Geräusch von Sinons brechender Nase und einigen Zähnen. Der große Leibdiener stürzte zu Boden, sein Kopf wurde brutal nach hinten gerissen.

Die vordere Kante des Tores stieß seinen Kopf mit einem mächtigen Aufspritzen unter die Wasseroberfläche, bevor der Rest des riesigen Eisentores flach auf seinem Körper landete.

Und dann lag Sinon vor meinem Lehrer im Wasser, gefangen unter den Gitterstäben des schweren Tores, sein Gesicht grausam verunstaltet, die Nase zerschmettert, blutig und deformiert. Er lag in kaum einen halben Meter tiefem Wasser, aber er schnappte verzweifelt nach Luft, als das Wasser über die Ruine seiner Nase strömte und das Gewicht des Tores ihn nach unten drückte. Seine Hände, auch die Schwerthand, klemmten im Wasser unter dem Tor fest.

Mr. Ascham stand reglos vor dem Mörder, der hilflos und verzweifelt nach Luft schnappte. Als das Wasser über Sinons Gesicht lief, vermischte es sich mit dem Blut und drang in seinen Mund ein, und der Diener des Kardinals begann zu würgen und zu husten.

Mein Lehrer tat nichts.

Sinon versuchte, das Gittertor hochzudrücken, aber es war vergeblich. Es war zu schwer. Immer mehr Wasser strömte über sein Gesicht.

Noch immer unternahm mein Lehrer nichts.

»Helft … mir …«, keuchte Sinon zwischen einzelnen Wellen des aufgewühlten Wassers.

Mr. Ascham blickte auf den sich verzweifelt winden-
den Mörder hinab. Das normalerweise so freundliche
und offene Gesicht meines Lehrers war zu einer harten
Maske geworden, keiner Maske der Wut oder der Grausamkeit, sondern zu etwas, das man nur als einen Ausdruck unerschütterlicher Gerechtigkeit beschreiben kann.
Er sagte: »Jenen, die keine Gnade gewähren, soll keine
Gnade gewährt werden. Brunello und seine Frau starben
in hilfloser Verzweiflung unter deinen Händen, Sinon. Es
ist nur gerecht, dass du in ähnlicher Todesangst dein Ende
findest.«

Und so unternahm Mr. Ascham nichts, als das enorme
Gewicht des Eisentores Sinons Gesicht ganz unter die
Wasseroberfläche drückte. Sinon trat verzweifelt mit den
Beinen aus und wühlte das Wasser um sich herum auf, aber
schon einige Augenblicke später endeten seine Bewegungen
abrupt und er regte sich nicht mehr, und auch die Wellen
beruhigten sich. Der Mörder war im nur einen halben
Meter tiefen Wasser ertrunken.

Als ich zu Mr. Ascham zurückging, sah ich Sinons
Gesicht unter der Wasseroberfläche, zerschlagen und
blutig, die toten Augen ins Nichts starrend. Der Engel des
Todes war nun selbst tot, und er war in jämmerlicher Angst
gestorben. Es war schrecklich gewesen, ihm beim Sterben
zuzuschen, aber irgendwie wusste ich sogar in meinem
zarten Alter, dass es ein gerechtes und passendes Ende für
einen so grausamen Menschen war.

»Komm, Bess.« Mr. Ascham ging zur Treppe. »Lass uns
diese Sache endlich zu Ende bringen. Es wird Zeit, Kardinal
Cardoza zur Rede zu stellen.«

IN DIE HÖHLE DES KARDINALS

Die Sonne ging schon fast unter, als wir aus der unterirdischen Welt auftauchten. Mein Lehrer – von Kopf bis Fuß durchnässt und mit zahlreichen Kratzern und Schrammen von seinem Kampf mit Sinon – ging mit schnellen und kräftigen Schritten voran. Zubaida war wieder zu uns gestoßen und folgte uns, schweigend und zweifellos unsicher, was sie von der ganzen Sache halten sollte.

Wir waren erst einige Schritte gegangen, als Latif im Rosengarten ankam. Er stutzte einen Moment, als er meinen Lehrer sah – durchnässt, blutig und schmutzig –, aber er sagte nur: »Mr. Roger Ascham, der Kardinal befindet sich in seiner Botschaft. Allem Anschein nach wartet er auf jemanden, der zu dem Zeitpunkt, als ich aufbrach, um Euch abzuholen, noch nicht erschienen war. Kurz nachdem ich meine Beobachtung der Botschaft aufgenommen hatte, schickte er jedoch seinen Leibdiener Sinon auf irgendeinen Botengang.«

»Er schickte seinen Leibdiener aus, uns zu töten«, sagte mein Lehrer, während er an Latif vorbei in Richtung der Rasenfläche ging, die die katholische Botschaft umgab. »Aber es ist der Leibdiener, der heute seinem Schöpfer gegenübertritt. Bess, geh und hole so viele Wachen, wie du finden kannst, und schicke sie sofort zu Kardinal Cardozas Botschaft. Latif und ich werden jetzt dorthin gehen.«

Und so trennten wir uns: Mein Lehrer und der Eunuch eilten in südliche Richtung, während Zubaida und ich

schnell zurück in den Dritten Hof gingen, um die Palastwachen zu alarmieren.

Wir waren noch nicht weit gegangen, als ich unter den
Arkaden links von uns zwei Palastwachen stehen sah. Sie
standen in einer Mauernische und schauten durch ein
Gitterfenster, das zur katholischen Botschaft hinausging.

»Wachen!«, rief ich auf Griechisch. Ich rannte zu ihnen.
»Wachen! Bitte! Einen Moment …«

»Lass uns in Ruhe, Kind«, sagte einer von ihnen kurz
angebunden und bedeutete mir mit der Hand, ich solle
gehen.

»Aber …!«

»Verschwinde, Mädchen!«, blaffte er, und ich trat
erschrocken zurück.

Ich sah den Mann an und stutzte. Irgendwo hatte ich ihn
schon einmal gesehen, ich wusste nur nicht mehr, wo. Er
hatte einen säuberlich gestutzten Bart und eine y-förmige
Narbe auf der rechten Wange …

Der Kerker.

Er war einer der Wächter aus dem Hauptkerker des
Sultans.

Ich sah mir die beiden Wachen in der Nische genauer an.
Sie beobachteten die Botschaft durch die Gitterwand, und
sie waren eindeutig nervös. Der eine, der mich so rüde abgewiesen hatte, hielt leere Handeisen in seiner rechten Hand.

Leere Handeisen …

Mein Blick wanderte die Arkaden entlang …

… und ich sah ein *weiteres* Paar Kerkerwachen, die ebenfalls die Botschaft im Auge behielten.

Dann schaute ich selbst durch die Gitterwand und sah,
wie mein Lehrer und Latif durch die Eingangstür der Botschaft gingen.

»Komm, Bess«, sagte Zubaida, »am Eingang zum Harem wird es noch mehr Wachen geben …«

Aber ich hörte ihr nicht zu.

Mein Blut war zu Eis gefroren, als ich begriffen hatte, was ich dort sah.

Leere Handeisen …

»Die Königin befiehlt über eine kleine Gruppe von Palastwachen«, sagte ich laut, als ich mich an Elsies Worte erinnerte. »Vor allem die, die über den Kerker des Sultans wachen.«

Ich wirbelte wieder herum und schaute zu den ersten beiden Wachen. »Und jetzt hat man den Kardinal vom Schachturnier zu seiner Botschaft gerufen, wo er seither wartet, vermutlich auf jemanden, der wichtig genug ist, um seine sofortige Anwesenheit zu rechtfertigen … jemand wie die Königin …«

Meine Augen richteten sich wieder auf die Handeisen, die in der Hand des einen Wächters baumelten.

Diese beiden Kerkerwachen hatten jemanden in Handeisen zur Botschaft des Kardinals gebracht …

Einen Gefangenen …

Einen gefährlichen Gefangenen …

Eine Welle des Entsetzens durchströmte mich.

Die Königin hatte zu guter Letzt ihren Zug gegen den Kardinal gemacht: *Sie hatte einen Mörder auf ihn losgelassen.*

Aber mein Lehrer, mein geliebter Lehrer, betrat gerade in diesem Moment die Botschaft des Kardinals, ohne zu ahnen, dass er in ihre Todesfalle tappte.

»Was machst du?!«, rief Zubaida, als ich losstürmte und durch den Vierten Hof in Richtung der katholischen Botschaft rannte.

Wie ich wohl ausgesehen haben mag: ein schlaksiges 13-jähriges Mädchen, das Hals über Kopf über den weiten grünen Rasen rannte, der die Botschaft des Heiligen Stuhls in Konstantinopel umgab.

Ich glaube, eine oder zwei der Kerkerwachen verfolgten mich, aber das war mir egal. Ich rannte nur, so schnell ich konnte.

Das weiße zweistöckige Botschaftsgebäude ragte vor mir auf, düster und still im Licht der untergehenden Sonne. Das einzige Anzeichen dafür, dass etwas nicht stimmte: Die schwere Eingangstür stand einen Spaltbreit offen.

Verzweifelt eilte ich darauf zu, fest entschlossen, meinen Lehrer zu retten, ohne an die Gefahr zu denken, aus der ich ihn retten wollte.

Ich stürmte durch die breite, verzierte Eingangstür und gelangte ins Atrium, das in tiefem Schatten lag, da alle Fensterläden geschlossen waren. Nur ein paar schmale staubige Lichtstrahlen stachen durch die Finsternis.

Drei Körper lagen auf dem Boden vor mir – Mr. Ascham und Latif waren mir am nächsten, nur einige Schritte innerhalb des Atriums. Sie lagen beide mit dem Gesicht nach unten, schlaff und reglos. Ich sah einen Striemen in Mr. Aschams Nacken und Blut, das aus einer Wunde an Latifs kahlem Hinterkopf sickerte.

Etwas weiter entfernt, neben einem der verschlossenen Fenster zu meiner Rechten, lag Kardinal Cardoza, mit dem Gesicht nach oben, ebenfalls reglos, aber der Kardinal war mir im Augenblick egal. Ich sorgte mich nur um meinen geliebten Lehrer.

Ich kniete mich neben Mr. Ascham und legte seinen Kopf in meinen Schoß. Er stöhnte. Mein Herz machte einen Satz. Er war nicht tot …

Wumm!

Die große Eingangstür schlug hinter mir zu, und der Raum fiel in noch tiefere Dunkelheit.

Ein Grunzen erklang von der Tür.

Ich drehte mich um …

… und die Besorgnis, die mich in die Botschaft getrieben hatte, verwandelte sich in nacktes Entsetzen, als ich eine Gestalt neben der jetzt geschlossenen Tür stehen sah – der schmutzige Körper gebeugt wie der eines Affen, mit zitternder Hasenscharte, die wahnsinnigen Augen unnatürlich weit aufgerissen.

Es war der wahnsinnige Mörder, der die Bewohner Konstantinopels vor unserer Ankunft in Angst und Schrecken versetzt hatte, die gottlose Seele, die mein Lehrer in der Nacht des Banketts im Kerker des Sultans gesehen hatte – doch jetzt war er von den Männern der Königin freigelassen worden, freigelassen, um den heimtückischen Plan der Königin auszuführen und Kardinal Cardoza aus Rache für seine Erpressung und Demütigung ihres Liebhabers Darius auf die grausamste Weise zu töten.

Erneut grunzte der Wahnsinnige, ein Laut wie von einem Schwein, während er den Ausgang blockierte. Sein Kopf war kahl, seine Haut ledrig und braun wie die eines Menschen, der zu lange in einer Gerberei gearbeitet hatte. Und in seinen Händen hielt er zwei blutverschmierte Klingen: ein rostiges Krummschwert, wie es die Kerkerwachen trugen, und eins von Latifs blitzenden kurzen Entermessern.

Ich stand ganz langsam auf, wie jemand, der einem wilden Tier gegenübersteht, und suchte den Raum nach einem möglichen Fluchtweg ab, als plötzlich ein schmerzerfülltes Stöhnen meine Aufmerksamkeit auf Kardinal Cardozas korpulente Gestalt lenkte.

Zuvor hatte ich sein Gesicht nicht sehen können, doch jetzt fiel mein Blick darauf: Die Haut seiner unteren Gesichtshälfte war abgezogen worden, Fleisch, Zähne und Knochen lagen offen. Eine erschreckend große Menge Blut durchtränkte die Schultern seiner Soutane. Der Wahnsinnige hatte mit der Verstümmelung des Kardinals begonnen, während dieser noch lebte. Mein Lehrer und Latif hatten ihn offenbar bei der Häutung des Kardinals überrascht.

Nur mit Mühe gelang es mir, mich nicht zu übergeben.

Plötzlich setzte der Wahnsinnige sich in Bewegung. Auf Füßen und Fingerknöcheln huschte er über den Boden.

Er umkreiste mich.

Der einzige Fluchtweg, der mir offenstand, war die Tür zur kleinen Kapelle der Botschaft.

Ich schlüpfte hindurch, und er eilte mir nach. Laut hörte ich seine Schritte hinter mir.

Ich stürmte in die Kapelle. Ein halbes Dutzend Kirchenbänke standen zu beiden Seiten eines Mittelgangs, der zu einem kleinen erhöhten Altar führte.

Mit einem verzweifelten Sprung hechtete ich über die nächstgelegene Bank und krabbelte dann schnell darunter, um mich vor dem Angreifer zu verstecken.

Es gab einen dumpfen Schlag, und die Bank über mir wackelte, als er darauf landete. In der Ferne hörte ich die Palastwachen, die machtlos gegen die verschlossene Eingangstür der Botschaft hämmerten.

In hektischer Eile krabbelte ich auf Händen und Knien unter die nächste Sitzreihe, schob mich über eine Kniebank, als plötzlich mein Verfolger vor mir zu Boden sprang und mit einem gewaltigen Hieb seines Krummsäbels zuschlug. Aber ich rollte mich ab, und die Klinge bohrte sich in die Kniebank, und während er sie herauszuziehen versuchte, schlüpfte ich unter den nächsten drei Kirchenbänken hindurch, sprang auf und über die erste Bank hinweg, landete unbeholfen vor dem Altar …

… und wurde am Genick gepackt und auf den Altar geschleudert.

Brutal landete ich auf dem Rücken und blickte hinauf in die gelb umrandeten Augen des Wahnsinnigen. Er keuchte wie ein Tier, und ich sah seine schreckliche Hasenscharte und dahinter eine unansehnliche Ansammlung deformierter Zähne in einem ausgezehrten Gaumen.

Er hatte den Krummsäbel fahren lassen, besaß aber noch Latifs Entermesser, mit dem er jetzt, während er ein primitives, idiotisches Gewieher ausstieß, hoch über meiner Kehle ausholte.

Ich war erledigt. Was konnte ich als Kind gegen jemanden ausrichten, der so viel größer und stärker war?

Und dann fiel es mir ein.

Die Finger ausgestreckt, stieß ich meine Hand mit aller Kraft nach vorn und traf sein linkes Auge voll und streifte das rechte, aber es reichte, dass der Wahnsinnige vor Schmerzen aufjaulte und zurückschreckte und mit der Hand nach seinen Augen griff, was mir die nötige Zeit verschaffte, mich vom Altar herunterzurollen …

… nur um im letzten Moment noch von seinem Arm gepackt zu werden.

Nein!

Er warf mich wieder auf den Altar und drückte mich mit einer kräftigen Hand nach unten, während er mit der anderen das Entermesser hob. Speichel aus seinem Mund tropfte mir ins Gesicht, als er mir mit seinem entsetzlichen, wahnsinnigen Grinsen in die Augen starrte. Dann ließ er das Entermesser mit erschreckender Brutalität niedersausen.

DER KAMPF
MIT DEM WAHNSINNIGEN

Ich hörte es, bevor ich es sah. Das unangenehme Geräusch eines Pfeiles, der die Haut des Wahnsinnigen durchbohrte: ein dumpfes, feuchtes Klatschen.

Der Pfeil traf ihn hart in die rechte Schulter, und er taumelte zurück und ließ das Entermesser fallen.

Ich schaute auf – und sah etwas, an das ich mich bis zum Tag meines Todes erinnern werde.

Ich sah meinen Lehrer – meinen freundlichen, meinen herrlichen, meinen großartigen Lehrer – in der Tür der Kapelle, am anderen Ende des Mittelgangs, auf einem Knie kauernd, in perfekter Schussposition, Latifs Bogen in seiner ausgestreckten linken Hand haltend, nachdem er gerade einen Pfeil abgeschossen hatte.

»Lauf, Bess! *Lauf!*«

Ich brauchte keine zweite Aufforderung.

Während mein Angreifer sich vor Schmerzen krümmte, rollte ich mich vom Altar herunter und sprintete über den Teppich des Mittelgangs auf die hockende Gestalt meines Lehrers zu.

Ein entsetzliches Heulen erklang hinter mir. Ich blickte mich um und sah, dass der Wahnsinnige sich den Pfeil aus der Schulter gerissen hatte – wobei das Blut nur so spritzte – und jetzt hinter mir herjagte, wobei er mit dem Entermesser, dass er wieder aufgehoben hatte, durch die Luft hieb.

Ich rannte so schnell, wie meine mageren X-Beine mich trugen.

Und dann schien sich auf seltsame Weise alles zu verlangsamen.

Ich hörte nichts mehr bis auf meinen eigenen Atem und das Pochen meines Herzschlags in meinem Kopf.

Aber ich sah alles überdeutlich. Ich sah meinen Lehrer vor mir, wie er auf einem Knie in der Tür am Ende des Gangs hockte und versuchte, einen zweiten Pfeil in den Bogen einzulegen – ich sah sogar den ledernen Fingerschutz an seinem rechten Daumen. Und ich sah den Schatten des Wahnsinnigen hinter mir, wie er über die Kirchenbänke huschte, als ich an ihnen vorbeilief – und in den tiefsten Regionen meines Geistes wusste ich, dass dies nur auf eine von zwei Weisen enden konnte: Entweder mein Lehrer legte rechtzeitig den Pfeil ein und schoss, oder der Wahnsinnige holte mich ein und beendete mein kurzes Leben mit einem Schlag seines Entermessers in meinen Nacken.

»Bess! Runter!«

In meiner Panik registrierte ich den Befehl kaum, aber irgendwie gelang es mir zu gehorchen.

Ich warf mich nach vorn auf den Teppich des Mittelgangs und konnte gerade noch sehen, wie mein Lehrer den Bogen hochriss – den Pfeil perfekt eingelegt – und mit einem Ausdruck höchster Konzentration den Pfeil abfeuerte.

Der Pfeil flog den Gang entlang und traf den Wahnsinnigen mitten zwischen die Augen, genau am Ansatz des Nasenrückens, und die Eisenspitze drang tief in seinen Schädel ein. Sein Kopf ruckte zurück, er blieb mitten im Lauf stehen, die gelben Augen vor Schreck weit aufgerissen, mit der rechten Faust immer noch den Griff des Entermessers umklammernd – und dann fiel er zu Boden.

Ich lag kaum einen Meter von ihm entfernt im Mittelgang und wagte nicht mich zu bewegen, für den Fall, dass er doch noch nicht tot war.

Aber dann tauchte Mr. Ascham über mir auf und schoss aus einem halben Meter Entfernung einen letzten Pfeil in den Kopf des Wahnsinnigen, und ich wusste, dass die Bestie tot war.

Und dann lag ich in den Armen meines Lehrers, weinte dicke, schwere Tränen an seiner Schulter und schluchzte: »Danke, Mr. Ascham! Danke! Vielen Dank!«

Er hielt mich auf Armlänge Abstand und schaute mir in die Augen. »Wofür dankst du mir? Wärst du nicht hierhergekommen, wäre ich ein weiteres Opfer dieses Wahnsinnigen geworden, tot, gehäutet und verstümmelt. Aber dank dir bekam er diese Gelegenheit nicht, und ich kam gerade rechtzeitig zu mir, um zu sehen, wie er dich in diese Kapelle verfolgte. Bess, danke mir nicht. Du bist hergekommen, ungeachtet aller Gefahr für dich selbst, um mich zu retten. Gott helfe der Welt, solltest du jemals Königin von England werden!«

Es war mir egal.

Ich drückte mich nur eng an ihn und weinte mir die Augen aus, fest entschlossen, ihn niemals wieder loszulassen.

Aber natürlich ließen wir wenig später die Kerkerwachen ein, die daraufhin die Botschaft sicherten. Latif erwachte mit furchtbaren Kopfschmerzen, und nach einiger Zeit erschien der Sultan höchstselbst, begleitet vom *Sadrazam* und seinen persönlichen Wachen.

Der Sultan betrachtete ausdruckslos die grausige Szenerie: Kardinal Cardozas kaum noch lebendiger Körper in einer breiten Blutlache; der tote Wahnsinnige im Mittelgang der angrenzenden Kapelle, mit zwei Pfeilen, die in seltsamen Winkeln aus seinem Schädel ragten; und der verwundete Latif, der auf dem Boden saß und sich den Kopf rieb.

»Mr. Roger Ascham«, sagte der Sultan schließlich. »Darf ich annehmen, dass Eure Untersuchung beendet ist?«

Mein Lehrer stand vor dem Sultan, blutig und zerkratzt, seine Kleidung durchnässt, sein Haar wirr und nass. Und doch erwiderte er den Blick des Sultans mit perfekter englischer Würde. »Das ist der Fall, Euer Majestät.«

»Erleuchtet mich bitte.«

»Es wäre besser, Eure Männer verließen den Raum«, meinte mein Lehrer.

Nach einem Kopfnicken ihres Herrschers verließen die Wachen uns. Der *Sadrazam* blieb.

»Er auch«, sagte Mr. Ascham.

Der Sultan zögerte, zweifellos nicht daran gewöhnt, Anweisungen zu erhalten, aber dann nickte er erneut, und der *Sadrazam* ging ebenfalls, sodass nur noch Mr. Ascham, der Sultan und ich im Atrium verblieben.

»Es gab sechs Morde und einen Mordversuch – den an Kardinal Cardoza hier – in den Wänden Eures Palastes, aber es waren vier verschiedene Mörder«, begann Mr. Ascham. »Kardinal Farnese wurde durch ein Versehen getötet. Er wurde vom älteren Sohn des Küchenmeisters, Pietro, vergiftet. Das Gift war eigentlich Kardinal Cardoza zugedacht, einem Sodomiten, der sich an Pietros geistesschwachem jüngeren Bruder Benicio verging, wann immer dieser dem Kardinal sein Abendessen brachte.«

»Benicio? War das nicht der Knabe, der sich vor einigen Wochen das Leben nahm?«, fragte der Sultan.

»Ja. Pietro gab Kardinal Cardoza die Schuld am Selbstmord seines Bruders und wollte ihn dafür vergiften. Als er jedoch entdeckte, dass sein Gift den Falschen getötet hatte, häutete er Kardinal Farneses Leichnam nach der Art des wahnsinnigen Mörders, um mögliche Ermittlungen in die Irre zu führen. Aber er wusste nicht, dass Ihr, Euer Majestät, den Wahnsinnigen bereits gefasst hattet. Anderenfalls wären wir möglicherweise auf den Trick hereingefallen, und sein Plan hätte Erfolg gehabt.

Der zweite und der dritte Mord, an Brunello und seiner Frau, wurden vom Leibdiener Kardinal Cardozas, Sinon, auf Befehl des Kardinals ausgeführt. Der Kardinal, nachdem er richtig vermutet hatte, dass das Gift, das Farnese tötete, für ihn bestimmt war, vermutete *fälschlicherweise,* dass der Küchenmeister Brunello ihn hatte vergiften wollen. Wahrscheinlich glaubte der Kardinal, dass Brunello von dem Missbrauch an dem zurückgebliebenen Knaben erfahren hatte, demselben Knaben, dem der Kardinal selbst ein christliches Begräbnis verweigerte. Wütend darüber, dass Brunello versucht hatte, ihn zu vergiften, befahl Cardoza seinem Diener, Brunello und seine Frau zur Vergeltung zu töten. Sinon jedoch hinterließ seinen Schuhabdruck – einen sehr markanten Schuhabdruck – am Schauplatz des Mordes an Brunello und seiner Frau.«

»Und er ließ es so aussehen, als hätten sie sich selbst erhängt?«

»Ja. Aber Sinon band ihnen die Hände zu fest, als er sie erhängte, wodurch Spuren an ihren Handgelenken zurückblieben, die ich entdeckte. Aus Furcht, dass ich mit meinen Nachforschungen auf einem Weg war, der zu seiner

Entlarvung führen könnte, versuchte der Kardinal sodann, mich zu beseitigen – er schickte mir eine anonyme Nachricht, die mich zu einem Treffen in der Menagerie am gestrigen späten Abend einlud. Es war eine Falle, die Bess und ich nur mit Glück überlebten, aber auch dort sahen wir wieder den Schuhabdruck seines Leibdieners Sinon. Kommen wir nun zum Tod von Maximilian von Wien und der österreichischen Jungfrau und zum Tod des Ringers Darius.«

Der Sultan sagte nichts. Er blinzelte nicht einmal, während er darauf wartete, dass Mr. Ascham fortfuhr.

»Wie Ihr mir gegenüber durchblicken ließt, habt *Ihr* Maximilian und die junge Frau töten lassen, da Maximilian ein Spion Eures Erzfeindes Erzherzog Ferdinand von Österreich war. Maximilians Unterhaltungen mit Brunello hatten nichts mit den anderen Morden zu tun; er machte nur seine Arbeit als Spion: Eure Stimmungen und Meinungen, wie Ihr sie anderen Würdenträgern gegenüber zum Ausdruck brachtet, in Erfahrung zu bringen und an seinen Herrn in Wien zu berichten. Ich vermute, dass es Maximilians *andere* Informationen waren, jene über die Größe und Stärke Eurer Flotte, die es erforderlich machten, ihn töten zu lassen.«

Das Gesicht des Sultans verriet nichts. »Und Darius?«

»Zwischendurch dachte ich, Kardinal Cardoza hätte Darius umbringen lassen – aus dem gleichen Grund, aus dem auch Brunello sterben musste: Der Kardinal wusste von Darius' Affäre mit der Königin und benutzte dieses Wissen, um Gefälligkeiten von dem Ringer zu erpressen. In der Überlegung, dass es vielleicht ein Fehler war, den Küchenmeister töten zu lassen, und dass in Wirklichkeit *Darius* es gewesen war, der sein Essen vergiftet hatte, ließ Kardinal Cardoza den Ringer ertränken.«

»Wie teuflisch …«, meinte der Sultan.

»Wie gesagt: Das dachte ich *anfangs*. Aber inzwischen glaube ich das nicht mehr, denn das ist es nicht, was geschah. *Ihr* ließt Darius umbringen.«

Wieder sagte der Sultan nichts. Das Schweigen zog sich eine Weile hin.

Ich wagte kaum zu atmen. Ich konnte nicht glauben, dass mein Lehrer das alles dem Sultan so offen ins Gesicht sagte. Vielleicht war er es nach allem, was er durchgemacht hatte, einfach leid, dem Monarchen Honig um den Bart zu schmieren.

Mr. Ascham fuhr fort. »Bis letzte Nacht wusstet Ihr nichts von Darius' Affäre mit Eurer Gemahlin, der Königin. Aber Ihr erfuhrt es von den Männern, die Ihr hinter den Wänden oder der Decke unseres Quartiers postiert habt. Denn am Tag, *nachdem* mir Bess von Darius' Liebschaft mit der Königin berichtet hatte, verschwand der Ringer spurlos. Wir fanden ihn heute, mit Gewichten beschwert und ertrunken in einer Zisterne, eine Methode, die – wie man mir sagte – gern von Euch verwendet wird.«

Der Sultan blinzelte einmal langsam, sagte aber nichts.

»Und damit kommen wir zum letzten versuchten Mord, dem an Kardinal Cardoza, dem Urheber dieser ganzen Kette der Vernichtung von Menschenleben. Dieser Mordversuch wurde begangen auf Befehl unseres vierten Mörders oder *Fast*-Mörders: Eurer Gemahlin, Königin Roxelana.

Es war ein reiner Akt der Rache. Denn erst gestern, als ich mit ihr sprach, erfuhr Eure Gemahlin davon, dass Kardinal Cardoza von ihrem Geliebten fleischliche Gefälligkeiten erpresste, als Gegenleistung dafür, dass er ihre Affäre mit Darius nicht an Euch verrät.

Ich bin mir sicher, Ihr wisst, dass die Königin die Loyalität einer ausgewählten Gruppe von Wachen besitzt, und zwar der Wachen in Euren Kerkern. Auf ihren Befehl wurde der Kardinal vom Schachturnier in seine Botschaft zurückgebeten, vermutlich um sich angeblich mit der Königin zu treffen. Aber die Wachen ließen den Wahnsinnigen in die Botschaft hinein, wo der Kardinal mit der scharfen Klinge des Mörders Bekanntschaft machte. Währenddessen umringten die Kerkerwachen der Königin die Botschaft, um den Mörder wieder einzufangen und zurück in den Kerker zu bringen, sobald er den Kardinal umgebracht und verstümmelt hatte. Dann hätten sie sich nach Belieben eine Geschichte ausdenken können, um seine vorübergehende Flucht zu erklären.«

Noch immer sagte der Sultan nichts.

»Der Knabe Pietro ist noch am Leben, und ich kenne seinen Aufenthaltsort«, fuhr Mr. Ascham fort. »Doch ich möchte Euch den Rat geben, nicht nach ihm suchen zu lassen. Er hat als Einziger aus ehrenhaften Motiven gehandelt, indem er versuchte, seinen Bruder zu rächen. Ja, er tötete Kardinal Farnese, aber der römische Kardinal hat ebenfalls Knaben missbraucht, deshalb wird sein Tod wohl kaum von einem rechtschaffenen Menschen betrauert werden. Außerdem lastet jetzt das schreckliche Wissen auf Pietro, dass seine unverantwortliche Tat zum Tod seiner Eltern geführt hat.«

»Was ist mit dem Leibdiener des Kardinals?«, fragte der Sultan. »Der den Küchenmeister und seine Frau auf Befehl Cardozas getötet hat. Wo ist er?«

»Er ist tot. Ich habe ihn getötet«, sagte Mr. Ascham ungerührt. »Seine Leiche liegt in einer Zisterne unter Eurem Palast.«

Der Sultan hob eine Augenbraue, sichtlich überrascht. »*Ihr* habt ihn getötet? Der bescheidene Schulmeister aus Cambridge? Vielleicht seid Ihr noch bemerkenswerter, als ich gedacht habe. Also waren es *sieben* Morde?«

»Es war kein Mord. Wahrscheinlich hat er gesehen, wie Elisabeth und ich die Zisternen betraten, und wartete am Eingang auf uns, um uns umzubringen. Ich tötete ihn in Verteidigung der jungen Prinzessin und meiner selbst.«

»Ich verstehe.«

Der Sultan schwieg eine ganze Weile, tief in Gedanken versunken.

Dann sagte er in eisigem Ton: »Ihr seid ein kluger Mann, Mr. Roger Ascham. Und ein kühner, dass ihr einen Sultan des Mordes bezichtigt.«

Jetzt war es an meinem Lehrer, zu schweigen.

Er wartete, dass der Sultan fortfuhr.

»Damit Ihr es wisst: Sultane begehen keine Morde«, sagte Suleiman. »Sultane tun, was ihnen beliebt. Wenn die fortdauernde Existenz einer Person meinen Missmut erregt, ist es mein Vorrecht, das Leben dieser Person zu beenden. Ich bin niemandem verpflichtet außer Allah selbst.«

»Ihr habt mich gebeten, einen Mord aufzuklären, und das habe ich getan«, erwiderte mein Lehrer mit fester Stimme. »Die Antworten sind die Antworten, so unangenehm sie auch sein mögen. Ich bin nur derjenige, der sie ans Licht brachte.«

»Das ist wahr. Das ist wahr«, sagte der Sultan.

Aber Mr. Ascham war noch nicht fertig. »Zudem weiß ich noch ein paar weitere Dinge, Euer Majestät, nämlich über Euer Turnier.«

Ich erstarrte. Was in Gottes Namen machte mein Lehrer da?

Der Sultan legte den Kopf auf die Seite. »So?«

»Ihr habt die Auslosung manipuliert. Ihr habt einen Eurer Männer ausgeschickt, um unseren Spieler, Mr. Giles, auf dem Weg hierher zu vergiften, und ich vermute, Ihr habt auch jemanden ausgeschickt, um Dragan, den Spieler der Walachei, zu vergiften. Ihr habt Spieler bedrohen lassen, damit sie absichtlich verlieren, und Ihr habt eine Gruppe von Schachexperten abgestellt, die Eurem Cousin Zaman dabei helfen zu gewinnen. Die Welt sieht es vielleicht nicht, Euer Majestät, aber ich weiß, dass Euer Turnier eine schmutzige Täuschung und eine Schande ist.«

Ich wäre beinahe in Ohnmacht gefallen bei den schockierenden Worten meines Lehrers. Das war eine Respektlosigkeit sondergleichen. Niemand sprach so mit einem König. Na ja – niemand außer Roger Ascham.

Der Sultan starrte schweigend zu Boden und verdaute die Anschuldigungen, die gerade gegen ihn erhoben worden waren. Ein schmales Lächeln erschien auf seinen Lippen.

»Mr. Ascham«, sagte er leise und drohend. »Seht Euch den Kardinal dort an.« Der Sultan deutete mit einem Rucken seines Kopfes auf den noch immer lebendigen, aber grausam verstümmelten Cardoza. Der Kardinal gab ein leises Jaulen von sich, und eine blutige Blase bildete sich vor seinem entstellten Mund. »Dafür, dass er diesen ganzen Ärger verursacht hat, wird der Kardinal den Rest seiner Tage in meinen Kerkern verbringen. Diese Tage wird er unter unerträglichen Qualen verleben, denn man wird ihn jeden Morgen und jeden Abend foltern. Was Euch angeht, Roger Ascham …« Der Sultan richtete den Blick auf meinen Lehrer. »… so wisst Ihr nicht nur viel zu viel über die Vorgänge in meinem Palast und die Hintergründe des Turniers, nein, Ihr wagt es auch noch, einen König zu beleidigen. Ich habe schon aus weit geringeren Gründen Männern die Zunge herausschneiden lassen. Eure Unhöflichkeit schmerzt mich mehr als das, was der Kardinal getan hat, und seht Euch die Strafe an, die *ihn* erwartet. Was bitte soll ich also mit Euch tun?«

Meine Augen wurden groß. Die Richtung, in die sich das entwickelte, gefiel mir gar nicht.

Mein Lehrer jedoch stand ungerührt seinen Mann.

»Aber …« Der Sultan schwieg kurz. »Durch Eure Nachforschungen und unter einiger Gefahr für Euch selbst habt Ihr Dinge ans Licht gebracht, von denen ich anderenfalls nie erfahren hätte, und dafür stehe ich in Eurer Schuld. Betrachtet diese Schuld als beglichen, Mr. Ascham, indem ich Euer Leben verschone.«

Unvermittelt drehte der Sultan sich um und ging zur Tür. Er schaute nicht zurück, während er sagte: »Ihr werdet niemandem von diesen Ermittlungen oder den Geheimnissen meines Turniers erzählen. Ich denke, dass es in Eurem eigenen Interesse liegt, Konstantinopel bis morgen Mittag zu verlassen, denn es könnte sein, dass ich zu dem Zeitpunkt zu der Entscheidung gelange, dass Eure fortdauernde Existenz meinen Missmut erregt. Es war mir ein Vergnügen, Euch kennengelernt zu haben, Mr. Roger Ascham, und ebenso Euch, Prinzessin Elisabeth. Ich danke Euch für Eure Bemühungen. Friede sei mit Euch.«

Und mit diesen Worten verschwand er.

DER LETZTE ABEND
IN KONSTANTINOPEL

Es war früher Abend, als wir die Botschaft des Kardinals verließen, erschüttert, durchnässt, blutig und zerschrammt.

»Mr. Ascham«, sagte ich, als wir den Rasen überquerten, »welcher Irrsinn hat Euch geritten, dass Ihr dem Sultan Vorwürfe wegen seines Turniers machtet? Man kann doch einen König nicht so rügen. Ihr hättet getötet werden können!«

Darüber schien mein Lehrer einen Moment nachdenken zu müssen. »Warum ich es getan habe? Vielleicht weil, wie auch immer das Turnier ausgeht – und ich vermute, dass es wahrscheinlich mit dem Ergebnis ausgeht, das der Sultan wünscht –, meiner bescheidenen Meinung nach der Sultan erfahren sollte, dass zumindest *ein* Mensch von seinem Betrug weiß. Ich denke, dass ich mich vor allem in meinem britischen Sinn für Fairness beleidigt fühlte.«

»In Eurem britischen Sinn für Fairness?«, fragte ich erstaunt.

»Bess, ich hatte immer das Gefühl, dass Britannien mitsamt den Menschen, die es bewohnen, etwas ganz Besonderes ist. Wir stehen in der Schlacht Schulter an Schulter, wir wappnen uns gegen den kältesten Wind und Regen, und alles, was wir verlangen – *alles,* was wir verlangen –, ist, dass ein Kampf fair sein soll.«

Ich schüttelte nur den Kopf und lächelte.

Offenbar lief die Begegnung zwischen Zaman und Bruder Raúl noch und befand sich mittlerweile in der siebten und entscheidenden Partie. Da die Sonne bereits untergegangen war, wurde die Partie, wie man uns berichtete, im Schein Tausender Kerzen zu Ende gespielt.

Nach der schreckensreichen Begegnung mit dem Wahnsinnigen und unserer ziemlich kühlen Unterhaltung mit dem Sultan hatten weder Mr. Ascham noch ich große Lust, uns die Schachpartie anzusehen.

»Wir wissen ohnehin, wer gewinnt«, sagte mein Lehrer, als wir zu unserem Quartier zurückgingen. »Zaman wird als Sieger aus der Begegnung hervorgehen.«

Und natürlich *ging* Zaman als Sieger aus der Schlacht hervor, auf fast genau die gleiche Weise wie zuvor gegen den Moskowiter: Nachdem er die beiden ersten Partien relativ schnell verloren hatte, durchschaute er auf wundersame Weise Bruder Raúls Angriffsmuster und konterte sie frühzeitig, beinahe bevor Bruder Raúl sie überhaupt zur Anwendung brachte. Schon bald führte Zaman mit drei zu zwei.

Raúl jedoch war ein sehr starker und gerissener Spieler. Er passte seine Taktik an und schaffte es, auf drei zu drei auszugleichen. Doch in jenem letzten, spannenden, im Kerzenschein ausgetragenen Spiel triumphierte schließlich Zaman und schlug den Kirchenmann mit vier Siegen. Am Ende der Partie sackte Bruder Raúl völlig erschöpft auf seinem Stuhl zusammen. Später sagte er, er habe das Gefühl gehabt, nicht nur gegen einen, sondern gegen fünf Gegner zu spielen.

Und so qualifizierte sich Zaman für den Finalkampf, zur überschwänglichen Begeisterung der Zuschauer. Die beiden Lokalfavoriten hatten die besten Spieler der Welt bezwungen, um im Finale gegeneinander anzutreten.

Und als die Bewohner Konstantinopels an dem Abend die Hagia Sophia verließen, unterhielten sie sich erregt über die entscheidende Begegnung, die am folgenden Tag ausgetragen werden sollte. Sie priesen ihren Gott und ihren Sultan, und alles war in bester Ordnung in ihrer Welt.

Doch als der Abend zur Nacht wurde und der Mond und die Sterne über der uralten Stadt aufstiegen, war in meiner Welt nicht alles in Ordnung.

Denn obwohl mein Lehrer sein Rätsel gelöst hatte und wir unsere Koffer packten, um am nächsten Morgen aus Konstantinopel abzureisen, gab es ein Problem.

Elsie war nicht von ihrem Mittagessen mit dem Kronprinzen zurückgekehrt.

Elsie war verschwunden.

VI

KÖNIG

Das Ziel in einer Schachpartie ist es, den König matt zu setzen. Aber interessanterweise ist der König, obwohl sich um ihn alles dreht, auch die schwächste Figur auf dem Brett. Selbst Bauern können in Damen umgewandelt werden, und alle anderen Figuren können weiter als nur ein Feld weit ziehen.

Und so ist der König im Schach wie ein König im wahren Leben: Seine Herrschaft hängt davon ab, dass er seine Burgen in Schuss und seine Untertanen auf seiner Seite hält. Er ist die Geisel für das fortdauernde Glück seines Volkes.

Doch eins zur Warnung: Man sollte den König nicht unterschätzen. Trotz allem kann er andere Figuren schlagen, und in einem knappen Endspiel muss man ihn gut im Auge behalten, denn wenn er bedroht wird, kann er auch zum Angriff übergehen.

Aus: *Chess in the Middle Ages,* Tel Jackson
(W. M. Lawry & Co., London 1992)

Ich weiß, ich habe den Körper einer schwachen und hilflosen Frau, aber ich habe das Herz und den Stolz eines Königs, noch dazu eines Königs von England.

– Königin Elisabeth I.

DER LETZTE TAG

Die aufgehende Sonne weckte mich an meinem letzten Tag in Konstantinopel, und kaum waren meine Augen offen, wanderte mein Blick zu Elsies Bett, in Erwartung, sie dort liegen zu sehen, nachdem sie von einer weiteren langen Nacht der Ausschweifungen zurückgekehrt war.

Doch ihr Bett war leer und unberührt.

Ich fand Mr. Ascham und Mr. Giles in ihren Zimmern, wo sie gerade ihre Koffer schlossen.

»Elsie ist weg«, sagte ich.

»Weg?«, fragte mein Lehrer.

»Ich habe sie seit gestern Mittag nicht mehr gesehen – seit sie gegangen ist, um mit dem Kronprinzen und seinen Freunden in der Stadt zu essen.«

»Ah ja, der Kronprinz … Dorthin hat sie sich abends immer geschlichen. Zu *Zusammenkünften* von Kronprinz Selim.«

»Ja. Aber bisher war sie immer am Morgen wieder zurück.«

Mein Lehrer wechselte einen Blick mit Mr. Giles.

»Der Kronprinz ist ein berüchtigter Zecher«, meinte Mr. Giles.

»Aber warum sollte sie nicht zurückkehren?«, fragte Mr. Ascham.

»Vielleicht hat er Elsie gebeten, ihn zu heiraten«, schlug ich vor. »Das hat sie sich mehr als alles andere gewünscht.

Elsie hat mir erzählt, dass die beiden in der vorletzten Nacht … na ja, ihre Beziehung vollzogen haben, also vielleicht hat er sie gebeten, ihn zu heiraten, und sie ist zurück in den Harem gegangen, um sich ihr zukünftiges Zuhause anzusehen.«

Mr. Aschams Gesicht verfinsterte sich. »Einen Moment mal, Bess. Willst du damit sagen, Elsie hat mit dem Kronprinzen selbst verkehrt?«

Ich errötete. »Nun …«

»Bitte sag es mir. Es könnte wichtig sein.«

»Ja, hat sie. Sie versuchte mehrere Nächte lang, seine Aufmerksamkeit zu erregen, und bei der letzten Zusammenkunft gelang es ihr auch. Elsie dachte, ihm zu Willen zu sein, wäre eine gute Möglichkeit, ihn zu beeindrucken und so zu seiner Königin zu werden …«

»*Wann* hat sie mit ihm geschlafen?«, fragte mein Lehrer mit einem Sinn für Genauigkeit, der mich überraschte.

»Wann?«

»Ja, *wann*? Vor drei Nächten? Vor zwei? Wann?«

Ich dachte einen Moment nach. »Es war vorletzte Nacht. An dem Abend, bevor er sie zum Mittagessen in der Stadt einlud. Sie hatte ihm zuvor immer wieder schöne Augen gemacht, aber erst in der Nacht haben sie tatsächlich ihre Lust vollzogen.«

»Hat sie schon früher mit ihm in der Stadt gegessen? Mittags, abends?«

»Nein. Das war das erste Mal.«

»Also an dem Tag, nachdem er ihre Frucht gepflückt hat, lädt er sie in die Stadt ein, und dann verschwindet sie. O mein Gott … Dieses dumme, dumme Mädchen.«

Schnell warf er ein paar letzte Dinge in seinen Reisekoffer und schlug den Deckel zu. »Bess, hol deine Sachen.

Es wird höchste Zeit, dass wir diese verfluchte Stadt verlassen.«

»Aber was ist mit Elsie?«

»Ich habe eine Idee, wo sie sein könnte. Wir werden sie auf dem Weg aus der Stadt abholen – falls das überhaupt möglich ist.«

»Falls das *möglich* ist?«, rief ich erschrocken. »Warum? Was glaubt Ihr, was mit ihr geschehen ist? Was glaubt Ihr, wo sie ist?«

»Sie ist ganz bestimmt keine Königin geworden, da bin ich mir sicher«, sagte Mr. Ascham. »Wenn sie dort ist, wo ich glaube, dann ist sie in einer ganz neuen Welt des Grauens.«

Als wir drei zur Abreise bereit waren, gingen wir zur Eingangstür unserer Gemächer.

Erst da bemerkte Mr. Giles, dass irgendwann während der Nacht jemand einen Umschlag unter der Tür hindurchgeschoben hatte.

Es war ein roter Umschlag, so wie der, den wir zum Turnier mitgebracht hatten.

»Er ist an Miss Bess adressiert«, meinte Mr. Giles überrascht.

Er gab ihn mir. Ich drehte ihn in den Fingern hin und her.

Er war tatsächlich an mich adressiert: »An Prinzessin Elisabeth Tudor.« Und er war mit feinem rotem Wachs versiegelt, in welches das runde Siegel des Sultans eingeprägt war.

»Du kannst ihn später lesen«, sagte Mr. Ascham. »Wir müssen gehen.«

Und so verließen wir unser Quartier im Topkapi-Palast – nicht in strahlendem Prunk und Pomp, sondern in stiller, fast schon verschämter Anonymität. Unterwegs machten wir bei den Quartieren der Eunuchen halt, wo wir Latif mit einem dicken Verband um seinen kahlen Kopf antrafen.

Mr. Ascham wollte ihm den edel verzierten Bogen zurückgeben, doch der Eunuch wollte nichts davon wissen.

»Bitte behaltet ihn.« Latif gab Mr. Ascham den dazu passenden Köcher. »Ich verdanke Euch und Eurer klugen jungen Schülerin mein Leben.« Er nickte mir zu. »Behaltet den Bogen und die Pfeile als ein Geschenk von mir und ein Andenken an Eure Zeit hier.«

»Vielen Dank«, sagte mein Lehrer.

»Oh, und Sir …«, fügte Latif hinzu, als wir uns zum Gehen wandten. »Die Wache des Sultans ist heute Morgen in die Zisternen hinuntergegangen, um nach dem Jungen zu suchen. Die anderen Kinder waren verschwunden, aber die Wachen fanden Pietros Leichnam. Er hatte sich die Taschen mit Steinen beschwert und sich ertränkt.«

Eine große Traurigkeit überkam mich. Armer Pietro.

»Ihr hattet vermutet, dass er das tun würde …«, sagte ich zu meinem Lehrer.

»Er konnte nicht ahnen, was für eine Spur der Vernichtung seiner Tat folgen würde«, erwiderte Mr. Ascham. Er nahm meine Hand, und wir verließen das Quartier der Eunuchen.

An den Palasttoren luden Mr. Ascham, Mr. Giles und ich unsere Koffer auf einen Eselskarren und verließen endgültig den Palast, von niemandem verabschiedet, nicht von unserem Gastgeber, dem Sultan, oder seinem Sohn, dem Kronprinzen, noch nicht einmal von unserem Freund Michelangelo.

Wir gingen in aller Heimlichkeit.

Mein Lehrer schaute sich vorsichtig um, während wir der breiten Prachtstraße folgten, welche vom Palast fort und an der Hagia Sophia vorbeiführte, als hielte er hinter jeder Ecke nach Meuchelmördern Ausschau.

»Wir werden uns am Goldenen Tor mit den Ponsonbys und unserer englischen Eskorte treffen«, sagte er, »und erst dann werde ich mich einigermaßen sicher fühlen.«

Wir kamen an der Hagia Sophia vorbei. Eine gewaltige Menschenmenge, größer als jede, die wir zuvor gesehen hatten, drängte sich um die Eingänge der riesigen Kathedrale, als alle versuchten, hineinzugelangen und sich das rein moslemische Turnierfinale zwischen Zaman und Ibrahim anzusehen.

Keiner nahm von uns Notiz. Ich war immer noch sehr beunruhigt, weil wir den Palast ohne Elsie verlassen hatten.

»Sie ist nicht im Palast«, sagte Mr. Ascham, während er entschlossen die Straßen entlangging. »Und wenn sie nicht da ist, wo ich glaube, haben wir keine Chance, sie in dieser riesigen Stadt zu finden.«

Einige Straßen weiter bog er plötzlich ab und führte uns in eine breite Straße. Zu meiner Überraschung war es eine Straße, in der ich schon einmal gewesen war.

Es war die Allee, an der das Etablissement von Afridi, dem grellbunt gekleideten Bordellbesitzer, lag, des Mannes, der sich mit Kardinal Cardoza gestritten hatte, weil dieser sich in sein Geschäft eingemischt hatte; des Mannes, der eine ganze Reihe von Bordellen in Konstantinopel besaß, von denen dieses das größte war.

Wir blieben vor dem Gebäude mit der aus der Römerzeit stammenden unteren Hälfte und der moderneren oberen Hälfte stehen.

»*Hier?*«, fragte ich. »Warum glaubt Ihr, dass Elsie hier ist?«

»Bleib dicht bei mir«, mahnte mein Lehrer. »Giles, hast du deinen Degen?«

Mr. Giles schlug seinen Umhang zurück und ließ seinen Degen sehen, und erst jetzt fiel mir auf, dass Mr. Ascham Latifs Bogen unter seinem Öltuchmantel in der Hand hielt, einen Pfeil bereits eingelegt.

Bewaffnet betraten wir das Haus.

Ein schmieriger bärtiger Araber begrüßte uns am Eingang. »Meine Herren, hallo! Wie geht es Euch? Wie kann ich Euch helfen? Im Augenblick sind viele Mädchen verfügbar, da der größte Teil der Stadt das Schachturnier verfolgt …«

Mr. Ascham ging einfach an ihm vorbei und marschierte ins Haus.

Er schritt durch die Eingangshalle des Bordells direkt auf das Zimmer mit der vergoldeten Tür zu.

»He! Bleibt stehen!«, jaulte der bärtige Araber, aber mein Lehrer hatte bereits das Zimmer erreicht und stieß die funkelnde Tür auf.

»O Gott …«, stöhnte er, als ich ihn erreichte. »Warte, Bess! Nein! Sieh nicht hin …«

Aber es war schon zu spät. Ich hatte bereits einen Blick – einen raschen, flüchtigen Blick – auf das erhascht, was sich hinter der goldenen Tür befand, und auch wenn ich es nur für einen ganz kurzen Moment sah, war es ein Bild, das sich mir für den Rest meines Lebens einprägen sollte.

Was ich sah, drehte mir den Magen um.

Durch die halb offene Tür sah ich Elsie – die arme, liebe Elsie. Sie war ein dummes Mädchen und unglaublich leichtfertig, aber so etwas hatte sie nicht verdient.

Sie lag mit ausgestreckten Armen und Beinen auf dem Rücken in dem riesigen Bett in jenem prunkvoll eingerichteten Schlafgemach. Ihre Hände hatte man am Kopfbrett und die Füße an den Bettpfosten festgebunden, sodass ihre Beine weit gespreizt waren und jeder Bordellkunde leicht in sie eindringen konnte. Die Innenseiten ihrer Schenkel waren rot und wund.

Sie sah aus wie ein abgenutztes Sexspielzeug, ein Spielzeug für die bestialischen Männer Konstantinopels, die sich ihrer so brutal, wie es ihnen beliebte, bedienen konnten.

Auf dem Schild über ihrem Kopf stand:

شهزاده نك كنديسينك ده قوللاندغى كيبى

Und plötzlich verstand ich seine abscheuliche Bedeutung. Natürlich hatte mein Lehrer diesen schrecklichen Satz lange vor mir entziffert, deshalb hatte er uns hierhergeführt.

Es war wie die königliche Empfehlung der Seidenhändler im Großen Basar: »Wie vom Sultan persönlich benutzt!«

Nur war das hier eine noch viel niederträchtigere Empfehlung.

Nachdem ich in den letzten Tagen mit der hiesigen Schrift etwas vertrauter geworden war, konnte ich das Schild über Elsies Bett übersetzen:

WIE VOM KRONPRINZEN PERSÖNLICH BENUTZT!

Mein Lehrer eilte in das Schlafgemach, wobei er die Tür hinter sich schloss und mir gnädigerweise den weiteren Anblick ersparte. Wenige Momente später kam er mit Elsie in den Armen zurück. Benommen sah sie ihn an. Sie lebte, schien aber ihren Geist nicht recht bei sich zu haben; sie wirkte betrunken oder betäubt.

»Wer macht denn so etwas?«, fragte ich, als er an mir vorbeischritt.

»Der Kronprinz«, antwortete mein Lehrer. »Der grausame, kaltherzige Kronprinz. Ich kann mir vorstellen, dass er so etwas lustig findet – eine ausländische Schönheit zu besteigen und dann fortzuwerfen. Vielleicht sind er und Afridi Freunde; möglicherweise haben sie eine Vereinbarung. Sobald er Elsie besessen hat, übergibt er sie dem Bordellbesitzer, der sie wegen der Empfehlung des Prinzen zu einem hohen Preis an andere Männer verkauft. Es würde mich nicht wundern, wenn der Prinz eine Provision von Afridi bekäme.«

Als hätte die Erwähnung seines Namens ihn heraufbeschworen, trat uns Afridi beim Verlassen des goldenen Gemachs entgegen. Heute trug er einen glänzenden goldenen Seidenanzug und wurde von zwei sehr großen und mit Krummsabeln bewaffneten Leibwächtern flankiert. Die drei blockierten den Ausgang.

»Wo wollt Ihr mit meinem Mädchen hin?«, fragte Afridi mit leiser Stimme.

»Sie gehört Euch nicht«, gab Mr. Ascham zurück. »Sie ist Untertanin des Königs von England.«

»Wir sind nicht in England. Der Kronprinz selbst gab sie mir. Sie gehört mir. Und sie hat in der letzten Nacht eine erkleckliche Summe eingebracht. Die Empfehlung des Kronprinzen ist sehr lukrativ in meinem Geschäft. Sie war das beliebteste Mädchen. Selim hatte recht: Englische Rosen sind ein guter Fick.«

»Ihr werdet uns passieren lassen«, sagte mein Lehrer ruhig.

»Nein.«

Mr. Ascham setzte Elsie ab und übergab sie in meine Obhut. Sie hängte sich an meine Schulter, kaum in der Lage zu stehen.

»Ihr werdet uns passieren lassen … sofort!«, wiederholte mein Lehrer und zog den Bogen aus seinem Umhang. Neben ihm zückte Mr. Giles seinen Degen.

Mr. Ascham spannte den Bogen und zielte damit auf Afridis Kopf. »Ich bin ein guter Schütze. Ihr werdet tot sein, bevor Eure Männer auch nur einen Schritt in unsere Richtung gemacht haben.«

Afridi lächelte schnell, trat zur Seite und hob die Hände. »Andererseits bin ich natürlich auch jederzeit gern zu einem Handel bereit.«

»Kein Handel«, sagte mein Lehrer, während wir langsam und vorsichtig um den Bordellbesitzer und seine Leibwächter herumgingen. Die ganze Zeit hielt er den Pfeil auf Afridis Nase gerichtet, während Mr. Giles die anderen beiden im Auge behielt.

Wir traten durch den Torbogen und hinaus auf die Straße vor dem grässlichen Etablissement, hinaus in den willkommenen Sonnenschein.

Afridi sah uns von der Tür aus nach. »Verlasst die Stadt schnell, Engländer. Denn innerhalb einer Stunde werde ich Euch meine Leute auf die Fersen hetzen.«

Mein Lehrer blieb stehen, als wäre ihm gerade etwas eingefallen.

Mit einer raschen Kopfbewegung sah er den Bordellbesitzer an. »Ich nehme das Mädchen mit, ob es Euch gefällt oder nicht. Aber im Austausch dafür, dass Ihr *niemanden* hinter uns herschickt, biete ich Euch eine Information an.«

»Was für eine Information?«, fragte Afridi kalt.

»Ich kann mir vorstellen, dass sich Bordellbesitzer und Buchmacher in dieser Stadt gut verstehen«, sagte mein Lehrer. »Habt Ihr Bekannte oder Geschäftspartner, die Wetten annehmen? Vielleicht auf die Schachpartien, die heute ausgetragen werden?«

»Ja, in der Tat«, antwortete Afridi misstrauisch. »Ich habe selbst viele Wetten angenommen.«

»Auf wen setzen die meisten?«

»Die Leute lieben Ibrahim, aber sie wetten auf Zaman. Wenn Zaman gewinnt, verliere ich eine beträchtliche Summe.«

»Zaman *wird* gewinnen, daran besteht nicht der geringste Zweifel. Die Information, die ich Euch anbiete, ist folgende: Beobachtet während der Partien den privaten Gebetsbalkon des Sultans in der Hagia Sophia. Dort werdet Ihr sehen, wie Zamans Vorteil aussieht.«

Afridis Augen verengten sich.

Er war ein Mensch der Straße, und offenbar dämmerte ihm gerade, dass die angebotene Information vielleicht wirklich seiner Aufmerksamkeit würdig war.

»Geht, Engländer. Vielleicht prüfe ich nach, was Ihr gesagt habt, und wenn ich herausfinde, dass Ihr mich angelogen habt, werde ich dafür sorgen, dass Ihr gejagt und zur Strecke gebracht werdet wie ein tollwütiger Hund.«

»Ich akzeptiere die Bedingungen«, erwiderte mein Lehrer, und mit diesen Worten gingen wir.

Als wir eine Stunde später die äußeren Mauern der Stadt erreichten, hatten die Gerüchte uns bereits überholt, denn während wir zu Fuß unterwegs waren, reisten sie von Balkon zu Balkon, von Dach zu Dach. Es war zu großen Unruhen bei der Hagia Sophia gekommen.

Zaman hatte in seiner Begegnung mit Ibrahim eine frühe Führung erzielt, doch dann – so berichteten die Gerüchte – war der bekannte Bordellbesitzer Afridi in der großen Halle erschienen und hatte gesehen, wie Zaman Signale von einer Gruppe von fünf Männern auf dem privaten Gebetsbalkon des Sultans erhielt. Afridi stieß einen empörten Ruf aus, zeigte auf die Männer und beschuldigte Zaman des Betrugs. Die Zuschauer zischten und buhten.

Der *Sadrazam* bat um Ruhe, aber die Menge, erzürnt, dass der Spieler des Sultans gegen ihren Favoriten betrog, erhob sich voller Wut und verlangte, dass die Männer auf dem Privatbalkon hinunter in die Halle gebracht wurden.

Der Sultan schien bestürzt zu sein. Er wusste nicht, was er sagen sollte. Die Menge begann, Essensreste und dann Schuhe auf Zaman zu werfen. Einige brüllten in Richtung der königlichen Bühne, forderten Gerechtigkeit. Die wenigen Palastwachen vor dem Podest des Sultans zogen die Waffen und befahlen der wütend herandrängenden Menge, zurückzuweichen.

Doch es war zu spät. Die Meute war entfesselt.

Die wütende Menge stürmte das Spielerpodest.

Ein Handgemenge entstand und die Menge drang auf das Podest vor und überwältigte die vier Wachen. Dann schnappte man sich Zaman und warf ihn in die brodelnden Menschenmassen. Schläge wurden ausgeteilt, und Zaman stürzte zu Boden, wo er in dem Durcheinander zu Tode getrampelt wurde. Das Schachbrett wurde in die Luft geschleudert, die unbezahlbaren goldenen und silbernen Figuren verteilten sich über die Menge, und das Gedränge und Geschubse verstärkte sich noch, als die Menschen mit allen Mitteln versuchten, in den Besitz der wertvollen Figuren zu gelangen.

Eine andere Gruppe wütender Zuschauer warf die riesige Anzeigetafel um, während Afridi brüllte: »Ein Schwindel! Es ist alles ein Schwindel!«, und damit gab es für die aufgebrachte Menge endgültig kein Halten mehr.

Das Spielerpodest wurde von den Zuschauern umgestürzt und zu Kleinholz verarbeitet. Brände wurden entfacht. Die Menge lief Amok.

Angesichts des Chaos wandte der Sultan sich zur Flucht und eilte von seiner königlichen Bühne in die Sicherheit des Palastes. Die letzten Gerüchte berichteten davon, dass seine Palastwache mit Schwertern und Schilden die Hagia Sophia stürmte, um die Menge zu zerstreuen und die Ordnung wiederherzustellen.

Und so endete das große Schachturnier des moslemischen Sultans im Jahre 1546: in Chaos und Schande, mit Vorwürfen der Täuschung und der Vetternwirtschaft und ohne erklärten Sieger. Die Geschichte sollte nie davon erfahren.

Wir trafen uns in dem Dorf vor dem Goldenen Tor mit Mr. und Mrs. Ponsonby und unseren englischen Soldaten und brachen sofort zur langen Rückreise nach England auf.

Mrs. Ponsonby hatte sich noch immer nicht vollständig von ihrer Vergiftung erholt, sah aber schon merklich besser aus. Als sie uns erblickte, ging es ihr immerhin gut genug, um anzumerken: »Ich hoffe doch sehr, dass Ihr die Moral der Prinzessin beschützt habt, während Ihr in der Stadt wart, Mr. Ascham.«

»Ich habe mein Bestes getan, Madam«, antwortete mein Lehrer, und ich glaube, er war genau wie ich froh zu sehen, dass Mrs. Ponsonby offenbar wieder ganz die Alte war.

Elsie lag eng zusammengerollt in einem unserer Wagen,

eingewickelt in eine Decke, und sagte kein Wort. Sie würde nie wieder die Alte sein. Ihr verspielter Geist war gebrochen, ihre leichtsinnige Vorliebe für die Freuden des Fleisches für immer zerstört. Ich weiß nicht, ob sie jemals wieder bei einem Mann gelegen hat.

Als ich bei ihr im Wagen saß, ihren Kopf auf meinem Schoß, und ihr Haar streichelte, da holte ich den roten Umschlag heraus, der in der letzten Nacht unter unserer Tür hindurchgeschoben worden war.

Ich brach das Wachssiegel des Sultans und fand einen Brief, vom Sultan mit eigener Hand auf Englisch geschrieben:

Liebe Prinzessin Elisabeth,

es war mir eine große Freude, Euch kennenzulernen.

Es gibt etwas, das ich Euch sagen möchte, bevor Ihr meine Länder verlasst. Ihr werdet inzwischen gehört haben, dass jede Delegation, die zu meinem Turnier kam, mir eine Truhe voll Gold brachte, um die Gefahr einer Invasion abzuwenden.

Von allen Delegationen, die einen Spieler begleiteten, hat nur eine Abordnung keine Truhe gebracht. Eure.

Statt einer Truhe voller Gold erhielt ich eine Nachricht von Eurem Vater, König Heinrich. Er schrieb: »Mein guter Sir, ich zahle an niemanden Blutgeld. Es gibt Könige auf dieser Welt, und es gibt Könige von England. Ich bin ein König von England. Wenn Ihr in mein Land einfallen wollt, so legt Eure Rüstung an und versucht es. Heinrich VIII. Rex«

Ich wünsche Euch Glück, junge Elisabeth, aber ich glaube nicht, dass Ihr es brauchen werdet. Mit Eurem klugen Lehrer an Eurer Seite und einem Vater, der Euch zeigt, wie sich ein wahrer König verhält, denke ich, dass Ihr, so Allah will, eine überragende Königin werdet.

Suleiman,

Kalif und Sultan des Osmanischen Reiches

Mit einem traurigen Lächeln faltete ich den Brief zusammen, verstaute ihn in meinem Gepäck und machte mich für die lange Heimreise bereit.

Auf dem ganzen Weg nach Hause ritt mein Lehrer, der große Roger Ascham, auf seinem Pferd voraus, immer einen Pfeil in seinen Bogen eingelegt.

EPILOG
1603

Meine Königin beendete ihre Erzählung.

Einige Wochen später sollte sie tot sein.

Aber jetzt wusste ich alles. Ich wusste von ihrer geheimen Reise in jenes ferne Land, von dem Turnier, das dort abgehalten wurde, warum Elsie zu einem Schatten ihres früheren Selbst geworden und meine Freundin Bessie als eine härtere und ernstere Person zurückgekehrt war.

Sie hatte sich auch in anderer Hinsicht verändert.

Von dem Moment an, als sie zurückkehrte, behandelte sie mich mit größerer Freundlichkeit, sagte mir immer wieder, was für eine wertvolle Freundin ich für sie sei, auch wenn ich gar nicht das Gefühl hatte, ein solches Lob zu verdienen. Bis zum heutigen Tag fand sie immer wieder solche freundlichen Worte für mich, auch nachdem sie Königin geworden war.

Ich hatte mich oft gefragt, was diese tief greifenden Veränderungen bei meiner Freundin hervorgerufen hatte, und jetzt wusste ich es. Manchmal müssen wir fortgehen, um etwas über uns selbst zu erfahren. Manchmal gehen wir mit den falschen Menschen fort. Und manchmal gehen wir mit den richtigen Lehrern fort.

Als Königin von England kümmerte sie sich um Roger Ascham bis zum Ende seiner Tage, sie verlieh ihm Grundbesitz und sogar ein Kanonikat, ungeachtet der Tatsache, dass er gar kein geweihter Priester war. Und sie fragte ihn um Rat. Ich weiß von mindestens zwei Gelegenheiten, bei denen sie es tat – ich war sogar anwesend, als sie ihn 1559 kurzfristig nach St. Michael's Mount kommen ließ, um eine überaus grausige und furchterregende Angelegenheit beizulegen, doch das ist eine Geschichte für einen anderen Tag.

Ich erinnere mich auch, wie sie einmal, sehr viel später in ihrem Leben, eine Delegation von Botschaftern nach Konstantinopel zu Sultan Suleiman schickte. Sie hatte es sehr überraschend und aus scheinbar keinem ersichtlichen Grund getan. Zu der Zeit wusste niemand bei Hofe, warum.

Aber als die Männer zurückkehrten, hörte ich zufällig mit, wie einer von ihnen berichtete: »Der Sultan ist ein verbrauchter Mann, Euer Majestät, gebrochen und bitter. Er ist einsam und misstrauisch, selbst den Mitgliedern seiner eigenen Familie gegenüber, und neigt zu langen Anfällen von Melancholie. Auch die Stadt ist in keinem guten Zustand.«

Elisabeth fragte nach dem Palast und der katholischen Botschaft dort. »Sie existiert nicht mehr. Der Sultan befahl, die katholische Botschaft dem Erdboden gleichzumachen. Kurz darauf hat er alle Vertreter des Heiligen Stuhls aus seinem Reich vertrieben.«

»Also habe ich recht mit meiner Einschätzung, dass Suleiman keine Bedrohung mehr für Europa darstellt?«, fragte meine Königin.

»Das ist er ganz sicher nicht, Eure Majestät.«

Am Tag nach dieser Unterhaltung fiel mir ein neuer Ziergegenstand auf dem Schreibtisch in ihrem privaten Arbeitszimmer auf: eine goldene Schachfigur, besetzt mit Rubinen und Smaragden.

Es war ein Bauer.

Jetzt glaube ich, dass Elisabeth die Delegation nicht nur nach Konstantinopel geschickt hat, um herauszufinden, was aus dem Sultan und seinem Reich geworden ist, sondern auch, um die Marktstände und Basare der Stadt nach Figuren des Schachspiels abzusuchen, das während der Unruhen in alle Winde verstreut wurde.

Für den Rest ihres Lebens stand dieser goldene Bauer, den der große Michelangelo angefertigt hatte, auf ihrem Schreibtisch, ein Erinnerungsstück an das eine große formende Ereignis in ihrem Leben, ein Ereignis, von dem bis jetzt niemand etwas wusste: ihre geheime Reise ins Reich der Osmanen im Jahre 1546, um ein großes Schachturnier zu besuchen, das von der Geschichte vergessen wurde.

NACHWORT

Viele der in diesem Roman auftretenden Figuren lebten wirklich im Jahre 1546. Ihr Leben verlief folgendermaßen weiter:

SULEIMAN DER PRÄCHTIGE herrschte noch die nächsten 20 Jahre über das Osmanische Reich. Seine Herrschaft markiert den Höhepunkt der osmanischen Zivilisation. In den darauf folgenden 400 Jahren erlebte das Osmanische Reich einen beständigen Niedergang, bis es nach dem Ersten Weltkrieg aufgelöst wurde.

1566 folgte ihm sein Sohn **SELIM** als Sultan nach, der vor allem für seinen dekadenten Lebensstil und sein Desinteresse an allen staatlichen Angelegenheiten bekannt war. Man nannte ihn *Selim der Trunkenbold*. In späteren Jahren kämpften Selims Armeen gegen seinen nördlichen Nachbarn, das Volk der Rus. Unter Iwan IV. tricksten und manövrierten die Russen Selims Armeen komplett aus und zwangen ihn 1570 zu einem schmachvollen Vertrag.

IWAN IV. krönte sich im Alter von 17 Jahren zum ersten »Zaren« von Russland. Bekannt unter dem Beinamen *Iwan Groznyj* (was verschiedentlich als »Iwan der Schreckliche«, »der Strenge« oder »der Ehrfurchtgebietende« übersetzt wurde), wandelte er Russland in ein mächtiges Land um. Er ließ viele prächtige Bauten errichten wie etwa die Basilius-Kathedrale in Moskau und korrespondierte über einen Zeitraum von 15 Jahren mit Königin Elisabeth I. (er schlug ihr sogar eine Heirat vor, was sie aber ablehnte). Heute erinnert man sich vorwiegend wegen der

Grausamkeit seiner späten Herrschaftszeit an Iwan; er ließ etwa 15.000 Menschen foltern und anschließend lebendig kochen, pfählen oder köpfen. Er starb 1584, nachdem er Russland in einen Polizeistaat verwandelt hatte. Und angeblich starb er, während er Schach spielte.

IGNATIUS VON LOYOLA gründete den religiösen Orden der Gesellschaft Jesu, auch Jesuitenorden genannt. Seine katholischen Missionare kämpften später tatsächlich mit Königin Elisabeth I. um die Herzen und Seelen der englischen Christen, und viele der Kirchenmänner wurden während ihrer Herrschaft in Tyburn gehängt, zu Tode geschleift oder geviertelt. Ignatius starb 1556. Eine Statue von ihm steht im Petersdom.

Neben seinen zahlreichen anderen berühmten Werken vollendete **MICHELANGELO** die großartige Kuppel des Petersdoms, nachdem er nur widerwillig den Auftrag von Papst Paul III. angenommen hatte. Er starb 1564.

Das Zitat von **MARTIN LUTHER,** in dem er Mädchen mit »Unkraut« vergleicht, gibt es wirklich.

ELISABETH I. war von 1558 bis 1603 Königin von England. Bekannt als die »jungfräuliche Königin« oder »Good Queen Bess«, gilt sie weithin als erfolgreichste Monarchin Englands. Sie wurde im Alter von 25 Jahren Königin, nachdem ihr jüngerer Halbbruder Edward an Tuberkulose (1553) und ihre ältere Halbschwester Mary ebenfalls (1558) gestorben war. Während Marys Herrschaft war Elisabeth einmal für zwei Monate im gefürchteten Tower von London inhaftiert.

Ihre Herrschaftszeit wird oft als das Goldene Zeitalter Englands bezeichnet, ein Zeitalter, das die Entstehung und Aufführung der Werke Shakespeares erlebte, den Sieg über die Spanische Armada, die Aufnahme diplomatischer Beziehungen zum Osmanischen Reich und die Erforschung und Ausbeutung der amerikanischen Kolonien. Während ihrer Regierungszeit nutzte Elisabeth häufig und mit großem Erfolg die Dienste des brillanten Meisterspions Sir Francis Walsingham. Außerdem machte sie die Tiersammlung im Bollwerk des Towers von London für die Öffentlichkeit zugänglich. Elisabeth heiratete nie.

ROGER ASCHAM gilt als einer der großen Lehrer der Geschichte. Er war ein Experte in der lateinischen und griechischen Sprache und ein Verfechter »sanfter« Lehrmethoden (sein Buch *The Schoolmaster* war eines der ersten Werke über Didaktik). Ab 1544 war sein Schützling William Grindal Elisabeths Hauptlehrer, wobei Ascham allerdings immer wieder aktiv in ihre Erziehung eingriff. Als Grindal 1548 starb, übernahm Ascham ganz ihren Unterricht. Er war sein ganzes Leben lang ein großer Freund des Bogenschießens und vertrat die Ansicht, dass jeder Engländer sich in der Benutzung des Bogens üben sollte. Er starb 1568.

AUSGEWÄHLTE QUELLEN

Während der Recherchen zu diesem Buch stieß ich auf eine Reihe ausgezeichneter Bücher sowohl über Schach als auch über das Leben Königin Elisabeths, die eine Erwähnung verdienen.

Zunächst einmal ist *The Immortal Game* von David Shenk (Random House, New York 2006) eine großartige Geschichte des Schachspiels im Laufe der Jahrhunderte und darüber hinaus eine sehr vergnügliche Lektüre.

Was Elisabeth angeht, so gibt es nur wenige Aufzeichnungen über ihre frühen Jahre. Da Elisabeth als Kind immer mindestens einen Schritt von der Thronfolge entfernt und schon in frühem Alter enterbt worden war, sind die Historiker ihrer Zeit vermutlich davon ausgegangen, dass es sich nicht lohnte, ihr Leben zu verfolgen – bis sie plötzlich in der Thronfolge aufrückte und wieder im Rennen war. Ihre Kindheit ist deshalb nicht so gut dokumentiert wie ihre berühmte spätere Herrschaftszeit, aber es gibt einige herausragende Werke, die sich mit ihrer Jugend befassen:

Elisabeth von David Starkey (Random House, London 2000) geht sehr umfassend auf Elisabeths Kindheit und ihre Erziehung durch William Grindal und Roger Ascham ein.

Elisabeth & Mary von Jane Dunn (HarperCollins, London 2003) folgt den parallelen Lebensläufen von Elisabeth und ihrer Rivalin Maria Stuart, der Königin von Schottland. Ich verdanke diesen beiden Büchern sehr viel.

Für Einblicke in das tägliche Leben im England des 16. Jahrhunderts war *Elisabeth's London* von Liza Picard (Weidenfeld & Nicolson, London 2003) von unschätzbarem

Wert. Diesem Buch habe ich einige interessante Synonyme für »Geschlechtsverkehr« zu verdanken.

Ich bin ein großer Fan von Robert Laceys *Great Tales from English History* (Bände I – III; Little, Brown; London 2003, 2004, 2006). Es ist eine wundervolle Sammlung von Mythen, Anekdoten und erinnerungswürdigen Momenten aus den letzten tausend Jahren der englischen Geschichte. Elisabeth I. und Heinrich VIII. tauchen wiederholt darin auf.

Was den Islam angeht, so möchte ich dem interessierten Leser das Buch *Nine Parts of Desire* (deutsch: *Die Töchter Allahs*) von Geraldine Brooks ans Herz legen. Diesem Buch verdanke ich die Erkenntnis, dass die heutige Verschleierung muslimischer Frauen daher stammt, dass die frühen Muslime die Verschleierung von Mohammeds Frauen imitierten.

Über die *Didache* aus dem Jahr 60 n. Chr. und die anderen historischen Fälle, bei denen die katholische Kirche Probleme mit pädophilen Priestern hatte, erfuhr ich aus einer Folge der großartigen Fernsehserie *Hungry Beast,* die vom australischen Sender ABC ausgestrahlt wurde. Leider gibt es die Serie nicht mehr. Ich habe eigene Nachforschungen angestellt, um das zu bestätigen, was ich in dieser Folge gesehen habe.

Schließlich würde ich noch zum Thema »Schach und das Leben« Joshua Waitzkins *The Art of Learning* empfehlen. Waitzkin war ein Schach-Wunderkind und die Hauptfigur des Buches (und Filmes) *Searching for Bobby Fischer* [in Deutschland lief der Film unter dem Titel *Das Königsspiel]*. Aus diesem Buch habe ich auch die Tai-Chi-Einstellung: »Wenn Aggression auf Leere trifft, besiegt sie sich selbst.« (Ich habe darin außerdem von einigen der

Ablenkungsstrategien gelesen, die von skrupelloseren Spielern angewendet werden!) Wirklich ein fantastisches Buch.

Aber natürlich gehen alle Fehler in diesem Roman einzig und allein auf meine Kappe. Ich habe mir jede erdenkliche Mühe gemacht, dafür zu sorgen, dass alle historischen Bezüge wie etwa die Örtlichkeiten, das von den verschiedenen Figuren verwendete Vokabular, die Kleidung und die Waffen in etwa dem Stand der damaligen Zeit entsprechen. Vielleicht habe ich Elisabeth und dem Sultan ein paar zusätzliche Sprachkenntnisse angedichtet, aber schließlich ist dies ja nur ein Roman, und es schien mir der Handlung zu dienen.

M. R.

matthewreilly.com

Der Australier Matthew Reilly wurde 1974 in Sydney geboren. Seine Eltern waren Theaterschauspieler. Seinen ersten Roman schrieb er mit 19 Jahren. Da er von den Verlagen nur Absagen erhielt, ließ er 1000 Hardcover drucken und klapperte die Buchläden ab. So wurde der Verlag Pan Macmillan auf den jungen Autor aufmerksam und nahm ihn unter Vertrag. Schon mit seinem nächsten Roman ›Ice Station‹ gelang ihm ein weltweiter Bestseller. Inzwischen sind seine Thriller in 20 Sprachen übersetzt und über sieben Millionen Mal verkauft worden.

Im Dezember 2011 traf Reilly ein schwerer Schicksalsschlag, als seine Frau sich das Leben nahm. Er zog sich für die nächsten Jahre ganz aus der Öffentlichkeit zurück. Heute lebt Reilly in den USA und schreibt wieder, u. a. auch Drehbücher. Als großer Fan von Hollywood-Blockbustern hofft er, irgendwann mal selbst einen seiner Romane verfilmen zu dürfen.

Reilly schreibt Action-Thriller mit fantastischen Elementen. Dazu Wikipedia: »Reilly ist bekannt für seinen Schreibstil, der sich, wie kaum ein anderer zuvor, auf Actionszenen im Stil von Hollywood konzentriert und dadurch Dramatik und die Entwicklung der Charaktere erst als zweite Priorität behandelt. Seine Kritiker verurteilen dies und verweisen darauf, dass er Bücher schreibt, die wie Filme zu lesen sind oder gar an die Beschreibung eines Action-Videospiels erinnern. Seine Fans sind der Meinung, dass dies der Grund ist, der seine Bücher so einzigartig und aufregend macht.«

Infos, eBook & Leseprobe: www.Festa-Verlag.de

SPANNUNG UND ACTION OHNE ENDE, REILLY IN HOCHFORM!

ISBN: 978-3-86552-562-8

Nach 40 Jahren enthüllt die chinesische Regierung ihre unglaubliche Entdeckung.
Die Reptilien-Expertin CJ Cameron wird nach China eingeladen. Sie soll den größten Zoo, der jemals gebaut wurde, begutachten. Und sie darf sie mit eigenen Augen sehen: gewaltige, Feuer speiende Drachen. Es gibt diese Fabelwesen wirklich.
Die Gastgeber versichern, dass sie vollkommen sicher ist und nichts schiefgehen kann ...

Matthew Reilly: »Mein absolutes Lieblingsbuch ist Jurassic Park, und das hat mich inspiriert.«

Infos, Leseprobe & eBook:
www.Festa-Verlag.de

MITCH RAPP – DER HELD AUS DEM HOLLYWOOD-BLOCKBUSTER MIT DYLAN O'BRIEN UND MICHAEL KEATON

ISBN: 978-3-86552-582-6

Im Dezember 1988 kommen beim Lockerbie-Bombenanschlag alle 259 Passagiere einer Boeing 747 ums Leben, darunter auch Mary, die Verlobte des US-Collegestudenten Mitch Rapp.
Ein Jahr nach ihrem Tod wird Mitch von der CIA rekrutiert und schließt sich dem geheimen Orion-Team an, das gegen den weltweiten Terror in den Kampf zieht. An Krisenherden in Europa, im Nahen Osten und Asien bewältigt er den Verlust seiner großen Liebe und sucht nach einem neuen Sinn für sein Leben.

Vince Flynn wird von Lesern und Kritikern als Meister des modernen Polit-Thrillers gefeiert.

American Assassin – Der Auftakt zu einer globalen Bestseller-Reihe.

Infos, Leseprobe & eBook:
www.Festa-Verlag.de

Festa: *If you don't mind sex and violence and lots of action*

Niemand veröffentlicht härtere Thriller als Festa. Werke, die keine Chance haben, in großen Verlagen veröffentlicht zu werden, weil sie zu gewagt sind, zu neuartig, zu extrem.

Statt der üblichen Matt- oder Glanzfolie haben die Bücher von Festa eine raue, lederartige Kaschierung. Sie symbolisiert die Härte und sexuelle Gewagtheit unseres Programms. Diese »Bücher im Ledermantel« sind auch sehr widerstandsfähig – die Bücher wirken nach dem Lesen noch wie neu.

Unsere erfolgreichsten Buchreihen:

HORROR & THRILLER – Moderne Meister des Genres

FESTA ACTION – Blockbuster zum Lesen

FESTA EXTREM – Wenn Lesen zur Mutprobe wird …

Wegen der brutalen und pornografischen Inhalte erscheinen die Titel als Privatdrucke ohne ISBN und werden nur ab 18 Jahre verkauft. Sie können nur direkt beim Verlag bestellt werden.

Festa steht beim Thema harte Spannung für viele Jahre bewährte Qualität. Darauf geben wir sogar eine Zufriedenheitsgarantie. Dieser Service ist für einen Buchverlag einzigartig.

Warum tun wir das?

Frank Festa: »Wir wollen, dass die Leser unsere Bücher lieben. Das geht nur mit Qualität. Und als Spezialist für Horror und Thriller aus Amerika können wir in dem Bereich diese Qualität garantieren – so einfach ist das.«